逢君正當時

1

目次

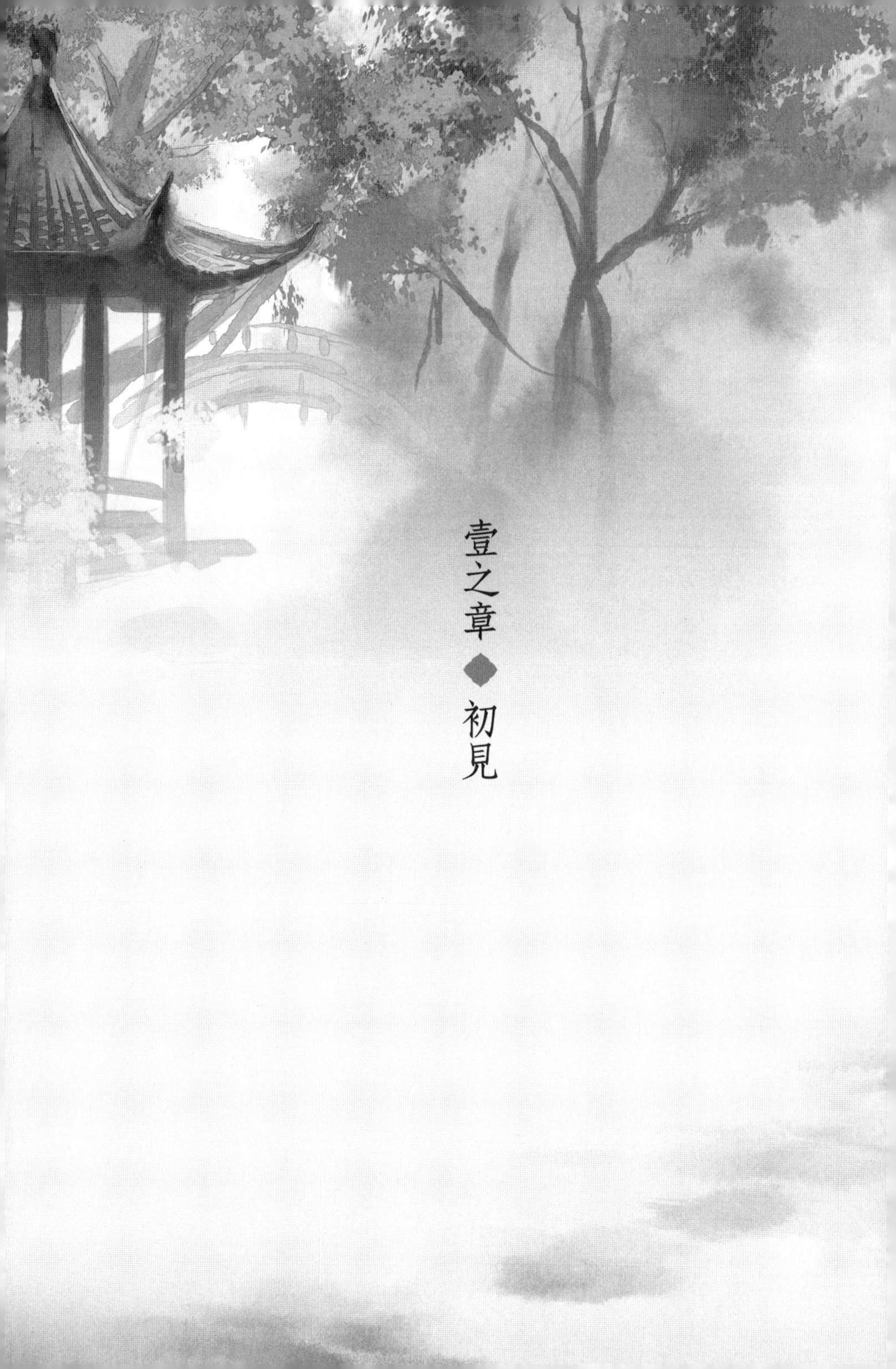

壹之章
初見

安若晨用布條勒緊胸脯，深呼吸幾口氣，確認呼吸順暢，便穿上肚兜、中衣，再把新買的素色衣裙穿好，接著拿起包袱。她將包袱綁在身後，又繫上一件寬大的披風，遮得正好。

安若晨仔細照了照鏡子，覺得自己看起來還不錯。她滿意了，深呼吸一口氣，轉身出門。

沒有叫丫鬟，沒有帶隨從，她一個人閒逛似地朝府側門方向走去。靠近側門時停下腳步假意看了看花，眼角餘光留意到門開著，門房正幫著送菜的大娘抬筐子。

很好，正是機會！

安若晨摘了朵花一邊聞著一邊若無其事地往外走，出門時門房放下筐子轉頭，看到她了。她對門房笑了笑，坦然大方地走了出去。門房一時沒回過神，沒問話沒攔路。

安若晨一顆心提到了喉嚨，不敢回頭，悄悄加快腳步。耳裡聽得送菜大娘催門房去請帳房先生，門房應著「行，行」。安若晨暗暗鬆一口氣，再走幾步，卻聽得門房奔出來喊：

「大小姐，您這是要到哪兒去啊？」

糟了！安若晨假裝沒聽見，不敢跑，穩穩地往前走。背影看似鎮定自若，可她自己知道，她希望走得快些，再快些。

豎著耳朵聽，門房沒再喊她，但她知道，事情才剛剛開始。

所幸前頭就是轉角，一切都如計畫中的那般。

安若晨轉過去，忽地撒腿狂奔，再奔過一個轉角，迅速竄進了一條暗巷裡。

來不及喘氣，她貼在牆上縮在暗處，這時她聽到了街口傳來紛雜的吆喝和急促的腳步聲。

「快，快，你倆往那邊瞧瞧去！奇了怪了，怎地眨眼功夫便不見了？」

「你這廢物，瞧著大小姐沒帶人自個兒出門，也不曉得攔她一攔，老爺知道了有你好看的！」

「那會兒正忙，一時也沒察覺哪兒不對。後才想起，我也叫喚了幾聲，又急急喊了人。」這是門房的聲音，他正努力辯著，「大小姐看起來心情很不錯，賞花閒逛來著，興許只是出門走走，一會兒便回來……」

「少他媽廢話，快找人！若是大小姐不見了，我們可都得吃鞭子！」

幾個聲音吵嚷著跑遠了，安若晨閉了閉眼，心裡默默為他們要挨鞭子說抱歉。

安若晨等了一會兒，估摸著他們走遠了，探出頭看了看，確定沒人便脫了披風，把包袱抱在懷裡，走出了巷子。

一路疾行，小心觀察，不動聲色地避開路人的注意。不多久，安若晨找到合適的人選。左前方這位，打扮仔細，衣裳講究，與她體形相似氣質相仿，且看起來悠哉清閒，似要在這街鋪裡頭一家家逛下去。她身邊帶著丫鬟，但無妨，大家只會記得最顯眼的。

安若晨四下看看，微笑著朝那位姑娘走去。這時候府裡一定翻了天，她父親定是派出不少僕役出來尋她，她得抓緊時間。

安若晨微笑著走到那姑娘身邊，把手上那件用金絲紅線繡著富貴鳥吉祥樹的披風遞了過去，「姑娘，我家要辦喜事，這披風大師開了光祈了福，囑咐我要將福氣傳出去，方會有福報。我瞧著妳甚有眼緣，印堂有光，眼眉喜氣，定是福運之人，這披風與妳再合適不過，便送了妳如何？」

那姑娘一聽這話，心中歡喜，再瞧那披風，質地顏色花樣繡工均是上品，忍不住喜上眉梢。一旁丫鬟看著，也面露驚喜。安若晨見狀，忙主動為那姑娘披上繫好，「多謝姑娘成全，姑娘便帶著這福氣吧。」

那姑娘愛不釋手地摸了摸披風，謝過了。

安若晨笑笑，揮手告別，抱著她的包袱，穿過旁邊一條巷道，朝南城門趕去。

一如她所料，此時安府的家僕護衛已然在全城四處搜尋她的蹤影。

家僕們於街巷裡四下打聽，不多時，有商戶指路，僕眾大喜，往那方向奔去追人。一邊追一邊打聽，又聽得路人說看到那姑娘上了馬車，眾僕趕緊也招呼騎了馬出來的護衛速速追上。

這個時候，安若晨已奔至南城門處。

城牆僻角那裡停著一輛安若晨事先訂好的農家馬車，馬車上裝著一捆捆的草料。安若晨付了錢銀便鑽上車子。將將藏好，忽聽得兩個熟悉的聲音從馬車旁經過，竟是安府的總管事安平和他的貼身僕從。

安若晨的心快要跳出喉嚨，緊張得手心直冒汗。安管事不是出城辦事嗎？怎地這般快便回來？

安平對她爹最是忠心耿耿，也正是要將她嫁給福安縣那個好色惡毒噁心的糟老頭的幫凶。他的聲音似在馬車旁，安若晨屏聲斂息，大氣都不敢出。

此次出逃，她計畫許久，如今都已到了城門口，勝利在望，絕不可在此處功虧一簣，可安平竟似在馬車旁站著不走了，與他的僕從叨嘮個沒完。馬車一直沒動，也未聽到趕車老伯的動靜，安若晨的冷汗下來了。

她咬緊牙關，一動也不敢動。既怕草料沒掩嚴實被安平發現裡頭藏了個人，又怕趕車的老伯不夠機靈要跟她招呼走不走的問題。老伯若是一開口，她鐵定要糟。

老伯什麼話都沒說，運草料的馬車也終於動了起來，安若晨的心跟著車子顛簸得一上一下的。

馬車漸漸與安平他們拉開距離，安若晨從草料堆的縫隙看到安平和他的僕從還站在那兒說話，想來是未曾發現她的蹤跡，可這時一個家僕跑了過來，與安平說了些什麼，安平頓時大驚失色。

許是在報告她出逃的事，安若晨想著。也不知那個披風姑娘有無拖延得他們一時半刻，不過就算沒有也無妨，她的馬車馬上就要出城門，他們不會找到她的。

正這般想，馬車劇烈一顛，車輪似是撞上石頭，安若晨差點被拋了下來。她搖晃著抓住馬車，穩住身形，可身前的一個草料堆卻是滾了下去。

安若晨眼前頓然開闊，一抬眼，正對上了安平的眼睛，兩人均是一臉震驚。

安若晨大叫：「老伯，快跑！」

同時間，安平也在叫：「大小姐在那裡！」

趕馬車的老伯策馬揚鞭，車子迅速跑了起來。

安若晨瞪著朝她跑過來的安平和家僕，心裡念叨：「追不上，追不上，一定追不上！」

馬車越跑越遠，安平他們的身影漸漸變小。安若晨還沒來得及鬆一口氣，竟見安平跑向城門邊的一輛馬車。車子轉彎，安若晨再看不到安平等人的身影，但她的心慌得厲害。他們一定是要追來了，她不能坐以待斃。

安若晨把車上的草料堆整了整，讓趕車的老伯在前面轉彎的樹林路段停一停，待她下車後，請老伯繼續全力趕路。

趕車的老伯應了，不一會兒車子停下，安若晨跳了下來，用力揮手讓老伯快走。然後她躲在樹林裡等了會兒，果然看見安平帶著隨從和一名家僕駕著馬車追上來，他們一路追著老伯的馬車而去，很快不見了蹤影。

安若晨吐了口氣，轉身朝樹林下方跑去。

她還不能完全放心，她的腳程不夠快，趕車的老伯未必口風緊，她得趕緊跑。從這樹林往下，便到了山下的另一條路，如果她走運，也許能坐上別的馬車，逃離虎口。

安若晨向來不是悲觀的人。

在她小時候，她爹納了二姨娘、三姨娘，甚至四姨娘、五姨娘，她親娘以淚洗面，幾近絕望。她卻覺得這只是讓人認清她爹沒良心沒情意，可日子還是該過下去。

後來她娘死了，姨娘們暗地裡欺她，她的爹爹對她不聞不問。她的老奶娘天天悲苦難過，為她擔心。她卻覺得家裡現在不少她一碗飯，日子還能過下去。

那句話怎麼說來著？嗯，留得青山在，不怕沒柴燒。

如今她長大了，她積極地為自己謀出路，但好姻緣不是她想要就有的。好人家看不上她家，巴結她爹的看不上她這失寵的。自然，她也看不上他們。最後，拖到如今，前日她剛滿十八，這年紀若還未嫁，該惹閒話。

可她爹是不怕閒話的，因為他竟然想著用她討個好處，把她嫁給福安縣那個已過花甲之年的錢裴錢老爺做填房，換個生意機會。

安若晨不知道她爹腦子裡裝的是什麼屎，且不說錢裴雖有錢有勢人脈通達但名聲爛得不如陰溝裡的老鼠，就說錢裴那年紀，能當她爹的爹了，她爹居然還想讓人家做女婿。

訂親的消息傳來，奶娘丫鬟們哭成一片，可安若晨沒有哭，她沒時間哭。她知道，是該行動的時候了。自十歲那年她娘去世，她便預料到她也許會有今天，所以她把握機會了解城裡城外的地形，她存下每一個能存下的銅板，學習獨立謀生的手藝，並結交友人，探聽路子。

日子是要過下去，可是不一定得在老鼠窩裡過。

天無絕人之路，雖然她從未離開家宅太遠，但她還是果斷地出逃了。

安若晨一路往下奔。林子很大，山也頗陡，眼前是一片斜坡草地，跑過這草地便能下山了，到了山下，她定能找到好機會……

腦子的主意還沒想完，安若晨腳下絆到了一塊石頭，摔了個狗啃泥。可這不是最糟的，山陡坡斜，這跌勢竟停不下來，她連滾帶爬一路翻滾著往山下摔去。

天旋地轉，頭暈眼花，安若晨腦子裡有兩個念頭，一個是石頭為什麼總跟她過不去，另一個是幸好裹了胸。胸大誤事，虧得她早做準備，不然這一路滾下來，這胸的後果當真不堪設想。

腦子還沒轉完，她滾停了。

腦袋撞地，額頭一痛，她好像又撞到了石頭上。

安若晨是不說粗話的，所以她一邊揉著額頭，一邊念叨：「豬狗牛羊雞鴨鵝……」

「呃……」原來不是石頭，是一隻腳，穿著硬邦邦鋥亮亮的靴子。可就算是靴子，也不能硬得跟石頭一樣啊！

安若晨順著靴子往上看，粗壯的大腿，結實的窄腰，衣裳也掩不住的精壯胸膛。再往上，是一張剛毅冷硬如石鑿的臉。

那張臉此刻正對著她，沒有表情，不驚訝不疑惑不憤怒，好像憑空滾下來一個姑娘趴在他的腳下，對他來說相當於什麼都沒發生過。

等一下，不是趴著，是跪著！

安若晨猛然醒悟過來自己姿勢不雅，手撐地面正待爬起，眼角餘光卻發現了什麼。她迅速轉頭，這一看，目瞪口呆。

路的那一頭，竟然密密麻麻或坐或站著一大群士兵。人數之眾，超出了安若晨一眼能估出數量的範圍。更嚇人的是，士兵們此時安安靜靜，全都一臉興味地看著安若晨與那個石頭臉男子。

安若晨僵住。

天老爺，一大群漢子就這麼目睹了她狼狽滾下山又跪在一個男子的腳下！

安若晨臉似火燒，尷尬得內心似在咆哮，卻半個字都吐不出來，當沒摔過沒跪過可以嗎？

安若晨再看看那男子的表情，然後自行決定：可以！

她火速爬起，看到她的包袱摔在那男子的腳邊，正欲彎腰撿起繼續逃，卻聽得身後坡上一聲大叫：「大小姐！」

安若晨全身的汗毛都豎了起來。她沒有回頭看，腦子飛快轉著。怎麼辦？現如今撒腿就跑肯定是跑不過了，而且，她不能讓他們回去跟爹爹報信，那樣她鐵定會被沒收所有的東西，然後把她鎖在房裡直到出嫁，她不能陷入如此被動等死的局面。

這次沒逃成，還可以等下次。留得青山在，不怕沒柴燒。她得給自己留條後路。

安若晨的心怦怦跳，聽得身後安平他們一邊喚她一邊衝下山坡的聲音。她轉頭，看到對面連綿一大片兵將隊伍中高高飄揚著許多旗幟，最前頭那面黑底紅字大旗甚是醒目，旗子上繡著一個威武的「龍」字。

安若晨猛地反應過來面前這男子的穿著——武將官服。

她一把握住了男子的手，「龍將軍，我可算是見著你了！」

話音剛落，安平等三人也正好站到了她的身側。

安若晨似是沒注意到他們，大聲響亮地繼續道：「素聞龍將軍大名，小女子仰慕已久。虎頭坡上一人滅殺百匪救下村民，鐵樹嶺上帶十餘兵將擊退敵軍千人威震天下，白雲河上以船布陣守住寧城智謀過人，這一樁樁一件件我可是聽了不下百遍，心心念念只盼能得見將軍真容。老天有眼，讓將軍來我們中蘭城。小女子歷盡周折，才趕來此處見將軍一面。如今得償所願，再無遺憾，真是佛主保佑。」

她一鼓作氣，胡說八道，還流暢得不像話，眼神之熱烈簡直沒羞沒臊，兩隻手甚至用力捏著這位「龍將軍」的手掌。

這段日子在中蘭城裡傳得甚是熱鬧的大消息，威名遠播的護國大將軍龍騰將帶兵駐守他們平南郡。中蘭城裡張燈結綵，裝點一新，就是為了迎接這位大人物，所以面前這位就是他吧，是龍將軍吧？

安若晨仔細打量這男子的容貌。二十多歲的年紀，濃眉大眼，鼻樑挺直，微薄的嘴唇顯得有些嚴厲，滿臉趕路的風霜，但仍威武英俊。

安若晨的心狂跳，倒不是被他俊的，而是這人年紀太輕，與傳說中戰無不勝的勇猛將軍形象實在不搭。萬一她叫錯人了呢？聽聞軍中會有不同官階的大小將軍數位，又有什麼主將偏將云云，說書先生說這些時她總有些鬧不清。她見識少，也不知曉面前這官服究竟是什麼官階。

安若晨一瞬間已在腦子裡轉過幾個不同的對策來。

而這將軍臉上的表情終於有了些許變化，他抿了抿嘴角，挑高了一邊眉。

似笑非笑。

安若晨的心跳得更快，她看不出這表情的意思。是揶揄她的失態，還是嘲笑她認錯了人？可戲得演下去，不然會露餡兒，她可沒忘記安平和僕役還在一旁站著。

安若晨果斷地故作嬌羞，放開了男子的手，嬌聲道：「哎呀，小女子一時激動忘形，失了禮數，將軍莫怪！」

對策一，花癡鬧瘋病，沒人搭理，那她正好順勢告辭。

可這時候兩個衛兵趕到，似是終於回過神來，將安若晨一擋，喝道：「來者何人？竟敢驚擾龍將軍大駕！」

原來真是龍將軍！

安若晨鬆了口氣，撲通一聲，利索跪下，「小女子不懂事，衝撞了將軍，將軍饒命。」

對策二，若有人喝阻，趕緊認罪。

安平等人原本呆愣愣看著，一見安若晨跪下抖著求饒，也趕緊跟著跪。

「小的安平，是中蘭城安家的管事，這位是我家大小姐。莽撞失禮，將軍莫怪。」

龍騰龍大將軍的威名人人皆知，他領兵到此駐防也是本郡的大事，他們安府自然也聞訊而動，老爺安之甫早早準備，與城中各權貴富商商議多次，大家皆欲巴結討好，對設宴拜訪送禮等事都有安排。只是按郡府那處給的消息，龍大將軍該明日才到，怎地今天便在此處了？

安平相當緊張，大小姐衝撞了將軍，可別惹下什麼禍根，但如今將軍就在眼前，他們安府比別人家早一步見到，是個機會。他拿出平日八面玲瓏的手段，拚命一通說，什麼久聞將軍威名，不止大小姐，他們安府上下皆對將軍仰慕，老爺備了好禮，設好佳宴，若將軍能撥冗大駕光臨，安府定然蓬蓽生輝。將軍一路辛苦，今後又得要為邊境安危操勞，他們老爺已是做好準備帶著府裡上下要為將軍盡一份心力。今日相遇當真是巧，望將軍大人大量，勿怪罪他們。

安若晨低首垂眉，安平說一句，她便幫腔應著「嗯」、「甚是」云云。

對策三，莫出頭，靠邊站，靜觀其變。

安平費了半天口舌，龍大將軍終於說話了，他對衛兵道：「無妨，讓他們走吧。」

甚好甚好，安若晨伏低身子行禮，掩去面上喜悅。

對策四，能走即走，切勿逗留。

安平也忙磕頭道謝告辭。安若晨克制著自己的目光，從頭到尾都沒再看她的包袱一眼，所幸走得遠了，並無人叫住她讓她拿走她的包袱，安平似未留意這個。安若晨低頭垂目，專心走路。

龍騰招手喚來一士兵，「換個便裝，悄悄跟上，看他們到何處去。」

士兵領命速去了。

龍騰看著那幾人的背影，若有所思。

腳下是平南郡土地，再過三五里，便是中蘭城了。

平南郡是蕭國邊郡，鄰近南秦國，而中蘭城是平南郡的郡城。

南秦與蕭國二十年前曾因資源的搶奪打過幾年的仗，之後兩國談判，定好條約，和平共處已十餘年，但今年南秦那頭卻是鬧了幾樁事。

如南秦遊匪越境劫殺蕭國村民，搶劫財物擄掠婦女，平南郡出兵平亂，剿匪情況卻不甚樂觀。南秦矢口否認此事與他們有關，更不承認窩藏遊匪，反稱是蕭國匪類所為並竄逃至南秦境內，南秦也在徹查，要將這些遊匪滅殺及驅逐回蕭國。

另一方面，南秦就邊貿關稅、兩國協議特貢商品等問題多次向蕭國提出抗議，一改從前和順態度，要求中多有苛刻條件及刁難意味。

再者，他們突然與東凌國親近，而東凌正是蕭國的另一相鄰國。這期間蕭國接到探子祕報，南秦正祕密向邊境增發軍隊。蕭國就此事討要說法，南秦卻聲稱是為了剿匪，並警告蕭國勿藉匪類偽裝侵害南秦利益。

這些狀況都隱隱透示著危險的意圖，引起蕭國皇帝和眾臣的警覺。

於是，護國大將軍龍騰領了皇命，帶兵趕赴平南郡，鎮守秦蕭邊界。

龍騰的祖父龍軼是開國將軍，跟著先皇打下了江山，父親龍勝是威龍將軍，戰功赫赫。龍家軍威名朝野皆知，天下聞名，可惜龍軼、龍勝均戰死沙場，龍夫人也病逝，留下了龍騰三兄弟。

龍騰身為長子，子承父業，征戰南北，皇帝以龍家護國有功，封龍騰為二品護國大將軍。這般破格封賞，惹了朝中政敵非議，但龍騰領著龍家軍，政敵雖不服氣，卻也拿不住什麼把柄。

龍騰是龍家三兄弟之首，旁人說起他，皆以龍大爺或龍大將軍相稱，甚至同僚都稱他為龍大，名字倒是喚得少了。

要說龍騰領兵進駐平南郡，事前準備做了不少。依他的經驗看來，南秦的這些舉動頗是微妙。

大蕭境內有豐富的鐵礦資源，鐵鋼除了農耕和日常用途外，亦是兵事重要所需，因而周邊各國一直虎視眈眈。大蕭也很是重視，為保和平訂立協定，限額交易，既擺出給各國提供農具助其生產發展，亦限制防止各國在軍事裝備上的擴充。這些年不論各國肚子裡打的什麼主意，明面上都是遵照協定行事，未起什麼大爭端。南秦突然對鐵石限額提出抗議並迅速與東凌國結盟，這其中意圖自然耐人尋味。

龍騰派了屬下先行出發，喬裝潛入南秦，聯絡大蕭在南秦安插的探子，探聽軍情。另又遣了人入平南郡，看看在龍家軍進城之前，郡裡各處有何動靜，探查是否有南秦細作。南秦這般挑釁，若有意交戰，自然是做了準備的。

龍騰領著將兵們日夜趕路，臨近城營時讓大夥兒歇了歇腳。他自己站在一處山坡下，思索著駐軍後的軍務安排。兩日前，他在途經的驛站接到匿名密報，報信人只悄悄留下信件寫著「龍騰大將軍親啟」，驛站的驛丞對憑空冒出來一封信很是詫異，但也不敢私拆，等得龍騰將軍到了，把信交給他。

信裡只有七個字：中蘭城中有細作。

未具名，未點名，很是神祕。龍騰暗忖這事倒是有些意思，既說有細作，又不說是誰。這是何意？細作潛伏講究的就是不動聲色，不引人注意，這才好打探情報，而這七字報信，不論是挑釁還是報信，都並非明智之舉。

再看那字跡，一筆一劃很有力道，卻透著些娟秀。似女子筆跡，抑或故意偽裝如此。

龍騰在驛站等了半日，未見異常動靜。囑咐幾位兵將留心，但一路行近中蘭城，也未有人再留信或是試圖接近他。直到剛才，坡上呼啦啦滾下一個姑娘。

氣息沉沉，不會武藝，滿嘴胡說八道，瞎編亂扯。他很肯定，她根本不認識他。她流利地誇讚他的那些戰功事蹟，全是沾點邊不全中。她眼中透著小心警惕，哪有半點真心仰慕之意？謊話說得這般明顯，她家那管事聽不出來？

龍騰低頭看了看這姑娘故意遺留的包袱，命衛兵撿起收好，回頭他須得好好搜查一番。這姑娘，就差額頭刻上「可疑」二字了。

話說安若晨這邊，偷溜出府，衝撞貴人，回府後自然是被罰了。

安之甫在堂廳裡問了事情原委，喝令她跪下，指著她鼻頭一通罵：「妳一姑娘家，當真沒臉沒皮，不知羞恥，竟敢偷溜出城衝撞將軍大人，禮義廉恥呢？我們安家的臉都被妳丟盡了！」

安若晨捂臉羞愧悔恨地哭道：「女兒錯了，女兒一時糊塗！」

原來他們安家還有禮義廉恥這東西呢，呵呵！

安若晨哭得很是誠懇，抬起頭來淚眼汪汪可憐兮兮，「女兒再不敢了，請父親責罰。」

留得青山在，不怕沒柴燒，她忍得住。

安之甫還未及說話，安若晨又搶著道：「只是今日還真是碰巧趕上了，女兒記錯日子，卻這般巧真遇上了。平叔也得了機會與將軍說了好一會兒話，將軍肚量大，未曾怪罪於我，也記得我們安家對他有心。女兒雖有錯，卻也未壞了爹爹的大事。」

安之甫一噎，這倒是的。雖然他與他的好些貴商友人熱議如何討好招待龍將軍，但大家心裡也都明白，將軍身負皇命而來，又駐在軍營重地，豈是他們尋常商賈得見，但平南郡素來官商交情不差，互有照應，別人尋路子巴結去了，若他安之甫落於人後，好處都被別人搶了，自然是不行。這段日子安之甫為龍將軍入城後如何能見上一面發愁，不料女兒誤打誤撞將這事辦成了。

安之甫沉默了一會兒，揮揮手，正想算了，讓女兒滾回房思過去，可這時候二房譚氏卻說話了：「壞未壞事還未可知，龍將軍雖不怪罪，可心裡還不定怎麼瞧咱家呢。若以為咱家都跟大姑娘似的無禮無恥，或是以為大姑娘故意衝撞是老爺支使，那可怎麼好？老爺一切安排妥當，若被這事砸了，當真冤得很。龍將軍這兒是一事，還有錢老爺那處呢？若因大姑娘把將軍得罪了，錢老爺那處也得拖累，就算將軍不怪罪，錢老爺知道大姑娘幹的這等輕賤無恥之事，起了怒，不要她了，毀了婚約，那玉石鋪子還開不開？這可不止單一事。大姑娘自己沒羞沒臊，可曾為老爺想過，逃家奔出城看個男子，得罪了將軍，傳出去還了得？誰人還願與老爺結交？老爺既丟了顏面，又失了財路，這後果大姑娘擔得起嗎？」

安之甫越聽越怒，大喝一聲：「拿家法來！」

安若晨伏地痛哭，「二姨娘教訓得是，我太過愚笨，我錯了……」

認錯認得爽快，譚氏悻悻然，倒不好再說什麼，但安之甫火氣已被撩了起來，家法板子已經送到。譚氏看著，抿嘴微笑。

安之甫拿了板子，見安若晨伏在地上抽泣，火氣又沒那麼大了。揮手落板，安若晨身體一抽，痛苦哀叫。安之甫頓覺氣解了不少，四板子打下去，覺得可以了。

「若是再犯，便有妳好看的！」他罵著，瞪著安若晨，「滾回妳屋裡去，沒我的允許，不得再踏出家門一步！」

安若晨諾諾應好，在丫鬟的攙扶下艱難站起，一步一挪回房去了。要裝得很痛，所以走得慢，出了堂廳還聽得安之甫對眾人喝：「今日之事，誰都不許往外說！」

安若晨終是鬆了口氣。她知道她爹和安平對她離家之事有所懷疑，但她兩手空空，不像是有逃家的準備，而且披風送人她那套說辭也站得住腳，因她之前真的去廟裡求福祈願，能拉出來的證人不低於十個，而她對與錢老爺的婚事一直是乖巧溫馴的態度，她自覺掩飾得還算不錯。

總之，她犯了花癡失心瘋想見英雄的理由勉強算合理，可她也不能掉以輕心，還得再做些事打消爹爹和安平的疑慮，反正在他們眼裡她一直是沒用的東西，她能夠應付過去。

她還有機會，她還要逃。

◆　◆　◆

太守姚昆得了城門監尉報信，說龍家軍先遣兵隊一萬人馬已到城外營地，而龍大將軍領著一隊人馬正欲入城。姚昆驚得匆忙領眾官員出城門迎接。

這將軍任性啊，明明按驛兵報的腳程該明日中午到，他自行提前，還不通報，累得郡裡上下準備許久的相迎禮數都未能用上，郡中各縣的縣令及各官員原定明早入城相候迎接，這下也是錯過了。且將軍似乎不那麼和藹可親，居然寒暄客套都懶得，對完符令，便要領兵入營，還道宴也不必吃，兵將剛入城，須安頓整訓，之後待官員到齊，再行議事。

總之，原本想著要巴結這二品大將軍的人頗失望，而太守姚昆稍鬆了口氣。八年前他赴京時見過龍騰一次，那時龍勝大將軍仍在世，而龍騰不過十七八歲的少年郎，卻是年少老成的嚴肅臉，如今少年長成青年，個子高了，官也大了，仍舊是張嚴肅臉。

不過嚴肅有嚴肅的好，姚昆覺得武將莽夫單純些，不鬥心計，不藉機整治他這平南郡挑他的錯處，倒是好的。總比那些不好好打仗，成天思慮著鬥權術的強。

駐軍的總兵營在中蘭城外東南三里，原是郡兵營地，如今已擴建搭營，做好了準備。太守親自領著龍騰，與都尉侯立良營門前相見，龍家軍與平南郡兵各自列隊，侯立良與龍騰對好兵符，郡兵軍中各官將尉丞依次上前向龍騰行禮。

郡軍那方的長史手捧兵馬冊，兵曹丞手捧兵事防建圖冊等，上前與龍騰施禮。龍騰將東西接過，令兵擊鼓吹號，旗兵將蕭皇令旗、京軍御旗、龍家軍旗等插到了營門營牆營樓之上，表示龍家軍奉皇上之命駐守邊境，入駐此營，由此刻開始，一切邊防駐軍軍事之令，皆由護國大將軍龍騰管轄。

軍樂奏完，旗兵領頭，各營隊入營。眾兵將排整軍容，分營列隊，插旗布哨，點火設崗。龍騰領將巡察。所經之處，兵士們大呼口令，精神抖擻，全無長途跋涉的疲態。太守姚昆與都尉侯立良互視一眼，頗有些壓力。龍家軍威名，果然名不虛傳。

一切安排妥當，龍騰與姚昆、侯立良等人一起簡單商議了邊境防事、南秦的動靜等等。

姚昆與侯立良看法一致，南秦定是包庇私藏了匪徒，他們正欲向大蕭討好處，若承認匪徒是南秦人，自然下不了臺，條件也不好再談，故而一直壓著此事。匪徒也定是明白了這一點，才偷襲村落後潛逃回南秦。而要說南秦敢不敢入侵蕭國，姚昆認為是不敢的。

「我大蕭兵強馬壯，糧草充足，軍備遠超南秦，南秦自然明白實力懸殊。東凌是小國，南秦捨我大蕭討好東凌那可非明智之舉。依我看，南秦不過是擺個姿態，想嚇唬嚇唬皇上，放寬鐵石限量，減低交易價碼。我聽說，南秦這兩年糧食收成不佳，但玉石買賣收益卻是越來越好。其中通過我這平南郡進出的玉石生意就不少，他們關稅收得可不低。若是有意攻打大蕭，豈不是既丟了鐵鋼又失了錢財？敗戰之國，還得讓利求和，屆時百姓怨聲載道，臣子異心，南秦皇帝年紀雖小，但也沒那般傻。東凌給不了他們什麼，只不過是被拉著擺個姿態演場戲罷了。」

侯立良也道：「據探子報，南秦確是向邊境增派了軍隊，我們也與對方交涉，加強防範，但對方反而聲稱我國遊匪竄入其境內，這些人身分不明，他們不得不防。他們還告誡我們勿要這些小心機，他們不怕挑釁，讓我們勿輕舉妄動。言下之意，倒是指責我們心懷不軌了。」

龍騰問：「除了往邊境派兵，探子在南秦可還探到什麼消息？」

侯立良搖頭，「那倒是沒有，未曾有他們意欲進犯的確切消息。」

龍騰不再多言，他初來乍到，還是要等待更多的查探結果才好下判斷。

回到營房，一堆卷宗已在等龍騰審閱。剛剛入營，瑣事繁多，周邊防建、營樓監哨、水糧飯食、兵器修整、巡察輪班安排、口令請牌情況等等，這一會兒功夫，各營資料已經交了上來。長史閱過，分類擺在龍騰的案上。

龍大粗粗閱完，再看了後頭兩萬軍的行程通報。那兩萬軍由他麾下的幾位將軍領著，八日內會到達。此次駐守未有歸期，太守姚昆依規在中蘭城內為他設府，方便他於城中理事。府宅的圖紙、人員安排等也有公函文書。龍騰掃了一眼，放至一邊，那名叫紫雲樓的府院離東城門不遠，離營區也不遠，除了四個大院子十餘間屋子供將官居住辦公所用外，甚至還設了衙堂、哨樓等，很是周到。

將所有公務之事處理完，龍騰抬眼忽看到牆邊桌上放的包袱。

嗯，那個假裝仰慕他要見他的姑娘。

他走過去將包袱打開，把裡頭的東西仔細審看一番。

錢銀、衣物、乾糧，沒有什麼太特別的地方，像是要逃跑。

龍騰挑了挑眉，這是何意？

他將所有衣物都仔細搜查了一遍，並沒有留下什麼書信給他。

難道真是逃跑？這倒是有意思了。

◆　◆　◆

安若晨這幾日皆未出府，事實上，頭三日她連房門都未曾邁出過。三日來平靜無波，沒人找她麻煩，可第四日，她爹忽然殺上門來將她痛斥了一番。

罵她的原因，安若晨一邊挨罵一邊套話，三兩下就搞明白了。就是那龍大將軍都到中蘭城三日了，可除了第一日與太守等人議過事，其餘時日均在兵將駐地操練兵陣，對任何邀約宴請皆是拒絕。安之甫這三日一直沒摸著拍馬屁的門道，那些與他結夥想一起討好處的也都未能如願，大家很是不悅。

四姨娘段氏昨夜在安之甫耳邊吹了枕邊風，說許是安若晨那日衝撞了將軍，所以有此結果。又道安若晨成日看些汙書穢文，以致於無禮失德，惹下大禍，也不稀奇。

安之甫最是受不得撩撥，如此積了一肚子氣，也不想不見的又不只他一家，況且不相干的官員都未曾見，何況他只是商賈大戶，又哪裡排得上號。總之，氣撒在這大女兒身上便是。

安若晨探得緣由，鬆了一口氣，不是懷疑她出走逃婚便好。這幾日她提心吊膽，就是怕她爹回過神來琢磨著事情不對。還好還好，她爹一如既往，保持了「聰慧」的水準。

安若晨照例掩面抽泣乖巧地聽父親喝罵，四姨娘會抓住機會擺她一道這個她心裡有數，總拿她看閒書來做文章讓她被教訓也確是四姨娘慣常手段。因她小時罵過四姨娘一句「大字不識，村姑蠻婦」，四姨娘便記恨到現在。尤其恨她看書，彷彿她看書不是為了看書，而是為了提醒她四姨娘不識字一般。

安若晨在指縫裡看著四姨娘倚在她房門口一臉譏笑，不由心裡嘆氣，小時候當真是不懂事，不知道能屈能伸的道理，所幸她醒悟得早，日後的日子會好的。

安若晨瞧著安之甫罵得差不多了，忙插話道：「爹爹，女兒是有錯，可爹爹不讓女兒看那些個傳奇話本故事，女兒早已不看了，上回爹爹不是全燒了嗎？」她一邊說，一邊有些心虛地瞅了一眼書桌。那目光方向太明顯，被安之甫捉到。他抬眼一看，女兒書桌角上擺著幾本書。

「既是不看了，又心虛些什麼？」安之甫大聲喝，自認抓到了女兒的把柄，大手一揮，「把她桌上的書拿過來！」

一旁的婆子忙過去拿了。

安之甫一看，最上面一本《女誡》，再後面是《內訓》，看起來確是循規蹈矩。再看下一本，《龍將軍列傳》。

安之甫大怒，「混帳東西！」還敢扯謊說不看閒書。

等等，什麼將軍？龍將軍！

安之甫趕忙翻了一翻，還真是龍將軍。這書裡記錄了龍騰少時隨父出征始至前些年的各種民間流傳的軼事。年少英雄，金戈鐵馬，戰功赫赫，萬人景仰。

「哪弄來的？」

安若晨怯怯囁嚅道：「前段時日在雜貨郎那兒買的，說是外縣的說書先生手抄話本。」

其實是她挨了四板家法回來後連夜趕製，瞎編亂寫，薄薄一冊，像模像樣。想著若她爹起疑來抄她屋子就讓他抄出這個來。證據確鑿，她犯花癡，為見將軍，這才離家。如今用這方法亮出這物證，順水推舟，毫無破綻。

安之甫再翻了翻，看了幾段，然後「哼」了一聲，再罵一句：「成日弄這些亂七八糟的，給我抄十遍佛經，修身靜心，好好反省反省！」言罷，拂袖而去。

書被沒收了，安若晨鬆了一口氣。她是要反省啊，她反省過了。此次出逃失敗，除了運氣不好外，是她太過著急，未想周到。她沒有幫手，孤身一人，腳程又不夠快，這般直接逃自然勝算不大。她應該先躲起來，待風聲過去，再尋機會出城。

話說安之甫拿了那書回去細讀，不覺竟一口氣讀完。寫得當真是好，把龍將軍智謀英勇表現得淋漓盡致，簡直是英偉奇才。若是本人瞧見，定當歡喜。安之甫忽然生出個主意來，他召來安平，讓他去城中各書肆尋一尋。安平尋罷歸來，告之全城書肆並無此書。

安之甫大喜，如此甚好，正合他意。他找來書匠，將那書重抄，換上綢緞書面，配上檀木禮盒，再寫好禮帖，託關係找人送去給龍大將軍。

安之甫幹這事的時候，安若晨也在忙碌，她在實施她的第二次出逃計畫。

府裡的人都靠不住，倒不全是忠心的問題，比如老奶娘和她的兩個丫鬟對她是真心好的，可她們動不動就慌張哭泣，不能成事，而且她們就在府裡人的眼皮底下，一有破綻，她就前功盡棄了，所以安若晨想在府外找一個幫手。

那人不能知道太多，又要穩重能幹，最後安若晨選中了給安府送菜的陸大娘。

陸大娘是個寡婦，家裡是軍戶，丈夫兒子都應召入伍，再沒有回來。陸大娘沒改嫁，不回娘家，自己居一小屋。她沒有地，但識些字，會算帳，於是幫著給各家送菜送糧結款掙些錢銀。

安若晨觀察過陸大娘好一陣子，她不愛道人閒話，不扯是非，帳算得明白，貨單列得清楚。安府有時要些稀有食材，她也能想法找來。對人不諂媚，對受苦的僕人頗有同情心。安若晨見過她偷偷給府裡受罰不得飯吃的僕役帶吃的。

安若晨決定尋求陸大娘的幫助。

起初安若晨是沒事就在府裡晃，到處找人聊天訴苦，讓人覺得現在大小姐不敢出門了，悶了也只能窩在府裡閒扯。然後安若晨找了個機會，截住陸大娘，與她在後院僻靜處瞎扯。

安若晨是這麼與陸大娘說的，她說她有個婦人朋友，嫁了個脾氣暴躁的相公，那相公喝醉會動以拳腳，婦人被打罵得凶，也不敢回娘家，便想著有處小屋，可以偶爾躲上一躲，因此想請陸大娘尋個安靜不起眼的巷內小屋，供她朋友需要時避禍容身。

陸大娘顰眉聽著，倒不追究她那婦人朋友的身分，卻是問對方是否考慮妥當，這般作為是否可行，以及逃家之後還能回去，會否遭到更多毒打，是否有孩子，會否遭休棄，諸如此類的問題。

安若晨暗想這陸大娘果然是有個想法的，於是又道：「我那朋友的相公管不住脾氣，動手時是真打，我朋友時不時受些傷。陸大娘說的那些我也曾問過，她說她自然是深思熟慮過的，只是有時她若不躲一躲，怕是被打得狠了丟了命。之後的事，她自己有辦法處置。只是她未曾與我多說，想來也有顧忌。人命關天，我不能袖手旁觀，總不能待她死後上墳時再來後悔當初未曾幫她一把。」

陸大娘露出心軟的模樣來，安若晨趕緊悄悄塞了一小錠銀子過去，「我那朋友託我找人租屋，說這是答謝。若事情成了，會另付酬金。」

陸大娘看了看銀子，不客氣地收下了。

安若晨鬆了口氣，看來事情能成。

陸大娘道：「這事大小姐莫聲張，傳了出去，妳朋友也罷，大小姐也罷，都會惹上麻煩。」

安若晨點頭答應。這事若是辦了，她料陸大娘自己也會守口如瓶，畢竟幫著婦人躲夫家，鬧到官府也是要擔責的。她就是拿著這一點才這般編，是險棋，但得走。

沒過兩日，陸大娘藉著送菜之時，塞給安若晨一把鑰匙。說是屋子租好了，在平胡東巷，最裡頭的一間房。門檻木頭破了一截，門鎖上綁了紅線，很好認。

安若晨謝過，再塞了些錢，與陸大娘道她那朋友既是躲藏，便不好拋頭露面，屆時還得請大娘每日給送些吃食到那屋子去。她那朋友若是住了進去，便在門口擺個石磚和竹簍子，大娘每日將吃食放到簍子裡，從石磚下頭取錢銀便好。

陸大娘未說其他，一口答應了。

◆◆◆

龍騰到達平南郡這十多日功夫，忙得腳不沾地。

三萬兵馬全部到齊，加上平南郡原有的一萬駐兵，共是四萬人。平南郡與南秦的邊關重地主要是兩處，一處是四夏江，兩國隔江對望，驅船過江便到了鄰國境內。另一處是石靈崖，蕭國在崖谷的東邊，南秦在崖谷的西南。

龍騰做了部署，都尉侯立良的一萬軍入龍家軍，按兵種分工分營一起訓練。四萬人裡，一萬五千在四夏江高高的堤牆後紮營駐守，另一萬人去石靈崖。剩下的兵馬在中蘭城兵營守衛待命。三處營地呈三角方位，各營之間的官道小路驛站關卡全部排審插旗對牌，周邊縣、鄉、村連著中蘭城的要道也都有官兵設哨。

龍騰雷厲風行，軍紀嚴謹，訓練嚴苛，短短數日便提了足足一冊的軍事防務改建新建的要求。工兵工匠們被徵派各處忙碌起來。平南郡因著這一連串動作似乎擺出了「隨時可戰！戰必取勝！」的凌厲氣勢。

太守姚昆有些憂心，若是南秦之前真的並無入侵之意，如今會不會當真認為我大蕭有進犯之心？這般反而激化了衝突。

龍騰淡然回道：「我們在自己家中忙碌，外人如何知道？」

姚昆一愣，猛地反應過來，忙道：「將軍這話說的是，築防事、調兵將、大隊人馬的操練，這不必細作刺探，尋常百姓皆已知曉。南秦還有商人在平南郡內走動，自然是會知曉的。」

其他官員點頭，似乎對細作之事並不擔憂。

龍騰挑挑眉，「我大蕭兵力強盛，防務嚴密，能保百姓平安，百姓知道這些難道不是好事？南秦若是原本心懷不軌，如今重新掂量審慎，難道不是好事？姚大人多慮了。」

姚昆抿抿嘴，他於平南郡為官二十餘載，數年主薄十數年太守，自認對南秦了解得清清楚楚。他道：「二十年前南秦與我大蕭打了三年仗，被龍老將軍及龍將軍打得落花流水，聖上心慈，受降議和，開放了鐵石交易，這才有了南秦與我大蕭今日和平。當年的教訓歷歷在目，十七年前我便在中蘭城這兒親眼看著他們投降求和。這十七年來，兩國關貿日漸繁盛，南秦日漸富足，他們可是靠著當年的和平協定才有今日，若要進犯，一來會再受我大蕭強兵鐵馬重創，二來關市一閉，鐵石不運，南秦失財失利。」

姚昆說到這裡，頓了一頓，看看座上的官員，大家紛紛頷首，顯然與他是一樣的看法。姚昆道：「將軍，依我看，南秦搞些小動作不假，是為了讓我大蕭防備警惕，好提高談判籌碼，從我大蕭處再拿些好處，但打仗？」姚昆搖頭，「他們不敢。」

這已是姚昆第二次明確表態，認為南秦絕無進犯之心。龍騰微微點頭，二十年前他還只是個五六歲的稚童，那數年之戰，他從祖父和父親那聽了許多，兩國皆傷筋動骨，南秦尤甚。此後南秦確是老實溫順，龍勝曾酒後議此戰時豪氣沖天地大聲道：「打得他服服貼貼，焉敢再來！」

如今來沒來，龍騰不好說，軍情不是靠猜測靠以為，他要看情報。

回到營中，校尉謝剛在等他。

凡軍中皆有探子，探路、探水、探人、探敵情，察聽、偵邏、用間等，兵書有云：「用兵之要，必先察敵情。」龍家軍有不少探子，一些散在外頭，一些在軍中，各有職能各有編制，而管轄著各路探子的，正是謝剛。

「如何？」龍騰問。

謝剛道：「她確是安家大小姐，名叫安若晨。安家在中蘭城是大戶，安大小姐的父親安之甫有三家酒樓、兩家貨行，近來正準備再開一家全平南最大的玉石鋪子。」

「玉石？」

「是，正是從南秦入的貨。他近來與南秦的玉石商人礦主走得近，前兩個月裡，宴請了五六回，但據說平南郡裡與南秦關係最好的，卻是福安縣的錢裴錢老爺，這買賣關係該是他給牽的線。錢裴的兒子是福安縣縣令錢世新。」

龍騰知道錢世新，方才議事會上，錢世新就在。他也聽說過錢世新父親錢裴之名，這人與南秦關係不錯，傳聞年輕時曾在南秦遊歷，結交了不少友人，後回到中蘭城辦學館。讀書人素來清高，不屑行商之事，錢裴倒是無這顧忌，他自己不做買賣，卻結交各類商賈，舉薦人脈路子，不必親自開鋪，也賺得盆滿缽滿。據說他教書也教得好，學生子弟不少，姚昆便是他的門生之一。二十年前兩國大戰時，錢裴憑著自己在南秦的人脈關係，與姚昆冒死探聽了些南秦的情報，立過大功。之後姚昆靠著這事，在蒙太守死後接任太守之位，而錢裴不喜為官，推拒了皇上賜官的恩典，只收了錢財寶物。錢家自那之後，門楣光耀，其子錢世新年僅二十歲便以布衣出身當上了五品縣令，也是為人津津樂道的事。

謝剛道：「那錢老爺名聲不好，聽說他早已不教弟子了，倒是一頭栽在錢色裡，仗著人脈通達和從前的那點功勳，越老越是猖狂。打罵下人，買賣婢女，納了好些妾室收了好幾房丫頭。聽說錢大人對此很是惱火，與錢老爺分了家，一居東宅，一居西宅，各有門戶出入，眼不見心不煩。」

「安家的玉石買賣有何特別之處？」龍騰一邊問一邊看公函卷宗。玉石體積重量都大，貨運上方便動手腳，偷藏偷運些什麼都比較容易。就算將人藏在箱子裡，也不是不可以。

「鋪子還未開張，只知南秦那頭的關係是錢裴辦的，安之甫管出錢出人置辦鋪子。照著商舶司裡登記的帳目，安之甫已經給三箱貨交了錢銀和稅金，一千八百多兩銀子。」

數目巨大。龍騰鎮定地繼續看卷宗。

「安之甫與錢裴不但合作買賣，還即將聯姻。安家大小姐與錢裴訂親，婚期在十月二十四。」

龍騰一愣，抬了頭。居然訂了這種親？安若晨和錢裴？

「做填房？」

「是。」

龍騰挑了挑眉，「安若晨的筆跡查了嗎？」

謝剛拿出一張紙，遞給龍騰，道：「安大小姐在廟裡供了長明燈，這是她供在燈前的佛經，是她在寺中親手所抄。說不好細作那字條是不是她寫的，字跡雖不完全一樣，但她的字也有些灑脫勁頭，頗有書生氣。若是想特意寫出字條上的字，也不是不行。」

龍騰看了看那手抄佛經，仔細琢磨這事。

安若晨此時正在街上逛，她在家裡表現老實，還主動問了婚事籌備採買事宜，列了一個單子寫上自己想要的東西。「既是要嫁了，總不好虧待了自己。」一副見過將軍犯完花癡心願已了，嫁就嫁了的模樣。

安之甫見她如此，解了她的禁足，還真讓帳房撥了些錢銀，讓她買東西去。

安若晨帶了丫鬟上街，一路朝平胡東巷的方向走。她此次出來是想確認租屋狀況，觀察好沿路情形，逃家時也好心裡有數。她走得慢看得細，還一路買買買。身後的小丫鬟兩手抱滿物件，被磨得疲憊。安若晨看好了時機，讓她去街尾那家茶鋪子買好茶等著她，她選完香膏就過去。

累得胳膊都要抬不起來的丫鬟如釋重負，趕緊去了。安若晨眼見著她進了茶鋪，火速挑了兩種香膏，讓店家包好，看準丫鬟側身捶胳膊沒往這邊瞧，閃身拐進了一旁的小道。小道沒什麼人，安若晨撒腿就跑，跑到底，左轉沿著小路繼續跑，很快看到了一條不起眼的小巷子。

安若晨看了看周圍，沒有商鋪小販，全是小宅小院，門戶都關著，有個大娘牽著個孩子輕唱著歌謠，進了小屋後也輕輕把門關上，之後這小路上再無聲響。

安靜偏僻，是個藏身的好地方。

安若晨快速走進平胡東巷，找到最裡頭的那間屋子。門檻木頭破了一截，門鎖上綁了紅線，跟陸大娘說的一樣。安若晨拿了鑰匙開鎖，很順利打開了門。

小屋子只有一床一櫃，屋後窗前有個不能稱為桌子的條案，還有一張舊椅子。屋子頗小，滿是灰塵，但收拾乾淨了應該還不錯。安若晨鬆了口氣，在心裡迅速過了一遍需要添置的東西，才趴到後窗查看，又打開後門走出去。屋後是個過道，過道那邊是後牆，倒像是有個窄窄的小後院似的。院子裡有一口水缸，還有兩根竿子搭著根繩子，許是晾衣裳用的。

過道右邊那頭是堵死的，也是牆，左邊的牆卻塌了半截。安若晨想到陸大娘告訴她的，說隔壁也是空屋，沒人住，屋主就犯懶沒修那牆，她已與屋主說好盡快修繕，窗紙也會重糊。

安若晨邁過牆去看，隔壁真是空屋，連床都沒有，只擺了圓桌和櫃子，還有兩把椅子。有點奇怪，安若晨直覺哪裡不對。

對了，都是空屋，為何這間這麼乾淨，而她那間卻滿是灰塵？

正疑惑間，房門忽然「吱呀」一聲，被推開了，安若晨嚇得猛地蹲下。

只驚鴻一瞥，她卻看清了，推門進來的是徐婆子，給她家說親的媒婆。就是她帶著錢裴的聘禮上門，眉開眼笑地對她說「恭喜大姑娘」，恭喜個豬狗牛羊雞鴨鵝。

安若晨後背緊貼在牆上，整個人縮在窗戶下面，緊張得心都要跳出喉嚨。若是被徐婆子看到她在此處，她真是百口莫辯，事情再傳到她爹耳裡，她就再沒逃跑的機會了。

安若晨小心翼翼聽著屋裡的動靜，聽到徐婆子坐下的聲音，她慢慢朝那半截牆爬過去，手掌剛撐到地面，聽到門外有人敲門，徐婆子砰的迅速起身。安若晨嚇得一縮，不敢動了。

徐婆子去開了門，安若晨趁機爬到窗邊，離那半截破牆只有三步之遙。依她目測，屋裡透過窗戶能看到這牆的位置，她這會兒爬過去，會被看個正著。安若晨屏氣凝神，等待著機會。

進屋來的是個男人，徐婆子喊他「解先生」。安若晨聽不出這位解先生的年紀多大，說話倒是挺和煦的感覺，只是跟媒婆約在這種地方，肯定不會是什麼好事。

安若晨猜對了，她聽到解先生對徐婆子道：「那兩個姑娘若是不行，妳就再物色別的，莫與她們多說，省得到時還得滅口。如今先莫管她們，有重要的差事交給妳辦。」

「是，先生請說。」

「妳找幾個人，要城裡的生面孔，機靈些的，去將城北的糧倉燒了。」

安若晨嚇了一跳，忍不住悄悄探頭往屋裡看了一眼，那男子背對窗戶，她看不到長相，徐婆子一臉嚴肅恭敬地聽著那男子說話，壓根兒也沒往窗戶這頭看。安若晨覺得機會來了，再不管他們要燒哪兒，她輕手輕腳往那半截牆走過去，抬腿邁到一半時，聽到屋裡男子道：「有人？」

安若晨嚇得差點把舌頭咬掉，她加快動作，迅速邁到牆這頭，閃身躲到牆後。

「沒人。隔壁是空屋，無人住的。」這是徐婆子在答話。

安若晨瞪著這窄小的後院和破舊的後門，冷汗濕了背脊。

徐婆子一邊答話一邊走到後窗往外看，窄窄的過道和半截破矮牆，跟以往沒什麼不同。忽然牆上有隻貓跳了過去，徐婆子道：「是隻貓。」

可解先生還是出去了，他走到破牆那邊看了看，抬腳邁了過去。

隔壁屋子確實是沒人，解先生從窗戶往裡看了看，有些不放心，乾脆進了屋。

徐婆子也跟了過來，道：「確實是隻貓。」

解先生在屋裡看了一圈，打開櫃子，看了床底，什麼都沒有，還沾了一手的灰。他就此作罷，領著徐婆子又回到屋裡。交代幾句後，似還不放心，道：「莫再來此處，下回換個說話的地方。」

「是，是。」徐婆子連連點頭答應。解先生謹慎且多疑，她早就領教過了。

兩個人說了一會兒話後，很快前後腳離開。解先生走時，看了隔壁的木門一眼。

安若晨縮著身子躲了半天，沒聽到什麼動靜，一咬牙，從缸裡悄悄探出頭來。沒看到人，沒聽見什麼聲音，於是輕手輕腳從缸裡跨出來，迅速躲到半截牆後聽了聽，隔壁似乎是沒人了。她快速進屋，打開前門出去，鎖好門鎖，疾奔出了巷子。

一口氣跑過小路，繞進小道，周圍有些許行人，安若晨放了心，放慢腳步，若無其事朝茶水鋪走去。離開這麼久的理由她早想好，就是她又逛了逛別的店，逛得忘了時間。

安若晨繞進小道之時，一個男子走進了平胡東巷，正是那位解先生。

去而復返是因為他還是很不放心，不但不放心，他還想起來了，離開時他看到隔壁關著的屋門上掛著鎖。若是空屋，為何不鎖門？若是沒必要鎖，為何又掛著個鎖？

解先生很快走到巷子最裡頭的屋前，門是鎖著的。

解先生皺起了眉頭，他很確定他走時看到的這鎖只是掛著。解先生看了看，運氣用力，將鎖從破舊的門上扯了下來，一把將門推開。

屋裡的擺設與剛才一樣，櫃子床底都沒人。他相信這次是真的沒人了，但他必須再找找。

他仔細找遍屋裡的每一個角落，什麼都沒找到。那個空空的大水缸讓他很懊惱，先前竟是忽略了這個。他繼續查看，在方才他與徐婆子談話的那間屋子窗戶下面撿到一個小兔形狀的白玉耳環。

解先生拿著耳環在陽光下仔細看，微瞇了瞇眼。

安若晨回到家中，直到老奶娘問起，她才發現耳環少了一個。

隨她出去的小丫鬟道：「許是在衣鋪子裡擠的。今日也不知怎地，竟有許多人去那鋪子逛。」

「怪可惜的。」老奶娘知道安若晨很喜歡這對耳環，時常戴著，她讓小丫鬟去那衣鋪子找找。小丫鬟今日太累，不太樂意，但看老奶娘板了臉，便去了。

半晌後丫鬟回來報說沒找到，安若晨很是忐忑。老奶娘以為她捨不得那耳環，道：「不是還有一個嗎？我拿到首飾鋪去，讓他們照原樣再做一個便是。」

「不不，那式樣也舊了，要換也換個新樣式的好。」安若晨忙道。若真是丟在不該丟的地方又被人撿著，那去首飾鋪重打一個，簡直就是告訴對方：「沒錯，就是我，是我偷聽了你們的談話！」

安若晨揉揉額角，將這想像壓了下去，當真是怪嚇人的。

虎威將軍宗澤清走進紫雲樓書房時，看到龍騰正捧著書彎著嘴角似在笑。

宗澤清揉揉眼睛，仔細再看。好吧，沒在笑，還是那張嚴肅臉，剛才定是幻覺了。

宗澤清撲過去爛泥一般倒在龍騰身邊的椅子上，「將軍啊！」

龍騰鎮定地繼續看書，對宗式撒嬌法完全不為所動。

宗澤清坐直身體，態度懇切，「將軍，你快派我去前線駐守幾日，讓我歇息歇息。」

宗澤清今年二十五，比龍騰小幾個月，生了張娃娃臉，秀氣斯文白淨模樣，笑起來人畜無害，單純可愛，可在戰場上卻是驍勇。因著立了戰功，被皇上賜名虎威將軍，封五品。官是封了，官威卻是沒有的，他整日嘻嘻哈哈，與誰都能打成一片。謝剛看穿他，總道：「不如到我這邊做探子，你這張臉，應該挺好用的。」

呸！他是虎威將軍好嗎？虎威！

但其實宗澤清還真是也幹著探子的活，另一種探子。

比如到了這中蘭城，龍騰公務繁忙，禮物帖子收了一堆，卻誰的邀約都不赴。宗澤清就不一樣了，誰的邀約都去，不邀的他想去也去。笑容可親，與官員富紳周旋，幫著龍騰轉圜，說將軍有皇令壓身，不敢鬆懈。

因著龍騰不苟言笑，宗澤清這般好說話立時引來不少人攀交。短短數日，宗澤清在城裡便混得如魚得水，應酬不斷，前呼後擁。

宗澤清一本正經的撒嬌又被龍騰拒絕了，龍騰嚴肅地問道：「打聽到什麼了嗎？」

宗澤清滔滔不絕開始說哪個官跟哪個府有姻親關係，誰誰誰是誰誰誰的遠房表叔，哪個富紳掌著城裡的哪些買賣。各種閒事足足講了一個時辰，還喝了兩壺水。

龍騰一邊翻書一邊聽著，也不打斷。宗澤清終於講完了，看龍騰沒反應，便故意挑中間段又講一遍，剛開個頭說到某某某，龍騰淡淡開口：「這個你報過了。」

很好，證明將軍有在聽，那他不必傷心。宗澤清又灌下一杯水，熱情懇切地道：「將軍，楚青前線巡防多日，太辛苦了，換我去幾日吧。」看將軍沒反應，於是又道：「崇海日日練兵，太操勞了，不如換我去校場幾日吧。」

喝酒應酬聊八卦，比操練還累。將軍半點不憐惜手下，唯有自己憐惜自己。

「行。」

宗澤清精神一振，頓覺自己又活了過來。

「來日方長，混一陣晾一陣，莫讓他們覺得你太好掌握。」

「是，是。」宗澤清跟隨龍騰多年，配合他唱黑白臉也不是第一回了，自然熟知龍騰的手段。既是龍將軍對部屬管束嚴厲，又豈會容手下天天與人把酒言歡？所以他休息幾日，再尋個機會去與人說他被龍將軍訓斥，罰他帶兵苦練，伺機與人吐吐苦水，更易與那些人拉近關係。

「那些禮物和帖子我看了，有幾家可以見一見。」

「有特別之處？」

「嗯。」龍騰放下了手上的書，「確是特別。」

宗澤清看清了書封上的書名，想說的話都忘了，半張著嘴卡在那裡。

真他奶奶的熊！《龍將軍列傳》！

這馬屁可是拍到天上去了，得厚顏無恥到何種境界，才能幹出這事來？

「將軍！」宗澤清聲音都抖了，興奮的，他太想看這書了，「此書可否借末將一閱？」

「不行。」龍騰把書收了，「我怕你看了之後把持不住，從頭笑到尾，毀我龍家軍名聲。」

宗澤清半張著嘴又卡在那了，居然這般精彩，還不讓看？

「將軍打算要赴誰家的宴？」

「安家。」

◆　◆　◆

安若晨有些著急，今日竟不是陸大娘來送菜，她想與她說說話也沒機會。平胡東巷那屋子是不能住了，她得託陸大娘重找。還有，她要囑咐陸大娘若是有人打聽租屋的事，她得編個圓滿的話來。這事不能拖累了大娘，也不可暴露了自己。

正琢磨著，丫鬟來報，老爺讓大家都到廳堂去。

堂廳上，安之甫春風得意，喜上眉梢地宣布，龍大將軍將於後日到他們府上做客。

話音剛落，各房姨娘們頓時炸了鍋，僕役丫鬟們也都忍不住竊竊私語起來。

安若晨低著腦袋偷偷撇眉。那個龍將軍？她還記得他的模樣。明明看起來威武雄壯人模人樣，怎麼腦袋被驢踢了，居然被她爹成功拍上了馬屁，要來她家做客。二品大官啊，整個閃閃發光，結果即將閃錯地方。

安若晨心裡嘆氣，看來中蘭城危矣，平南郡危矣，靠這位大將軍守護，頗是靠不住啊。

但這對她來說是個機會，龍將軍要來做客，意味著全家的注意力都會集中在龍將軍身上，後院肯定無人，屆時她悄悄溜走，定是神不知鬼不覺。

來不及換房子了，但也許她用不著房子，家中宴請貴客，無人留意她，就算發現她不見了，爹爹礙著將軍在場，也定不會張羅人出門尋她，她有足夠的時間出城。

安之甫可不知道大女兒心裡打的主意，他眉飛色舞地囑咐著後日宴請之事。到了那日，所有人務必盡心盡力，要禮數周到，要衣著得體，尤其是女兒們……準確地說，是除了安若晨之外的女兒們，都要打扮妥當，還要會說話，總之，要讓貴客滿意而歸。

安若晨一邊盤算著逃跑的事一邊低頭聽訓，在心裡猛翻白眼。爹啊，您老人家要不要把府門那匾額摘了，掛上個「百花樓」的招牌？你又不是花樓的老鴇，你女兒又不是賣笑的，這種什麼打扮漂亮會說話的吩咐，是一個為人父親該說的話嗎？

還滿意而歸呢，滿意個豬狗牛羊雞鴨鵝，呸！

後日很快到了。

安府張燈結綵煥然一新，堪比過年時節的熱鬧。許多好事者遠遠駐足相望，安之甫在大門處等著龍將軍，得意得鼻子都要翹到天上去。

宗澤清與龍騰領著衛兵隊騎馬而來，看到街口一路延伸到安府門口的紅地毯，還有安府門口那一堆人，以及穿紅戴綠好似要出嫁的安之甫，宗澤清驚得差點摔下馬去。

這也太……一時想不到形容詞。宗澤清摸摸鼻子，偷眼看了看龍騰，將軍要是撐不住甩臉走了，他是也跟著甩臉呢，還是繼續扮好人？

但龍騰臉上看不出喜怒，八風不動，鎮定自若。

宗澤清再摸摸鼻子，人家的官銜「將軍」前面有個「大」字，果然是不一般的。

離安家門口越來越近，安之甫看到宗澤清，笑得分外燦爛，笑得宗澤清起了雞皮疙瘩。沒錯，大將軍願意到安府赴宴之事是他出面張羅的，是他傳了安之甫過去與他道了這事囑咐他好好安排，還說是他相勸將軍出來走動走動，結交些城中人士，當然赴誰的宴還是將軍自己挑。

安之甫當時就說「那書將軍喜歡就好」，宗澤清立馬想到了《龍將軍列傳》。竟是安之甫送的？究竟是本什麼神書，看不到簡直撓心肝啊！

不過眼下最撓心肝的是安之甫熱烈的眼神，不要這麼盯著他看，也不要這樣盯著龍將軍看，笑得怪噁心的，你自己不覺得嗎？

安之甫顯然不覺得，他熱烈歡迎了龍將軍和宗將軍的到來，諂媚地將一眾人迎進府去。

進了安府，宗澤清又驚到了，兩邊婦孺列隊迎接，這是什麼鬼規矩？

安之甫不覺有何不妥，喜孜孜地一個一個介紹著：「將軍，這個是我大兒子，名叫榮貴。榮貴，快過來見見將軍。」

龍騰點點頭，保持著他的嚴肅臉。目光一轉，在隊伍裡找到了安若晨。她站在最後面，毫不起眼的位置，低垂著頭，一副乖順的樣子。

安之甫跟在龍騰身後一邊嘮叨一邊往前走。他正室身故，有四房妾，兩個兒子、四個女兒。大女兒許了人家，略過不提，小女兒年紀太小，略過不提。而長子安榮貴已十五，跟著自己學做買賣，二女兒安若希，剛滿十六，二人均為二房譚氏所出。三女兒安若蘭今年十五，三房薛氏所出。這兩個女兒正當適婚年紀，乖巧可人……

龍騰當沒聽見，似不經意四下看看，其實時時留心安若晨。她似乎有哪裡不對？他琢磨著，啊，原來如此，她的身形竟是與上回相見時不一般了。

安若晨聽得爹爹跟龍騰猛誇自己那兩個待字閨中的女兒「可人」，直想裝暈讓人把她抬下去。抬眼偷偷看二妹和三妹，當真替她們尷尬。兩個妹妹頭低到胸口，臉漲得通紅。

安若晨眼角掃到龍騰，下意識看過去，卻看到龍大將軍竟然在看自己。她怎麼了？她不在「可人」的範圍裡啊！她也沒有嬌羞……啊，對了，眼下這場景她應該怯生生的才正常，當下趕緊進入狀態。可是，將軍，你在看哪裡，視線方向不對。

安若晨皺起眉頭，待反應過來，差點跳起來。他竟然在看她的胸部，雖然只停留了一會兒，但還是被她抓到了。他抬眼，對上她的目光，絲毫不羞愧，更沒有被人抓個正著的心虛。

他直視她的眼睛，眼神犀利帶著探究。

安若晨低下頭，與兩個妹妹一樣臉漲得通紅。不是羞的，是生氣，氣得連拳頭都握了起來。

龍騰走入宴客廳坐到了上首，彷彿剛才那一瞬的眼神交流並未發生。只是安若晨這緊張的模樣，讓他直覺她心裡打著什麼鬼主意。

安之甫相當利索地把兩個女兒塞在龍騰旁側的位置，自己陪坐在另一側。

宗澤清心裡對安之甫塞女兒的舉動鄙夷，他看了龍騰一眼，暗想這邊城地方果真是民風慓悍，竟是半點不拘禮。將軍是對的，未曾讓他看那書，光看這安家的嘴臉他便快要把持不住，若看了那書……哎呀，好想看！

安若晨低眉垂頭，老實安靜，但也不知是自己心裡存了念想還是如何，總覺得有目光盯著她，是龍大將軍。可抬眼偷看時，卻只見龍騰道貌岸然地板著臉聽別人說話，似未留意自己。

安若晨猜不透龍騰的心思，她坐了一會兒，開始從剛才的惱羞成怒中冷靜下來。大將軍來她家做客的原因是什麼？絕不可能是城外那一面讓他對她起了色心，她雖對自己容貌頗是滿意，但不覺得有這般的魅力能讓大將軍屈尊來此，更不可能是賣她爹的顏面。什麼結交城中人物，從東城門排到西城門，人物這一隊裡也排不上她爹。她爹是樂昏了頭，難道不覺得這事有古怪？

一旁的四妹安若芳不明所以，她以為安若晨介意二姊和三姊都坐前面，而她被排擠到角落，於是夾了一筷子的菜，放進安若晨的碟子裡，小小聲道：「大姊，妳吃。」

安若芳是四房段氏所出，在所有姊妹裡，對安若晨是最好的，也是她們幾個姊妹當中，相貌最好的。才十二的年紀，已是水靈嬌豔，完全承得了她娘的好相貌。段氏是城郊來喜村的村姑，生得極美，被安之甫看中，納為四房，極寵愛了好一段時日。她性子潑辣，與各房沒少生嫌隙。因著記恨安若晨小時罵她的那句，故而也不許安若芳習字，偏偏安若芳最喜歡大姊，常悄悄找安若晨說話。

安若晨對安若芳笑了笑，吃了她夾的菜。若她走了，怕是最記掛這妹妹吧。她如今年紀還小，爹爹不能如何，但再過幾年，也不知爹爹會拿他這最貌美的女兒換什麼好處。只盼妹妹人美心善有福報，能嫁個好人家。而她自己，只求找個容身之所，平平安安活下去。

席上，龍騰幾乎沒怎麼說話，全是宗澤清在應酬。相比之下，安之甫這頭就熱鬧多了。安之甫話多，相陪的一些商賈鄉紳也不甘落後，頻頻勸酒，伺候周到。眾人馬屁一個接一個，把龍大將軍幾乎誇到了天上去。誇得縱使如宗澤清這般「見多識廣」的，都不由自主偷偷揉臉皮。

安之甫說道：「將軍威名那是不用說的，就連坊間都有《龍將軍列傳》一書廣為傳頌，人人爭閱，搶都搶不到。我可是花了好大的功夫，花費重金才得了一本，將軍覺得寫得如何？」

「寫得不錯。」龍騰答。

「噗」一聲，安若晨一口湯噴了出來，嗆得連咳好幾聲。

全場都靜了下來，安之甫狠狠瞪了安若晨一眼。安若晨忙低頭道歉，稱自己喝得太急嗆著了，有失禮數。安之甫斥了她兩句，眾人打了圓場，繼續熱鬧起來。

安之甫順著剛才的話題繼續，說什麼將軍喜歡就好，他特意安排在花園搭了戲臺，一會兒用完飯可去賞賞花聽聽戲，那可是《龍將軍列傳》的選段。

「啪」一聲脆響，全場又靜了下來。目光掃向聲響處，那是安若晨的碗摔了。

安若晨縮到桌下，手忙腳亂地低頭收拾，實則掩飾她那憋得扭曲的臉。居然連戲都要唱上了？《龍將軍列傳》的選段？天老爺，她真想寫「服氣」二字給她爹。

這次安之甫忍無可忍，斥罵安若晨「丟臉的東西」，喝令她退下。

安若晨諾諾應聲。太好了，早知這樣，應該早點摔碗。將軍您好好吃飯慢慢聽戲，我走了。

安若晨回到屋內，一如她所料，院子裡沒什麼人，丫鬟僕役全都調到前院招待貴客去了。她屏退老奶娘和貼身丫鬟，假模假樣寫了一會兒字，一邊寫一邊仔細聽著外頭的動靜。待確定全都沒了人，便迅速行動起來。

裹緊胸脯，拿好包袱，奔向後院。

她昨日見著了陸大娘，與她說了房子不合適的事，付出的租錢她也不要了，只是得讓屋主保守祕密，切勿洩露這屋子租出去過，也莫要將陸大娘牽扯進來。陸大娘昨日忙碌，安家宴客要的食材太多，她得跑好幾趟才能都送全，也沒空與安若晨多聊，聽得安若晨如此說，不細問便一口答應，再匆匆忙去了。

安若晨交代完畢，再安排好了一切，就等如今這刻。

西後院柴房外頭，堆了一堆還未劈成柴的木頭樁子。牆外有棵樹，踩著木堆可爬上牆攀上樹，正是翻牆離家的好地方。安若晨小心翼翼，順利到達後院牆邊。她背好包袱，攀上木頭堆，踮起腳尖抬高手臂搭上牆頭，蹬著牆面往上爬。

試了幾次未成功，安若晨有些著急，乾脆把包袱解下來，先拋到牆外，然後一鼓作氣，手足並用，使出了吃奶的力氣，胳膊終於撐上了牆頭，這時身後有一個聲音道：「妳使力的方式不對，這樣會讓手腕受傷。」

安若晨猛地一驚，手一鬆，從牆上摔了下去，滾到了木頭堆上，磕著了膝蓋扭了腳。

「牆那頭沒有踮腳的地方，我猜妳想攀著那樹下去，但妳身高不夠，手臂未能那般長，該是攀不著那樹。若是用力一躍，倒是有可能抱住樹幹。只是瞧妳方才爬牆之力，腿腳手臂力道不夠，只怕躍不過去，勉強過去了也抱不住樹。」

反正怎麼著都是摔死的結果。

安若晨痛得猛吸氣，用不著等「躍不過去」，她現在就已經摔了。安若晨又是懊惱又是生氣，狼狽地爬下木頭堆，忍著腿痛，施了個禮，「見過將軍。」

這人怎麼不好好吃飯聽戲，居然跑到這兒來了。

安若晨看了看周圍，沒有別人，只有龍將軍，也不知是不幸中的萬幸還是不幸中的更不幸。

「將軍怎會在此？」安若晨若無其事地問，彷彿剛才被捉個正著的事壓根兒沒發生過。

龍騰掃了她的胸脯一眼，一本正經答：「上茅廁。」

眼睛是在看哪裡？安若晨心裡惱怒，面上卻得維持笑容，「那是我們招呼不周，怎地沒個人領將軍去呢？若是將軍不嫌棄，我帶將軍去吧。」信他才有鬼，上茅廁怎會到這偏僻後院來？

「我離開太久，會招人找尋。」龍騰淡然道：「姑娘還是莫費功夫裝傻，長話短說才好。」

安若晨心裡一跳，收起笑容，但她並不明白龍騰的意思，「將軍讓我說什麼？」

「姑娘要逃家？」雖是問句，但龍騰語氣篤定。

安若晨心跳得更快，「將軍待如何？」威脅她？她有何值得威脅的？

「我給姑娘一個機會說服我不將此事告之令尊。」

安若晨腦子裡瞬間轉過好幾個念頭，但仍不明白。「將軍想要什麼？」她乾脆直接問。

真爽快，也很冷靜，不像尋常閨秀的表現，龍騰的疑心無法消除。

「姑娘這是要上哪兒去？」

安若晨咬咬唇，漸漸紅了眼眶，絞著手指，可憐兮兮地道：「將軍，我爹爹要將我許給平南縣的錢老爺，他已經六十了，有許多妾和通房丫頭，聽說脾氣暴躁，狠毒凶殘，對下人妾室動輒打罵，他上一位填房夫人便死得蹊蹺。我害怕，我不能嫁過去。」說著說著，眼淚都要下來了。

這回演得不錯，看來裝可憐她是相當熟練了，扮花癡的經驗少些。

龍騰面無表情，聲音也絲毫沒有同情之意，「所以姑娘想上哪兒去？」

這個問題安若晨不能答，龍將軍行事可疑，莫說他如今沒有偏幫她的意思，就算有，她也不能信。安若晨垂頭輕泣，吸吸鼻子揉揉眼睛，模樣是真可憐。

倒是沉得住氣，龍騰打量著安若晨，不說話。

結果安若晨也不說話，紅著眼低著頭杵在那。

她在想對策，而龍騰不打算給她機會，於是道：「妳考慮甚不周全，怕是逃到哪兒都不成。」

安若晨沒什麼反應。

「妳只想到前門和側門不能走，可曾想過這後院之牆也是不能翻的。」

安若晨愣住。

「二品大將帶著衛兵隊而來，難道妳以為那些衛兵全都跟妳家僕役一般守著大門側門或是桌前廚房伺候？」龍騰說著，大聲一喝：「衛兵！」

牆外傳來一聲應：「將軍有何吩咐？」

安若晨吃驚地抬頭。

「無事。」龍騰回了衛兵，再對安若晨道：「除了宅中院內，府外各處自然也是有人守衛。姑娘只看到自家僕役動靜，卻未曾考慮周圍其他人的狀況，就如同姑娘只看到木樁能搭腳翻牆，卻未曾考慮自己的身高臂長力道一般。」

安若晨啞口無言。

「旁的先不論，先說妳出逃一事。就算妳逃家成功，離了城，不消半日，妳爹便能報官尋人。衙門會將妳的畫像發往附近各城各縣通報尋人，妳只換了普通人家的粗布衣，相貌卻是未變，妳連下一城的城門都進不了便會被認出遭到拘捕。這般境況，妳能逃到哪裡？又有誰敢收留妳？」

安若晨吃驚地張大了嘴，她完全沒想過這樣的事。

「就算暫時無人發現妳出逃，或者妳爹顧忌著我在而不敢報官，妳得以逃出中蘭城，再幸運一點，躲過其他城的盤查，遠走至無人盤查緝捕妳的小縣小村。但地方越小，對新來入戶的面孔就越是清楚。妳若想長住，籍簿司下的小吏很快便會找上門來，盤問妳的來歷去處，妳拿不出籍簿文書，道不明來歷及落戶的緣由，便會有麻煩。少不得花些錢銀打點關係，求個安穩。安穩之後，妳得謀生。妳所會的一切本事，畫畫也罷，寫字也罷，做飯也罷，裁衣繡花做鞋織布甚或其他，妳道哪一處沒人會？妳是女子，拋頭露臉本已是難為，何況出得起錢請師傅做這些事的商賈大戶，自有其慣用的工坊。妳瞧瞧妳爹便知，他可會請不相熟的單個婦人為他做活計？工期短活量多，工坊下頭數人合力才好交差。妳一年輕女子，憑什麼搶了別人的活計？再有，這些活計妳做過多少？會做與做得好是兩碼事。技藝不精，就算妳願意賣身做個廚娘，投身工坊，人家也得掂量掂量。」

安若晨說不出話來，她知道龍騰說的完全在理。她從前想得太簡單了，她真是蠢笨。

龍騰接著道：「妳一外來新人，無依無靠，沒有人脈，妳當謀生如此容易？若是不幸遇著了地痞匪類人牙子混吏好色老爺之流，欺妳獨身，將妳賣入青樓囚於外院，妳叫天天不應，叫地地不靈，那才當真是生不如死，抑或死在何處都無人知曉。」

安若晨面色慘白。她當然不會覺得謀生容易，但龍騰說的，好些個是她之前未曾想到的。

龍騰看她半晌，心知已將她擊亂，於是再問：「難道這親事會比逃家的後果還可怕？」

安若晨咬唇不答。她不明白龍騰與她說這些的用意，說多錯多，她可不想中套。

很謹慎嘛！龍騰再問：「妳爹爹為何將妳許給錢裴？」

這個問題安若晨能答，她道：「錢裴答應與爹爹合夥做玉石生意，這裡頭需要錢裴在南秦的人脈關係，爹爹有事相求，自然得奉上些好處。」

「他可還對妳有其他要求？」

安若晨皺起眉頭，「還能有何要求？」

「只是對婚嫁之人不滿意便逃家，這也太過膽大了些。我以為，會有些更危險急迫的事才會逼得姑娘鋌而走險。」

安若晨很吃驚，她看著龍騰的眼睛，猜測著龍騰在懷疑什麼？她爹難道在做什麼勾當，龍將軍是為了查明真相才特意跑來她家做客嗎？

安若晨冒出比逃家更大膽的想法，「若是我有重大消息相報，可否與將軍交換些好處？」

龍大挑起了眉，挑得安若晨的心提了起來。

「妳可知我是誰？」竟然敢與他談條件？

「將軍屈尊赴宴，屈尊來這後院與我說這許多，我猜將軍需要幫手。」

龍騰不禁微笑起來，還真是小看她了，這膽子大得沒了邊。「是何重大消息？」

龍騰一笑，彷彿岩石融化，俊朗且溫柔，安若晨卻是半點都不敢掉以輕心。

「將軍還未問我是何條件，還未答應我的請求。」

「我乃朝廷命官，可不能插手民間家務事。我來中蘭城是奉皇命守衛邊境之地，並無理由阻止妳爹為妳安排的婚配之事。」

安若晨心一沉，頓覺失望。

龍騰看了看安若晨的表情，又道：「可如若當真是極重大的消息，念在妳報信有功的分上，我倒是可以提點教導妳一番。妳聰明伶俐，只是養在深閨，見識太少，若是能多了解些生活疾苦，謀生之道，興許會有別的好主意也說不定。」

這跟沒答應一般，但安若晨痛快點頭，反正她沒損失，最起碼將軍不會揭穿她逃家的事，至於指點，方才他那番話對她也有用處。

「前兩日，我偷聽到為我談親事的徐媒婆與一男子說話……」

話未說完，忽聽一人大叫：「將軍！將軍大人在這兒呢！」竟是安家的僕役找來了。

安若晨掃了一眼，保持鎮定，堆起微笑繼續說：「那男子讓她找人去燒城北的糧倉，時間沒聽到，男子模樣未曾瞧見，只聽徐媒婆稱他謝先生。」說到這裡，安若晨話鋒一轉，聲音微揚：「將軍是多喝了幾杯，竟這般迷路了？回前院可不是走這邊。」
話音落下，安平帶著幾位僕役和龍騰的衛兵急匆匆趕到，看來將軍在茅廁失蹤是件大事。
龍騰被請走了，安若晨也被丫鬟送回屋裡。看來今日逃跑的機會沒了，而龍騰走時頗具深意地看了她一眼，那眼神也讓她毛毛的。他會相信她嗎？她說的可是實話，他們派人守好糧倉，到時將賊人和媒婆子全都抓住，她立了大功，該得獎賞才是。對了，媒婆子作惡，她說的親怕會落人口實，他們安家可是會捲入通敵賣國的大罪裡，用這與爹爹說，能將錢老爺的親退了嗎？
安若晨不樂觀，但她希望龍騰能相信她，只要她立了功，便能討賞。
可安若晨不知道，解先生那日已拿著小兔耳環去找了徐媒婆，問她：「妳可認得這耳墜？」
徐媒婆接過那耳環細細打量，很眼熟，她定然是見過的，但何處所見，一時想不起來。
「先生從哪兒得的？這是做什麼用？」
解先生冷道：「在那屋子窗外撿的。我們說話之時，屋外確是有人。」
徐媒婆吃了一驚，再看看那耳環，急得皺眉：「這……這個……」
「妳常於各家走動，這耳環可認得？」
「只是覺得有些眼熟，但想不起是誰的。」
「眼熟？」解先生抿緊嘴，沉吟片刻，「如此說來，那人也許認得妳。」
徐媒婆嚇著了，「先生，解先生，這可如何是好？」
「慌什麼？」解先生不緊不慢，「糧倉之事妳不必管了，這段時日妳不要聯絡任何人，正常出入便好。不要找我，若有事，我會找妳。」

徐媒婆驚疑不定，諾諾應了。

貳之章 細作

一連數日，什麼事情都沒發生，坊間竟然半點城北糧倉遭災的傳言都沒有。

安若晨心裡著急，將軍做客之日她出逃未成，還把包袱丟了，她懷疑是被龍大將軍拿走的，畢竟牆外便是他的衛兵。她打聽了，龍家軍軍規甚嚴，兵士不敢私藏侵占百姓財物。後院外頭是僻靜巷路，行人不多，當時又有衛兵把守，自然無人來撿。

總之，她丟了兩個包袱，裡面有她大部分的財產，這些東西很有可能都在龍將軍那兒，或者他知道在哪兒。

安若晨嘆氣，只靠身上這點碎銀和銅板，想要離家是不能夠的。不止是離開這裡，她還得活下去。之前她原打算往娘親的娘家德昌縣方向去，外祖父死後，那邊其實也沒什麼親戚了。小時候她隨娘親回去過一趟，為外祖父奔喪。那時母親伏在外祖父墳前哭得絕望，她不明白，後來她明白了。

爹爹不喜歡娘，娘親心裡知道，卻又不想知道，無人可訴，也看不到希望。

安若晨不明白的是，為何娘如此執著？爹對娘的厭惡，是因為娘太過知書達禮，事事講究，時時勸他。安若晨覺得娘這一生也許就是輸在太重禮教上。爹要納妾，只一聲「妳若不歡喜，我便休了妳讓妳回家」，娘便再不敢出聲。妾室們欺上頭來，她與妾室們講尊卑規矩，被妾室譏笑。因為爹爹寵著妾們，這就是「尊卑」。娘竟不懂？可安若晨後來懂了，所以她不懂娘為何寧可流淚至死，還要求著爹爹念她賢德，讓她牌位入安家祠堂。

安若晨冷眼看著爹爹草草為娘辦喪事，草草將牌位放入祠堂。她真的不明白，娘怎麼就想不通，爹爹對祠堂的在意，就如同對她的賢德在意一般，那些遠沒有銀子來得重要。知書達禮這種事，不過是他門面的裝飾。從前他顯擺他的妻子優雅溫順，琴棋書畫樣樣精通，安若晨甚至想過他就是為了用娘來掩蓋他的粗鄙才騙了娘騙了外祖父娶了她。之後他攀上權貴，錢銀越賺越多，就越來越沒顧忌，結交了一群與他同樣粗鄙低俗惡劣的人物，禮義廉恥早拋腦後。是以，他越來越討厭娘，也討厭她。

母親去世之時，安若晨悄悄留下了母親的一縷頭髮。母親希望能以安家正室的身分入祠堂，生怕安之甫混起來連這規矩都不守。她是正妻，她在乎這名分，安若晨卻覺得母親想錯了，那些虛名有什麼重要？她想如若有一日她能出去，她要把母親的髮帶回外祖父墳前，讓她與真正疼惜她的親人團聚。然後，她就在德昌縣附近落腳謀生，努力過好餘生。

當初娘親曾帶她見過兩位姨，那是母親兒時好友。她再去找找，若能得一分半分的相助也是好的，若沒有，她會畫會寫會繡花會織布會縫鞋會做飯，吃些苦，總能活下去。

可龍將軍那番話將她點醒了，她這計畫必是不會成功。她不想像娘那般，她要活下去，而且不是苟且地活著。安若晨只希望糧倉的那事能順利，若是將軍逮住賊人，拿下徐媒婆，那她便有了邀功的籌碼。

龍騰確實很重視糧倉將遇災的消息，為了不打草驚蛇，他悄悄派了他軍中的人手加強防衛，並沒有知會郡府衙門，而徐媒婆和安若晨這兩邊，他也各派了人手監視盯梢，可幾日下來，各處都沒有異常動靜。

「徐婆子每日都拜訪些適婚年紀的人家，並無與可疑人接觸。安大小姐多數時間都在府中，有時也出門逛逛，有丫頭跟著。要說特別之處，就是她去了郡府衙門兩趟，圍著衙門門前的律鼎打轉。她與丫鬟說，這字寫得好，她好好看看學學。」

倒也有些意思，他說那些後，安若晨竟真去琢磨律法了。龍騰覺得這是個不太好猜的姑娘，每每總能出人意料。說她蠻勇吧，她其實頗機智，說她膽大魯莽吧，她卻又是小心謹慎。他把她想得複雜高深些，卻又發現她不過是個單純沒見識的。若說她簡單，又突然冒出些教他意外的舉動。她那第二個包袱與第一個一樣，只有些衣物財物，並無特別。只是龍騰好奇，她能有多少錢銀，竟一個又一個包袱，下一回她能怎麼逃？還有，她給他的情報是真的還是假的？

龍騰耐下心來，等待著消息。

幾日後，消息來了，卻不是糧倉被燒，而是西郊馬場受災。

那馬場養的全是軍馬，匪賊燒了馬圈和草糧倉，還在馬糧裡投了毒，許多馬兒暴斃。要說馬場的守衛也頗是嚴密，但來襲的匪賊身手了得，竟神不知鬼不覺幹了這事。待得馬夫和衛兵們發現時，火已經燒了起來。衛兵追出了好一段，終究還是讓人給跑了。

此事迅速在中蘭城傳開，包括馬夫的證詞：「那幾個賊人見得衛兵到了，趕緊大聲吆喝逃竄，聽那口音，似是南秦的。」

南秦竟敢在中蘭城中撒野，火燒馬場還投毒，一時間街頭巷尾議論紛紛，人心惶惶。

安若晨聽到了這消息，簡直遭了晴天霹靂。完了完了，竟然不是糧倉，改馬場了。是他們多疑猜出對話被人聽到所以改了計畫，還是根本就有兩個計畫？

賊人抓不到，那徐媒婆呢？

徐媒婆在給城東劉府家二姑娘說親，這是當天安若晨聽到的第二個八卦消息。劉府二姑娘要嫁給城南孫家三少爺。兩家都是大戶，徐媒婆能拿的禮錢一定不少。聽說她喜笑顏開，臉上的皺紋都笑出了花。

安若晨覺得情況不妙，這般看來，她倒成了向將軍謊報消息的騙子，這可是得入獄的。不行，在將軍發怒治她罪之前，她得趕緊見他一面好好解釋。

可將軍的面哪是這麼容易得見，就連爹爹也是遞帖送禮好幾趟才得了回話。她自己肯定沒法給將軍遞帖，這要是給家裡知道，她就麻煩了。安若晨左思右想，想了個辦法。

第二日，很「巧」地遇到管事娘子要給各院分水果，但丫鬟們人手不夠，管事娘子呼喝著讓她們多跑幾趟。安若晨見狀便道：「正巧我也閒著，想找人聊聊，我給妹妹們送送。」

她提了兩個籃子送水果去，因為順道，先去了四房院裡。安若芳見姊姊來，便要跟她一起去送下一趟，兩人便一道往二房院裡去。

安若芳拉著安若晨的手，欲言又止。安若晨知道她是因為前日自己被爹爹打了一耳光的事。那日錢裴來家中做客，毒蛇般的眼睛盯著每一個妙齡姑娘看，從丫頭到她們姊妹，然後他露出令人作嘔的笑容。之後吃飯時他故意摸了安若晨的手，安若晨沒忍住，下意識用力將手抽了回來。當晚安之甫便殺到她屋子給了她一巴掌。

這事在家中傳開，安若晨無意聽到二妹安若希道幸而是大姊嫁那噁心的老頭，而四妹呢，安若晨在她眼裡看到同情。

現在安若芳又這般模樣，安若晨忍不住嘆了口氣道：「若姊姊不在了，妳好生照顧自己。別太怕事，要妳娘多留心，讓妳嫁個好人家。」

安若芳聽得這話，眼淚流了下來。她一把抱住安若晨，「姊，妳莫嫁他，行嗎？他很可怕！」

安若晨拍拍她的腦袋，「莫犯傻，這話莫要往外說，省得爹爹生氣打妳。」一番勸慰，這才把安若芳的眼淚勸住了。

到了安若希屋裡，安若希看到安若芳的苦臉，頓時不高興了，「做什麼哭喪臉到我這兒來？」

安若晨道來送水果，只是小丫頭片子路上與她聊，捨不得她嫁云云。安若希罵幾句安若芳愚笨，但也對婚嫁話題有興趣，便聊了起來。安若晨趁機問：「說來妹妹也到適婚年紀了，爹爹那日讓妳和三妹坐龍將軍身旁，是那意思嗎？」

膽大潑辣的安若希紅了臉，「那哪知道啊，後來爹爹再沒提。」

安若晨沉吟道：「龍將軍是門好親，且中蘭城這許多富賈豪商相邀，他都未去，卻來了我們安府。這事許是能成的，只不知爹爹屬意妳還是三妹。」

安若希臉一沉，她當然希望這機會是自己的。

安若芳在一旁插不上話，也沒興趣，只安靜吃水果。

安若希道：「榮貴是長子，那玉石鋪子的買賣能與錢老爺牽成線也有我娘的功勞，我又比若蘭年長，再怎麼算，這好事也輪不到三房頭上。」

安若晨笑笑，「反正我是要嫁了，這事與我無關。」

「怎地無關？」安若希道：「妳莫忘了，妳嫁到福安縣，那可是我娘的娘家地方，若有個什麼，那邊也有個照應。」

安若晨想想，「那好吧，我也給妳出個主意。爹這邊妳是知道，若是龍將軍看中了，甭管哪個女兒，於他沒差。三妹這人沒什麼主意，三姨娘卻是機靈的，保不齊她對爹爹說什麼。先下手為強，趁這會三姨娘那頭沒動作，妳想法子引龍將軍注意，待爹爹與他提這事，他只記得妳，自然成算就大些。」
安若希皺眉，「可龍將軍不來我們府裡，如何得見？」
安若晨道：「將軍為民操勞辛苦，爹爹心有敬意，但生意繁忙，於是讓家人替他給將軍送些補品過去，探望探望，也是合情合理不是？」
合情合理個豬狗牛羊雞鴨鵝，不過安若晨知道二妹與爹爹一樣，想得利時壓根兒不管這些。
當天夜裡，安若希來找安若晨，她說她探了爹爹的意思，確是有意攀上龍將軍這門親，但不一定是讓她嫁，主要還得看龍將軍能相中誰。
安若晨微笑聽著二妹抱怨，心裡腹誹著爹爹的志向果然遠大，一點都不覺得這高攀得有點太高了嗎？人家堂堂二品護國大將軍，瞧得上咱們這個邊城裡的小門小戶粗鄙商賈？
「爹爹覺得我說的送禮之事甚妙，他明日便給紫雲樓遞帖子去。」
「嗯嗯。」安若晨猛點頭。爹爹幫她遞帖，然後二妹為了能單獨跟將軍說話，必不會讓長輩相陪，而家中姊妹只有她合適相伴，二妹十有八九會領著她去，這事就成了。
「只是我一個未出閣的姑娘家單獨去不合適，四妹太小，三妹那邊我是不招呼的，所以大姊妳陪我走一趟吧。」
果然如此！
安若希臉一板，又道：「話說回來，之前姊姊自己跑出府去半道看將軍，確實太出格了些。姊姊可是訂親待嫁的，對將軍的仰慕之情還是收一收，莫想太多才好。」
安若晨陪著笑，一口答應下來。

第二日，龍騰收到安之甫遞來的帖子。帖子是宗澤清拆的，看了之後嘖嘖稱奇：「這邊城果真是民風開放，當爹的不拘禮，女兒也是豁得出去的。」

龍騰揚揚眉，「安家？」

「對。」

「大小姐？」

「不是，二小姐。」

「嗯。」

「將軍，還是不見吧，哪有女眷跑來送禮的，將軍又不是女的，也沒個夫人幫著招呼。女眷對女眷才是禮數。再者，他家打的這主意也太明顯了，我怕將軍中了套。」

「能中什麼套？」

「比方說回到房內看到個把自己扒光的姑娘，大喊著要將軍負責。雖不會讓她得逞，可也是個麻煩事。」

「這有何麻煩？真要遇著這般愚笨犯賤的，話都不必說，一刀劈了便是。細作潛入將軍府宅，當誅之，誰人能有異議？」

「……」宗澤清閉上了嘴，他沒異議。不愧是將軍，手段雷霆。

「應了安家，讓她們來吧。」

「咦？」明明說了二小姐，哪有她們？

「你讓管事說我軍務繁忙，無暇招呼。收下禮物，帶她們在宅子裡逛逛便好。」

宗澤清撓頭，不明白了。既是不見，為何還讓那二小姐來？收了禮便好，為何還要帶她逛逛？將軍，你不是真的刀癢想砍人吧？

第二日，安若晨與安若希領著丫鬟家僕，帶著安之甫備的禮，來到了龍騰暫居的紫雲樓。紫雲樓的管事方元客客氣氣地接待她們。

這方元原是太守府的二管事，姚昆特地撥他過來打點紫雲樓的起居等雜事。方元按龍騰吩咐的，道將軍不巧今日軍務繁忙，不便接見。為表歉意，府中花開正好，可以引姑娘們走走，賞賞花喝個茶，帶點點心回去。

安若希喜出望外，心中頓生得意。雖見不到將軍，但將軍這安排分明是對她格外照顧，忙連聲應了，嬌羞謝過，抓住時機稱下回定當再來當面致謝。

安若晨在一旁安靜不說話，心裡很失望，將軍應允見面時，她便猜將軍該懂得她的意圖，會找機會讓她見一見。結果讓她們來了，他卻不在。也不知之後還能不能有機會單獨見他，她可不想某天突然被抓到牢裡百口莫辯。

喝了茶吃了點心，說了些客氣話，方管事便叫丫鬟領著兩位小姐到花園走走賞賞花，而安府的僕役丫鬟們則被安排在偏廳處候著。

安若希很是興奮，一邊走一邊與丫鬟聊個不停。看花不是重點，重要的是，這是她打點好紫雲樓下人，以後再與龍將軍多多親近的好機會。她熱心對丫鬟噓寒問暖，誇丫鬟生得伶俐，又側面打聽龍將軍的各種事。丫鬟被她哄得有些暈，一路有說不完的話。

安若晨跟在後頭，腳步越來越慢。她沒心情賞花，她觀察著各處院子屋子，期待著忽然見到龍將軍的身影。他雖不在，卻囑咐下人對她們姊妹熱情接待，這應該是別有用心吧？就如同他願意去安家赴宴一般，是有目的的。

正這般想，忽看到正路過的屋子窗戶開著，屋內那桌上擺著的，正是她那兩個包袱。

安若晨喜出望外，見不到龍將軍，拿回她的銀子也不錯。她從袖中扯出香帕，丟在屋邊牆角，然後跟著安若希和丫鬟繼續走。腳步越來越慢，安若希和丫鬟離她越來越遠，終於在一個轉角處，未曾留心安若晨已經落後許多的安若希拐過彎去，走遠了。

安若晨在轉角處站定，看著安若希和丫鬟漸漸遠走，接著回頭急步朝剛才那屋子走去。她已經想好，若是撞見了人，有人問起，她便道帕子丟了，她回來找。

一路順利，未遇到任何人，帕子靜靜躺在原地，窗戶仍敞開著，屋裡沒人。

安若晨站在窗前，心怦怦直跳。她再四下打量一圈，確實沒人。繞到門的那頭，推了推，門鎖著。安若晨一咬牙，壯了膽子攀上窗沿爬了進去。

打開包袱一看，東西都在，但她拿不走其他的，便將首飾銀兩盡數塞進懷裡。

太好了！這趟沒有白來，起碼錢財失而復得。

安若晨展了笑顏，轉身欲走，卻看到一個高大冷峻的男子倚在門邊看著她。

安若晨的笑頓時僵住。

龍大將軍！

心停跳了半拍，安若晨下意識後退一步，而後她反應過來，趕緊撲通跪下，急急道：「將軍，我未曾說謊，那日我確是聽到一個男人讓徐媒婆找人去燒糧倉，千真萬確！」

龍騰好半晌沒聲音，安若晨抬頭看，龍騰直直地盯著她審視。

「將軍大人……」安若晨再磕頭，「民女確未說謊。」

龍騰終於開口：「我想著，給妳三日時間，若妳不出現，我便叫人去安府捉拿妳。」

真的假的？安若晨心中驚疑，今日正是馬場被襲後的第三日。她嚥了嚥唾沫，驚出冷汗。

「將軍，民女聽到消息也是大吃一驚，民女那日聽得分明，確是說得城北糧倉。定是當日他們發現有人偷聽，這才改了主意。民女說的事千真萬確，將軍將那徐媒婆捉來一審便知。」

「他們發現有人偷聽？」龍騰施施然走到一張椅子前坐下。

安若晨隨著他的方向挪動膝蓋，面朝著他繼續跪著，顯然對下跪這件事相當熟練。

龍騰看著，不作聲。

「確是如此，他們發現有人偷聽，民女躲了起來，這才逃過一劫。此事千真萬確，民女斷不敢欺瞞將軍。」

「這句便是假話了。」龍騰道：「妳聽得重大軍情卻不馬上報告官府，那日若不是我將妳攔下，妳可是半點也沒打算向我透露。」

安若晨噎住。她原先確實是不打算跟任何人說這事，她想離開這裡，可不能自找麻煩。

「那是……那是民女沒找到合適的機會。此事事關重大，民女手上又沒證據，說出來無人信，再被徐媒婆他們知道是何人報官，民女豈不是惹禍上身？民女不過是個弱女子，膽小怕事，未敢及時報官，求將軍恕罪。」

「膽小怕事這句，又是扯謊了。」

「……」安若晨不說話了。

龍騰問：「妳在何處聽到他們商議此事，又是如何躲過去的，他們還說了些什麼？」

安若晨趕緊道，自己在城中租了個小屋，去看屋子時聽到徐媒婆與一男子在隔壁說話，男的疑心屋外有人便出來查看，她當時躲進了水缸未被他們發現。

「當時他們也沒多說，就聽得那謝先生要媒婆子去燒糧倉……啊，對了，他還說什麼姑娘不聽話就算了，不要與她們說太多，省得還得滅口。就只有這句，沒提具體什麼姑娘什麼事。」安若晨說到這兒也反應過來，這麼說來，徐媒婆利用說親或是買賣奴婢的便利，唆使些姑娘為她辦事？她趕緊又道：「媒婆子定是掌握了不少人手，除了能去燒糧倉的賊子，還有些姑娘家可利用。將軍將她捉來，一審便知。」

龍騰搖頭，「若妳所言屬實，那徐媒婆暫時動不得。抓了她，便打草驚蛇，恐怕她上邊的人會得了消息及時脫身。這段日子我派了人盯著她的一舉一動，也未見她有什麼異常。」

「他們既是提防了，自然會循規蹈矩一陣子。」

「他們可曾懷疑到妳頭上？」

「應該未曾，事情過去這些日子，也未有人來找我滅口，那徐媒婆也未曾來我家試探我。」

龍騰不語，安若晨看著他，心中惶然。他會相信她嗎？

過了一會兒，龍騰道：「如今既無人證，也無物證可證明妳的話屬實。妳說燒糧倉，可糧倉無事。妳說徐媒婆有古怪，可徐媒婆並無異常舉止。」

安若晨咬咬牙，「將軍要如何才信？」

「聽說前幾日錢裴到了妳家裡，他與妳爹爹說了什麼？」

所以，還是懷疑安家？若是這般，那她的一舉一動還當真像是奸細了。

安若晨思索著，答道：「具體的我未曾聽到，只是在梅園裡賞花吃茶時爹爹有叫我過去。那錢老爺在我家待了大半日便走了，聽說是商議鋪子開張的事。上回將軍賞光讓我爹爹掙足了面子，他成了城裡的知名人物，他想趁熱打鐵將鋪子趕緊開了，賺上一大筆。他們議事時我弟弟安榮貴、二姨娘譚氏在一旁，還有丫鬟僕役伺候著。錢老爺在中蘭城裡也有府宅，該是會在這城裡住上一陣子。若是將軍想問他們可有可疑之處，我是不知道的。我只知道我爹爹重利，錢老爺重色，兩人見面時對這些毫不掩飾。」

「這玉石買賣當初是如何成的？」

「玉器價格越來越高，我爹爹覺得有利可圖，一直想找路子。整個平南郡都知道，錢老爺在南秦是最有路子的。我二姨娘娘家是福安縣的，便托了關係與錢老爺攀交。我爹爹送了許多禮，還投其所好送了兩個丫頭，可錢老爺一直沒鬆口。後來錢老爺道，若是兩家關係能更緊密些，他才放心幫我爹爹安排，所以最後我爹答應將我嫁給錢老爺做填房。」

「然後便請了徐媒婆張羅說親之事？」

「是的。」安若晨小心看著龍騰，忽然覺得其實將軍是願意相信她的，不然怎會與她廢話這許多。「將軍，」她壯著膽子道：「我若是能幫將軍打探些消息來，將軍能否助我離家？」

「這事我已答過，不能。」

安若晨咬咬唇，再道：「將軍想釣大魚，定然需要幫手。將軍擔心官府出面會打草驚蛇，斷了徐媒婆這條線。那麼我便是最佳人選。我為將軍冒險，自然得求回報。」

「安姑娘，若是要談判講籌碼，有些事妳得弄明白。首先，妳沒身分向我提要求，拿軍情大事威脅於我，我可治妳的罪。其次，妳兩手空空，只靠嘴上功夫，根本沒有籌碼。再者說，眼下的情形，妳覺得我如何能信妳？我方才說了，在徐媒婆那兒我並沒有發現可疑的地方，糧倉也未出事，妳逃家被我逮到，情急之下才報出消息，我若是懷疑妳故意扯謊以求逃家之事不被暴露也算有理有據。妳這段日子琢磨了律法條例，卻來求我助妳逃家。妳想想，這像不像圈套？」

「圈套？」

「我堂堂武將，來此駐守邊關，卻插手民間家事，劫擄民女，搶奪他人未婚妻子。輕則丟官，重則入獄。若是答應了妳，便落了把柄在妳手上。」

安若晨忙道：「我斷不會有這樣的念頭。」

「妳剛剛才威脅過我，記得嗎？」

安若晨張大了嘴，啞口無言。

龍騰看著她，又道：「還有，妳可曾想過要如何打探消息？媒婆子出入各家，看慣不同臉色，察言觀色的本事自然不小。她辦了不少大戶人家官吏鄉紳的婚事，於城中各處遊走，定是八面玲瓏的。她要說親，定得打聽家底家境，扯些家常裡短，能探聽到不少事。這大概也是她能做探子，能借說親薦人的機會控制些姑娘的原因。她打探的本事定是比妳要強。妳居於深閨，見過多少人，經過多少事，妳如何對付得了她？」

安若晨說不出話來。她看著龍騰，腦子裡有點亂。

「妳起來吧。錢銀是妳的，妳拿走便是。我說的話，妳好好想想。」

安若晨一時也不知還能如何，她謝過龍騰，顰著眉往外走。

「對了，還有一事。」

安若晨停下腳步。

「妳外逃之時，是不是總要束個胸，覺得這般方便？」

「……」這般說話不覺得太出格了嗎？將軍！

「可這樣一來，別人就能從妳身形變化中看出妳的意圖。」

「……」所以他時不時盯著不該看的地方看，是研究她的意圖嗎？

安若晨臉漲得通紅，卻又發作不得。

「想要成事，不能只圖方便而已。」龍騰說完，揮揮手，「妳走吧。」

安若晨咬著牙往外走，找二妹去。走到一半時臉的溫度下來了，心神也冷靜許多，這時候才反應過來，咦，剛才將軍說那些，難道是在指點她？

安若晨與安若希回了家，安若希仍處在興奮當中，一路拉著安若晨的手說個不停。從踏入紫雲樓的那一刻起，直到離開紫雲樓，看到了什麼遇到了誰說了什麼話，在安若希看來，都是友善美好透著光明前景的。

安若晨一邊分神附和，一邊悄悄看轎簾外頭。將軍派人監視了徐媒婆，那也一定派人監視了她。路上看不到有何異常之處，臨近家時卻有了發現。街口多了個賣糖人的，側門外頭多了個茶攤。

會是他們嗎？安若晨不敢肯定。她多看了幾眼，暗暗留心。

之後數日安若晨苦苦揣摩龍騰的心思，他質疑她卻不抓她，擺著冷臉卻又話多，究竟是何意思？若她於他有用處，他會幫助她嗎？

安若晨試著進進出出府宅，有時故意朝著徐媒婆的住處方向去，或是朝著平胡東巷方向走，然後她終於發現了，茶攤上的一位客人跟蹤了她。她出門時未曾見他，但昨日確是見到他在茶攤上坐著喝茶來著。而在快到平胡東巷時，她看到這個人在她附近不遠處看一家店的招牌，她拉著丫鬟說話，假意進了一家店，看到那人走過店面，又停在了前面不遠的地方。

於是，安若晨確定，她確實被盯梢了，應該不止這一人。不過是將軍派的人，她倒也不慌。他們盯著她的行蹤挺好，這般便能告訴將軍，她是無辜的。連徐媒婆都未有異常，她當然更沒有。

安若晨又趁陸大娘來送菜時與她聊了幾句，想確認平胡東巷屋子的屋主是否已經交代好了。

「姑娘放心，我昨兒個還遇到他，又嘮叨了兩句。他說妳且放心，這又不是什麼大事，壓根兒沒人住進去過，誰會知道這屋子曾有人付過租錢。不過前兩日還真有人來問過屋子，說是想租，但這屋子荒太久，怕不吉利，問了問先前誰人租屋。陳老頭兒機警了一回，答沒人租過，但不時有人打掃，也是有人氣的，不荒。那人便走了，說再考慮考慮。對了，陳老頭兒還抱怨，也不知是何人搗亂，竟將好好的鎖給撬了，累得他還得重打一副。」

安若晨暗想，定是那日她走了之後有人來查看了屋子。這讓她有些害怕起來，當日若是晚走了半步，豈不是被逮個正著？

陸大娘欲告辭，忽又想起，「對了，大小姐，也是我先前考慮不周，未打聽隔壁空屋狀況。昨日才聽陳老頭兒說，有另一人來問過隔壁屋的屋主是誰，也是說想租屋。陳老頭兒知道，那原是徐媒婆子從前的舊屋，後來她有了錢銀，搬到大房子去了。這偏僻的破舊屋子，她一直未曾打理，也沒打算租出去。妳若是因為擔心徐媒婆在那兒出入不租房了，莫怪我啊，是我疏忽了。」

安若晨忙客氣謝過，道只是朋友改了主意，與房子沒關係。陸大娘聽罷點點頭，告辭了。

安若晨這下子已確定，其實陸大娘一直知曉她在撒謊，但未揭穿她，還願意幫她。安若晨心裡嘆氣，她猜打聽屋子的兩撥人，該是有徐媒婆一夥的，另一撥也許是官府的人。也許她與將軍說了租屋地址後他也派人查證，但屋子是徐媒婆的舊屋，就沒什麼可疑的了。若是她有好房子還偷偷租個小舊屋子還能說抓到了把柄，現在房子本就是人家的，壓根兒說不得人家有何錯處。

安若晨發愁，想不到有何辦法能不讓徐媒婆起疑又能從她那打聽出情報來。

可這日，徐媒婆竟然到他們安府來了。

陸大娘剛走沒多久徐媒婆便到訪，這讓安若晨有些緊張。安之甫特意讓下人來找她過去，說徐媒婆是代錢老爺來送禮的，順便商討婚宴細節。安之甫還要求安若晨親自與徐媒婆說，讓徐媒婆代為向錢老爺轉達歉意，說她對數日前把手抽走的失禮感到抱歉，讓錢老爺莫怪。

安若晨聽了要求後一陣噁心，到底是誰失禮，居然讓她為了這種事道歉。

安若晨去了。一來，她不想惹安之甫不痛快，她必須讓爹爹覺得她老實聽話懂事，這樣她才可能有機會出逃。二來，她正好可以見見徐媒婆，試探試探。

徐媒婆如往常一般，滿嘴抹蜜，天花亂墜一通說。

「我就說大姑娘好福氣，妳看錢老爺可是真心疼妳。這套金鑲玉首飾可是千金難求，妳看看，多美。還有這布料子，可是京城裡才有的。別說中蘭城了，就是全平南郡都找不出一模一樣的來。錢老爺說了，那時似乎是惹了大姑娘不高興，便讓我來替他送送禮，大姑娘可莫怪他才好。」

安若晨端莊微笑著，眼角看到爹爹正狠狠瞪她，忙道：「辛苦徐嬤嬤跑這一趟，我哪有不高興，那會兒喝多了，頭有些暈罷了。」

徐媒婆掩嘴笑，「喝多了會有些小性子，我曉得，我曉得。錢老爺心裡也定是明白了，這不，備了些禮教姑娘歡喜歡喜。」

安若晨繼續微笑著，歡喜個豬狗牛羊雞鴨鵝的。這時候安之甫重重咳了一聲，安若晨忙道：「煩請嬤嬤回去與錢老爺說一聲，當日我醉酒失禮，還望錢老爺莫怪罪於我。」

徐媒婆笑得花枝亂顫，拉著安若晨的手道：「好的好的，大姑娘放心，我會跟錢老爺說的。大姑娘也莫往心裡去。這不，錢老爺急巴巴讓我來與安老爺定下喜宴事，可見心裡極喜愛姑娘。瞧瞧，這些首飾衣料也是精挑細選，看看這簪子，這耳環……」她將耳環拿了起來，在安若晨耳邊比劃著，「姑娘戴上……」

徐媒婆話未說完，猛地一頓，笑容僵在了臉上。

耳環！

看著安若晨，她突然想起那只玉兔兒耳墜子是誰的了。

徐媒婆很快反應過來，重又堆起笑接著說：「姑娘戴上定是極美的。」

安若晨保持著微笑，心卻沉入谷底。徐媒婆知道了，耳環果然是被他們撿到了。也許先前她並沒有想到那耳環是誰的，但安若晨肯定，就在剛才，徐媒婆笑容僵掉的那一刻，她想到了。

安若晨不知道能怎麼辦，她繼續溫婉笑著，看著徐媒婆。

徐媒婆保持微笑，將耳環放回錦盒裡，轉身對安之甫道：「安老爺，那事情就這般定了，我會與錢老爺說的。今日我還有別的事，就先走了。安老爺後頭若還有別的吩咐，隨時差人找我來。」

安之甫點頭謝過。徐媒婆行了個禮，告辭離去。

安若晨瞧著她腳步飛快，顯得有些慌亂，便更肯定自己的推測。她認出她了，只怕她出了他們安府的門，便會直奔那謝先生的所在。他們當日談話時可是說過滅口的，就如同談論天氣一般隨意。他們這夥人可是連糧倉、馬場都敢燒，對付她這樣一個弱女子，自然不會手軟。

安若晨忙向安之甫行個禮，退下了，緊跟著徐媒婆而去。

她不能讓她這樣離開，她必須將她攔下，為自己爭取一線生機。

「徐嬤嬤，徐嬤嬤請留步。」

她還未想好攔下後能怎樣。

「徐嬤嬤，我有些要緊的事與妳說。」

徐媒婆停下了，轉過身來，面色如常地對她笑，「大姑娘，妳有何事？」

她該如何辦？安若晨心跳得極快。

「嬤嬤難得來一趟，怎麼這麼急著走呢？」

徐媒婆目光閃爍，笑道：「陳家那頭還等著我去催著李家給個準話呢，大姑娘有何事？」

「嬤嬤除了保媒說親，也給一些人家送賣丫頭，對吧？」

徐媒婆忙道：「大姑娘缺使喚丫頭？缺個什麼樣的人呢？我是不做粗使僕役買賣的，那是人牙子幹的事。若是缺些伶俐聰慧的，我倒是能替姑娘物色物色。我這會兒趕著辦事，回頭大姑娘讓安管事把缺的人告訴我，我即刻去辦。」徐媒婆說完，行了個禮，轉身又要走。

「嬤嬤急著去報信嗎？」

徐媒婆腳下一頓。

「莫著急，先與我說說話再做決定不遲。」安若晨施施然地道。

徐媒婆轉過身來陪笑，「大姑娘說話越發深奧了，我竟不明白。」

「嬤嬤聰明人，怎會不明白？」安若晨笑著，心裡仍在琢磨該怎麼辦，「若嬤嬤不嫌棄，到我院裡坐坐如何？」她環顧四周，微笑著輕聲道：「我是沒什麼，但擔心說的話會讓嬤嬤不自在。」

徐媒婆驚疑不定，笑道：「要不，改日吧，今天真有急事。」

安若晨看著她的眼睛，看了好一會兒，忽道：「那好吧，我是好心幫嬤嬤，畢竟性命攸關，但嬤嬤既是有急事顧不上，那我也不好再留嬤嬤了。嬤嬤好走，希望還有機會再見。」

最後一句話輕聲細語，卻把徐媒婆說得有些慌。她努力不動聲色，做了個困惑的表情，想了想道：「姑娘這話說得我更是雲裡霧裡，這倒是教人好奇了。這般吧，我先聽聽姑娘說些什麼，若是我能幫上忙的，自當為姑娘效勞。」

安若晨笑了笑，轉身領頭走在前面。她走得很慢，龍大將軍的話又在她心裡過了一遍，有些糟糕，她竟然覺得自己當真可能不是徐媒婆的對手，但事情到了這一步，她必須賭一賭了。徐媒婆想到耳環那一瞬變了臉色，證明她是害怕的。雖後頭她裝得沉穩冷靜，可那一瞬已然暴露了心思。安若晨覺得自己能賭的，也就這一點了。

安若晨領著徐媒婆走了好一段路，越走越僻靜，徐媒婆道：「大姑娘，這可不是往大姑娘院子的方向吧？」

安若晨停下腳步，「徐嬤嬤來我家都只是在廳堂裡坐坐，如何知曉我院子是哪個方向？」

徐媒婆一愣。

安若晨又道：「又或是嬤嬤消息靈通，無論上哪家說親薦人辦事都順便將那府裡的動靜事無巨細皆打聽清楚。宅內各院方位，各人底細喜好，待用得上時，嬤嬤便有了準備。」

徐媒婆笑道：「我哪有這般神通，不過為各家辦的是姻緣大事，我自然得盡心盡力。大姑娘的院子具體何處我是不知，只是這兒有些僻靜，不像是主人家當住的。」

安若晨又自顧自地道：「若是用得上得時，姑娘不聽話，嬤嬤滅口之事是如何辦的？」

徐媒婆笑不出來了。

安若晨也不笑了，她盯著徐媒婆，不說話。

兩個人你看著我，我看著你，最後徐媒婆沉不住氣了，「姑娘那日在窗外？」

安若晨不答，仍在看著徐媒婆。當日將軍就是這般盯著她，她心虛，所以百般猜測。如今徐媒婆被她這般盯著，心裡定也是在百般揣摩她的意圖。

果然，徐媒婆被盯得嚥嚥唾沫，再問：「姑娘待如何？」

這個問題得答，不然好不容易建立的氣勢會崩掉。

安若晨揚了揚下巴，道：「嬤嬤惜命，我也是一樣。嬤嬤從前辦過些事，有姑娘因而喪命，誰人我就不明說了，妳我心裡皆是知曉。」其實她不知曉，但看徐媒婆的表情，安若晨知道自己矇對了，「我聽得此事，便怕自己也會有此結果，這才細心打聽嬤嬤，這麼巧看到嬤嬤與人見面。」這句把自己逃家企圖抹掉，不論後面的事如何，她都不能讓爹爹知道她要逃家。

徐媒婆心裡一跳，但不動聲色道：「我日日皆會與人見面，姑娘看到便看到了。」

「不但看到，還聽到一些要緊的事，我也生怕遭人毒手，於是便報了龍將軍。」

徐媒婆笑道：「龍將軍是什麼人，又豈會理會這些玩笑話？」

「自然是理會的，但你們竟然改了主意，不燒糧倉了。可龍將軍已經知曉了嬤嬤與那謝先生的計畫，他說嬤嬤一定會來找我的，若是見著嬤嬤，替他傳幾句話。」

徐媒婆臉上的慌張一閃而過，冷靜問：「我且當妳說的是真的，將軍說了何事？」

「第一件，若我出了任何意外，他知道誰人該負責。以軍律處之，可不似府衙那般審。」

徐媒婆臉僵了僵，這反應讓安若晨心裡稍安，她繼續道：「第二件，將軍說徐嬤嬤定不是主事的，他可以放嬤嬤一馬，但若支使嬤嬤辦事的那人沒抓到，他怎麼都得找人擔責。嬤嬤是聰明人，知道該怎麼辦的。」

徐媒婆垂眼不語。

「第三件，馬場之事既是已犯了，便得盡快處置，所以還望嬤嬤早些做決定，不然耗得久了，將軍便不能心慈手軟了。」

徐媒婆靜靜聽罷，忽而抬眼，冷笑道：「沒了？」

安若晨盯著她，也冷聲道：「沒了。」

徐媒婆道：「大姑娘是何人物，將軍若有話與我說，還用得上大姑娘？將軍手下那麼些人，哪個派過來不比姑娘好使？大姑娘聰慧，我也不傻。」

安若晨踏前一步，「嬤如今便是在犯傻。將軍為何不派官差將兵？嬤嬤好好想想，派了那些人，還能讓嬤嬤安然無事在城中走動？事情一旦洩露，將軍怎麼都得捉人交差。旁的人找不到，便只有嬤嬤頂罪。嬤嬤知道的事可比我多，到時滅口要滅誰，嬤嬤心裡可清楚？我也是為自己著想，才為嬤嬤說了許多好話。我也怕死，冒險上報，我這身分如何得知這等機密，將軍自然是懷疑的。我要麼被你們滅口，要麼被將軍懷疑，我選後者。將軍終有一日要離開，而我與嬤嬤卻會是在中蘭城住上一輩子。我嫁入錢府後，娘家這頭是指望不上了，有誰能照應我？嬤嬤既是城中人物，我還盼著日後能得嬤嬤一兩分好處。如此一想，將軍與嬤嬤之間，我選嬤嬤。嬤嬤可明白如今的情勢？我與嬤嬤是一條船上的，我死了，嬤嬤便獨自頂罪，嬤嬤將謝先生供出來，我與嬤嬤便都能洗清嫌疑。」

這一長串話說得合情合理，流利通順，徐媒婆聽得抿緊了嘴。

安若晨看了看徐媒婆的表情，再道：「嬤嬤，將軍允我與妳商量，便是給了我們機會，嬤嬤務必三思。將軍答應若能抓到主犯，妳與我他都不會再追究。我也不求別的，我家裡的狀況嬤嬤最是清楚，日後我嫁了錢老爺，若出了什麼麻煩，嬤嬤念在我這次相助的分上，也相助於我，這便夠了。」

徐媒婆驚疑不定，不說話。安若晨再挨近一步，小聲道：「妳我皆被將軍盯上，嬤嬤出門時留心看看對街的茶水攤便知。我話說到這兒，嬤嬤好好想想。若是有何困難凶險，我們好好商議商議，我今後如何，還指望嬤嬤呢。嬤嬤幫我說親，出入安府合情合理，不論是將軍還是謝先生都說不得什麼來。隔著一道牆，嬤嬤與我說了什麼，做了什麼，他們又哪裡知道？」

徐媒婆想了一會兒，道：「妳可曾見到解先生的模樣？」

安若晨按捺住緊張，道：「未曾。若是見到了，我便只會上報那謝先生，回頭再跟嬤嬤討好處，豈不是比如今這局面好？」

徐媒婆不語。

安若晨道：「嬤嬤回去好好想想，這段時日莫要再做那凶險之事，可不要被將軍抓到了把柄。若嬤嬤有了決定，再來找我。」

徐媒婆沉吟片刻，點頭道：「行。」

安若晨盯著徐媒婆離去的背影，直到再看不到，這才軟了下來，重重舒了一口氣，可心卻是放不下的，徐媒婆會如何做，她根本沒把握。

安若晨回到屋裡，裝模作樣地翻找衣裳和首飾，比劃了一會兒，又看了看胭脂粉，抱怨顏色不滿意。丫鬟在一旁勸慰說小姐怎麼打扮都好看，安若晨卻道，不行，還是再買些，她還嘴饞了，想吃東街的糖果子。

說做便做，拉著丫鬟便要去。

紫雲樓便是在城東，她得盡快見到將軍，耽擱了便會出大麻煩。

安若晨領著丫鬟剛到府門，卻被二房譚氏看到了。

「這是要到哪兒去？」

安若晨垂頭一副膽小老實樣，丫鬟幫她回話，說是小姐要去挑些新脂粉，再買些糖果子吃。

譚氏譏道：「大姑娘近來很是闊氣啊，東西買了一樣又一樣，竟還沒買夠？錢銀這般容易得的，用著可不心疼。若大姑娘閒錢這般多，那大房的月例下個月起便該少些了才合適。」

安若晨面露慌張，「二姨娘，糖果子可花不了什麼，莫要扣我的月例銀子。」

譚氏哼道：「快要出嫁了，心莫要這般野。老爺不說妳，自己也該拘束著些。今日莫要出門了，妳的喜枕不是沒繡好嗎？多花些功夫在這些正事上。」

安若晨不敢不答應，丫鬟也忙恭敬應了「是」。

譚氏再看安若晨一眼，拂袖走了。

安若晨的心沉入谷底，敞開的府門又要被門房關上了。安若晨看向對街的茶水攤，那個面熟的男子和攤主正都看著她，見她望過去，忙閒聊般的說起話來。安若晨一直看著他們，直到府門被關上。

◆ ◆ ◆

龍騰剛從郡府衙門出來，他來此是與太守姚昆等人商議馬場被燒一案。

有人證說聽到那些賊匪是南秦口音，但郡府這頭派人清查中蘭城內的南秦人士，卻也沒查出凶嫌。與南秦國交涉，對方官員仍是那副說辭，南秦絕無可能派人幹此事，蕭國莫要以這藉口栽贓。若是蕭國有任何證據只管拿出來，若真是南秦人所為，南秦自會擔責，但若是蕭國故意抹黑藉此挑起爭端，那後果蕭國自負。

這關頭姚昆是有些憂心了。邊境遊匪一事還未有結果，如今城內重地居然被襲，這可比遊匪之事嚴重得多。他是覺得南秦沒膽打仗，但這暗地裡的動作又如何解釋？襲擊戰馬營場那可不是小事，為此宣戰小題大做了些。戰事一起，後果不堪設想，他這平南郡就別想有太平日子了。

於是姚昆找了龍騰過來與其他官員一同商議，一是寫了摺子速報朝廷，二是暫停兩國邊貿以示懲戒。後一條得到主薄江鴻青等人的支持，商舶司那邊卻希望龍騰與姚昆再三思，這事不僅南秦有影響，對平南郡和蕭國也有影響。若真不能確定是南秦所為，還是謹慎些處置好。

龍騰同意姚昆的決定，得有些動作才好看到對方的反應。使節談判等由郡府去辦，而他軍方緊鑼密鼓操練兵馬、加強安防工事、探明邊境地勢等。

龍大將軍如此說了，其他人也不好再有異議。於是事情定了下來。

龍騰出了衙門便見到謝剛在等他。龍大不動聲色，與謝剛並騎。謝剛悄聲道：「探子來報，今日徐媒婆去了安家，進去時喜氣洋洋的，出門時臉色卻不好看，還特別留心了安府對街的茶水攤。她走後不久，安家大小姐便要出門，在大門時被二房譚氏攔下了。安家大小姐似乎很不甘願，府門關上前她一直盯著茶水攤。」

「嗯。」龍騰應了，表示聽到。過了一會兒，他道：「你去囑咐一聲，盯梢徐媒婆那邊的人切勿懈怠，務必盯緊了。她去了哪兒，見過什麼人，全都得留心，事無大小皆要上報。」

「是。安家那邊呢？」

「我讓澤清跑一趟吧。安若晨認得他，若她有事想報，該知道抓住這機會。」

當日傍晚，安府突然迎來了一位貴客，軍中大紅人宗澤清宗將軍不請自來。安之甫又驚又喜，忙去相迎。宗清宗只帶了兩個衛兵，便裝來訪，神神祕祕地說先前在城中玩耍太過，被大將軍責罰，丟他到前線巡察去了，寡了好幾天，實在是想念酒肉，可剛回來又不敢去酒樓，怕被將軍知道又要罰他。

「可不能在城裡屁股還未坐熱就又被丟到前線過苦日子去。我想著安老爺是個好說話的，所以厚顏過來討杯酒喝。」宗澤清如是說。

「哪裡哪裡，宗將軍太客氣。宗將軍願意來，可是讓草民家中蓬蓽生輝。好酒好肉那是有的，將軍切莫客氣。」安之甫將宗澤清迎到堂廳，喝令廚房趕緊準備，好菜好酒盡數端上。

「如此我就打擾了，安老爺可得幫我保密，勿教龍大將軍知曉。」

安之甫哈哈大笑，一口答應，覺得自己與宗澤清之間的關係近了幾分。

宗澤清將軍到府裡做客的事很快傳遍了各房，安若希和安若蘭都被安之甫叫到菊園裡陪著宗澤清用膳，甚至連十二歲的安若芳最後也被叫了過去。安若晨聽得丫鬟如此說，無奈嘆氣，她爹爹是打算要是沒能抓住龍將軍，抓到個宗將軍也不錯嗎？但眼下這事不是重點，重點是她也想去見宗澤清。

安若晨想著辦法，開始磨墨。

今日譚氏心情不佳，總挑她的錯處。在府門那處攔下她後，沒過一會兒竟跑到她院裡來看她在做什麼，見她真的繡著喜枕，又斥責她繡得不用心，道她能嫁給錢老爺已是福分，若不是錢老爺肯要她，她得老死家中無人問津，給安家蒙羞。總之對安若晨好一頓言語羞辱，這才甘休。

安若晨讓丫鬟去打聽了，原來今日徐媒婆來時，譚氏曾拉徐媒婆問話，打聽龍將軍的情況，想知道將軍於京城家中是否有妻妾兒女。她道將軍對安若希青睞有加，態度挺不一般，想讓徐媒婆幫著問問此事是否可成，沒想到徐媒婆一口回絕，說是讓譚氏莫多想，龍將軍這般人物，來中蘭城是領著皇命駐防邊郡，可不是來娶妻納妾。這時局裡她一媒婆子跑去打聽這個，惹了大將軍的忌諱，一刀將她砍了，可是冤都沒處訴去。她讓譚氏安心等著，若大將軍真是對安若希有那心思，不必媒婆子上門遊說，將軍自個兒也會有安排。徐媒婆最後還道：「若是夫人不死心，不如去找些官夫人保媒。若有太守夫人肯與將軍提提此事，那可比我這婆子好使多了。」

這一番不軟不硬的話聽在譚氏耳裡，覺得徐媒婆是暗譏她妄想高攀。她是不敢找太守夫人保媒，連太守那邊都打點不得，何況近龍大將軍的身？譚氏是個要強好面子的，頓時臉面掛不住了。一下午在自己院子裡發了好幾頓脾氣，還帶著人在府裡走動，挑下人們的錯處。安若晨這麼不巧被譚氏逮著要出門玩耍，於是遭了殃。

安若晨聽罷便知她今日怕是找什麼藉口出門都無望了。她盤算著要不就奔那茶攤去，讓茶攤的探子幫她傳話，但那些人她不認識，不敢託付這樣重要的消息。又想萬一她想錯了呢，萬一那些不是將軍的人而是謝先生那頭的人呢？哎呀，若是這般，她今日與徐媒婆虛張聲勢便是露餡兒了，徐媒婆此刻怕是已經與那謝先生商議如何將她滅口。

安若晨一下午心神不寧，掙扎彷徨，想乾脆賭一把奔茶攤去，又怕譚氏起疑。現在突然聽到宗澤清來了，安若晨頓時精神一振。她有機會了，必須把握好。

宗澤清在安府吃喝一頓，與安之甫東扯西談，見到了安若晨的三個妹妹，卻獨獨不見安若晨，假裝無意提起，譚氏在一旁道大姑娘許了人家，忙著婚前準備事宜，就未出來與將軍招呼。

宗澤清心裡暗笑譚氏的心思，他對安若晨可沒半點興趣，可若見不到她，如何與大將軍交差？大將軍說得倒是輕巧，什麼你到了那兒，她自會想辦法見你。

宗澤清是不懂龍騰的信心從何而來，怎麼就篤定安若晨會主動來見他。再說了，若是她想來來不了呢？其實照他看，他偷偷潛入安若晨的院子直接見最是方便，可這般建議，龍騰卻是否了，說是還不知她那頭狀況，莫要自找麻煩留下把柄，也莫教旁人看到了給她惹麻煩。總之，去到那兒便會見到她，若真是見不到，回來再議。

宗澤清耐著性子，直到吃完飯也未見安若晨現身。他用龍騰上回的法子說要去茅廁給安若晨半路截他的機會，沒想到安之甫竟是惦記著上回沒將上茅廁的龍大將軍招呼好，於是這次親自陪著他去，前呼後擁一眾役僕。

上完茅廁宗澤清又坐了會兒喝了茶，聽了兩首曲子，仍是未見安若晨。他沒了法子，只得告辭。反正他是依吩咐行事了，回去報了大將軍，看他還要如何吧。

安之甫帶著僕役親自送，譚氏拉著安若希，薛氏拉著安若蘭也一起送。宗澤清身後跟著一串尾巴浩浩蕩蕩到了側院馬圈。到了地方，眼前一亮，這不是安若晨又是誰？

萬萬沒想到，最後竟是在這兒見到了她。

安若晨正撫著宗澤清的馬兒，與宗澤清的兩個衛兵說著話，似在問戰馬吃些什麼之類的，待見得宗澤清來忙施了個禮。

譚氏見到安若晨，火冒三丈，喝道：「妳這是在做什麼，不是讓妳在屋裡好好做繡活嗎？與陌生男子搭訕成何體統，還驚擾了貴客，禮數教養都到哪兒去了？」

安若晨慌忙認錯：「姨娘息怒。我在屋裡悶了便出來活動活動，沒留神逛到了這兒，看到將軍的馬兒甚是神氣，便好奇問了問。」

「無事無事。」宗澤清打著圓場，「我們當兵的，人與馬皆是皮實，哪有這般容易驚擾，不必往心裡去。」

安若晨聽了，趕緊道：「宗將軍大人有大量，小女子謝過了。」她再拍了拍宗澤清的馬兒背上的馬鞍道：「那宗將軍慢走，代問龍將軍好。爹、姨娘，我先下去了。」言罷，施了個禮退下了。

安之甫與宗澤清又一番客套，宗澤清這才告辭離去。

一路上宗澤清都在琢磨安若晨，馳回紫雲樓後，他未直接將馬交給馬夫，而是親自動手卸鞍，在馬鞍下發現了一張紙箋。紙箋上只有十二個字：知了知了，左邊右邊，順藤摸瓜。

這是哪門子的打油詩？宗澤清一頭霧水，不敢耽誤，速交給了龍騰。

龍騰聽完宗澤清所述，點點頭。

宗澤清問：「將軍，這毫無文采的詩是何意？」

「徐媒婆已經知道被安若晨聽到了祕密，也已經知道安若晨向我告發了她。她有兩個選擇，要麼與我們合作，要麼去找她的上頭祕商殺掉安若晨滅口。無論她信不信安若晨，選擇哪條路，我們都有機會順著她這條線抓到幕後之人。」

宗澤清張了張嘴，呆愣，「將軍從這十二字裡讀出這許多內容來？」

「她沒辦法避人耳目接近你報信，只得出此下策。」

「她可以寫清楚些。」

「寫得太明白，若這信沒落在你手裡，卻是被她家人瞧見，她便麻煩了。」龍騰看著那信箋，彎彎嘴角，這姑娘果然不是一般人。

宗澤清被驚到，這是笑？大將軍笑了？

「她定是遭遇了什麼，才不得不與那徐媒婆攤牌，我猜她定是又胡說八道了一番。她知道我派了人盯梢，便只能指望我們在徐媒婆有所行動將人逮住。」她這是將性命押在了他手裡。

宗澤清問：「那我們如今要做什麼？」

「等。」

那婆子一動，他們便有進展了。

安若晨這邊，宗澤清走後沒多久，她就被譚氏責罰了。譚氏衝到她屋裡，指著她的鼻子大罵狐媚子不要臉，已是待嫁之身卻還總想著勾引其他男人，上次是龍大將軍，這次宗將軍，下回家裡再來貴客，她是不是也這般沒臉沒皮往上貼。

安若晨慌張辯解：「姨娘誤會了，我絕無此意。」

譚氏哪裡聽得進去，連著安若晨院子裡的丫頭婆子一起罵。安若晨一臉懦弱惶恐低頭聽訓，其實她覺得譚氏的這番話把「狐媚子」改成「商賈之戶」就太適合她們安家了。

安若晨這般被罵，她的老奶娘是不服氣的。老奶娘是安若晨母親范氏的奶娘，當初陪著范氏過門，一路照顧，看著范氏生女，看著安之甫薄情寡意貪利，對這家裡的一切再清楚不過。她總是對安若晨說：「待妳嫁了，不在這個家了，我也就回老家養老送終去。」安若晨勸她現在便走，她卻是怎麼都不肯。

如今看得譚氏這般欺侮她家姑娘，老奶娘便頂了幾句：「譚姨娘手倒是伸得長，管得這般寬，我家姑娘循規蹈矩，知書達禮，譚姨娘管好自己姑娘的事便好，莫要拿我家姑娘撒氣。」

安若晨聽得老奶娘這般說便知要糟，果然譚氏像被針刺了一般跳了起來，「這家裡什麼時候輪到老奴才說話了？什麼妳家姑娘我家姑娘？都是安家的女兒，妳這般說是何意？我撒氣又是哪個嘴欠找打的亂說的？」徐媒婆的回絕讓她深覺被譏嘲冒犯，老奶娘這話又讓她有了同樣的感覺。

譚氏的母親是福安縣商賈家的妾，出身低微，但譚氏心想，這又如何，那范氏的爹爹也不過是個師爺，范氏讀了些詩書識得幾個字而已，比她強到哪裡？做了正室那是她來得早，最後老爺還不是看不上她將她晾到一邊？成天只會哭啼討人厭煩，生的女兒也只會寫字畫畫，小裡小氣，登不上檯面，可比不上她的若希大方爽氣討人喜歡。

若希婚事未定又如何，有她好好張羅，自然能攀一門好親，再怎麼著，也比安若晨嫁給六旬老頭子強。

譚氏想到這，冷靜了些。對，不急跳腳撒潑，錢裴的名聲那可是響噹噹的，聽說稍不順意便會打罵，打殘弄死的可是有好幾個了，有點姿色的丫鬟他都不會放過，妓館娼院也是常客，安若晨嫁了過去，自會有她的好果子吃。她不急，不能失了儀態。譚氏深吸了一口氣，轉身走了。

老奶娘鬆了一口氣，轉身將安若晨抱住，「嬤嬤老了，護不了妳多久了，只盼著夫人在天之靈，能保佑小姐。」

安若晨安慰地拍拍老奶娘的背，卻是知道譚氏不會善罷干休，爹爹的懲罰快來了。

譚氏離開安若晨的院子，果然是去了安之甫那裡，還沒進屋門眼淚便流了下來，一邊輕泣著一邊進門喊老爺。安之甫屋裡，三房薛氏在，正坐在安之甫腿上餵他吃果子。

譚氏見得心裡一恨，知道薛氏這是想哄得安之甫若是能將宗澤清這條大魚抓住，先緊著給她女兒安若蘭說親。譚氏當看不到，哭泣著向安之甫請安。

「這又是怎麼了？」安之甫問。

薛氏機靈地從安之甫腿上下來，上前握住譚氏的手，道：「姊姊莫難過，那徐媒婆是個不識好歹的，回頭再找個得力的媒婆便是。」

譚氏氣得牙癢癢，真是哪壺不開提哪壺，這是成心氣她呢。她不理薛氏，對安之甫道：「老爺，大姑娘那兒，老爺可得好好管教管教。她母親去得早，我們姨娘身分平素也不好說她什麼，可如今她是要過門的人了，卻還總是不安分。上回私自離家見龍將軍，這回堵在後院當著全家的面勾搭宗將軍，這還是我們看到的，我們不曉得的還不知都有誰呢。傳了出去，大姑娘自己丟臉事小，我們安家的名聲也被拖累，再有，惹惱了錢老爺，壞了老爺的買賣，那便是大麻煩。」

安之甫前面那些聽得不以為然，最後一句卻是戳中了他的命門。

薛氏看他的臉色，忙道：「二姊說的是，如今大姑娘與錢老爺的婚事可是最重要的。未婚妻子不守婦道這可不是一般的壞顏面，若是有風言風語傳到了錢老爺的耳朵裡，他責怪老爺管教不周，給老爺難看，甚至要求退了婚事，那便糟了。」

譚氏暗地裡白了薛氏一眼，這該死的牆頭草，哪邊討好倒哪邊，方才還話裡帶刺譏她，如今卻是揀與她一樣的話說，倒像是她在為這家勞力憂心似的。

譚氏忙上前一步，搶著道：「老爺，我方才去了大姑娘的屋裡與她將道理說過了，但你也知道，我不是她親娘，我說的話她未必聽，所以我來請老爺發個話，責令大姑娘從此不得見外客，安分在屋裡好好修身養性，直到出嫁那日。這般，大姑娘定能明白事情輕重，若是不明白，也生不出什麼事來。」

「行，就這麼辦。」安之甫越想越覺得有理。旁的可以不管，與錢裴的婚事是一定要穩妥才好。大女兒在家裡守到出嫁，可別招惹什麼麻煩。

沒過多久，安若晨就收到了安之甫的吩咐。他親自過來將女兒訓斥一番，喝令大房院子從上到小都要安分聽話，看好大小姐，不許出門，缺什麼要什麼，只管找管事的說去，府裡會差人去辦。就連門房那頭也接到了老爺的令，不許大小姐出去。

安若晨的心沉到了谷底，她絞盡腦汁就是為了避免這個，怎料卻被將氣撒到她身上的譚氏借題發揮，誤打誤撞絕了她的後路。安若晨暗地裡咬牙，先不用慌，還有時間，尚存希望。希望將軍能將賊匪抓到，她立了功，便有談判的籌碼了。

龍騰那邊的人手緊盯徐媒婆，但徐媒婆竟然大門不出二門不邁，沒有客人上門，也無出門見客。躲在家中老老實實，也不知她究竟是何打算。

「莫心急，她也是個狡猾的，定是計較著利弊得失，待她想好了，自然就有動作了。」龍騰對謝剛如是說。

可被困在家中的安若晨很心急，她完全不知道龍將軍有沒有收到她的信箋，不知道他明不明白她信裡寫的意思。那日宗澤清走後，龍將軍方面音訊全無，徐媒婆也沒有來過。安若晨不敢輕舉妄動，外頭的事情也許沒那般糟，而她這段日子萬不可再惹姨娘和爹爹的關切了，她還指望著日子久了她的禁足令能解除呢。

徐媒婆沒消息，陸大娘倒是有事與安若晨說。那是徐媒婆走後的第三日，陸大娘來送菜時，特意悄悄繞到安若晨的院子，藉著給老奶娘送個鞋底的機會，與安若晨說上了話。

她道昨日夜裡，陳老頭兒，就是租平胡東巷屋子給她的那個屋主，被人殺害了。

安若晨一驚，「這是怎麼回事？」

「今日一早聽街坊說的，說是家裡遭了賊，家中財物全被捲走。陳老頭兒平日獨居，待早上被街坊發現時，早已斷了氣。」

「遭了賊？」

「是的。我就是來跟姑娘說一聲，現在雖說還未打仗，但世道也不如從前太平，城裡竟是進了盜賊。陳老頭兒家裡其實也不寬裕，卻不幸遭了此難，當真教人難過。那賊人殺千刀的，定是看著陳老頭兒獨居無人照應，這才挑了他家。」

「那……」安若晨心裡發慌，「可確定只是盜賊？只搶了家中財物嗎？」

陸大娘道：「官府去查了，今日街頭巷尾全是在議此事。我也未去瞧瞧，只是聽說的。

那盜賊忒狠毒，凶器是陳老頭兒家裡的柴刀，還砍斷了陳老頭兒的一根手指。」陸大娘搖著頭，連連嘆息，「我們比不得大戶有家丁護衛的，從此還是多小心些好。」

陸大娘走後，安若晨越想越是擔心，她讓丫鬟去打聽，丫鬟很快回來，說確有這事，府中僕役也全在議論。這會兒全城都慌了神，有些小販都不做買賣了，趕緊修門加鎖。聽說衙門還貼了告示，加派人手巡查街道。丫鬟還說那盜賊很是凶殘，殺人還不算，還砍人的指頭。

安若晨心神不寧，總覺得這事與她有關，不然怎會這般巧？

可徐媒婆明明知道偷聽的人是她，如今出事的卻是屋主，也無人來找她，這說明徐媒婆並未將她供出去，而且之前已有人去問過屋主誰人租屋，屋主已經將事情掩飾過去了。

難道，也許真的就這麼巧？

安若晨總覺得這事情裡有個關鍵，但她想不明白。

夜裡，安若晨輾轉反側，不得入眠。她將事情回想了一遍又一遍，她的耳環定是那謝先生去而復返時找到的，不然，他發現時定會出聲，她在缸裡能聽到，他也能確認確是有人偷聽，定不會這般草草就走了。

他去而復返，去而復返……這說明他的疑心很重，所以他不相信屋主說的話，決定再問一次嗎？這一次他用了凶殘的手段，還將屋主殺害了。

一根手指……安若晨猛地一驚，坐了起來。

屋主家裡無甚財物，所以不必切指逼問財物下落。那賊子要問的，定是租屋之人。一根手指，不是兩根三根或更多，這表示他已經問到了他想要的，之後殺人滅口，劫財掩飾。

可是屋主並不知道耳環的主人是誰，也不知道實際租屋子的人是她。

安若晨驚出了冷汗。

陸大娘！

安若晨跳了起來，心急如焚，赤腳踩在地上也不覺得冷。她得找龍將軍，只有龍將軍能救陸大娘。那謝先生昨夜裡問到了陸大娘，為免節外生枝出了差錯，他定不會拖太久，今夜很有可能便會去陸大娘家滅口。

安若晨急急套上了外衣，趿上鞋，一邊穿衣一邊思索著。白日裡她都不能出門，更況這半夜三更時。找丫鬟婆子幫忙一時半會兒說不清，話圓不清楚，還可能把自己暴露了，最後時間一耽擱，陸大娘怕是便會遭難。

爬牆她不行，就算順利出去，她怕也跑不到紫雲樓。

時間緊迫，需要快一些，最好是能騎馬。可她不會騎馬，她也偷不到府裡的馬。

安若晨深呼吸幾口氣，冷靜，要冷靜。

將軍派了人來盯梢，半夜他們還在嗎？是不是只要找到他們，他們便能快馬加鞭向龍將軍報告？可他們在哪裡？不會大半夜還明目張膽在府門外晃的，而且她出不去。

安若晨咬咬牙，看了看屋內，然後脫去外衣，脫掉鞋襪，一切就如她上床就寢一般。她躺回床上，從床上的角度看了看，接著起身將窗戶打開。她屋裡的燭燈沒滅，睡之前她想看書來著，把丫鬟遣退了，說她自己會滅。結果心太煩亂，上床時也忘了，但這樣正好。

她到窗邊看了看窗外地上，穿上鞋，拿了屏風上的外衣將鞋子裹了幾圈，爬了出去，在窗外地上踩了好幾腳，留下些摩擦印記。之後她再爬回來，將燭燈推到桌邊，把衣服丟在地上，旁邊再撒了幾張她寫字的紙。最後調整了一下屏風的位置，脫了鞋放回床邊。

一切準備妥當，安若晨躺到床上再看了看。

既然她找不到龍將軍的人，便讓他們來找她吧。

她一咬牙，舉起了枕頭用力往燭燈的方向砸去，同時間大聲尖叫，一邊尖叫一邊跳了起來，推了一把那屏風。

燭燈被砸中，掉在地上，紙糊的燈罩很快燃了起來，燒著紙，也燒著了被丟在地上的衣服。

「救命啊！快來人！」伴著尖叫聲的是屏風倒下的巨大聲音，屏風勾住了幃幔，撞倒了椅子。幃幔掃過桌面，掃倒桌面雜物。

「救命啊！有賊！」安若晨一邊大叫著一邊撞向床欄，而後撲向桌子，額頭在桌角磕了一下。她顧不得痛，掄起椅子砸向窗戶，「砰」一聲巨響，她轉頭朝屋門跑去。

在她的尖叫聲中，屋門被打開，兩個丫鬟驚得衝了進來，「怎麼了？小姐，這是怎麼了？」

「有盜賊，快叫人啊，有盜賊！」安若晨驚慌失措，衣冠不整，散著髮，沒穿鞋，額角還有傷，嚇得兩個丫鬟跟著尖叫。

整個安府都被吵了起來。全府護衛搜查各院，安平差了人速去報官，各院的人都被集中到院子裡，屋子一間間搜，以免盜賊躲藏。

安若晨的屋子著了火，火勢不大，只燒了幾件衣裳和屋角物件，很快便被撲滅了。安若晨穿好了衣裳鞋襪，坐在院子裡，蒼白著臉，由老奶娘幫著看她臉上的傷。

安之甫怒氣沖沖地過來，喝問：「這是怎麼回事？」

安若晨嚇得聲音還有些抖：「我今日看書看得晚了，剛迷迷糊糊睡著，忽覺得屋裡似有人，睜眼一看，竟是個黑衣人在翻我的抽屜，該是在找財物。我立時想到昨日城中出現的盜賊，於是大喊救命，還用枕頭砸他。我想跑來著，但他推了我一把，我撞到頭，掄了椅子砸他，他搶了椅子撞開窗戶，跳出去跑了。」安若晨說著說著，哭了起來，老奶娘心疼得將她摟在懷裡安慰。

兩個丫鬟也很是害怕，說已睡著了，聽得屋裡有打鬥聲響，小姐在喊救命，她們忙披著衣服衝進去，那賊子已從窗戶跑了，她們忙將小姐救下。

安之甫氣得直跺腳，家裡居然來了賊，那些家丁護院都是吃閒飯的嗎？「搜！給我好好搜，絕不能將他放過！混帳東西，竟偷到我府裡來了，活膩味了！安平，官差呢？怎地還沒到？」

安若晨將頭埋在老奶娘懷裡，一副驚魂未定的模樣。官差會到的，但她盼著將軍那頭的人也能到，盯梢她的人在府外一定聽到了府裡這般大的動靜。如果順利的話，她猜來的會是宗澤清。軍方插手這樣的事，有個私人的由頭會更合理。宗將軍可以說正巧聽說此事，剛在安府吃過飯怎地就遭了賊，於是過來看看。

等了好半天，安若晨的院子被搜完了，丫鬟們整理了另一間房讓安若晨暫住，可官差還沒到。安若晨有些焦急，她在屋裡坐了好一會兒，老奶娘想在屋裡打地鋪陪著她，被她拒絕。安若晨好一頓哄才將奶娘支走，她需要個安靜的環境好好想想。

又過了半天，聽到外頭吵鬧的聲音，官差到了。安若晨伏在門後聽著，官差們在問話，在查看她那間被燒的屋子。她聽到有官差大叫窗下有人摩蹭過的痕跡，定是那盜賊進屋前觀察了一會兒，確認屋裡人睡著才敢動手。這時候安若晨聽到個讓她精神一振的聲音：「門房那邊沒什麼異樣，那賊子定是翻牆進來的，大家看看各院牆邊有無痕跡，哪兒進來的許便是在哪兒出去，若沒有，他也許還在宅子裡躲著。安老爺莫急，大人們對這事很是重視，派了這許多人，定是能將賊子捉住。我就說，怎地才離開沒多久便出了這事，趕緊來看看，安老爺放心，這事我盯著。」

是宗澤清，他果然來了！

安若晨咬咬唇，想著下一步宗澤清該說想跟她問問話，要見見她了。

可宗澤清沒有，他又扯到了別的，官差們被他支到外頭查看去了，丫鬟和僕役也被叫去問話。安若晨皺起眉頭，正想著要不要主動出去，卻聽到窗框那有人敲了幾聲。

安若晨一轉頭，吃了一驚。

「將軍！」

窗外，龍騰的身形挺拔高壯，擋了半扇窗，他用手指比在嘴邊，做了個噤聲的手勢，再對她招了招手，示意她過來。

安若晨大喜，疾奔到窗邊，壓低聲音叫：「龍將軍，你信我了？」他偷偷來此會落人話柄，而他竟來了，這該是信她不會故意給他設套的意思吧？

「妳把自己的屋子都燒了，怕是有急事。」龍騰沒半點客套，直入正題。

「求將軍救救陸大娘。」安若晨也不廢話，一口氣將她租屋是拜託陸大娘出面，屋主陳老頭被殺，怕是與此有關，謝先生會繼續殺人滅口的事與猜想全說了。

龍騰皺皺眉頭，不多問別的，只問：「地址？」

「西田大街後頭的那排房子，門前有棵柳樹的那間。」安若晨慶幸自己曾認真打聽過。

龍騰二話不說，轉身走了。

安若晨愣了愣，心裡著急有許多話想說，將軍會救陸大娘的吧，希望來得及。她往窗外看了看，沒看到龍騰，再走到門後聽聽，外頭還是相當嘈雜，大家似乎都圍著宗澤清轉。安若晨明白了，宗澤清是負責引開注意力的，為了掩飾龍大將軍與她的會面。

正想著，看到龍騰又出現在窗邊，她趕緊奔過去。

「已派人去了。」

安若晨鬆了一口氣，撲通跪下磕頭，「謝將軍恩德。」說完一抬頭，看不到將軍，窗框擋著了，忙爬起來，只見龍騰正不耐地撇著眉頭。好吧好吧，這種緊急時候她花時間跪下爬上不好好說話當真是不應該。

「將軍有何吩咐？」

「盜賊殺那陳姓屋主，堵其嘴斷其指，鄰居都未曾聽到斷指及被殺害時的慘叫聲，盜賊行事謹慎果斷，怎地到了妳這兒便慌裡慌張逃了？」

安若晨張了張嘴，她沒遇到盜賊啊，這將軍不是知道嗎？等等，她明白過來了。官差會來問她，而她若把這人設定成殺害陳姓屋主的，那先前與爹爹說的話有些地方圓不上。

「誰說他們是同一人了？我未曾見過殺害陳姓屋主的凶手，我只知道我見到的這人中等個頭，穿著黑衣，蒙著臉。我那會兒嚇壞了，具體如何當真記不清。總之我大叫救命，他欲上來殺我，我要逃，被推了一把，正巧撞到椅子。燭燈掉了，火燒了起來，丫鬟也來了。我太害怕，記不清了。」安若晨眨眨眼睛，煞有介事地說著。

龍騰點點頭，滿意了，「好，那妳多當心。」他看了安若晨一眼，轉身要走。

「等等，將軍，我爹不讓我出門。」

「哦。」龍騰應。

安若晨撇眉頭，哦是何意？「若有急事，我就不能去找將軍了。」

「將軍府衙的門原本就不是隨便能進的，再有，妳不能出門，不也三番兩次傳消息給我嗎？」

所以現在將軍是在誇她？安若晨垮臉，將軍，你若是在誇人，語氣能包含些欣賞和滿意嗎？

「將軍，徐媒婆那頭有何動靜？」

「若有情況，我會告訴妳的。」

「那我若有情況想報將軍，該如何做？」

「多瞪茶水攤幾眼，或是再放把火，我便知道了。」一本正經的語氣似在嚴肅地說著正事。

安若晨愣愣的，將軍是在調侃開玩笑？一點都不好笑啊，將軍！

龍將軍自己也沒笑，他又正經道：「明日茶水攤旁邊加個賣糖果子的。」

「……」好吧，賣糖果子的總比賣茶的好，她能找嘴饞的藉口，丫鬟去買一趟也是可以的。

「還有事嗎？」龍騰問。

好像還有挺多事的，但一時沒想到，等等，「有的，將軍，你會幫我嗎？」

龍騰看了她一眼，「自己多加小心。」然後轉身走了。

那到底是會還是不會啊？安若晨真想把龍大將軍揪回來用力搖。

西田大街後頭，一個高瘦的人影正摸向門口有棵柳樹的那戶人家。他站在門外聽了聽，又再一次看了看周圍的動靜，正準備躍牆而入，忽聽到一陣馬蹄聲響，有一隊人馬正朝著這方向奔來，一個聲音低聲喝道：「門口有柳樹的那一戶，快！」

高瘦人影皺起眉頭，此時離開已來不及，他迅速轉身，躍進隔壁那戶人家院裡。剛站穩，將身形掩在角落陰影中，就聽到外頭馬蹄聲已近門前。

高瘦人影靜立不動，鎮定地仔細聽著動靜。他的雙眸閃動著精光，正是解先生。

謝剛從馬上跳下來，正面對著陸大娘的房門口。他身後幾個兵士閃開，訓練有素地在周圍查看了一圈。謝剛看了看陸大娘家的門，沒有異樣。輕輕一推，門從裡頭閂得嚴實。謝剛對一個兵士點點頭，兵士躍進陸大娘家的院子，轉了一圈沒看到異常，裡屋門也鎖得好好的，再躍出來，與謝剛輕聲報告。

陸大娘的屋頂上，一個兵士對謝剛打了個手勢，表示沒有聽到異常動靜。屋頂上另一兵士伏低身子，做好了隨時衝進屋子的準備。

謝剛抬手敲門，屋裡沒人理會。謝剛再敲，過了好一會兒，陸大娘穿好外衣，拿著根木棒在院門後問：「是誰？」

「大娘，我是校尉謝剛，奉龍大將軍之命前來。」

陸大娘狐疑地從門縫裡往外瞧，藉著月光瞧見一位將官和兩位兵士，她問：「有何事？」

「有關平胡東巷的命案，有些事想問問大娘。」

陸大娘又沉默，過了一會兒再問：「可是又出了何事？」

「未曾，但有些事需要問問大娘，大娘可否開門讓我們進去？」

陸大娘將門打開，謝剛在門外客氣地對陸大娘抱拳，大步邁了進去，兩個兵士守在大門處。

陸大娘的院子很小，一眼就看到頭。謝剛朝裡屋去，屋頂上的兩位兵士趁著陸大娘出來後潛了進去，查探一番，確認無人潛伏，屋內安全。

陸大娘跟在謝剛身後，進屋見到屋裡突然多了兩個兵士，嚇得輕叫一聲。

「大娘莫慌，只是近來城中不太平，馬場被燒，平胡東巷又發生命案，也許這些盜賊是一夥的。為保百姓安全，我們例行檢查與之相關的其他人，有街坊看到大娘曾與死者陳老漢說話，所以我們前來查探一番。」

陸大娘皺起眉頭，道：「我這兒並無外人來，也未曾見過什麼可疑人。平日裡街坊鄰居互有照應，勞軍爺費心了。」

謝剛點點頭，「好，打擾大娘了，我們這就離開。若大娘想起什麼，或是見著了什麼可疑人等，還請大娘速報到城東紫雲樓，那兒是將軍府衙，大娘擊鼓或是與衛兵說找我謝剛也可。」

陸大娘道：「多謝軍爺。」

謝剛領著兩個兵士出去，陸大娘關好門，躲在門後看著他們一眾人騎馬離開，想了又想，這才回房。她將房門窗戶緊閉，熄燈睡下，大棒子就擺在床邊。

謝剛騎馬走出沒多久，對身邊兵士低聲道：「去盯著那戶，有任何人鬼祟接近試圖潛入便拿下。白日裡也盯好那大娘，有可疑人靠近便注意著點，有情況速來報我。」

兩個兵士領命而去。

解先生待謝剛他們走了才出來，看了看他們的背影，轉頭從另一個方向幾個縱躍悄然離去。

第二日陸大娘如常早起幹活張羅備貨，跟車夫送貨到安府時，聽門房說了昨天半夜裡的事。

「搜了一夜，鬼影子都未曾見到。老爺氣得跳腳，見誰罵誰，我們所有人皮都得繃緊點。」

陸大娘聽得心驚，忙問：「那大小姐如何了？」

「就是受了些輕傷，無甚大礙，倒是老爺將她罵得挺慘……」門房說到這兒，不作聲了。他好像說得太多了，傳到老爺耳裡，怕是得吃鞭子。他們做下人的是覺得沒道理，明明大小姐受害，受了驚嚇，老爺還斥她丟人現眼。不過想想也是，誰知道那盜賊在大小姐屋裡還做了什麼。這一鬧，大小姐的名節算是毀了吧。

陸大娘打聽不到更多的，也見不到安若晨，但聽說安若晨無事，也算放下心來。再想到昨日有軍爺夜訪她家，想來也與此事有關。陸大娘不動聲色，將貨送完，回家去了。回到家中翻出一把剪子揣在了懷裡，然後打水做飯，一切如常。

陸大娘從安府離開後，一個在安府對面街茶水攤買了茶喝的高瘦男子也離開了。他於城中繞了一圈，在一個宅子外頭小心觀察了好一會兒，看到屋前有兩個男子似乎對自己的攤子沒甚心思，倒是對那宅子很是留心。屋後有一個男子似閒逛般的遛達，一直沒甚正事。

高瘦男子冷靜地避開這些人的視線，繞到另一邊，跳進了另一個宅子，再從那宅子悄悄翻進了他想進的宅子裡。

那宅子正是徐媒婆的居所。徐媒婆已好幾日未出門，此時正靠在椅子上發呆，見得來人，立時驚得跳了起來，「解先生！」

解先生點了點頭，警惕地看了看屋內。

徐媒婆慌忙搬椅子給他，小心問：「先生怎麼突然來了？先生不是吩咐不在此處見面嗎？」

「無人看到我。」解先生道。

徐媒婆點點頭，有些慌張地往衣服上擦了擦手，只這一會兒功夫，手心便透了汗。

解先生指了指桌上的茶壺，徐媒婆趕緊張羅燒熱水，「這就給先生泡茶。」

解先生不說話，靜靜等著。

不一會兒，徐媒婆取了熱水泡了茶，恭敬擺在解先生面前。

「坐吧。」解先生並不著急喝。

徐媒婆聽話坐下了，嚥了嚥唾沫，心跳得飛快。

解先生從懷裡拿出那只玉兔耳環，「妳再想想，這耳環主人，妳可想起是誰？」

徐媒婆的臉刷地一下慘白，「這個……」她看了看解先生的表情，心知對方若不是心裡有數不會找來，她忙道：「先生，我這幾日正想去找你報這事，但我被官府盯著，不敢輕舉妄動。每回見面我們都是互留信物暗號，我生怕被官府察覺，壞了先生大事，便打算待時機成熟時再與先生說。」

「如今便是合適的時候，妳說吧。」

徐媒婆壓低聲音，道：「那日我去安府，見著了安家的大小姐，便想起來了，這耳環就是安家大小姐之物。她竟也不慌，還告訴我這事她已報了官，告訴了龍大將軍。她威脅我，若我敢透露半個字，對她不利，便會被龍大將軍逮個正著。我仔細一看，安府外頭還真有探子守著。」

「那個茶攤？」

「對。」徐媒婆驚訝，「先生怎知？」

「那攤主的手，虎口有繭，五指有力，是個練過武的。且外地口音，對安府進出的人頗是留心。」

「先生當真是明察秋毫，什麼都逃不過先生的眼睛。」徐媒婆拍著馬屁，仔細觀察解先生的表情，然後問：「先生是如何知道安大小姐的？」

「昨日半夜安大小姐屋裡遭了賊，今日街頭巷尾許多人議論。巧的是，她遭賊之後，龍大將軍馬上派了人去那送菜的陸婆子家中。平胡東巷那屋子，便是陸婆子租的。可那耳環精巧，是年輕姑娘所有，陸婆子也用不起這等好物。」解先生說著，喝了杯茶。

徐媒婆鬆了口氣，這等細節之事解先生都願與她說了，該是未曾對她疑心。她忙恭敬再倒一杯茶，「先生心細，換了我，怕是想不到這許多。」

解先生淺淺一笑，道：「既是那安家大小姐有古怪，妳又是替她說親做媒的，所以我再來問問那耳環是否與她有關。如今確認了，便踏實了。」

徐媒婆一拍大腿，「虧得先生來了，我這幾日心裡頭急得跟火燒了似的，可是安府有人盯著，我這處肯定也有，我聽得安若晨那般說，不敢出去，正想著怎麼給先生報信才好，先生便來了。」

解先生點點頭，道：「那個安若晨還與妳說了什麼，可提到了我？」

「先生放心，她未瞧見先生模樣，只聽得我喚解先生，她親口說的。我這幾日也琢磨了當時的情景，先生是背朝著窗戶坐的，她定是瞧不見，但是看清我了，這才拿這事嚇唬我。若她真瞧見了先生，那話可不就是那般說了。」

「那便好，她可曾說想妳如何做？」

「她說讓我與龍將軍說明白先生是何人，我自然是不肯的。她也沒甚辦法，只得與我說讓我好好考慮考慮這其中利害關係。我回來後，左思右想，就想著先給先生報個信，然後由先生定奪如何處置。或許我們將計就計，用假消息引他們上勾，先生以為如何？」

解先生認真想了想，「妳這個計策倒也不錯。」他喝了杯茶，又拿了個杯子倒一杯給徐媒婆。

徐媒婆被誇獎，更是心安，喜孜孜地接過了茶，道：「我倒是不知原來那屋子竟是陸婆子租的，也不知陸婆子知曉多少。待找個機會，將她滅口了，這般也是給那安若晨點顏色看看。小丫頭片子，不知輕重，竟是誰都敢威脅的嗎？待她見得陸婆子下場，定會害怕，我再敲打敲打於她，讓她轉而為我們所用。她嫁到平南縣錢家，是縣令大人的繼母，與錢縣令宅院只一牆之隔，於我們也是有用處的。」

「嗯，這主意好。」解先生道：「只是妳處置時須得當心，可別入了她的套。」

徐媒婆喝了口茶，道：「先生放心，我定是要問過先生再動手的。陸婆子那頭，先生看是先生找別人動手，還是我……」她說到這，突然瞪大眼睛，開始抽搐。手再握不住，杯子往地上掉去。

解先生伸手接住，淡定自若地將杯子放回桌上，免得摔碎的聲響引起屋外人的注意。

徐媒婆用手握住自己的喉嚨，痛苦地抽搐著，兩眼翻白，嘴裡開始吐白沫。

解先生看著她，輕聲道：「我不放心，不相信妳。該被滅口的那個，是妳。若妳真想與我報信，妳早做了。今日妳遲疑猶豫，明日妳便會供出我來。」

徐媒婆兩耳嗡嗡作響，已聽不到解先生說了什麼。她抽搐了一會兒，沒多久便斷了氣。

解先生探過她的鼻息，將自己喝的那個杯子放回托盤上，從袖口取出毒粉包，打開放在茶壺旁，再將徐媒婆的杯子放倒在桌面。他環顧屋子一圈，將自己坐的椅子推進桌面下頭。

看起來，這屋子沒有外人來過，只有徐媒婆自己。

解先生走出屋子，掩好房門，翻牆過去，從來時路退了出去。

稍晚的時候，郡府衙門的後側門走出一個穿著衙服的男子，他看了看門外的那棵樹，樹下也不知是誰放了個簸箕和掃把，似打掃完沒拿走。那男子信步往一旁的小巷去，守衙門的衙差與他打著招呼，他笑了笑，揮揮手，拐進巷子，穿過去便是回家的路，他每天都如此走。

巷子裡也不知從哪兒冒出來一個高瘦男子，那是解先生。

解先生與這男子擦肩而過，兩人手掌一碰，一張紙條從解先生手裡傳到男子手上。男子與解先生均是平常表情，就似兩個擦肩而過的陌生人。

男子回到家中，攤開那紙條一看，上面寫著幾句話，意思是讓他找一個姓謝的男子，會武功，名聲不好。何時要用上或怎麼用，讓他再等消息。

男子看完，將那紙條燒了。

參之章◆詭詐

徐媒婆的屍體是在深夜被發現的。

她死的當天，稍晚時候盯梢的人便覺得不對勁。因為徐媒婆雖足不出戶，但飯是要燒的，燈是要點的，恭桶是要淨的。這數日來，盯梢的人早已摸清她的生活規律。晚膳時未見炊煙未聞飯香他們就有疑慮，待到夜裡，一直未見屋內掌燈，而依徐婆子的習慣，天黑後她要到巷尾淨棚清理恭桶再回屋，第二日一早再一次，可這日也未見她如此做。

盯梢的探子們一合計，深夜時讓一人捅破窗紙悄悄觀察，這才發現徐媒婆已斷氣多時。

官府迅速趕到，街坊鄰居均是大驚，卻是無人知曉徐媒婆為何如此。她時不時上賭坊，但近期並未欠債。也曾與些人家就相談親事鬧過不好看，但也無致命仇家。最後談成且一直在忙碌打點的，是福安縣錢家和中蘭城安家的婚事。

官差找了相關人等問話，包括錢、安兩家，最後並無收穫。

龍騰得了消息後深思不語，謝剛在一旁道：「探子們並無看到有人入內，屋裡只徐婆子一人，也只她一人的痕跡。許是她琢磨數日，終是不敢背叛那謝先生，又恐將軍治她的罪，驚嚇之餘，便自盡了。」

龍騰沉聲道：「又也許……她是被那謝先生收拾了。」

謝剛想了想，道：「他知道了徐媒婆與安姑娘的談話，生怕徐媒婆真向將軍報信？」

龍騰點頭，「無論徐婆子是自殺還是被滅口，那謝先生都是個厲害的人物。」

謝剛很快懂了，「若自殺，也是對這謝先生恐懼。若他殺，謝先生老謀深算，未動陸大娘，想來已推測到那耳環定不是大娘之物，那日偷聽的另有其人。他能躲開耳目潛入徐婆子屋內行凶，定是對我們安排的監視有所察覺。陸大娘和安家那頭有人盯梢，他定是也知曉了。陸大娘送菜給安家，徐媒婆為安家說親，謝先生許是想讓徐媒婆再探探這事。結果一嚇唬，徐媒婆就全招了。」

「正是如此。」龍騰道：「這一招，那謝先生定不會留活口。徐媒婆拖了數日未向他報信，他定是會防備她有心背叛。」

「那他還會向陸大娘和安姑娘動手吧？」現在只有這兩個誘餌線索了。

「陸大娘他該是暫時不會動，他如此謹慎的人，深知多動一次手便多一分危險的道理，沒必要做的事他會悠著點。他定是觀察了陸大娘，若陸大娘對他的事有半點知情，那平常定會戒備防範。就如同徐媒婆一般，總會有些異常。」

「陸大娘倒是照常過日子，半點不慌。」

「所以，謝先生的危險在安若晨身上，但他並不著急。」

「何以見得？」

「若他認為安若晨比徐媒婆更危險，那他會留下徐媒婆助他滅掉安若晨，可他先將徐媒婆殺了，這表示他覺得徐媒婆才是最需要滅口的那一個。安若晨當日並沒有看到他的模樣，他殺掉徐媒婆之前，一定會跟徐媒婆確認此事。安若晨並不知道他是誰，所以他才放心先滅掉徐媒婆。」

謝剛一琢磨，確是如此。

「你囑咐下面的人，務必盯好陸大娘和安若晨，尤其是安若晨，她雖不知道謝先生是何人，但她將事情報了官，還威脅徐媒婆，陸大娘那頭有人盯梢也是因為她報的信。對謝先生而言，這姑娘是個大麻煩。只是，城裡一連發生了這許多事，謝先生定不會為了一個根本不知道他是誰的人證鋌而走險。要麼他會不理安若晨，專心辦更重要的事去。要動手，他也會耐心尋找適合的時機。我們不可掉以輕心，也勿急躁，這回可莫再犯徐媒婆這事的疏忽了。」

「是。」謝剛得令，下去了。

◆　◆　◆

安之甫這段日子很不順遂，煩心焦躁。玉石鋪子開了，宣傳做得好，排場擺得足，生意很是紅火，還有特意從外郡外縣趕來訂貨的客人。原先擺店裡的貨樣賣出去不少，還有幾個客人看貨樣訂了大宗貨。他收了訂錢簽了契約，可麻煩事卻來了。他一早訂好的最重要的兩箱貨遲遲拿不到。拖了好些日子，商舶司的人居然跟他說，因為城中作惡的盜賊很有可能是南秦派來的細作，所以太守大人下令，停了關市貿易，中斷邊境的貨物進出。

安之甫頓時傻眼，居然挑在這節骨眼上？那他買賣不成，買貨的錢銀打了水漂不算，還欠訂貨客人的一大筆違約金。

安之甫火急火燎地到處找人遊說，還擺了大宴宴請商舶司的司丞劉德利。宴上他訴苦求情，可是劉德利毫不鬆口，「訂貨早可是貨到得晚，都未來得及辦文書手續，太守大人一紙令下，誰敢不從？如今什麼貨都不敢放過，都得往南秦那邊退。咱們大蕭這邊的也是如此，都不得往南秦運了。」

安之甫直冒汗，「大人，那該如何是好？可還有什麼辦法？只要事成，好處都好說。」

「辦法嘛……」劉德利拖長了聲音：「倒不是沒有。」

「嗯嗯。」安之甫連連點頭等著聽，下定決心只要把貨給他，讓他讓出一半利他都答應。

「待太守大人宣布恢復關市了即可。」

安之甫的表情僵住。

「你想啊，太守大人能永遠封了關市嗎？自然是不會的。他只是擺個威風給南秦看看，待南秦老實了，自然就會重開關市了。再有，這事已經呈報了皇上，若是有皇上聖旨下來，宣布關市不必停，那也是可以的。」

安之甫的表情更僵了。

這不是廢話嗎？等南秦老實了，那得等到什麼時候？而且還不是老實了，是得太守大人和皇上覺得人家老實了。再來就是等聖旨，別的不說，光中蘭城到京城往返一趟的時間，他安家鋪子的錢早都沉到四夏江底去了。

「啊，對了，還有，若是貢品官貨，有官府文書加上印章的，那也是可以進出運送的。你的貨，沒有吧？」劉德利撫了撫鬍子，喝了杯酒，「若是沒有，本官也沒辦法。若是有，就趕緊報上來。南秦為了關市被封一事可是大發雷霆，估計還得鬧上一陣。太守大人騎虎難下，到了這會兒定是不能示弱。皇上也是有脾氣的，皇威震天，也許再過一陣，聖旨一下，連貢品官貨都不讓進出了。」

安之甫欲哭無淚，他這不是官貨，哪弄官文去？他也想大發雷霆，明明他的貨訂了這許久，早該辦好文書手續，全是被商舶司耽誤了，如今卻是撇得乾淨，但這話安之甫半點不敢說，再多求情幾句，劉德利的臉色便不好看了，嫌他囉嗦。

回到家中，安之甫狠狠發了一頓脾氣。安府裡人人不敢大聲說話，各房都躲回院子，安若晨也惶惶不安，倒不是安之甫的脾氣，而是她覺得她快要失去得到龍將軍幫助她的機會。

前幾日徐媒婆被殺，官差到安府問話，著實將安家上下驚到了。安若晨知道事情底細，自然更為吃驚。第二日見到陸大娘如常來送菜，她又放下心來，可數日過去，聽說徐媒婆之死是自殺，而將軍那邊毫無動靜，陸大娘日日過來，也無異樣，安若晨覺得事情著實是詭異，似乎她目睹偷聽到的那個飽含陰謀詭計的會面從來未曾發生過，如鬼魅一般的謝先生也只是她的想像。

安若晨很不安，在她人生已經度過的有限年頭裡，還未經歷過這般的事。從前她的小聰明和多疑都用在與爹爹、姨娘、弟弟、妹妹們的鬥心眼上了，這般以取人性命、危害國家的大事，她只聽說書先生說過。如今她真遇著了，卻完全超出她的想像。她如今倒不擔心別的，只是怕將軍不相信她，以為她所說的一切都是她編的瞎話，而且她根本不知道謝先生是誰，唯一能證明這個人確實存在的徐媒婆已經不存在了。

安若晨沒辦法，現在已是八月底，離她上花轎的日子剩兩個月。兩個月說長不長，說短不短，她謀劃逃跑一事也好幾個月了，這不也一轉眼時間就沒了嗎？

安若晨嘆氣，龍大將軍從來沒說過要助她逃家，她也不知道自己為什麼會覺得在他身上能看到希望。罷了罷了，大不了最後依從前的打算行事。生死有命，富貴在天，自己不為自己努力爭取拚得轉機，那也怪不得旁人。

安若晨決定等一個月，若九月過去仍不能得到將軍相助，那十月她怎麼都得拚死一搏。

結果不用等一個月，九月初三那日，安若晨見到了龍大將軍。

那日，天有些陰沉，安之甫因為玉石鋪子的事又發了一頓脾氣。他焦頭爛額，玉石買賣的生意比他想像的還要糟糕。原以為貨拿不到就拖一拖，反正劉德利說的也沒錯，難不成還真把關市關一輩子？仗是打不起來的，現在就是給南秦好看，教訓教訓他們罷了。回頭關市重開，他的貨就能過來了，到時買賣再接著做。

可如今麻煩就麻煩在那幾個外地的大客商身上。好說歹說，這幾人就是不同意將交貨期限延後，也不同意退回訂金買賣不做。這不，午飯剛過，便鬧到家裡來了。一夥人與安之甫在前院堂廳裡大聲吵嚷，討要說法。

這種時候各房皆躲回內院關好院門，只派了小廝丫頭悄悄去打聽動靜，安若晨也是如此。丫頭倒也不用怎麼打聽，因為吵嚷得實在太大聲，站得遠些裝忙便能聽到七八成。

「是買賣上的事。」丫頭回來與安若晨說了，安若晨點點頭，將她遣了下去，自己坐下細細琢磨這事對她出逃有利還是不利？

過了一會兒，聽得窗外有人輕敲窗框。安若晨抬頭一看，大吃一驚。

龍大將軍！

龍騰將手指豎在唇邊，做了個噤聲的手勢。

安若晨點點頭，心跳如鼓，挨到窗邊左右看看。龍騰嚴肅地小聲道：「無人。奶娘在側廂房中休息，兩個丫鬟在後院打瞌睡，還有兩個在屋子裡做針線，一個男僕在院子外頭與一丫鬟調笑，另兩位男僕被妳二姨娘支使著幹粗活去了，還有些其他人等都在前院說悄悄話。」

「……」該誇一誇將軍大人嗎？這耳目聰慧機警，簡直比她二姨娘還厲害。

「將軍是翻牆進來的？」她決定還是先問最好奇的那件。

「妳該問我所來何事。」

「……」所以確實就是翻牆進來的吧？「將軍有何吩咐？」安若晨一邊問一邊看了看周圍，生怕突然有人冒出來將龍大將軍逮個正著。翻牆私會民女，這事傳出來將軍會有麻煩吧？

「妳還想離家嗎？」

「當然。」安若晨很不放心，「將軍要不要進來說話？」

龍騰挑了挑眉，「為何？」

安若晨看著他眉毛，忍不住也想挑一挑，可惜眉毛不受控，只能撇著動一動。「因為隱蔽。」她身為姑娘家，當然得替將軍操心他被人發現偷偷私會的事，這還用問嗎？

龍騰眉毛又挑了挑，安若晨覺得這是贊同的意思。她做了個請的手勢，龍騰卻用頭朝門的方向一擺。安若晨飛奔過去開門，眨眼功夫龍騰已經閃身進來。

真是的，既是也急著進屋，跳窗不是更快？

安若晨在肚子裡嘀咕著，關好門窗，畢恭畢敬地站到了龍騰的面前。

「我是問妳為何仍決定要走。離家的種種難處，之前不是已經與妳說明白了？妳對一個女子獨自謀生有什麼好的主意了嗎？」

「沒有。」她還未曾出去，還未經歷到龍騰所說那些事，如今在深閨中瞎想，還真想不到除之前想到的那些之外的新主意。

她在龍大將軍眼裡看到了不贊同，趕緊小心問：「隨機應變，車到山前必有路，算嗎？」

好吧，不算，她從將軍表情裡看出來了。

「怕只怕妳連車子走到哪座山前了都不明白，走上岔路死路，便是要糟。」

「這不是，如今走到將軍的面前了。」安若晨試探著。

將軍來這兒的意思，是要幫她，還是利用她？

龍騰又挑眉，這姑娘說話倒真是有意思。他看著她，她清澄的眼眸裡有著戒備，但無懼。

龍騰道：「襲擊馬場的凶嫌到現在仍未抓到，我大蕭與南秦的局勢更緊張起來。平胡東巷屋主被殺，看起來是盜賊所為，凶嫌至今也未抓到。陸大娘平安無事，到今日我派去盯梢的人未發現有任何試圖接近她或是傷害她的可疑人物，她每日進出規律，也無異常。徐媒婆躲在家中數日，最後自盡……」

安若晨急了，打斷他道：「將軍，我未曾說謊，這裡頭每一件事都是真的，確實有謝先生這人，他與徐媒婆密商襲擊糧倉，我真的聽到……」

龍騰擺擺手，安若晨一噎，咬了咬唇，閉了嘴。

「妳急急躁躁的，能辦什麼大事？」

「啊？」安若晨呆愣，她還辦大事呢！

「逃離家族，隱姓埋名，到異鄉獨自討生活。這對個漢子都是難事，何況妳一個弱女子，這不是大事是什麼？」

安若晨抿緊嘴，挺直了背脊，確實是大事。她的心忽然安定下來，將軍沒有不信她，而且他也沒有輕視她，他正視她的想法，在試圖指點她。

「將軍教訓的是。」她應聲，恭敬地認真聽。

龍騰看著她的表情，繼續道：「那些事，與妳預估的進展都不相同，始料未及，這表示對方是個老謀深算，冷靜有謀略的。他既是控制了徐媒婆，又鎮得住她不敢背叛，必是有些手段。這樣的人，必在城中有他的人脈布局，且潛伏了很長時日，所以他才能特色招攬合適的人手，再將他們牢牢控制。他在這城中衣食住行皆需打點，必有人認識他、見過他。這段日子，我派人在城中各處打探，卻毫無此人蹤跡。」

「將軍不知曉他的樣貌，如何打探？」安若晨忍不住插話，說完察覺失禮，忙垂首認錯。

龍騰未答，卻問：「妳猜猜看。」

「……」

「若妳能有些機智謀略，那我便給妳些好處。」

不是逗她的吧？安若晨不確定，她觀察了一下龍騰的表情，腦子裡轉了一圈，反正於她沒甚壞處，於是道：「但凡要控制得他人為自己辦事，得威懾、利誘、要脅……嗯，或者施恩結下情誼，又或者搏取同情。徐媒婆這人見錢眼開，沒甚同情心，再者他們是辦那樣的事，那謝先生定不會用裝可憐騙同情這招了……」安若晨想了想，「他穿的衣服料子看起來不錯，體型修長，背影看著頗有姿態，聲音聽著沉穩，我猜看起來該是個有身分的體面人。」

她說著，看了看龍騰。龍騰眼睛明亮，透著讚許，安若晨心中一喜，頓時有了信心，覺得輕快了起來，「這般的人物，吃穿住行定有講究，而且穿衣打扮也不馬虎，神態舉止也有氣度，定會讓人覺得有威嚴不好惹，而且說話會故意高深莫測，讓人拿不定他心裡的主意，摸不透他的喜悲，這樣才能嚇唬得住別人，就像……」

龍騰挑起了一邊眉毛。

「……」安若晨及時將「就像將軍一樣」這句話嚥回去，改口道：「就像出身大戶的人一般，所以將軍是查了查那些酒樓鋪子之類的，看是否有人見過姓謝的、特徵相符的男子，對吧？」

龍騰點點頭，他沒補充糾正的是，本城姓謝的大戶人家、吃穿講究氣度出眾的人物很有限，這個查起來範圍不大，但若是敵國潛伏在中蘭的細作，改名換姓偽造身分是常有的事，他於城內也許根本不姓謝，謝先生不過是個代號，認真查起來，範圍太廣，如大海撈針，可不只是查姓謝的。

安若晨見得到認可，笑了起來，那笑容讓她整張臉都亮了，龍騰不禁多看了幾眼，道：「妳說的對。既是答得好，我會依諾給妳好處。」

安若晨大喜，道：「將軍能幫我取消婚約嗎？」

「不能。」

安若晨的笑僵住了，臉上的光黯淡下來。

「我是二品大將軍，奉皇命來此鎮守邊關，一切與軍務無關的事，皆不是我的管轄範圍。操練兵馬排兵布陣殺敵護國的事歸我管，軍中兵將歸我管，細作之事歸我管，細作於城中犯的案歸我管，軍中之人在城中犯的案歸我管，但是……」

安若晨的臉上堆滿了失望。

「民間婚嫁，合不合適，家中管教，嚴不嚴厲，都不是我能管的。莫說是我，就是太守大人管轄這平南郡所有事，都管不得妳的婚事。」

安若晨咬住了唇。

龍騰也停住了，不說話，看著她。

安若晨抬眼看他，看不出龍騰的心思，於是問：「那將軍的意思……」

「妳的意思呢？」

又反問？安若晨皺了皺眉，將軍這般彎彎繞繞的究竟是何意？難道，他想說服她既是退不得婚事，逃家又極凶險，不如就照常過日子，給他當探子？然後他為她撐腰，讓錢裴不敢傷她性命？

安若晨思索著，咬咬牙，道：「將軍，我還是想離開。」她豁出去了，「我不想認命。逃家之後也許凶險，也許沒好日子過，但總算是一線生機。若我將自己放棄，認命屈從，那便是毫無生機。」

龍騰沒出聲，靜靜聽著。

安若晨受此鼓勵，又道：「將軍，我母親年紀輕輕撒手西歸，便是如此。她不甘，她心裡苦，但她無力爭鬥，她沒想過反抗，她屈服了。她恨她的屈服，但又覺得本就該如此。她每日每日鬱結，她在自己家中受欺負，大病小病不斷，最後含恨而終。」

安若晨抬頭看著龍騰的眼睛，道：「將軍，我看著我母親過世的，我向自己保證過，絕不重蹈她的覆轍。無論發生什麼都不要屈服，哪敢只有一線希望，也要為自己爭取。我生於這世上，不是任人買賣換利的貨品。我是女子，但我有手有腳，有眼睛有耳朵有想法，不是一塊玉，喜歡時把玩欣賞，不喜歡便隨意踐踏丟棄。」

龍騰一直沒說話，只是看著她。安若晨咬咬唇，「總之，我是說，多謝將軍信我，還派人保護了陸大娘。也請將軍為我守密，我沒甚本事，恐是不能為將軍效力，但我要為我自己的日子做主，不由別人，由我自己。是生是死，去處如何，我自己……」

「我會助妳離開。」

龍騰突然冒出這一句，安若晨吃驚得一愣。

「將軍會助我？」

「我方才不是說過要給妳好處？」

「可是……」安若晨心中猶疑，「可是將軍難道不是想用我做餌誘那謝先生……」

「我這般與妳說的？」

「……」她猜的。

「妳並不認得那謝先生，就算他走在妳面前，妳也不知他是誰。他很謹慎，沒有萬全之策時不會動手，以免露出破綻，對付陸大娘時便是如此。陸大娘雖與此事相關，卻對他無甚威脅，他要對付陸大娘是想找出耳環主人，未曾動手表示他已經找到了，不必再多殺一人節外生枝。但妳與徐媒婆一番較量，徐媒婆死前也不知與他說了些什麼。他先殺了徐媒婆，除掉了這個對付妳的最得力幫手，這表示他還不著急殺妳，可妳始終是與他近距離接觸過的人，又將事情報予我知，對他而言，妳活著，便是後患。如今他定會觀察妳，給自己謀劃後路，若要殺妳，定會找個妥當的時機和辦法。」

說來說去，她還是最佳誘敵的籌碼不是嗎？安若晨靜靜聽著。

「我說這許多，是想教妳知曉，這位謝先生很是小心，他算計好每一步，絕不輕易冒險。若在妳婚期之前他未動手，那麼妳嫁入錢府後他會更有機會。到時死得不明不白，也許會被安排成不堪凌虐自盡等的局面。於我而言，這樣的結果也並非什麼誘敵良策。這般說雖有些自滅威風，但妳要知道，我並無把握他究竟會不會放棄對付妳，也無把握能護妳周全。未出嫁時，妳深居閨中，出嫁之後，妳在外縣夫家，而我軍務繁忙，也許屆時已與南秦開戰。我要護妳，諸多不便。正如妳自己所言，妳離開，方可確保一線生機。」

安若晨聽到這裡，這才確定龍騰是認真為她盤算。

她驚喜得倒吸了一口氣，撲通一聲跪下，「謝將軍大恩！」

「但不是現在。我既是冒險助妳，就必得確保萬無一失，不然出了事，不止妳怕是再無機會，我也會惹上麻煩。」

「我定會守口如瓶，將軍放心。」

「那妳便照常過妳的日子，等我消息。我不會再這般潛入妳家尋妳，但會安排妳我見面的機會，到那時，妳會知道如何找我。」

安若晨忙不迭地點頭。將軍行事小心她能理解，她若有半點害他之心，這事便會是他的大把柄，若被有心人知道了加以利用，丟官事小，這邊關防務卻會出大問題。

「這事我只聽將軍囑咐，其他人來傳任何話我皆不承認，可不知曉誰人想要離開，將軍也未曾與我說過什麼。今日我家裡有客人上門，我一直待在自己屋裡，未曾見過將軍。」

龍騰點點頭，「那姑娘自己小心，且等我消息吧。」

安若晨用力一磕頭。她將命押在他手上，她願意相信他。

龍騰走了好一會兒，安若晨還覺得自己似在夢中，她因禍得福，遇到貴人了。

安之甫那頭卻是另一番景象，他覺得自己遇到刁人了。那幾個原先一擲千金的外郡客商，拿著契約，氣勢洶洶，聲稱若是安之甫不能交貨，那一切便按契約定的辦，賠雙倍。

那可是很大的一筆數，安之甫急得連著好幾日都不得安寢。他打聽了，這幾人在外郡還頗有些來頭，有錢有勢。況且契約白紙黑字，他安之甫也占不到理。若對方真是告官，他討不著什麼好處，若對方不告官，私下裡對付他，他也是一身麻煩。

安之甫想找錢裴求助，但錢裴竟去外郡遊玩。安之甫左等右等，等到了九月中旬時，終於等得錢裴回來，欲去拜訪，錢府卻說老爺病了，正養病中，暫不能見客。

安之甫灰溜溜地回去了，備了兩份貴重的補品送上，並言說過兩日再來探望。

安之甫並不知道，錢裴其實能見客，他此刻正見著商舶司丞劉德利。

「錢老爺，你說的事我已經辦了，安之甫那批貨已辦好通關文書存在庫裡，不受太守大人之令的影響，錢老爺想何時調出來只管招呼便是。安之甫如今拿不到貨，急得火燒火燎。聽說外郡的那些個客人頻頻催貨，想來他已是焦頭爛額。」

錢裴哈哈大笑，外郡的那幾位客人如何他心裡有數得很。他向劉德利推了一個裝了金錠的錢袋過去，劉德利打開看了看，不客氣地收下了，又問：「錢老爺還有何囑咐？」

「倒也沒什麼了，那安之甫會來找我的，到時你等我消息，再敲打敲打他便是。」錢裴如此這般如此這般的一番交代，劉德利答應下來。

兩日後，安之甫果然又來了，這次他順利見到了錢裴。

兩邊一番客套之後，安之甫開始訴苦，希望錢裴幫他打通關節，讓那批貨能進來。錢裴認認真真地聽了，沉思良久，一臉為難，「既是太守大人下的令，商舶司封的貨，這事我也想不到什麼良策。若是南秦那頭不樂意好好給貨，我倒是能找人打點疏通，如今是官老爺下的令，我就沒辦法了。」

安之甫急了，忙道：「錢老爺，這事我能找的人全找了，能想的辦法全試了，你這兒可是我最後的希望。這玉石買賣我可是投了一半的身家進去，這裡裡外外花的錢銀，全是用我別的買賣撐著。若是交不出貨，我還得賠那些客商雙倍，他們鬧個沒完，我別的買賣也沒法做，這不是逼著我全家去死嗎？」

錢裴聞言輕皺了眉，想了又想，還是搖頭，「倒不是我不幫你，實在是這事太難辦。這貨運之事我早早便為你打點好了，你怎麼不催著點南秦那頭？再有商舶司的通關文書手續，你該盯著辦才對。」

安之甫被噎得差點一口氣沒喘上來。南秦那頭他可是辦得妥妥當當，將那幾個玉石礦主販商招呼得樂不思蜀，還要怎樣？盯著商舶司，那也得他有這本事才行。再者說，誰又料得到會突然有今日這事。

「如今太守大人親自下令，又有皇命壓著，誰敢去動通關之貨，那不是造反嗎？」錢裴這般說，眉頭緊鎖。他搖了搖頭，再想了想，「我也想不到什麼良策，只能估且幫你試試。但我醜話說在前頭，這事確是難辦。你先把東西拿回去，我收了你的禮，若事情辦不成，也是過意不去。」

錢裴揮了揮手，一旁的家僕轉身出去，不一會兒將錢裴前兩日送來的貴重補品連盒子一起捧了過來。錢裴再將今日安之甫拿來的禮推了推，家僕便將兩份禮一起放在安之甫手邊的桌上。

「錢老爺……」安之甫急得臉通紅。

錢裴擺了擺手，阻止他後頭的話，道：「你先回去吧，且等我的消息。」言罷，對安之甫做了個送客的手勢。

錢家家僕趕緊過來，替安之甫拿好了禮盒，錢裴的管事也進了來，擺出了送客的姿態。

這般境況，安之甫倒不好說什麼了，他訕訕起身，行了兩步，仍是不甘心，回頭對錢裴道：「錢老爺，你我不久便是……」翁婿這詞對著錢裴說怎麼都頗覺怪異，安之甫改口道：「便是親家了……」

「正是。」錢裴對安之甫微笑，「你我是一家人，安老爺請放心。」

安之甫再次無話可說，張了張嘴，拱拱手，回去了。

回到家中，安之甫愁眉不展。自家酒樓的掌櫃來府裡報那幾位外地商客在酒樓用餐不付帳，還大聲嚷嚷安之甫欠貨不給毀約謀財之事，他們不好報官，還問安之甫如何辦。安之甫頓時火冒三丈，如何辦？他能如何辦？他將掌櫃罵走了。越想越是氣，晚飯也吃不下，夜裡睡不著。安之甫仔細琢磨著錢裴的意思，退禮之事，錢裴可是從未幹過的，就算這事不成，為何連他的禮也退了？那意思是他沒本事辦成，還是他不想費功夫去辦？

日子一晃，數日又過去了。安之甫苦等錢裴的消息，無果。找了友人去找探錢裴的意思，友人回來道：「錢老爺說正為你這事走動，讓你莫急。我瞧著他的意思，確是會為你想法子的，你再等等。」

安之甫沒法子，不敢再登門催促。他等啊等，沒等到錢裴，卻是等來了劉德利的招呼。商舶司丞劉德利將安之甫喚了去，開口便是將他一頓訓斥，責問他這是何意，與他說過了如今這些貨不是他商舶司有意刁難，實在是太守大人有令，他們下面為官辦事的只得依令而行。

「你自己去打聽打聽，皇上的旨意都下來了，對南秦之挑釁切不可退讓，務當以牙還牙給足教訓。這關口上，你還惦記著你的那些貨，未曾打仗便是好的了。」

安之甫嚇了一跳，「劉大人的意思，難道我們大蕭要與南秦開戰了？」

「那倒是沒有，哪這麼容易開戰，龍大將軍在這兒呢！」劉德利話鋒一轉，「這事確是不好辦，就算你找了錢老爺出來，我也不好鬆這道關。要是被太守大人知道，我的烏紗帽可不保。你呢，也莫再吵吵了，錢老爺還道要去找太守大人。你想想，你這事是多重要，比南秦在我們大蕭境內犯事還重要？錢老爺雖說是太守大人的恩師，但太守大人也不可能賣他這個面子。到時出了事，太守大人不會找錢老爺的麻煩，難道不會找你麻煩嗎？你自己掂量掂量。如今南秦那頭已派了使節過來談判，這節骨眼上，你且別胡鬧，等著吧。」

南秦確是派了使節過來，關閉邊貿關市對他們的影響眼下雖算不得巨大，但若不解決，下一步怕是會連鐵石果蔬種子等官方貿易貨品也全被禁止，屆時便不是物資匱乏如此簡單，想來便是要開戰了。南秦使節過來遞上文書，表示要面見大蕭皇帝，陳情解禁。

太守姚昆召集眾官員商議此事。先前給皇上遞上奏摺已有一個月，想來驛差快馬趕路，摺子已到皇上手裡，但皇上旨意如何還未可知，南秦使節之事若處理不當，怕是會有違聖意。

眾官員議論紛紛，主薄江鴻青最是了解姚昆的心思，他提議先拒了南秦使節的要求，待等到皇上聖旨再做定奪。福安縣縣令錢世新也道，皇上派得龍大將軍來此，意思已是相當明確。皇上對南秦做亂甚是戒備，做好了抗敵入侵的準備。如今南秦燒我馬場、殺我百姓，還任由其使節堂而皇之地上京面聖，太守大人的顏面何存，皇上顏面何存？皇上為此怪罪下來，誰擔當得起？

其他官員覺得甚有道理，可也有人憂心，此前那些事雖都疑心是南秦所為，但都沒有實證，若是如此便遣返南秦使節，惹惱了對方，迫使兩國交戰，這是否不妥？若皇上屆時怪罪戰事由平南郡不當處置造成，那太守大人豈不是冤得很。

姚昆皺了眉頭，橫豎都是怕皇上怪罪。郡丞夏舟道：「不如請了龍將軍來，聽聽他的意思？」大將軍比太守大人官大一級，若最後真出了什麼差錯，那也是將軍的責任了。

江鴻青附議：「對，這事關乎軍情，還是請將軍一同來商議商議。」

姚昆心裡是有些不願的。要說如今局勢，許多事何為軍務何為地方事務還真是說不太清，使節到訪，該是他太守處置的事務，後果卻又涉及交戰危機……龍騰行事可是有瞞著他的，這他心裡有數。他曾暗示著相問，龍騰竟也不給面子，半點風聲不露，明擺著扯開話題，當他好糊弄嗎？姚昆不好再問，但他也不願事事被龍騰插手，這顯得他這一郡之首官威無存。

姚昆思慮片刻，終是覺得這事若惹禍端，還是由龍騰來背的好。

龍騰其實早已知曉南秦使節到訪，他也正等著消息。姚昆來請，他便去了。到了那兒並不計較姚昆先前疏忽他一事，反而很有架勢地四平八穩一坐，將南秦使節喚了上來。

龍騰道：「你們來此之意，我與太守大人都清楚了，只是近來我們兩國諸多事務糾葛，若是不解決，怕是你到了京城也不得皇上召見。這般吧，你將你們南秦在平南郡內安插的細作名單交出來，太守大人立時解除關貿禁令，並上稟皇上，派人護送你們入京面聖，如何？」

一屋子人呆愣。交出名單？居然還能用這招？

南秦使節臉都要綠了，勉強回話：「龍大將軍明察，我們南秦可從未往貴國派過細作。」

龍騰道：「那就難辦了，如此我與太守大人如何讓你面見皇上？皇上問我們那些糾紛未曾了結為何讓人來見，你說說，我們該如何答？」

南秦使節張了張嘴，他想去見大蕭皇帝不就是為了解釋這些事解除兩國誤會嗎？這不是很好答的事？南秦使節咬了咬牙，把這話說了。

龍騰看了姚昆一眼，嚴肅地問：「你都沒與我們解釋清楚，怎地去與皇上解釋呢？」

南秦使節語塞。

「這般吧，你回去，與你們南秦皇好好商量商量，我也用不著你們全部細作的名字，給我兩個便好。我有得交差，自然才好讓你們入京面聖。」

南秦使節面黑如炭，大蕭國的大將軍這般無賴嗎？交出兩個與交出全部有何區別？

使節拂袖而去。姚昆與江鴻青、錢世新等人互視一眼，心裡暗想這龍大將軍還真是個狡猾的。這般一來，既試探了對方是否有細作，又撇清了關係，並非拒絕對方入京，只是對方不願配合。

姚昆心中計較，悄聲問龍騰：「龍將軍是否確認南秦在我平南郡安插了細作？」

龍騰環視一圈，看了看屋內各官員，也輕聲回道：「他們沒安插細作那才是怪事。」

「可有何線索？」

「近來城內有宵小趁盜賊之亂屢屢犯案，邊貿之事涉及方方面面，太守大人事務繁忙，還是專心處置那些。至於細作及軍務之事，便由我來辦吧。」

姚昆被龍騰不輕不重地噎了一下，竟也反駁不得。

龍騰走後，錢世新走近姚昆低聲問：「大人關閉邊貿，可是與龍將軍共施的誘敵之計？」

姚昆未作聲，這事他還沒盤算好要不要摻上一腳。

錢世新看了看他的臉色，又道：「龍將軍是未將大人放在眼裡，還是不信任大人？」

姚昆眉頭微皺。

◆ ◆ ◆

安之甫這兩日眼巴巴地等著消息，等到的卻是南秦使節被驅離，談判失敗的結果。安之甫心沉到了谷底，失望至極。那批玉石貨物怕是短時間內拿不回來了，甚至今後也不知會如何。他坐立不安，發愁那幾個不依不饒的外郡客商該如何對付，又一想到那些白花花的付出去的銀兩，簡直痛徹心扉。

正痛心翻著帳本，僕役來報，說是錢老爺求見。

安之甫心一跳，親自到大門處去迎接，錢裴突然來訪，難不成是帶著好消息的？

可一看錢裴臉色，安之甫的心都涼了。錢裴一臉嚴肅地隨安之甫進了書房，也不坐下，茶也不喝，只來回走著。安之甫心驚膽顫，不會又發生什麼不好的事吧？

正待問，錢裴卻道：「你那事，我找著法子了。」

安之甫一愣，大喜過望，「是何法子？」

錢裴搖頭，「這沒法與你說。我只能告訴你，這事風險極大，出半點差錯，可不是損失錢銀那般簡單，怕是要被判個通敵賣國之罪，性命不保。」

安之甫張了張嘴，驚得說不出話來。緩了一會兒，擠出一句來：「那……究竟是何法子？錢老爺不與我說明白，我如何知道當不當冒這險？」

錢裴眼一瞪，喝道：「這險是你擔的嗎？是我！出了差子，這事可是擔在我的頭上！我自己便罷了，還會連累我兒！他福安縣縣令做得好好的，百姓愛戴，前程似錦，若是他知曉我居然有這主意……」他說到這一頓，抿緊了嘴，臉色更難看了。

安之甫心裡簡直七上八下，聽起來事情似乎真的能辦，只是有風險。安之甫的腦子轉著，錢裴這人他是知道的，人脈通達，手腕頗多，太守當年也是靠他提攜，也許他真有法子辦成這事。

有風險，會是什麼風險？

安之甫小心問：「你看，我們馬上就要是一家人了，這兒也沒外人，一家人，有什麼凶險還不是一起承擔嗎？你莫與我見外，這事真的只能靠錢老爺了。你且與我說說，這事究竟能如何辦？是何風險？我們一同商議商議。」

錢裴沒說話，似在思索，而後他看了看安之甫，道：「這事如何辦，真不能與你說。知道的人越少，成事的可能性就越大，惹上麻煩的機會就越小。」

「是，是。」安之甫陪著笑臉，只要人家願把事情幫他辦了，他說什麼就是什麼，「這法子不能與我說便不說吧。你放心，風險之事，做什麼都會有的。我們是一家人，自然共同承擔，你看需要我做什麼，儘管吩咐便是。」

錢裴搖了搖頭，道：「算了，這事還是算了，我也無甚把握。」說完，竟是起身便走。

安之甫大驚失色，一路追到府門口，百般挽留：「錢老爺，萬事好商議，萬事好商議啊！」

錢裴上了轎後似又思索了片刻，對安之甫道：「我再想想吧。」言罷，轎簾放下，起轎。

安之甫呆立半晌，忽地回過神來，喚來一僕役趕緊跟上，「瞧瞧錢老爺是回福安縣去，還是留在中蘭城的府裡！」僕役趕緊去了。

安之甫轉回書房，想了又想，覺得錢裴定是有辦法的，這個機會他一定要抓住。

僕役回轉，說錢老爺進了他於中蘭城的府宅，並未回福安縣。

安之甫振作精神，備了禮，收拾了一番，朝錢府急奔而去。

這回見錢裴倒也順利，只是錢裴瞧著頗無奈，「你這是為何？不是說了，待我再想想。」

安之甫忙道：「你只管好好想，只是這事關乎我安家身家性命，我不得不來。方才我也是一時未反應過來，如今倒是心思清明了，你有難處，我明白。你不能與我細說法子無妨，但究竟有何顧慮，我能辦些什麼，還望指點一二。這事若能解決，我將這批貨的六成利給你，如何？」

錢裴未言聲，垂眉沉思狀。

安之甫又道：「錢老爺，我可是真心實意的，這事確是著急，不然我也不能後腳便跟了來。咱們都是一家人了，莫說六成利，便是這批貨的八成利十成利全給了錢老爺又如何，我不吃虧，一家人嘛。這生意日後長長久久，還怕沒錢銀賺嗎？我做這買賣，還不是靠著錢老爺給搭的線，這也算是錢老爺的買賣不是？如今遇到了難處，還請錢老爺再幫幫忙，莫教這好不容易做起來的生意就這般毀了。錢老爺要我做什麼，儘管說，有何風險，我若能分擔，定不推辭。一家人沒二話，真的。」

錢裴看了看安之甫，「你著急我知道，可我要辦成這事確是不易。風險嘛，我說了，你沒法分擔，得我自己背，鬧不好，還連累我兒子。這六成利八成利十成利，於我沒甚意思，我若是貪這利，不早就自己做買賣了，何必為別人搭線？」

安之甫點頭哈腰，陪著笑臉。

錢裴道：「說是一家人，我卻是知道的，你這自家人可不好當。」

「哪能啊！」

「一個月後大姑娘便要進我家門了，按理說，確是算得上一家人，可大姑娘在安家什麼地位，我卻是知道的。到時真出了什麼事，安老爺定不會顧忌大姑娘死活，這親家又哪算得上一家人。到時安老爺甩手不管，我又如何辦？」

安之甫叫道：「錢老爺這話說得……我哪會幹這事？那可是我親生女兒。」話說到這兒，安之甫臉面有些不好看了，他是不甚在意女兒們，但錢裴拿這話說他又是何意？大家可是心知肚明，難不成錢裴還會在意娶回家的姑娘的死活？笑話！

等等，安之甫忽然領悟了什麼，他問：「那我當如何做，才能教錢老爺安心？」

錢裴拿起茶碗，慢條斯理喝了口茶，慢條斯理地道：「這樣吧，你家有四位千金，再許配一位與我，與大姑娘一同過門，姊妹成雙，我們兩家關係才更牢靠些，你意下如何？」

安之甫愣了愣，竟沒想到是這樣，娶兩個？

安之甫心思一轉，若這玉石買賣毀了，他大半錢財便沒了，就算再給女兒談個親事，估計也換不回這些好處來。兩個就兩個！「若是錢老爺能幫我順利拿回貨，解決此次難關，我便將二女兒也嫁你。二女共事一夫，也是美事。」

錢裴卻是搖頭，「二姑娘與大姑娘年紀相仿，相貌也有些相似，我娶兩個這般差不多的，有何意思？」他頓了頓，看了看安之甫，「還是四姑娘吧。」

安之甫又愣了，張了張嘴，話噎在喉嚨裡。錢裴喜幼女的傳聞在腦中閃過，他家四女兒才十二歲。他猶豫著，想了想，提議道：「芳兒年紀太小，要不先訂下親事，待她及笄……」

錢裴一擺手，擋住了安之甫接下去的話。他道：「安老爺回去再考慮考慮，只是莫要考慮太久，你也知道現在的情勢，南秦使節可是被太守大人趕了回去，後頭狀況如何真是不好說。待過得兩日，就算我願冒險，那批貨怕也是取不出來了。」

安之甫急得腦子一熱，趕緊道：「錢老爺莫誤會，這事可是大好事，我沒甚好考慮的，當然是好的。就讓她們姊妹二人一同出嫁，你看如何？」

錢裴笑了起來，「安老爺如此說，那事情就好辦了。」

「那就好那就好，我們一家人嘛，萬事好商議。」安之甫鬆了一口氣，「那依錢老爺看，我那批貨何時能取到？還需我做什麼？」

「待安老爺備好四姑娘的文訂婚書禮數時，自然就能拿到貨了。」

安之甫心裡有些驚疑，但話說到這分上，也只能信了。

安之甫回到府中，左思右想，喚來了二房譚氏，與她細細說了此事，囑咐她錢裴那頭會安排媒婆子上門過禮，嫁衣嫁妝各種準備也得張羅，但這事暫先不好張揚，讓譚氏小心處理，對外便說是操辦安若晨婚事便好。四房那頭先莫知會，省得鬧起來了節外生枝，待他拿回了貨，生意各項事均安穩了再說。

譚氏聽得安之甫說原本是想讓安若希嫁，嚇了一跳，再聽得錢裴是看中了安若芳這才鬆了口氣。她與安之甫道：「想來這錢老爺早看中了四姑娘，但他恐直接說娶四姑娘老爺不答應，這才定下了大姑娘，定是想著日後有機會再把四姑娘弄進門，有大姑娘在，四姑娘便不會太過慌張，老爺答應的機會大些，這次怕是正好給錢老爺尋著了機會。」

安之甫心煩意亂，又要搭進去一個女兒，他頗是不甘願。四個女兒裡，安若芳年紀最小，卻是姿色容貌最好的，小小年紀便出落得羞花閉月，比她娘更勝幾分。他還打算著日後用這女兒的容貌謀個好親事，換取好利益，如今卻是浪費在錢裴這處了。

安之甫揮了揮手，不想再聽譚氏嘮叨，事情就這般定了，她操持好便是。

譚氏回到院中，仔細琢磨了這事，想著想著覺得痛快起來。她一直看那四房段氏不順眼，愚蠻村婦，大字不識，仗著有幾分姿色得老爺的喜愛便在府中猖狂，生了個女兒罷了，有甚可得意的，卻又常常拿女兒美貌說話。譚氏當年對付正室范氏極是得心應手，段氏卻是個不好拿捏的主，吃了點虧非要討回來，使潑耍賴暗地耍陰招讓譚氏受了不少氣。那安若芳生得水靈惹人憐的模樣，也是個討人嫌的。這下好了，貌美是吧，哼，被錢老爺看中了，可有好果子吃。

譚氏越想越得意，將女兒喚了過來說話，告訴她錢裴能為老爺解決南秦那批貨的麻煩事，老爺答應將安若芳也嫁過去，與安若晨同日入錢家門。

「這事妳切莫張揚，心裡知道就好。娘告訴妳這些是想妳知道，妳爹原先是打算讓妳嫁的，娘拚死拚活與老爺鬧了一場這才阻止了。這府裡頭，人心都隔著肚皮，那幾房個個都是壞心思，也不知與妳爹吹了什麼風，差點推妳入虎口，只有娘與妳弟弟才能是真心相待的。妳記著這些好，無論有什麼事，娘和妳弟弟才是依靠。」

安若希連連點頭，當真是嚇到了，居然差點得嫁給那噁心的老色鬼。幸好幸好，不是她。

「這事是給咱提了個醒，凡事都得提防些。妳自己平素裡與那幾房姊妹走動時得多留心，若覺得有異樣便來告訴娘，娘會護著妳的。」

安若希忙答應下來，抱著娘親撒嬌。想到了四妹，卻又覺得她有些可憐，她才十二呢。

第二日，有媒婆子上門，譚氏招呼了對方，接到自己院子裡議事。安若希偷偷聽了，果然是在說四妹的親事，婚期定好了十月二十四，與大姊同一天，屆時兩個花轎一起進錢家的門。

另一邊，安之甫焦急地等待著消息，卻聽管事安平來報，邊境處出事了。

原來南秦使節回國後，深感受辱，義憤填膺地將事情與南秦邊郡武安郡的眾守將和太守等人說了，並火速收拾，連夜趕回國都向南秦皇上稟報去。武安郡上上下下這段時日與大蕭平南郡商議任何事皆不順遂，積怨已久，被南秦使節受辱之事激得大怒，兵將隔江大罵，罵聲震天，三日不絕。

安之甫聽得此事心都要碎了，那他的玉石貨品還能拿得回來嗎？不會又搭了個女兒進去卻還是兩手空空吧？安之甫急忙找譚氏，讓譚氏將庚帖等物均緩緩，拖上幾日，待貨品有消息了再辦好文定。譚氏讓他放心，昨日都交代清楚了，她心裡有數。

又過一日，安之甫被錢裴喚了去，擺了酒菜招呼，席間劉德利竟也在。錢裴將僕役全遣了下去，獨剩下他們三人後，與安之甫道事情差不多了，接下來等著就好。讓他莫張揚，屆時會通知他悄悄去領貨。安之甫喜出望外，將信將疑，但看錢裴和劉德利臉色，也不敢多問細節。劉德利在席上未曾多說這事，只喝酒吃菜說笑話罵南秦，對安之甫的態度卻是軟了許多。

一頓飯下來，安之甫察言觀色，覺得事情應該靠譜。

回到府中，召來譚氏與她說了情況，讓她應付媒婆時心裡有個數。譚氏聽得事情有轉機，也是高興。近晚飯時，有僕役來報，說是宗澤清宗將軍來訪。安之甫精神一振，親自去迎了。

一個多月未見，宗澤清黑了壯了，但還是那般模樣，娃娃臉笑起來很是和善。安之甫一番客套，留他下來用晚飯。宗澤清也未客氣，一口應承，還道他正好是來給安家送帖子的，一起用膳一同說說話也好。

晚飯設在了大堂廳裡，安之甫心思多了些，暗想宗澤清是個好籠絡的，若能相中他家女兒便好了。於是心懷希望，將全家都叫了過來作陪。安若希和安若蘭的位置安排在宗澤清近旁，宗澤清似看不到，只眉飛色舞地講述他這段時日的忙碌，安之甫趁機問是否真要開戰。

「安老爺放心，這一時半會兒還無事，但會不會打真不好說。若是前線開戰，郡府衙門定會發出告示來。況且邊關前線離中蘭城有些距離，打不到城裡來。若真打來了，衙門也會有告示。」

安之甫臉抽了抽，這跟沒說有何區別？

宗澤清又道：「安老爺是不是聽說南秦隔江謾罵挑釁我大蕭之事？安老爺放心，那不過是耍耍嘴皮子的伎倆，我們是不懼的。龍將軍可是說了，得回應回應才好。這不，我這次來，便是給安老爺送帖子來了。再過三日，十月初一，我們龍家軍會在東郊辦個練兵大賽和誓眾會。太守大人已經安排人手在東郊校場搭好了檯子，邀請各官員和百姓同去觀看。將軍說了，我們不對罵，那有失身分，我們就是擺擺兵陣練練刀法，順便把開戰前的誓眾禮給辦了。這便是我們的態度，給南秦看看，也給平南郡的百姓們看看。南秦我們是不懼的，要打便來。」

宗澤清說著，仰頭喝了一杯酒，頗有些豪邁之氣。

安之甫忙說了些奉承話。安若希忍不住問：「那日，龍將軍也會去嗎？」

宗澤清笑道：「這是自然的。如此場面，龍將軍當然得在，這是要給南秦看看我大蕭軍威雄風。各位想來也是沒見過誓眾會，如此機會可不能錯過。拿著帖子，能到最靠近校場的觀臺裡去。我吃了安老爺幾頓飯，這帖子算是回報，要知道，尋常百姓只能在周邊遠遠看。安老爺能帶一家子到觀臺上，那可是會掙足顏面。安老爺莫要辜負我一番心意，全家到了才好。」

一邊說一邊看了安家眾人一圈，說到最後一句時，這般巧，目光落在安若晨身上。

安若晨仔細聽著宗澤清的話，她直覺宗澤清來此與龍將軍先前囑咐的事有關。龍將軍說了會找機會與她見面，告之她離家安排，她等了近一個月，雖是心焦，但也相信將軍不會食言。如今聽得機會真的到了，心中暗喜，十月初一，她不會錯過的。

練兵大賽和誓眾會是平南郡的大事，不止軍方上下發動，太守也責令各衙門操持配合。此事除了意在示威之外，姚昆認為也是個捉拿奸細的好誘餌，若城中當真潛伏了南秦細作，那他們定會混在百姓中過來打探軍情。故而安排了人手嚴加防範，不但隔欄之外的尋常百姓要仔細查看，持帖入觀臺的人員也須登記記錄。

一連數日，全城都在忙碌此事。傍晚時分，一著衙服的瘦高男子走過郡府衙門的後巷時，與一男子擦身而過，掌心多了張紙條。他若無其事回到家中，拿出紙條仔細看，看完了便將紙條湊到燭火前燒毀。

來金酒館位於城西，是家普普通通的小館子，夥計兩人，老闆姓謝，名叫謝金。

謝金人高馬大，曾習過兩年武藝，仗著這兩分把式，沒少欺負鄰里。欺軟怕硬，見利貪財，名聲可不好。

這日，謝金行至自家酒館後院，忽見地上散著幾枚銅板，他彎腰撿了，一抬頭，看到後院門敞著，門口又有一粒碎銀。他左右看看，無人，也不知是誰錢袋子破了，竟落下這些。謝金心中暗喜，奔至門邊撿了。再抬頭一看，後門外頭竟然又有一錠銀子。

謝金大喜過望，大步邁過去，待彎腰要撿，又疑惑起來，正遲疑著，忽聽得一個男子聲音在他身後響起：「莫回頭，否則性命不保。」

謝金一驚，僵著身子應：「好，好。」卻猛地一個轉身欲動手。身子還未轉過去，什麼也沒看著，只見眼前一花，一股力道在他臉上一扇，重重「啪」一聲，臉火辣辣地疼。謝金被扇得背過身去，背上一沉，胳膊一疼，他「啊」的一聲慘叫，被扭著胳膊踩在了地上。臉被壓著，鼻樑差點沒斷了，疼得他幾欲飆淚。只是還沒來得及哭，一把短劍貼著他的臉插進了地裡。

謝金嚇得叫也不敢叫。他心裡明白，自己根本不是身後人的對手。

「大俠，大俠饒命！」謝金抖著聲音，差點尿褲子。

「我說的話，你可聽清了？」

「聽清了聽清了！」謝金點不了點，只得一連聲地應。

「我說了什麼？」

「莫回頭，否則性命不保！」

「很好，看來耳朵沒壞。那我接下去的話，你也仔細聽好了。」

「是，是！」

可身後那人卻沒急著說話，他放下一個錢袋，就放在短劍旁邊，打開了，讓謝金看到了裡面的銀子，「這十兩銀，給你的。」

謝金嚥了嚥口水，不敢說要，也不敢說不要。

背上的腳一用力，謝金痛叫一聲，忙道：「多謝大俠。」

「十月初一，東郊誓眾大會，你去參加，找一個人，傳一句話，很簡單對不對？」

「對。」謝金再嚥了嚥口水，不敢不答。

「事成之後，你到校場外的小樹林裡再取二十兩銀子，那是給你辦成事的獎賞。」

傳句話值這麼多銀兩？謝金咬咬牙，「那……那是要找誰人？傳什麼話？」

「屆時會告訴你。」

謝金轉了轉眼珠子，「只是傳個話嗎？」

「對。」

「傳完了話，就算成事了？可再得二十兩？」

「對。」

謝金有些遲疑，聽起來簡單，三十兩易得，很是心動，但事情確是詭異，他又不是傻子。猶豫間，身後男子卻是腳下用力，傾身握住了短劍劍柄，道：「事情你既是知道了，若不幹，便是死。若是走漏了半點風聲，也是死。」

謝金痛得臉扭曲，感覺脊樑骨險些被踩斷，連忙應下。背上的壓力頓時一鬆，臉旁的短劍也被拔走，一個包袱丟在他的眼前。

身後人道：「誓眾大會那日，你穿著這身衣裳去東郊會場，我會再聯絡你。」

謝金戰戰兢兢一口答應，等了好一會兒，身後再沒囑咐，也沒聽到有聲響，謝金猶豫半天，悄悄回頭，卻看到身後空空如也，並無半個人影。謝金一下軟倒在地，若不是銀兩和衣裳就在眼前，他會覺得方才只是做了一場夢。

一轉眼，十月初一到了。

安之甫領著妾室及兒女去了東郊會場。沿途旌旗林立，衛兵威武，安家眾人頭回見此場面，不覺有些興奮，尤其是安若晨，想著今日便能獲知離家的計畫安排，心跳如鼓，激動得臉發熱。到了校場那處，人頭攢動，安若晨緊跟著家人通過關卡，進了內場，豈料途中竟又遇著了錢裴。

安若晨見著錢裴便噁心，她轉開視線，卻見到爹爹和二姨娘遠遠對著錢裴諂媚笑著。安若晨下意識看了錢裴一眼，看到他臉上也有著說不出深意的笑意。似與從前不同，又說不出來究竟哪裡不對。安若晨心中疑惑，但想了想，反正她要走了，這些人再有什麼齷齪的勾當也與她無關。

安若晨身後不遠，謝金緊張地拿著帖子進了會場。尋常百姓都被隔在了校場外，能進內場的都是非富即貴或者有著這樣那樣的關係。謝金自認是尋常百姓，這帖子拿得甚是燙手，身上的衣裳合身，為此他也心驚，對方製衣時竟是知曉他的尺寸。帶著這些心思，謝金一臉心虛，惹得查驗帖子的那位兵士多看了他幾眼。

謝金出了一身冷汗，但有驚無險，進了內場。

神祕人交給他帖子時，囑咐他關切內場東區三號觀禮帳內的一位姑娘。那姑娘叫安若晨，身邊無母親，只一老奶娘跟著伺侯的那個便是。他的任務就是要與安若晨說一句：「姑娘近來多橫禍，當心性命。」

說完這話，他便算辦好了事，便可到西邊的林子裡找一名男子，將帖子交給他，把傳的話再說一遍，那男子便會給他二十兩銀子。

謝金進了內場往東區去，在東區看臺上找了個位置，觀察四周，很快看到三號觀禮帳子。觀禮帳只有帳頂，四面敞開，確保帳中人視線不受阻，這倒是方便了謝金審視。他靠近帳子仔細瞧，看到了神祕人所說的那位姑娘。確實只她身邊沒有母親，身後是位老婆子隨伺。

安若晨一直留心四周動靜，琢磨著將軍在何處，她如何能不教旁人發現地與他見面。忽地眼角餘光發現似乎有人盯著她看，她轉過頭去，看到對方是位高大健壯的漢子。那漢子目光與她相碰，迅速轉頭，假意看向別處。

安若晨暗暗皺眉，她垂首低眉，捧了茶碗來喝，眼睛餘光再偷窺那漢子方向，只見那漢子又轉首過來偷偷觀察她。安若晨不動聲色放下茶碗，微笑著聽著安若芳說話，不經意又看到安若希在看安若芳，目光中似有柔軟的情緒。同情？憐憫？安若晨不確定。安若希接觸到安若晨的視線，趕緊別過頭去，若無其事地與母親譚氏誇讚起這練兵大賽的排場來。

今日裡真真是見了鬼了，一個兩個這般古怪！

安若晨再瞧帳外那漢子一眼，他已然找了個位置坐下，那位置離她的帳子不遠不近，正是能看到她的方向。漢子坐在人群裡，顯得拘束。

這定不是龍將軍的手下，安若晨如是想，但他是誰？為何盯著她？

不多時，大會開始了。兵士們分組列隊，整齊有序地湧入會場中。旗兵先行，騎兵隨其後，車兵居中，步兵最末。一組組人舉旗列隊，甚是威風。所有人的注意力都被眼前的陣式吸引，隨著兵隊發出的威武口號，圍觀人群報以熱烈掌聲和歡呼。

安若晨眼睛盯著場內，眼角餘光卻是留意著那名男子。那男子時不時瞥她一眼，這讓她緊張。她在腦中搜尋回憶，忽然想到那日所見謝先生的衣著背影，似乎便是穿著這玄青色衣裳，安若晨頓時一僵。

這時場中已站滿兵將，旗兵一聲大喝，大旗揮動。旗令一出，滿場兵將齊動，整齊劃一的動作發出巨大的聲響，圍觀人群一陣歡呼。緊接著幾名身著鎧甲的將士騎著快馬奔進會場，氣宇軒昂，威風凜凜。中間領頭那位騎著黑色駿馬的俊朗將官尤為醒目，正是龍騰。

周圍人群歡呼鼓掌，場中兵將肅穆端正，站得筆直，絲毫不受影響。幾位大將入場後分列各營隊陣前。龍騰放慢速度，騎馬從隊前奔到隊末，經過之處，旗兵揮旗下旗令，身後兵士舉刀邁步齊聲大喝，訓練有素，氣勢雄壯。周遭百姓自動安靜下來，屏息觀看。

許多姑娘面泛紅暈，兩眼發光盯著龍大將軍看，安若晨卻是顧不上，因為就在所有人的注意力都被場中吸引之時，有一人悄悄經過她身邊，往她膝上丟了一個紙團。紙團打到了她的手，嚇了她一跳。

她迅速將紙團握在手中，轉頭尋找丟紙團那人的身影，卻只看到一個身著軍服的背影行入人群當中。安若晨看了看周圍，無甚可疑之處，她見周遭沒人注意她，那個玄青色衣裳男子也正盯著場中看，便將紙團打開，低頭看了一眼。

「誓眾之後，西邊樹林相候，將軍有事囑咐。」

安若晨一眼看完，抬起頭來，若無其事悄悄將紙再捏成團，藏於袖袋中。她的心跳得很快，下意識再看了那玄青色衣裳男子一眼，他還盯著校場裡看，似乎頗受震撼。

場上龍騰已經上了點將臺，鼓號兵擊鼓吹號，場中兵將變換了陣形。所有人目不轉睛看著，安若晨卻將視線投向西邊，那邊確是有個頗大的樹林，先前乘馬車過來時曾在周邊經過。從現在這方向看，樹林不遠之前似乎也有旌旗飄揚，不知是否會有衛兵把守。安若晨轉念一想，既是將軍約她那處見面，定會安排妥當，不必憂心。

此時一聲長號響徹天際，場中兵將端正站直。安若晨掃了場上一眼，龍騰威立臺上，雙目炯炯掃視眾兵將。再看那玄青色衣裳男子，他正隨著眾人盯著場上。安若晨皺了皺眉，觀察周圍。

場中一將官大聲呼喝，誓眾會開始了。安若晨感覺到另一邊人群裡有道視線偷窺，但轉過臉去，卻未見異樣。安若芳站了起來，她個子小，被安榮貴擋住視線，看不到前頭。安之甫低喝斥了她一句，安若希將安若芳拉到自己這邊。安若芳看清場中情形，乖乖坐好。

安若晨心跳如鼓，總覺得哪裡不對，又覺也許是她太多疑了。

「漏軍事者……」這是龍騰的聲音，也不知他如何辦到，竟是聲如號鼓，響動滿場。

「斬！」全場兵將大聲齊應，盾槍刀足在地上一踏，聲威震天。

安若晨往場上望去，這浩然場面讓她的血也熱了起來。

「不戰而降敵者……」

「斬！」

「與敵人私交通者……」

「斬！」

「失主將者……」

「斬！」

「失旌旗節鉞者……」

「連隊斬！」

一句一應，響徹天際。安若晨看了好一會兒，猛地驚覺自己竟然一直盯著龍騰。這可不是失神的時候。誓眾之後，林中相見。她也許就會得到離開這裡的辦法，而她居然看熱鬧看得發呆。

安若晨穩了穩心緒，確認全家人都盯著場裡看，當下悄悄起身，加快腳步離開。她往西邊的樹林去，一路走一路想著若是被人攔下該應的說辭，但行了一段，無人攔她，遠處立著的兵士也在盯著場中看，未留意安若晨的走動。安若晨越往樹林去，離會場越遠，漸漸離開了守衛圈子。

耳中聽得校場內的聲響變了，誓眾已結束。接著是兵器相交，呼喝吶喊的聲音，也許是練兵大賽已開始。這般說來，將軍也該離場來見她了，安若晨的步子不由得輕盈起來。

離林子越來越近，轉彎時，安若晨轉頭看了看身後。這一看，嚇了一大跳。那個玄青色衣裳男子竟然跟著她，見得她回頭，似欲相避，停了腳步看別處，而下了決心，大步朝她走來。

安若晨大驚，轉身疾步快走，心裡有什麼念頭冒了出來，但並不真切。

是他？不是？

安若晨這一走，謝金便急了。

先前謝金一直謹慎盯著安若晨，苦惱著人群之中如何能與她說上話。傳話的辦法還沒想到，兵將們便列隊湧出，場面雄偉壯觀，他的注意力被轉走，待回過神來，卻發現帳中已沒了安若晨的身影。他奔了出來，遠遠看到安若晨正往西邊去。他直覺這是個單獨與她說話的機會，便一路尾隨。腦子裡琢磨著是不是上前攔她講完那句便趕緊取銀子去，又恐安若晨胡亂喊叫惹來官兵。

正拿不定主意，卻見安若晨回頭看，他嚇得一縮，而後心一橫，他不過就是說了一句話，又沒幹別的，就算是官兵衙差也不能將他如何。

但安若晨竟然要逃，謝金彷彿看到他的銀子也逃了，拔腿追了上去。

安若晨越走越急，之後跑了起來。

「安姑娘！」謝金叫著。

他竟然知道她的姓氏？安若晨心裡更慌。她孤身一人，不敢與他糾纏，便咬牙疾奔。

「小心妳的性命！」謝金緊緊追趕，邊跑邊喝，很有幾分恐嚇的意味。

安若晨嚇得往林子裡跑，鑽進矮樹叢中。

「站住！」謝金大喝著彎腰追了進去，卻見一根枝條猛地朝他面目抽來。他猝不及防，哎呀一聲慘叫，捂著眼睛蹲下。

安若晨看好時機拉過矮樹樹枝用力一扯一放，樹枝往後一彈，她聽得那人慘叫，看起來似是擊中他雙眼。安若晨看好地勢迅速鑽進另一邊的樹叢裡，蹲在一棵大樹後頭掩去自己的身影。

謝金咒罵著，站起身來，用力眨著眼睛，正待繼續追，忽地有隻大掌從他身後捂住了他的嘴，一把利刃抵在他的腰後，一個陌生的聲音在他身後響起：「莫出聲，否則要你的命。」

安若晨屏聲靜氣躲著，大氣都不敢喘。她並未聽到有人追來的腳步聲，也未聽到那人的叫喊，周圍太安靜，安靜得教人害怕。

喀嚓，一根樹枝在她藏身的不遠處被人踩斷。

那聲音似踩在安若晨心上，嚇得她一顫。

沙沙沙……那是踩著落葉的聲響，有人正在她附近走動。

安若晨捂著嘴，深恐自己發出半點動靜來。

不一會兒，有人走到她藏身的樹叢之前，走開又回來，轉著圈在找尋。安若晨看到那人的鞋子、褲子，卻不見衣裳下襬，那他該是短裝打扮，並非剛才追她的男子。

「姑娘，沒事了，出來吧。」

語調和善，聲音有些陌生。

安若晨不敢確定，她沒動。

那人又走了幾步，離得她藏身的樹叢稍遠，又道：「此處危險，出來吧，我帶妳去見將軍。」

安若晨猶豫著。那人往前走，離她越來越遠。安若晨仍不敢動，又覺得這般躲著不是辦法。她伸手想撥開樹叢枝葉偷偷觀察下，卻聽到遠處有吆喝追趕之聲，她猛地將手縮了回來。

吆喝聲漸漸聽不到了，似乎更多的人奔進了林子。

有人大聲呼喝：「仔細搜，提防他有同夥藏匿！」

聽上去這個「他」像是在說追她的那玄青色衣裳男子。安若晨不確定發生了什麼事，也不確定自己該不該出去。遲疑間，腳下沒蹲穩，踢到石頭，石頭滾出樹叢，她差點摔倒，本能揮舞雙手穩住身形，卻撞在了樹叢上。數人奔了過來，兩桿長槍撥開樹叢，兩個兵士赫然出現在安若晨眼前。

安若晨大叫：「軍爺救命，有盜賊欲害我！」

片刻後，安若晨被兵士押到會場周邊一個帳前，說宗將軍要見她。

門口衛兵將帳門掀開，安若晨走了進去，卻見帳內竟坐著龍騰。

「見過龍將軍。」安若晨慌忙施了個禮。

「妳膽子越發大了，鬧的動靜一回更勝一回。」龍騰語氣平淡，聽不出喜怒。

安若晨生恐龍騰怪罪，趕緊將事情一五一十仔細說了。

龍騰皺了眉頭，接過那約見面的字條看了，讓衛兵去喚了謝剛過來。

謝剛很快到了，一腳將帳前探頭探腦一臉好奇的宗澤清踹開，進了帳子。不一會兒出了來，宗澤清巴過來攬著謝剛的肩問：「兄弟，將軍與安姑娘有何事？」

「若與你相干，將軍便會告訴你。」

「與我相干啊！」宗澤清一臉憤憤，「將軍囑咐我辦這樣辦那樣，可沒告訴我為何啊！」

「嗯。」謝剛一本正經點頭。

宗澤清等著他接下去說，跟出了好一段路，可謝剛再無第二句，端著正經臉色走了。宗澤清被噎得揉了好幾把臉才忍住沒踹謝剛幾腳。想了想，只得又回到帳前不遠候著，等著龍騰吩咐。

帳中，龍騰問安若晨：「妳如何看？」

安若晨每次被龍騰這般問話都有些緊張，感覺將軍故意在考她似的，「既是並非將軍約我見面，那定是有人知道我曾向將軍報信，而用這似是而非的字條看我是否會上勾。知道這事的人，我只曉得有位謝先生。若我上勾，獨自前往樹林，便能趁我落單時滅口。那追殺我的男子，穿著玄青色的衣裳，若我未記錯，那日見著謝先生與徐媒婆密會時，似乎也是穿這顏色的衣裳。」

她停下來，看了看龍騰的臉色，又道：「但這般甚是冒險，畢竟誓眾大會之地，重兵把守，到處都是兵將和衙差，稍有差錯，便是死路一條。」

「確是死路一條，那人死了。」龍騰道。

安若晨吃驚。她聽到有追捕聲，知道兵將入林搜查，卻是不知那人被殺了。

「在帶妳過來前，我便得了消息，衛兵們在西邊巡察時看到可疑之人，於是入林搜查，卻遭伏擊。他們追擊凶嫌，將其刺傷，凶嫌帶傷逃跑，衛兵沿血跡追捕，最後找到屍體，那人已服毒自盡。」

「自盡？」

「也許自知被捕後會被嚴審，而他有絕不能被審出的祕密，逃不掉，乾脆服毒了。」

安若晨愣了愣，「將軍這般想？」

「這是細作慣常的手段。他們隨身帶著毒藥，緊急關頭，為免身分和情報洩露，便自我了斷。」龍騰頓了頓，看向安若晨，「安姑娘似有疑慮，安姑娘如何想的？」

又來了！安若晨嚥了嚥口水，「他既是有絕不能被審出的祕密，身分這般重要，卻在這樣的地方用這樣變數極大風險極大的手段害我，實在是草率了。」

龍騰沒馬上接話，安若晨不知道他是覺得她說的對還是不對。

過了一會兒，龍騰問：「姑娘覺得他有更好的選擇？」

安若晨硬著頭皮答：「就算是潛入我家中對我下手，也比在這處下手強，不是嗎？」

「上回妳家中鬧了盜賊一事讓妳爹爹加強了防衛，而我也有加派人手暗中護衛。去妳家中下手，他也未必能得逞。」

「可是逃跑時更容易些吧？我家裡的護衛再多，將軍派來的人再多，也多不過這處的千軍萬馬。他這不是自食惡果，逼得自己不得不自盡了嗎？」

龍騰沒應話，安若晨有些忐忑，不知他是如何想的，又惦記著他是否已幫她安排逃家的路子，可如今出了這事，倒是不好問了。

靜默了一會兒，龍騰忽然道：「本想著練兵大賽之後讓宗將軍留妳家人喝杯茶避開人群退場的混亂，屆時妳有機會單獨見到我，沒想到卻發生了這事。我們長話短說，十月十五，申時，有隊送糧車隊將從南城門出發赴邵城，車隊管事是我的老部屬，姓蔣，名蔣忠。我會與他打好招呼。以妳的機智，那日那時妳該是能趕到南城門。老蔣會將妳安置在馬車上，進出各城，不受盤查。邵城賓縣是老蔣老家，他娘子及孩兒均住那處，在當地也有人脈，說是遠房親戚投靠，弄個籍簿文書不是問題。有他安置，討個生活也該不難，妳若勤勞肯幹，便能活下去。」

安若晨驚喜交加，深吸一口氣，眼眶熱了，跪下咚咚磕了幾個響頭，道：「民女謝過將軍，將軍大恩大德，民女定當回報！」

「若妳順利出走，妳我該是無甚機會再見，回報便不必了。日後妳好好過日子，活得像妳自己所希望的那樣便好。那般，也就不枉我為妳費心安排這一場。」

活得像自己所希望的那樣……

安若晨伏在地上，眼淚差點奪眶而出。從來未有人與她說過這樣的話，竟是說到了她的心裡去。從未有人在乎她想怎麼活，就連最疼她的老奶娘也只會抹著眼淚對她說再忍忍。她不是不能忍，只是這個忍耐是沒有盡頭的，貫穿一生，蝕毀她的意志，讓她宛如行屍走肉，甚至可能讓她白白丟掉性命。就像一個玩偶，最後摔碎，毫無價值。

她不想這樣活。

千言萬語，安若晨只能擠出一句：「謝將軍！」

「先莫謝我。今日鬧出這事，且先瞧瞧發生什麼。十月十五之前，若無其他事端，妳方能離開，如若不然，我可是會下令扣押妳。」

「是。」安若晨應著，心中忐忑。謝先生死了，那她該不會再有危險，但今日這事頗是古怪，事情都是她親歷，她卻摸不著頭緒。她覺得將軍似乎有所盤算，但她不敢問。

「妳叫嚷救命，官兵搜林，太守大人定會接到消息，會召妳問話。」龍騰道。

安若晨忙道：「我今日不太舒服，觀禮臺上人多吵雜，我有些喘不上氣，便想回馬車拿些嗅鹽順便呼吸些新鮮空氣，怎料迷了方向，卻遇歹人，幸得軍爺們相救。」

龍騰點頭，這姑娘確是個機警的。細作之事他一直未與姚昆說，這城中關係複雜，謝先生的底細他還未查到，但從種種跡象線索看，這人有人脈和勢力，知道的人越多，打草驚蛇的機會越大，他暫時還不想公開。

龍騰與安若晨囑咐一番後，讓宗澤清派人送她送回觀禮帳，並將此事稟了姚昆。

過了一會兒，謝剛來報，姚昆已召了衛兵及安若晨問話，蔣松去了，謝剛自己這邊已安排了探子暗查今日之事。

「還不清楚在衛兵發現安姑娘之前那個喚她出來的男子是何人，衛兵沒有搜到其他可疑人物，但安姑娘又道那人與玄青色衣裳男子非同一人。按當時情形，十多個衛兵及數名衙差已入林中，竟無一人看到那人蹤跡，周邊的衛兵也未見到其他可疑人物進出。」謝剛道：「聲音遠近聽來會有些許不同，畢竟遠遠叫喊得揚聲運氣，近時說話壓低悄聲，安姑娘未能分辨也是合理。若說服飾不同，對方知道安姑娘躲藏，猜到她視線受阻，為誘她出來，將外裳挽起，露出褲子似短裝打扮也有可能。」

龍騰斂眉思索。

謝剛道：「那時衛兵已將林子包圍，若真有同謀在，這般一點痕跡不露，除了安姑娘，其他人均無半點發現，這可能性當真是小的，除非那人插了翅膀飛了。也許由始至終只有一人，他原是想誘安姑娘出來，之後聽到有人入林，欲殺出包圍，但受傷之後覺得無望，故而行了最後一步。無論如何，我已囑咐下去，今日樹林所有人等的所見所聞均會仔細探查，若真有同夥，定會留下蛛絲馬跡。」

不久之後，蔣松也來向龍騰報告此事。

蔣松是鎮衛將軍，主管護軍防衛守營諸事，行事謹慎。他將此事前前後後審了個清楚，樹林裡也仔細察看過，屍體也驗了。姚昆審案時他便在一旁，對安若晨也仔細問了話，但暫時查不出什麼來。無人知曉那人身分，安若晨也不知那人目的，以為是盜匪趁亂劫財。她是這般說，但眾人覺得是否會是賊子起了色心歹念。太守審訊之時，安之甫在一旁聽審已是大怒，連聲喝罵女兒不懂事竟敢中途離席，丟人現眼，有辱家風，罵得安若晨眼淚漣漣，泣不成聲。

龍騰能想像當時情景，未多問安若晨之事，倒是關切了幾句姚昆的打算。蔣松道太守大人已安排下去探查死者來歷，因在他身上未搜到帖子，故而未知他是如何混進會場之內。姚昆還嚴令衙差巡查一遍會場各處，未發現異樣。安家其他人也未見過那人，猜測對方是見到安大小姐落單，臨時起意做案。那人有些武藝，衛兵入林搜捕，他借地勢暗中以飛鏢傷人，衛兵包抄追上前提槍入樹叢，將其刺中。那人一路奔逃，衛兵循著血跡追上時，發現那人槍傷頗重，血流滿地，想來自知跑不遠，便服了毒藥自盡。

「姚昆可還有其他安排？」龍大問。

「太守大人命人將屍體抬回府衙，讓仵作驗屍，命人查其身分。其他的，未曾多說。」蔣松說起這個頗是不服氣，「將軍，此人可疑，該是我們軍方查此案才是。」

龍騰淡淡地道：「並無證據表明此人是細作，便讓姚昆去查吧，看此事他最後如何決斷。」

安若晨回到家中，又被安之甫一番訓斥。錢裴在會場聞訊，跟著安氏一家子回到安府，倒是對安若晨軟語慰問，問清事由，又勸安之甫莫要動怒，說大姑娘受了驚嚇，讓她好生休息。

錢裴如此態度，安家人寬慰有之，驚疑有之。待他走後，安之甫喝令安若晨回房閉門思過。譚氏憂心忡忡，急問安之甫事情經過，生恐安若晨因此名節受損，錢裴嫌棄毀婚。安之甫怕的就是這個，那批貨他還未曾拿到手，錢裴說是沒問題，但一日未見到東西一日便無法安心。

安之甫左思右想，與譚氏密商好半天，決定還是速將安若芳與錢裴的婚事禮數定下，事情板上定釘，好討錢裴的歡心。

安若晨回到屋裡，顧不上煩惱今日的蹊蹺事，只覺得滿心歡喜。十月十五，她將逃出生天，過上全新的生活。只要再撐半個月，不惹事端，安安靜靜便好。

可當日夜裡，安若希忽然來了，怒氣沖沖，將安若晨怒罵一番。道她不知檢點，中途離席是為什麼？拿嗅鹽？簡直可笑。是不是又想去見將軍，又或是龍將軍高攀不上，想著去攀宗將軍？沒料到招來了登徒子是不是？這般不知羞恥，自己毀了便也罷了，拖累了家人，惹下禍端，她如何擔得起？

安若晨不解，看著安若希。通常她若受罰，安若希慶幸是有，看笑話是有，但這般憤怒倒是奇了，她闖了什麼禍與她又有何相干？

「看什麼看？」安若希被安若晨盯得滿臉通紅，跺足大叫：「這次錢老爺不嫌棄妳倒也罷了，若是出了什麼差錯……我……」她咬咬牙，「我不會放過妳的。」

安若晨垂了眼簾，未動聲色。不能與二妹起衝突，她需要安安穩穩度過這半個月，但二妹反應著實古怪，難道發生了什麼事？安若晨心裡浮起了不祥的預感。

安若希走了，被安若晨支開的老奶娘和丫頭趕緊進屋。老奶娘有心護著安若晨，卻也明白安若晨不想惹麻煩的心思，只是聽著自家姑娘無端端挨罵，很是心疼。

安若晨卻說：「嬤嬤，徐媒婆死後，錢老爺換了個李媒婆過來議親事，可有何動靜？」

老奶娘愣了愣，「這個倒是不清楚，李媒婆每回來皆是到譚氏院中相議。」

安若晨想了想，又問：「各姨娘院裡近來有何事發生？」

「沒甚特別的，仍是與往常一般。」

安若晨不說話了。肯定有什麼事發生，但她不知道。

肆之章 ◆ 逃婚

一連數日，安若晨足不出戶，老老實實閉門思過，但她讓丫頭和老奶娘留心譚氏院中的動靜。丫頭來報，說是二姑娘今日帶著四姑娘外出遊玩，當晚安若芳也悄悄跑來探望安若晨，帶了些小點心給安若晨，說是二姊帶她去玩時買給她的。

安若晨問起安若希可有說什麼，可曾帶她去見過什麼人。

安若芳搖頭，「就是普通的玩耍和買吃的，未曾去見外人。」

安若芳安慰安若晨：「聽說二姊到大姊這處鬧脾氣了，大姊莫理她便是。她總是一會兒好一會兒凶的，莫讓她覺得妳占了她便宜，她對人還是好的。」

安若晨笑了笑，摸摸四妹的腦袋。就連十二歲的小姑娘都能看出二妹的心思，莫動到她的利益，她便不會對人太壞，所以她無端端跑來罵了她一番，那定是覺得她差點壞事了。難不成，若她被退了婚，二妹便得代嫁？爹爹與二姨娘相議過這事？

安若晨警惕起來。

四妹呢？為何二妹突然對四妹這般好？二妹仗著譚氏在家中掌事，向來心高氣傲，常壓著姊妹們一頭，突然對四妹親切起來，為何？

「大姊……」安若芳突然小聲道：「大姊必須嫁給錢老爺嗎？不嫁不成嗎？」

安若晨微笑，「說的什麼傻話，訂了親，怎能不嫁？」

安若芳咬咬唇，低著頭絞著手指，而後小小聲道：「我覺得，大姊……」她頓了頓，「大姊從小沒了娘，我們有娘疼，大姊沒有，大姊當嫁個會疼人的，那個……那個錢老爺很可怕。」

安若晨沒說話，她知道安若芳嚥回嘴裡的那個詞是什麼。

可憐。

她想說大姊可憐。

但安若晨不這般想，她不可憐，苟且活著才可憐。她摟了摟四妹小小的肩膀，不知道要如何與她解釋，也不敢解釋。說得多了，就容易招疑了。

「大姊，我……我存了些私房錢。」安若芳垂著頭小小聲，「雖然不多，但是好歹也能撐上些日子。要不……大姊妳逃吧。」

安若芳說到最後，聲音幾不可聞。她抬起了頭，看著安若晨。

安若晨震驚，萬沒想到安若芳會說出這樣的話來，第一個念頭就是她的盤算被人知曉了？她很快鎮定下來，摟著安若芳道：「傻妹妹，快別這般想，這念頭可萬萬不能有。天大地大，哪處能有家裡好？外頭極是凶險，一個女兒家能逃到哪裡去？那不是自尋死路嗎？」

安若芳張嘴，被安若晨攔住，「別再說傻話，父母之命，媒妁之言，我們豈能抗命？」

安若芳咬住唇，眼眶慢慢濕潤起來，「我要是有本事就好了，我有本事，能掙錢管事，姊姊若是受了欺負，我也能護著姊姊，可惜我什麼都做不了，我只存下了一點點錢銀……」

安若晨一把將安若芳摟進懷裡，不再看她的眼睛，心裡五味雜陳。

安若晨不敢忘，那年安若芳五歲，她十一歲，母親剛過世一年，各房欺她年幼，將她母親首飾盡數拿走。有一件是她母親臨走時特意與她說留給她的，那是外祖母之物。於是安若晨便去三房薛氏那兒將那件首飾偷了回來，藏得好好的，無人知曉。任各房怎麼問，她都說不知曉。可後來有次安若芳與她一道時說起她母親，她對小妹妹無防心，漏口說了這事，道她好歹還有一物留著對母親的念想，卻沒料安若芳是被她娘親教來套話的。

事情敗露，安若晨被安之甫毒打一頓，首飾也被薛氏又搶了去，可恨的是，薛氏其實並不稀罕那物，為報復她，還故意將那首飾當了。

事後安若芳痛哭，她並不清楚發生了什麼，但姊姊被打了，她哭了。安若晨沒法怪安若芳，但從此她學會了一件事，有些人並不想害妳，但會有別人利用她來害妳。

安若晨緊緊摟著安若芳，道：「千萬別這般想，不能有這樣的念頭。」

第二日，安若晨被衙門傳喚，安平奉命陪著大小姐去了。

到了郡府衙門衙堂才知道，原來是那日那個玄青色衣裳的男子身分查到了。那人姓謝，名謝金，是城西來金酒館的老闆，有些武藝，常欺負鄰里老幼，但沒犯過什麼大事。他鋪子裡有兩個夥計，夥計並不知道謝金有這身衣裳，說是料子不錯，謝金平素可是穿不起，而衙差搜了謝金的屋子，在他床底搜出一箱銀子，新舊不一，看起來是攢了一段時日。還有幾身華服，也全是謝金的尺寸。兩位夥計均是大吃一驚，表示不知道謝金竟藏了這些東西。且再仔細琢磨，說起來有時還真不知謝金去了何處，頗是神祕。但在謝金身上並未搜出誓眾大會的邀請帖子，夥計也未聽說謝金要去參加誓眾大會，故而謝金究竟是如何進會場便不得而知。

姚昆讓安若晨來，便是想問一問安若晨，可還想起些什麼。從前是否與來金酒館有過接觸，或是聽別人說起過什麼沒有？誓眾大會那日謝金做過什麼，她是否有發現什麼不對勁的地方？可曾見到謝金與其他人接觸交談？是否有同夥？

安若晨聽得那人姓謝，心裡一跳。她仍按當日口供所述，身體不適，迷路落單，偶遇賊人。不認識謝金，從未聽說過他。姚昆詢問再三，讓她回去了。

安若晨坐在轎中，細細思量姚昆問話的用意，難道姚昆認為謝金是細作？按先前龍騰所言，細作通常暗藏毒藥，若是事發無處可逃，便服毒自盡。那謝金死時便是如此，但若說他便是那個細作謝先生……

安若晨腦子裡的念頭一閃，這時卻聽到有人叫道：「安管事。」

聲音頗熟，似宗澤清。

安若晨輕掀轎簾，發現已行到一處酒樓處，宗澤清正在樓上雅間窗邊對他們招手，見到她探出頭來，只點了點頭打招呼，卻是對著安平道：「怎地這般巧，安管事做什麼要上衙門來？安老爺近來可好？上來一敘如何？」

安平討好巴結宗澤清都來不及，自然一口答應。他讓轎夫稍待，也不招呼安若晨，撇下她自己上樓去了。

這宗將軍出現得也太巧了些，安若晨心裡一動，左右看看，下了轎。轎夫躲在酒樓簷下避日頭說著話，未留心這邊。安若晨進了酒樓，此時並非用膳時間，一樓幾乎沒什麼客人。右側有個過廊，裡頭有雅間。安若晨想了想，朝過廊走了進去，裡面一間雅房的門掩了一半，安若晨敲了敲。

屋裡有人應聲：「進來。」

聲音很是熟悉，安若晨推開門。

龍騰獨自坐在雅間裡，正喝著湯，見得安若晨進來，嘴角微彎。

安若晨覺得他應該是在微笑，不知是因為湯太好喝，還是因為看到她的緣故。

「妳來了。」龍騰道，語氣好似與她約好了一般。

「將軍。」安若晨施了個禮，暗暗慶幸自己沒猜錯。

「未與妳傳信，妳能找來，頗有幾分機智。」

「謝將軍誇獎。」安若晨認為宗澤清就是好大一個活「信」。

「那人姓謝，妳有什麼想說？」龍騰沒廢話寒暄，直接問。

安若晨猶豫著。

龍騰沒催她，只靜靜地看著她。

安若晨想了想，嘆了口氣，道：「我猜，他不是那位謝先生。」

「妳不是沒見過謝先生的相貌？他跟蹤妳，挑妳落單時下手，為何他不是那位謝先生？」

安若晨反問：「官兵們在林中搜捕，與謝金交手，又沿血跡追了一段路，最後發現了他的屍體。在發現屍體之前，官兵們是否看清了交手之人的臉？」

「未曾看清。」

安若晨抿抿嘴，明白龍騰已經細究過細節，所以他心裡已有定論，如今這般問她，真是在考她了。她繼續道：「徐媒婆八面玲瓏，什麼人沒見過，怎會對謝金這樣的人畢恭畢敬？而會場之中，對方既是已誘騙我到樹林，何不耐心等我入林再動手？這與那位謝先生的謹慎小心實是不同。我在林中躲起來後，有人到處尋找，想誘我出來，而謝金卻是不見了。我猜當時謝金已被制住。對方想一箭雙雕，將我殺了，待官兵入林搜捕，再佯裝謝金不敵，生恐被捕便服毒自盡。於是我被謝金殺了，謝金再將自己殺了。」

龍騰嚴肅地點頭，「倒是頭頭是道，頗有道理，先前為何猶豫？」

「怕將軍覺得既是這般，還是當將我留下作餌才好。」

「那為何又說了真話？」

「將軍聰明絕頂，決斷英明，既是這般問話了，定也明白其中疑點，我若扯謊騙將軍，怕將軍惱了，連作誘敵之餌都沒機會了。」

龍騰施施然道：「馬屁拍得不錯，倒是讓人受用。」

「……」安若晨努力維持表情的端莊。

「如今倒是還有一個問題，若妳的推測正確，那誘妳出來的那人引衛兵衙差追捕謝金，要讓他們找到謝金的屍體，他自己又如何脫身呢？」

安若晨張了張嘴，愣住了。

「林子內外聚集那麼多官兵，大家散於各處搜林，妳也是被搜出來的。那人呢？如何逃？」

安若晨被龍騰盯著看，心裡越發緊張。「呃……」她努力思索，「也許……也許他根本沒逃。先躲好了，待大家散去，他再離開。」

龍騰挑了挑眉。

安若晨看得直想揉揉自己的眉，「若是我有武藝，便跳到樹上去。軍爺們搜樹上了嗎？」

龍騰的眉揚得高高的。

安若晨嚥了嚥口水，那林裡大樹枝葉茂密，是藏人的好地方，可比她蹲樹叢裡強多了。

龍騰沒評價，卻是忽然道：「妳記住時候，十月十五，申時，南城門。錯過，便再沒有了。」龍騰說完，揮了揮手，示意安若晨可以走了。

安若晨出了酒樓還有些迷糊，就這般放她走了，那龍大將軍見她這一面是何意思？

鬧不清楚的還有宗澤清，安若晨和安平主僕數人離開後，宗澤清在雅間裡問：「將軍，你密會安姑娘多次，所為何事？」

「覺得頗是可惜罷了。」龍騰喝著湯，好半天才答。

「可惜什麼？」宗澤清兩眼發光，嗅到了八卦的氣息。

「可惜她非男兒身。」

宗澤清的臉要綠了，這話裡頭有何深刻含義？將軍喜歡安姑娘，但希望她是男兒身？啊，小道消息曾傳過將軍有斷袖之癖，不然怎地這年歲了還不娶個夫人？不娶夫人便罷了，妾室也沒擺上幾個放家裡。沒妾室也就罷了，平常有貌美姑娘示好，將軍也未正眼瞧過人家。

難道傳言是真的？

「若她是男兒身，好好栽培，定會成為有用之材。」

「……」宗澤清臉垮下來。大將軍不解風情到極點，莫說娶夫人了，怕是斷袖也沒興趣吧？看見個歡喜欣賞的姑娘，居然只惦記把人家栽培成人才。

「許久未見如此有勇有謀又沉得住氣的人了。」

宗澤清真想指指自己的鼻子給將軍看，這裡不就有一個？可惜將軍看也不看，只顧喝湯。

幾日後，安若晨聽說這案子結案了，太守判定謝金平日穿上華服喬扮成有錢人家公子外出行騙，勒索錢財。許是打算在誓眾會上故技重施，挑個落單的大家閨秀下手，不料被巡查的兵將發現，謝金慌亂之下行凶，反被擊殺。
安若晨靜靜聽了，沒說什麼。就算官府懷疑那是細作也沒證據，只得如此了結此案，但是龍將軍定是明白怎麼回事的。可她擔心的事沒發生，將軍沒向她提任何誘敵的要求。他一言九鼎，她真的可以離開這裡了。
安若晨暗暗歡喜。那日，她瞧著安之甫高興，便向他請求去給母親上墳。安之甫當日拿回了那兩箱玉石貨品，心情舒暢，一口答應，於是安若晨帶著丫鬟和老奶娘前往母親墳地祭拜。
還有七日便是十月十五，安若晨靜靜數著日子，如今來看看母親，祈禱這不是今生最後一次。安若晨在母親墳前站了許久，在心裡與母親說了許多話。她告訴母親，她要走了，離開這裡。
「活得像自己所希望的那般。」
安若晨想起龍騰說的這句話，不禁微笑。她對母親說，她也是個有福之人，雖生在這樣的家裡，有這般的爹爹，被許下這樣的婚事，但她遇見了貴人。
在那樣的時候，遇見了那樣的人。
安若晨在母親墳前跪下，磕了三個響頭。
回到家裡，遇到安若希帶著安若芳從花園裡採花歸來，兩人手上各捧著一大束，笑容滿面。安若芳看到安若晨，忙奔過來分了好幾枝給安若晨。安若希臉色有些不好看，三個人一起往回走的時候，安若芳手上的花沒捧住，掉了幾枝，她蹲下撿，落了後。
安若希小聲嘲諷道：「也是個養不熟的，吃的玩的都是我帶著，卻是惦記著大姊。」

安若晨沒吭聲，心裡卻是讚二妹這「也」字用得好。大家都親姊妹，吃的玩的誰也不欠誰，她怎麼不看看自己是不是也養不熟，光知道說別人。況且，她才討好四妹幾天，話說得像她把四妹帶大了似的。

安若晨雖未言語，但安若希卻覺得大姊似在諷刺她，不由瞪了大姊兩眼。安若晨仍是不理她，心裡琢磨著，二妹突然對四妹頻頻示好是何故？是否爹爹給四妹訂下了一門好親，二妹知道了，打算好好巴結四妹幾年，等四妹出嫁之後，回頭能幫襯於她？

安若晨有些不安，看著安若芳笑著朝她們走過來，知曉此時不是試探的好時機。她猶豫著在她走之前要不要先打探清楚，可是打探了又能如何，她改變不了什麼，徒增牽掛罷了。

安若晨決定不問了。她對兩個妹妹笑笑，剛要說「走吧，回去找個花瓶」，卻聽得不遠處院子裡有女子淒厲哭喊求救之聲。

安若晨驚得一震，下意識丟了花枝朝那院子奔去。奔到近旁才反應過來，這是大弟安榮貴的院子。院門處有小廝立在門口把守，對院裡的慘烈叫聲竟似聽不到，只防備地看著安若晨。

安若晨頓時明白了，連退三步，心裡又怒又痛。

「大姊……」安若芳見此情形，嚇得抱住安若晨的腰。安若希站在她們身後，臉色慘白。院裡頭小姑娘的呼救哭喊求住手與安榮貴的喝罵張狂得意聲交織成一片，安若晨背脊發冷，僵在當場。安若希過來拉安若芳，安若芳死死抱著安若晨的腰，安若希乾脆召手叫了丫鬟婆子過來將兩人一起拉走。

稍晚時候，安若晨聽到下人們在傳安榮貴院裡新來的一個小丫頭跳井自盡了。又說今日大少爺心情好，與老爺多喝了幾杯，轉眼便瞧上了那小丫頭。小丫頭生得水靈，瞧著也是機靈人，沒想到性子這般烈，竟跳井了。

安若晨覺得噁心，晚飯稱病未去吃，後聽奶娘憤憤地道，安平差人將小丫頭的家人喚了來，讓他們領走屍體，給了他們很少的殮葬費。說是丫頭手笨，摔了古董花瓶，依規是要罰她，她恐要她賠銀子，便跳了井，那家人正在後院哭天喊地。

安若晨也不知自己怎麼了，悄悄跑到後院去看。那是一對瞧著便知是窮苦人家的夫婦，男的身邊有根拐杖，似有殘疾。兩口子哭倒在地，怎麼都不相信自家女兒便這般去了。簽了三年賣身契，不料只一個月便生死相隔。安平連哄帶嚇，說東家不追究那花瓶，讓丫頭家人好好將人葬了，莫要連最後一點錢都拿不到。

那夫婦最後含淚帶走了女兒屍首，安若晨遠遠偷看著，心如寒潭。若她進了錢家門，也許也是這般結果，只是她爹不會落淚的。

安若晨回到自己的院子，剛坐下沒多久，安若芳來了，小姑娘哭得眼睛紅紅的。話也不說，奔進來瞧著左右無人，便將一個布袋往安若晨手裡一塞，轉身跑了。

安若晨打開那布袋，裡頭裝的是些碎銀子、銅板，還有些小首飾。

她鼻子一酸，險些落下淚來。

第二日，府裡的氣氛不太好，下人們全都戰戰兢兢，而安榮貴若無其事，全無反省。安之甫和譚氏說是那丫頭不識好歹，竟還去跳井。

安若晨飯都吃不下，躲回屋裡。她想若她是那丫頭，遭此噩運，定不先死，先將那惡人以命抵命，才是痛快。可她想像了一下殺人情景，又覺恐怖。也許換了她，也是不敢動手的。胡思亂想，越想越是鐵了心要逃，離開這裡，離開這些黑了心腸的人。

只是安若晨萬沒料到，事情竟然還有周折。

這天晚膳時，錢裴來了。他滿面紅光，笑容滿面。安之甫也是喜上眉梢，擺了大宴，請了歌妓，於家中宴請錢裴。安若晨聽了幾耳朵，知道是錢裴替爹爹拿回了玉石的貨，爹爹設宴答謝。這宴直鬧到了深夜，錢裴這才盡興走了，而安若晨被叫到了書房，安之甫說有事囑咐她。

安若晨到了那兒，看到安榮貴也在，二房譚氏、四房段氏都在。譚氏沉著臉，段氏紅著眼眶。安若晨見此情景，心裡忐忑，不敢去想發生了何事。她施了禮請了安，站到一旁等話。

安之甫一開始還未有心思理她，只喝罵著段氏，道她哭哭啼啼晦氣，又罵安榮貴沒用，方才席上竟未聽懂錢老爺說的笑話。譚氏一瞧罵她兒子，趕緊維護著，道榮貴才十五，但做起買賣也有模有樣，鋪子生意這般好也有榮貴一份功勞。

安若晨在旁邊垂首靜聽，心裡念叨著豬狗牛羊雞鴨鵝，念到第二十六遍時，終於聽到安之甫喚她的名字。他道：「叫妳過來是想教妳知曉，錢老爺相中了若芳，親事已經定好了，二十四那日，妳們姊妹一同上花轎。若芳年紀小，不懂事，妳要多教導她些。」

安若晨整個人呆住，她腦子嗡的一聲響，撲通跪下了，「爹，四妹才十二歲！」

段氏又抽泣起來。

安之甫不耐地瞪了段氏一眼，對安若晨道：「所以這不是囑咐妳嗎？妳帶著若芳，在錢家要好好照應她，姊妹兩個莫要爭風吃醋。若芳年紀小，妳凡事替她多擔待些。」

安若晨簡直不敢相信。原來如此，竟然如此，所有的事都清楚了！為何婚事要神神祕祕躲在譚氏的院子裡談，為何安若希突然對安若芳親熱友善，她那不是巴結，她是心虛，是可憐同情。安若希知道發生了什麼，也許原本談的是她同嫁，而不是四妹，她怕這婚事出了差錯她也得頂上，所以才會對她名節受損反應激烈。

安若晨有些發抖，她覺得她是氣的，但她發現自己心裡很害怕。爹爹居然定下了這樣的親事，居然不惜將十二歲的女兒送給那老混蛋糟蹋！她怎麼離開？她如何離開？

「爹，咱們安家在中蘭城也是有頭有臉，你女兒哪是愁嫁的，二女共事一夫，這不是讓人笑話嗎？」安若晨知道自己應該裝乖一口應承，但開了口，卻聽見自己在說這些。

安之甫皺起眉頭罵道：「妳懂個屁！若不是錢老爺相助拿回了貨，我們安家就完了！他看上了若芳，那是我們安家的福氣！」

安若晨明白了，爹爹這是被錢裴下了套。錢裴一開始看中的定是四妹，仔細一想，確是如此。每次四妹挨著她站時，錢裴看過來的目光便格外淫邪，她當時沒往別處想，只道是對她，卻原來是四妹！這下傳言裡的那些事便也能對上了。這錢老混蛋喜幼女，這畜生王八蛋，他對她的妹妹有邪念，但當初談婚事他若一開口便要四妹，四妹年幼，恐爹爹不答應，於是便定了她，待訂親後，爹爹進了套，再設好局提出讓四妹一起進門。

這般狡猾，這般黑心腸，噁心得教人想吐！

安若晨只覺一腔怒火燒得心肺都疼，她伏低身子，姿態卑微，卻是大聲道：「爹，可這太招人笑柄了，不止惹人恥笑，咱家還大大地吃虧！你想想，四妹日後嫁到權貴之家，那好處豈是一個玉石鋪子能比的？」

段氏趕緊道：「大姑娘說的對。」她也不願自己的女兒嫁給個老色鬼。

安若晨又道：「再者說，這鋪子的貨，不止這一回著急，日後也是著急，他今日用這事拿著爹爹，今後呢？」

安榮貴喝道：「妳這婦人見識，婚事定下，貨便拿到了。待妳們過了門，我們錢安兩家便是親家，那還不是萬事好商量？再者親事禮數已下，豈有反悔的道理？」

安若晨腦子嗡嗡作響，她硬著頭皮繼續道：「爹爹，這買賣的事，各方均有好處。錢老爺幫了你，自己也定不會吃虧，他在裡頭也賺得盆豐缽滿。今日爹爹若讓他覺得好拿捏，日後可怎麼爭利？他處處壓爹爹一頭，這買賣又豈能長久？」

安之甫皺眉不語，被安若晨說到心裡，一時竟也忘了這廢物般的大女兒怎麼精明起來。

安若晨又道：「女兒愚笨，只是女兒覺得，但凡把好處全給出去了，手裡便沒籌碼了。日後談事，豈不是被人牽著鼻子走？親事禮數雖是定下了，但也還有斡旋的餘地。不如這般，我先嫁過去，待過個兩三年，我在錢府站穩腳跟，四妹也長大了，到時四妹再過門，這般才好。我嫁過去，兩家就是親家，錢老爺自然也說不得什麼。買賣一事這幾年穩當了，爹爹心中也踏實，而四妹這邊，說不得這幾年會不會有王孫貴族相中，到時爹爹挑個好的，若有壓過錢老爺的，錢老爺自然不敢二話，若是比不上錢老爺，四妹長大了再過門，也是合情合理。」總得拖得一時是一時，拖延過去，才有機會。

「對的，對的！」段氏抹著眼淚附和著，「大姑娘所言極是！」

安之甫沒說話，思索著。譚氏和安榮貴挑不出安若晨這話裡的毛病，也說不得什麼。最後，安之甫道他會再與錢裴商議商議。

安若晨回得房內，關好門，一下癱軟在地，這才發現自己緊張得裡裳竟已濕透。

她如何逃？她一逃，四妹嫁錢裴一事鐵定躲不過。她若不逃，那錢裴會不會為了讓四妹快些過門就想法趕緊弄死她？

安若晨一夜未眠，滿腦子裡亂糟糟的。她想起她的娘親，想起她第一次生出離開這個家的念頭時的情景，想起她為了攢銀子故意跟妹妹們搶爹爹的賞，其實她一點都不稀罕那些個小首飾，她一點都不想對著爹爹笑，但她就是笑了。她討好巴結，為了一支銀簪子。那年她十二歲，也正是四妹這般的年紀。

她想起她十五歲那年，參加屏秀山賞花會，在那裡遇到了一位心儀的公子哥，風度翩翩，談吐不俗，她記得他姓孫。孫公子起初該是對她也頗有好感，與她搭訕說話，送她點心吃。後來聽說她是安府大小姐，他問：「可是城東安之甫老爺的那個安府？」她說：「是。」然後他禮貌地笑笑，與她疏遠了。

她記得她十六歲那年，父親想將她嫁入王家，那王公子好色敗家，妾室通房不少，還時時上妓館。安若晨自是不願嫁的，但她不能與爹爹明說。她用上王家做客與王家小姐玩風箏戲耍的機會，探聽到王家生意似乎虧了不少，小姐院裡每月的月錢少了，發的衣料子等物也不如從前。安若晨尋了機會偷偷進帳房看了帳本，確認無誤，然後故意跟來她們安府製衣的衣娘漏嘴了王家的事。那製衣娘也是對此事略有耳聞，畢竟城中大戶製衣多是找她家鋪子，用什麼料能花多少銀子，她自然知道。經安若晨這一說，便添油加醋又到別處說去了。

於是安府的婆子知曉了，僕役知曉了，安平便也知曉了，這事當然也傳到了安之甫的耳朵裡。安之甫仔細一打聽，果然王家是個外表風光實則沒油水的。安之甫可不願吃這虧，當即找了個藉口退了婚事。

安若晨記得那時自己躲過一劫後的喜悅心情，彷彿昨日，可似乎又甚是遙遠。

她自以為有些小聰明，自以為有些小運氣，自以為有將軍貴人相助終會逃出這老鼠窩，可是最後，竟是如此……

安若晨不知道自己是何時睡著的，她聽到了母親的哭泣聲，她說：娘，莫哭，女兒挺好。但話音未落，卻又聽到那個投井自盡的丫鬟的慘叫。

安若晨猛地醒了過來，大口大口用力吸氣，緩了好半天才發現自己在做夢。

丫鬟一臉擔憂地看著她，「小姐，做惡夢了嗎？」

安若晨茫然地點點頭，神智一點一點慢慢歸位。是夢，卻像真的一般！

這一日，安若晨病了，一覺醒來，發現冷汗又浸濕了衣裳，頭重腳輕，眼睛發疼，嗓子也啞了。婆子幫她報了病，請了大夫來瞧，煎了藥與她喝。她沒有出屋門，安若芳卻是跑來看她。

安若芳看起來毫無異樣，想來還不知發生了何事。安若晨默默祈求老天，望爹爹與那錢裴談好，容安若芳晚幾年進門。

「姊姊怎地病了？」安若芳用她新繡好的帕子給安若晨擦了擦臉，「這是我新繡好的，送姊姊吧，姊姊要快些好起來。」

「好，姊姊很快便好了。」安若晨微笑著摸摸安若芳的小腦袋。之前她將安若芳送的錢袋還回去了，小姑娘有些不高興，可聽到她病了，卻還是為她憂心。她的親人裡，也只有這個妹妹對她真心實意的好。她這麼小，才十二歲。

離十月十五還有五日，安若晨很難過，她不能逃了。

她要嫁給錢裴，為妹妹拖上幾年。這幾年她再想辦法，為四妹張羅一門好親。她不信這中蘭城再沒有能娶四妹而又壓得住錢裴的。對了，龍將軍！爹爹用心巴結不就想攀上龍將軍嗎？龍將軍的話他不敢不聽。她是逃不了啦，她要再找機會厚顏去求龍將軍，龍將軍出面，為四妹說門好親。他手下這麼多部屬，或是他認識的其他好人家的公子，他定有路子的。她向他磕頭，她再求他，讓他救救她妹妹。還有幾年時間，怎麼都得十五及笄才出嫁吧？三年，三年夠了。她拚了命也要在三年內把事情辦成。

她不能逃不能死，如若最後仍是不行，那她……她忽然想到夢中的情景，身上一陣發冷。

這一日安之甫沒有歸家，安府沒什麼事發生，安若芳陪了安若晨一日。

第二日安若晨好了許多，她聽說安之甫一夜未歸，有些期盼，又有些害怕。中午她在自己屋裡用飯，安若芳沒有來，安若晨沒在意。她滿腦子盤算著怎麼辦，除了龍將軍，城裡還有誰人能說上話的？

這時候丫鬟忽然進來報，說四小姐不見了。安若晨嚇了一跳，細細一問，竟是安之甫中午回來了，不止自己回來，他還帶回了錢裴。兩人談笑風生，喜氣洋洋。安之甫召了各房去宣布，安若芳和安若晨同日出嫁，同進錢家門。因著安若晨生病，所以沒叫她過去。

宣布婚訊時安若芳就在場，安若芳嚇到了，不知是起了口角還是怎地，竟吐了錢裴一身。安之甫當場給了她一耳光，喝令她退下。安若芳退下，再然後便沒了蹤影。

「現下大夥兒正到處尋她。」丫鬟道：「門房說未瞧見四小姐出門，定是躲在府中某處。」

安若晨速速出院子找人。安若芳平素與她親近，愛去的地方就那幾個，她約莫能猜到，但轉了一圈，也是沒找到。接著，她忽然想到什麼，奔到四房院子後頭。

那處原有個小雜院，安若芳在裡面養了一隻小黃狗，那是她出門玩時撿的，取名小黃。她們親手為小黃搭了個小木屋，小黃與安若芳很親，有次安榮貴為件小事喝斥安若芳，小黃衝安榮貴凶猛吠叫，之後安榮貴差人將小黃打死。安若晨偷偷將小黃埋了，騙安若芳說是小黃也想娶媳婦，悄悄走了。安若芳很傷心，那小雜院從此荒廢下來。

安若晨跑到那雜院，小黃的木屋周圍已經長滿了野草，幾乎齊腰高。安若晨撥著草尋半天，結果看到一臉驚恐滿臉淚的安若芳縮著身子躲在裡頭。

安若晨心疼極了，差點落淚，她向安若芳伸出了手，「姊姊來了。」

安若芳看到她，「哇」一聲哭了出來，撲進安若晨懷裡，「姊，爹爹要將我嫁給那個錢老爺，他好可怕，好可怕……」她語無倫次，話也說不清，只一再重複好可怕。

「沒事，沒事。」安若晨不知如何安慰，只緊緊抱著安若芳，撫摸她的後背。

「他……」安若芳抽泣著，渾身發抖，「吃飯時，爹爹讓我坐他身旁，他摸我的腿，我沒忍住，我好害怕，我吐了……」

安若晨將臉埋在安若芳纖弱的肩膀上，眼淚終於還是湧了出來，「沒事的，會沒事的。」這話不知是對安若芳還是對自己說。

姊妹兩人相擁著哭了好一會兒，安若芳忽然小聲道：「姊，我們逃吧。」

安若晨僵住，抬起頭，對上安若芳的眼睛。

安若芳含著淚哀求：「姊，我有錢銀，我們逃吧。」

安若晨的心怦怦直跳，開始考慮這個可能性。自己逃和帶著妹妹逃不一樣。她孑然一身，母親已不在世，她沒有牽掛，可四妹的母親尚在，她年紀又小，她帶她離開，可妥當？

而且，兩人一起出逃目標太大，四妹的腳程比她更慢，一起離家怕是走不出一條街便會被追回，能否趕上蔣忠的車隊都是個問題。還有，將軍交代蔣忠時定是只說了她一人，她再帶上一個，若蔣忠不願意怎麼辦？再者說，之後若是被官府緝捕，她帶著個小姑娘……兩人一起逃，成功的機會幾乎沒有。

安若晨看著安若芳，安若芳抹著淚，一雙大眼看著她，那裡頭有信任，有懇求，有希冀。

安若晨咬牙道：「妳莫怕，萬事有姊姊在，姊姊帶妳走。」

安若芳驚喜地看著大姊。

安若晨掏出帕子，仔細擦著她的臉，問道：「妳可想好了，離了家，便離了妳母親，日後再見不到，妳可願意？」

安若芳咬咬唇，「嫁到了錢家，怕是也再見不到母親了。」說著，眼淚又掉了下來。「姊，我不想像小翠那般。」

「小翠是何人？」

「就是那個投井的丫頭。」安若芳泣道：「我打聽了，她才十四歲，只比我大兩歲。」

「姊姊也不想像小翠那般。」安若晨捧起安若芳的臉，讓她看著自己的眼睛，「姊姊也不會讓妳像小翠那般。姊姊帶妳走，帶妳離開這裡。我們自己過活，姊姊不教別人欺負妳。」

安若芳眼淚又掉下來，用力點頭。

「只是日子會苦些，但無妨，我們會熬過去的。我們去一個沒人認識我們的地方，過新的日子……」安若晨話還沒說完，忽聽得身後草叢一陣窸窸窣窣的響聲。安之甫的小兒子，年方八歲的安榮昆鑽了出來，對她們大叫：「哈，我聽到了！妳們居然想逃家，我要告訴爹爹去！」話一說完，轉身便跑。

安若晨與安若芳大驚失色。

安榮昆動作極快，一溜煙便沒了蹤影。待安若晨反應過來，已是阻止不及。姊妹兩個瞪著安榮昆消失的方向，面面相覷，在對方的眼神裡都看到了驚恐。安若芳開始發抖，慌得不知所措。安若晨深吸一口氣，穩了穩心神。她不能害怕，不能亂了陣腳，她若是沒撐住，四妹怎麼辦？

無論如何是阻止不了安榮昆告密的，安榮昆是家中的小霸王，方才就算將他攔下，也不可能說服他守口如瓶。相反，他會更興奮，更迫不及待到爹爹面前邀功。

安若晨很快整理好心緒，她鎮定下來，握著安若芳的肩，「妳聽我說。」

安若芳慌亂道：「大姊，怎麼辦？」

「榮昆還是個孩子。」安若晨的語速很慢，但語氣堅定。

安若芳點頭，慌得去抓安若晨的手，「他一定會去告訴爹爹的！」

安若晨順勢將安若芳的小手握住，用力捏了捏，與她道：「先莫慌，妳聽姊姊的，閉上眼，深吸三口氣，從一數到十。」

安若芳張大眼睛看著安若晨，不明白她意欲何為。

「聽姊姊的話，姊姊需要妳冷靜下來，下面的話很重要。」

安若芳咬了咬唇，依言而為。她閉上了眼睛，深吸氣，數到了十。待她再睜開眼時，雖然仍是害怕，但不那般慌張了。

「很好。現在，妳仔仔細細聽姊姊說。一定要記住，一定要照辦。」

安若芳用力點頭。

安若晨捏著她的手，看著她的眼睛，極嚴肅地道：「榮昆是個孩子，急性子，所以他定是耐不住聽完我們所有的話。他只聽到了後面幾句，便是我說要帶妳走的那幾句，然後他就跳了出來說要去告訴爹爹。」

安若芳嚥了嚥唾沫，再點頭。

「爹爹此刻便在府裡，全府上下都在尋妳，所以榮昆這般跑去一說，很快便會有人來尋我們。我們時間不多了，妳且記住姊姊的話，務必記住。」

安若芳看著姊姊的眼睛，聽著她一字一句地道：「此事與妳無關，妳只是嚇到了，很害怕，我尋到了妳，慫恿誘拐妳與我一道逃家。妳沒有答應，妳不敢，妳怎麼可能離開妳娘。」

安若芳瞪大了眼睛，安若晨用力捏她的手，道：「重複一遍，方才發生了何事？」

安若芳張了張嘴，說不出話來。

安若晨喝道：「重複一遍！」

安若芳抖著唇，小聲道：「我躲起來了，姊姊找到了我，要我與妳一道離家。我不答應，我害怕，我不能離開娘。」

「沒錯，便是這般！」

「姊……」安若芳眼淚又要下來。

「一定要記住，事情便是這般！是我誘拐妳離家，妳不願，然後榮昆聽到了，便告訴了爹爹。他是小孩兒，他記不清我們究竟說了什麼，是我要帶妳一起走，要用妳威脅爹爹。」

安若芳落淚。

「莫哭。」安若晨快速地說：「爹爹一定極怒，會打罵於我，這些都無妨，姊姊是被打罵慣的，姊姊不怕，但爹爹會將我鎖起來。妳記住，抱著妳娘哭，妳娘會護著妳。妳甭管發生了什麼，一口咬定妳不想離家，妳絕不離開娘。妳不舒服，妳頭疼，求妳娘帶妳回房。」

安若芳點頭，用力抹淚。

安若晨接著道：「妳在房裡躲上兩天，然後來找我，我鐵定是被鎖在屋裡。妳要小心，要避開其他人，莫要讓他們知曉妳來找我。」

安若芳再點頭，安若晨問她：「記住了嗎？一會兒爹爹打罵起來，問怎麼回事，你怎麼答？」

「然後呢？」

安若芳哭著把之前的話重複了一遍。

安若芳再把安若晨的囑咐又說了一遍。

「很好。」安若晨把安若芳抱在懷裡，在她耳邊說：「無論如何，莫讓爹爹和妳娘將妳關起來，莫要被關起來。妳記住，留得青山在，不怕沒柴燒。沒什麼難處是過不去的，妳記住，千萬記住。離家的念頭，莫教任何人知道，連妳娘都不行。若妳兩日後仍不改主意，再來找我。」

安若晨說著這話，想到了龍騰。他說再不會給她第二個機會，而她真的用不上那機會了。

安若芳待要說什麼，卻聽到家僕們的叫喊聲：「她們在這兒，找著了，在這兒！」

安若芳猛地一震，抬頭看向安若晨。安若晨對她微笑，替她撫了撫髮鬢。

「莫怕。」安若晨將安若芳拉起來，拍掉身上的泥灰草屑，「我們去見爹爹。」

偏廳裡，安之甫和各房早已等在那處，安榮昆得意洋洋坐在一旁的椅子上，而另一邊坐著錢裴，他饒著興味地看著安若晨姊妹兩個走了進來。

「芳兒。」段氏一見女兒便哭了起來，張開了雙臂。

安若晨暗地推了安若芳一把，安若芳順勢撲進了段氏懷裡抽泣，完全不敢看錢裴和爹爹。

安若晨不待安之甫發話，撲通一聲跪下了。

安之甫未及說話，上來便是一個耳光。

安若晨順著力道倒在地上痛哭，「爹爹，女兒一時糊塗！」

「一時糊塗？」安之甫上前又是一腳，「妳好大的膽子！說，怎麼回事？」

安榮昆晃著腿叫道：「我都聽著了，大姊說要帶四姊離家！」

安若晨故作驚恐地大哭，說自己糊塗，因找不著妹妹著急，又受了驚嚇，所以見著了妹妹便腦子發熱，哄她說帶她走。只是哄妹妹的，而且妹妹沒答應，她並不是真想逃家，就是哄妹妹的。

可惜安之甫不吃她這套，何況錢裴就在一旁看著。

「拿鞭子來！」安之甫大聲喝，家僕趕緊取鞭子去了。

安之甫指著安若芳，問她：「妳說，怎麼回事？」

安若芳抖若篩糠，好半天才期期艾艾把安若晨教的話說了一遍。

段氏聽女兒這般說，趕緊道：「老爺明察，這事與芳兒可沒關係，全是大姑娘自己想幹的。芳兒自小乖巧，從未離開過我身邊，年紀又這般小，怎麼可能會想離家？剛才她們都說了，是大姑娘自個兒的主意，我們芳兒還勸她來著，此事與芳兒無關啊！」

安若晨伏在地上哭，說她不是真心要逃，她哪有膽子逃，她真的就是哄妹妹亂說的。

「還敢狡辯！」安之甫對安若芳再無疑心，只對安若晨恨到極點。

鞭子送來，安之甫發了狠揮鞭抽向安若晨。安若芳還在一旁，安若晨咬緊牙關不敢喊痛，她怕她一喊，安若芳便會嚇得為她求情吐出真言。

果然鞭子一下去，安若芳就尖叫哭喊求爹爹住手，段氏醒悟過來，拖著將女兒帶走了。

安若芳一走，安若晨就開始痛哭，求爹爹饒了她這一回，說她再不敢胡說了。

先是小女兒吐了錢裴一身失了顏面，後是大女兒教唆著姊妹一起逃跑，這口氣安之甫怎麼嚥得下去？他一鞭又一鞭，打得安若晨皮開肉綻，再叫不出來。

最後勸他住手的是錢裴，他似看夠了戲，說道：「好了，安老爺消消氣，若打死了，我可是會心疼。大姑娘這般有膽識，我當真是中意的。教訓歸教訓，莫打死了。」

安若晨聽得這話，強撐著一口氣抬頭看了錢裴一眼。錢裴嘴角含笑，眼裡滿是嗜血的興奮。安若晨迅速閉上雙眼，不敢再看。

安之甫喘著粗氣，瞪著安若晨，又踹了她一腳，「小女不懂事，教錢老爺見笑了。」

錢裴道：「哪會見笑，我歡喜都來不及。我先回去準備，待日子到了，讓花轎來接人。」

安之甫將錢裴送出門，待轉身回到偏廳，對著安若晨罵：「混帳東西！」

安若晨閉著雙眼，一身的血，倒在地上一動也不動，不需要裝便已是將死模樣。

安之甫喚來家僕：「把她抬回房去，找大夫來給她治傷，莫教她死了。」

安若晨被抬回去，ㄚ頭奶娘哭成一片。安若晨未睜眼，她全身上下血痕累累，痛入心扉，吸口氣都似痛去了半條命，但她活著，而她妹妹沒事，暫時的，幸好沒事。

大夫來了，幫安若晨瞧了傷，開了藥。當天夜裡安若晨發起了燒，但熬過去了。第二天安之甫跑來她房裡看她死沒死，見她情況還好，沒他以為的那般傷重，便喝問她想如何逃。安若晨直哭說她一時糊塗腦子發熱，哪曾想過怎麼逃，就是這麼一說罷了。安之甫問不出什麼，也覺得她確實沒那本事計畫，斥了她一頓後便走了。走時命人封了她的屋子，門鎖上窗戶釘上，除了送食送藥，均不許人進來。

安若晨閉著眼聽著安之甫咆哮，一切如她所料。

安若晨心裡數著日子，又過一日，十月十三，離十五還有兩日。

夜裡安若芳跑來，進不得屋子，便在窗下小聲喚，安若晨咬牙忍痛拖著身子挪到窗邊。

「姊，妳可好？」

「姊沒事，姊可曾挨打？」

「沒有。」

安若晨鬆了一口氣，沒有就好，且她能來看她，看來也未曾被囚。

「姊，妳屋裡有人嗎？」安若芳小心問。

「沒有。」

安若芳再小心道：「我偷偷來的，瞧過了，沒人。姊，妳聽我說，我在小黃院角那裡悄悄挖了個洞。先前是小黃自己挖的，它不是從那兒走了嗎？我找牠時，發現了那個洞。前些日子，我想姊姊若是想逃，也得有地方可逃，便偷偷將它挖大了些。」

安若晨閉了閉眼，心中一陣感動。這妹妹不但想給她錢銀，居然還偷偷幫她挖了個洞。

「姊，妳莫怕。前日是我不好，我太害怕，卻累得妳被打，我太不該了。我仔細想過了，我會聽妳的話，妳說莫怕，我便不怕。我今日又去偷偷瞧了那個洞，似乎有些小，只夠我鑽，還得再挖一挖才好。姊，妳安心養傷，待我將洞挖好，我便帶妳走。」安若芳說著說著，聲音哽咽，「娘昨夜與我說了，那婚事是板上釘釘，改不得的。我瞧著爹那般打妳，錢老爺竟看得開心，日後我們若進了門，可怎麼辦？」

「芳兒……」安若晨忍著身上的痛，喘了口氣，與她道：「這兩日他們定會盯得緊，妳莫要去挖洞，被他們瞧見，可不得了。」

「我曉得了。」

「明日夜裡，妳來找我，莫要教旁人發現，自己來。」

「好的。」安若芳雖不明何意，但姊姊囑咐了，她便聽。

「明日夜裡若沒機會，妳便後日早上來。切記，後日午時之前，定要尋個機會來見我。」

「好的。」

後日，便是十月十五。

第二日，安若晨乖乖養病，給藥吃藥，給飯吃飯。

譚氏、薛氏上午來看了她，沒說什麼。譚氏見她精神還好便放了心，與錢家的婚事，她是幾房中最看重的。一是福安縣是她娘家，這裡頭也有她的一層關係，二是現在玉石買賣她兒子安榮貴也有份，今後安之甫若有個什麼，這買賣便是拿在了他們二房手裡。

可安若晨居然想逃，她心裡恨極。

她生恐此事得罪了錢裴，託娘家人再去打聽錢裴的意思，送了禮，結果娘家人傳話回來道，錢裴未惱，反倒歡喜。說他原是有些嫌棄大姑娘呆板懦弱甚是無趣，如今才曉得，大姑娘有些硬氣，他歡喜這般的，所以未曾惱。譚氏忙去與安之甫說了，安之甫也緩下心來。

薛氏在安府中最是謹慎，她原是中蘭城另一商賈的妾，那商賈為巴結安之甫便送予他了，還是妾。薛氏為安之甫生了個女兒，取名若蘭，十五歲。

薛氏沒什麼依靠，出身也沒什麼拿得出手能說的，於是平素行事小心，似牆頭草，哪邊強靠哪邊，哪邊得利靠哪邊，誰也不得罪。她跟著譚氏來探望安若晨，也不過是想瞧瞧情勢，心裡有個底。

下午時五房廖氏也來看安若晨，安若晨招了頓打，是因為她兒子告狀。她一來覺得兒子幹得不錯，讓安府免了禍，二來來日方長，也指不定安若晨嫁到錢府後會不會又威風起來，她恐安若晨為這頓打記恨著日後報復，於是來做做好人，送了些補品，道榮昆年幼，是不知道老爺會下這狠手，又道安若晨是大姊，定也明白逃家的禍處，她信安若晨只是嘴上說說，哄妹妹的。總之扯了好一會兒話，這才走了。

安若晨身上的傷依舊如昨日那般痛，心卻鎮靜許多。她白日努力睡了一會兒，想著晚上時定要保持清醒，莫將四妹錯過。

結果等了一晚，安若芳沒有來。安若晨熬不住，睡了一會兒又驚醒，睡一會兒又驚醒，待再睜眼時，發現天色已濛濛亮。她心中焦慮，不知四妹是否遇著了什麼麻煩，或是尋不到機會來找她，若錯過時辰，那便糟了。

這時候窗外忽傳來安若芳小小聲的呼喚：「姊……大姊……」

安若晨精神一振，掙扎著爬到了窗下，「姊姊在。」

「姊，我來了。」安若芳小心翼翼四下看著。這時候大家沒起，丫頭僕役也各有各忙，沒人注意這僻院後窗外。

「妳還想走嗎？」

安若芳點點頭，想起姊姊看不到，便道：「想的。姊，我們快點逃吧，我要如何救姊出來？」

安若晨閉了閉眼，救不出來的，她根本沒機會。

「妳仔細聽姊姊說，務必仔細聽。」

「好。」

「今日下午申時，南城門有趟送糧車隊，管事的姓蔣，名蔣忠，妳喚他蔣爺便好。他將去郘城賓縣，那處有他家人，他得了龍將軍的令，願意護送我們到那兒去，安頓我們往後的日子。籍薄文書、討生活的活計，他都會幫著安排。」

安若芳驚喜道：「這般太好了。」雖不明白為何龍將軍會幫她們，但有人照應自是好事。

「妳女紅做得好，也會做好吃的點心，雖未知這兩樣本事屆時是否能派上用場，總之妳要知道，自己雖是女子，但也並非一無是處，妳有本事自己掙些錢銀，養活自己。只是妳尚年幼，需要有人照顧。龍將軍囑咐了蔣爺，信得過他，那蔣爺就必是會好好照應妳。妳到別人家裡，得吃些苦，多學些本事。日後過得好與不好，全靠自己，這道理妳定要明白。」

「我明白。」離家在外自然比不得家裡，這個她懂。若連這都想不明白，她怎敢說要逃家？只是在她看來，在外吃苦，也比讓那錢老頭兒凌虐糟蹋來得強。

「姊，我要如何救妳出來？下午申時，那時候不多了。」

安若晨深吸一口氣，忍住身上的痛，語氣平靜道：「妳可知從咱們府出去往南城門，如何走才隱蔽安全，不易被捉回？」

「呃……」安若芳不知。她出門從來都是跟著別人走，沒想過有什麼隱蔽安全之說。

安若晨細細與她講了一遍，又問她這些路她可認得。安若芳全都認得，她常隨娘親姊姊等一道去南城門那附近的市坊玩耍，也常出南城門到城外的山廟燒香，她認得南城門。

安若晨又與她交代了若是被人發現該如何說，看到蔣爺了該如何說，路上遇著壞人如何躲避等等。說著說著，她忽然害怕起來，妹妹太小了，這般出門，若是出了意外怎麼辦？她遲疑起來，但又想起錢裴，想起安若芳被他摸一下腿便嚇吐了。她定了定神，從桌後藏著的小包裡拿出她攢的碎銀銅板，捅破了一格窗紙，把東西塞出去給安若芳。

「這些銀錢是姊姊攢下的，不多，妳留著過日子。」

這話聽得甚是耳熟，安若芳又想哭了。她為姊姊準備的私房錢沒送出去，如今卻要用姊姊的錢？而且這話裡意思，姊姊不走嗎？「姊，那妳呢？」

安若晨笑道：「我不能走。好妹妹，我被鎖著，妳要救我出去，只會招來被發現的危險。時候也不多了，來不及的。再者，我身上有傷，走不快，會拖累妳的腳程。婆子丫鬟會來送藥，很快便會發現我不在了，那般便會猜到我們出逃，會被追上。妳一人走，他們不易察覺，也料想不到，這樣妳成功的機會才大。若發現妳不在了，他們會滿府找尋，以為妳躲在府中某處，妳有時間趕到南城門。」

安若芳咬住唇，淚水在眼眶打轉。

她懂了，姊姊的出逃計畫安排得如此妥當，現下卻是讓給了她。

安若晨從那破洞的窗紙往外看，問她：「只妳一人走，敢嗎？」

安若芳用力點頭。心中若是還有半點離開母親的恐慌猶豫，現在也被壓了下去，姊姊唯一的出逃機會讓給了她。安若芳抹去淚水，道：「姊，妳定要好好的。待我長大了，有了本事，我回來尋妳，不教那錢惡人欺負妳。」

安若晨也落了淚，她道：「在外頭吃了苦，莫怕。妳要記住，一定記住，姊姊定會去尋妳的。姊姊會活下去，為妳尋一門好親。若吃了苦，妳便想想姊姊這話，姊姊保證，姊姊一定會去尋妳。」

安若芳點了點頭。

姊妹二人透過窗戶上破的那個小小的洞，看著對方。

「快走吧，莫教人起疑。」安若晨輕聲道。

安若芳抹去淚水，藏好銀子，道：「姊，妳也記住，一定記住。若妳受了苦，不能來，勿急勿怕，我會長大，會有本事，換我來接妳。」

「好。」安若晨哽咽。

安若芳隱隱聽得有人聲往這邊來，她咬牙道：「姊，再會了。」小姑娘轉頭跑掉了。

安若晨鬆了一口氣，終於忍不住捂著眼睛哭了起來。

到了中午，安若晨用了飯，躺在床上，一動也不動，心卻快要跳出胸膛。

四妹出去了嗎？來得及嗎？

待下午婆子開了鎖又進來給她換藥，她似不經意地問：「什麼時辰了？」

「申時了。」婆子答。

這時候一個小丫頭氣喘吁吁地奔了進來，大叫道：「大小姐，四小姐可曾來找過妳？」

安若晨內心狂跳，語氣卻是平靜：「我一直在睡，門窗鎖著，她怎會來找我？發生何事了？」

「四小姐院裡的人說，四小姐未到午時便早早說要歇息，婆子丫頭都在外屋做活，後又歇息去了。誰都未留意四小姐何時離了屋子，這會兒人不見了，大夥兒正到處找。怕是四小姐擔心妳傷情，便差我來問問四小姐可曾來過。」

安若晨心裡歡喜，四妹逃了，果真逃出去了。

「未曾來過。」她答。

沒過多久，安若晨的屋子熱鬧起來。譚氏、段氏來了，婆子、丫頭來了，安平來了。

一個接著一個全是來逼問她安若芳的下落，安若晨一口咬定不知。

「我身上傷痛，只能躺著，門窗鎖著，我未曾出去，怎會知曉四妹的下落？她許是如上回那般，躲在府裡某處，再好好找找，定能找到。」

可全府上下均是找了，未曾找到，於是大家又殺回安若晨屋裡盤問。

安之甫與安榮貴也匆匆趕回來，安之甫怒火中燒，將安若晨的屋子翻了個底朝天。

安若晨帶著傷跪在屋中，仍是只有那句話：她不知道。

安之甫命人出府，全城搜尋。譚氏發現安若晨屋裡的窗紙是破的，喚來婆子問。婆子抖抖索索，說大小姐閨房的窗戶一直是好的，之前未曾發現有破洞。

譚氏譏笑道：「這窗紙一瞧便是有人戳破，大小姐傷重，不可能自己爬下去戳破窗紙吧？」

安若晨附和：「確是不可能。」

安之甫已然明白譚氏話中之意，怒喝道：「芳兒來找過妳，是也不是？她與妳說了什麼，妳又與她說了什麼？她現在何處？」

安若晨冷靜地看著安之甫，再次回答，四妹沒來過，她什麼都不知道。

安之甫瞪著她，狠狠地瞪著。

入夜，外出尋人的家僕護衛們回來報，沒有找到四小姐。安之甫怒吼著讓他們繼續找，然後他拿來鞭子，又將安若晨狠狠抽了一頓。

安若晨這次被打得比上回還慘，她奄奄一息，依然只有一句話：「不知道。」

安之甫沒有證據，但心裡就是對大女兒起疑。只能是她，只可能是她。安若芳年紀小，怎可能自己出逃？所有的主意肯定都是安若晨出的，事情都是她幹的，只可能是她。

安之甫命人將安若晨丟進柴房，不許給她吃喝，直到她願意說實話為止。

安若晨躺在骯髒的泥地上，透過高高的小窗看到星空，想到乖巧的妹妹已經成功逃走，有人照應，如今該是坐在馬車上奔向一個全新的生活。錢裴碰不著她，爹爹賣不了她，安若晨笑了起來。傷口痛極，她又渴又餓又難受，但她還是忍不住笑了。

第二天一早，安之甫到了柴房，冷眼看著大女兒，再次問她安若芳在何處。

安若晨病得眼睛都快睜不開，手指頭都沒法動，她知道，她又發燒了。她拚盡全力，只擠出一句話：「女兒不想死，女兒確是不知。」

安之甫甩袖而去。

中午有婆子來將安若晨抬回房裡，請了大夫來給她瞧病。她說老爺說了，不能讓大小姐死。

之後段氏來了，她哭得兩眼紅腫，哀求安若晨告之她女兒的下落。

安若晨堅持說她不知，她還問段氏：「四姨娘，若是妹妹回來了，妳會否拚死阻攔爹爹將她嫁入錢家？她年紀這般小，她值得嫁個好夫婿。」

段氏如看怪物一般瞪著她，瞪了好一會兒，轉頭走了。

晚上譚氏來了，她惡狠狠給了躺在床上的安若晨一記耳光，「妳這毒心腸的，想毀了這門親。妳道錢老爺看中芳兒，把芳兒唬走，這門親便罷了，妳可得意繼續做妳的大小姐，在府裡白吃白喝嗎？妳的如意算盤打錯了。老爺已同錢老爺談好了，買兩個小丫頭送他，而妳，還是會嫁到錢府去。為恐生變，婚期提前，妳且等著吧。」

安若晨閉著眼，看都不想看她。居然要買兩個小丫頭送過去？居然又要害死兩個小丫頭！她憤怒，但無助。

伍之章 鳴冤

龍騰自那次在酒樓與安若晨說完話，第三天便離開了中蘭城。

姚昆認為謝金也許是南秦的細作，但苦於沒有證據，只得以行騙盜賊之罪結案。姚昆與龍騰商議，該向南秦聲討此事，警告對方其細作已被大蕭滅殺，讓南秦老實安分，召回密探，勿再生挑釁進犯之意，否則謝金的下場便是他們南秦的下場。

龍騰認同姚昆的意見，於是姚昆向南秦遞了文書後，龍騰親自領兵巡了一趟邊境，按探子查到的情報，直入遊匪巢穴，剿滅了兩支遊匪隊伍，全是南秦國人。龍騰差人將屍首送至南秦國，並與南秦國的邊境守兵隔江對陣數日。

兩國雖未開戰，但龍騰已布署安排。邊關險地山川水路地勢圖形偵邏完畢，每一處都繪製好了地圖。南秦的將兵狀況和將領人物也在偵查，探子的消息陸續發回。

龍騰處理完這些，已是十月十七。他回到兵營帳中，先聽軍報。之後把人遣散了，謝剛未走，與他報：「蔣叔出城後發回消息，說你安排的事，並無人來。」

龍騰一愣。無人來？

「何事？誰人要來？」宗澤清一臉好奇，被龍騰踢出帳外。

竟然沒趕上嗎？龍騰不信。那姑娘頗是狡猾機靈，竟然沒做到？

「可是遇上了何事？」

「十五那日起，安府僕役護衛進進出出，慌亂之態，似是尋人，但未曾報官。昨日有大夫進出安府，說是給二姨奶奶治風寒。探子未進得安府，怕驚擾安家不好行事。往時那些嘴碎好說些府內八卦的門房小僕這兩日都緊閉其口，不敢多言。未曾見得陌生可疑人物潛入，也未曾見安大姑娘離開。」

龍騰皺眉，慌亂尋人，未曾報官，這表示安若晨還是避開耳目出府了？但她沒有趕上老蔣的車隊？抑或……她被人半途劫走？

謝剛又道：「城裡沒甚異樣，太守那處也如常。」謝剛知龍騰疑慮，又道：「那大夫只帶著藥僕，未有生面孔。安府近來也未有招新僕。將軍離開中蘭那日，安府倒是死了一個小丫頭，對外稱是打壞了貴重東西害怕自盡的。探子打聽了，那丫頭新進府不久，是安榮貴院裡的丫頭，與安大姑娘不相關。」

龍騰問：「錢府那頭呢？安錢兩家婚事可有變數？」若是新娘失蹤，安之甫定不敢欺瞞錢裴。

「這個倒是未曾聽說，我再差人仔細打探。」這關係到龍騰的布局，可不是小事。

這一日，龍騰留在軍營處理軍務，第二日回到城中紫雲樓。謝剛打探完畢，回來報了。安錢兩家婚事有些變數，但不在安若晨身上，卻是安之甫前不久應允要將安四姑娘安若芳與安若晨同天出嫁，同嫁錢裴，但前兩日安家給錢裴送了兩個丫頭，安四姑娘不進門了，安大姑娘的婚期提前至明日。

龍騰一愣。明日？五日而已，提前了又有何意思？除非對方生恐事情再有變故。安府一定是丟了人，丟的不是安若晨，而是她的四妹安若芳。居然臨時追加親事，多了個新娘……

龍騰挑挑眉頭，想起之前初入城時宗澤清查探到的各府傳言，錢裴打的什麼主意，如今是何狀況，他心裡已然有數。

「那大夫怕是給安若晨瞧病的吧？」他說。

謝剛沒答，不能打草驚蛇，故而探子不敢探究太甚，安府眾人與大夫守口如瓶，探子便沒再往裡追問免得惹人生疑，這打探恐還需些時候。如今安家大小姐是何狀況，他不敢斷言。

「將軍，先前的計畫恐得生變。」

「是得變。安若晨沒失蹤，這戲自然唱不下去了。」

「那是否待她嫁入錢家後……」

「不。」龍騰語氣堅決，「她入了錢家門，事情便不由我掌控了。」

「錢裴確是會比安之甫難纏。」謝剛道。與錢裴周旋該會難上許多，若想讓安若晨為他們所用，錢裴怕是不會同意及配合。且他還是福安縣縣令之父，身分上也比較難辦。

龍騰搖搖頭。

謝剛不確定龍騰搖頭的意思，是覺得他說的不對，錢裴並不難纏，還是覺得事情棘手，沒想到好主意？他等了等，龍騰一直沒說話。謝剛忍不住問：「將軍，該如何辦？」安若晨明天就要上花轎，如何決斷，得快些定了。

「暫時未能想到有何辦法能不打草驚蛇又將新娘劫走。」龍騰答。

謝剛的嚴肅臉忍不住垮了下來，將軍大人，你說這種話的時候如此淡定坦然合適嗎？不是截阻敵軍，是劫持老百姓家的新娘，是這個意思嗎？

「去把澤清叫來。」

謝剛摸摸鼻子，讓宗澤清去搶親也不合適吧？他喚門外衛兵去叫人，過一會兒宗澤清來了。

一看屋內情形，龍騰依舊老樣子，可是謝剛的表情不太對。宗澤清頓覺開心，謝剛不自在呢，定是有大八卦。

「將軍找我何事？」宗澤清一臉興奮。

龍騰未答，似在思索。

謝剛故意道：「找你去搶親。」

「啊？」宗澤清張大了嘴，「搶回來了能給我當媳婦嗎？」

「……」謝剛無語，這廝的臉皮果然不是一般人。

「搶回來了給謝剛當媳婦。」龍騰正經答。

宗澤清哈哈哈大笑，指著謝剛笑得腰都直不起來。

「……」謝剛板起臉，「快去吧。」他認真說：「就拜託兄弟了。」

宗澤清的笑僵住，手指停在半空中，好半晌小心翼翼問：「真的假的？」

「假的。」龍騰和謝剛同時嚴肅答。

當日稍晚，宗澤清去了一趟安府。探子不方便進府當面打聽的事，他卻是方便的。可他去了一趟回來，卻也沒帶回什麼好消息。

「安老爺仍是頗熱情，但明顯心中有事，收了我的賀禮，說改日請我上花樓耍耍，但未曾提請我喝喜酒，也未留我用飯。先前幾回都巴不得將全家招呼到我面前招我留心，這回倒是安穩低調，幾位姑娘面都不露了。安老爺說話也是謹慎，我也不好多問。府裡安安靜靜，沒有閒雜人等走動。四處倒是貼了喜字掛了喜綢，一副要辦喜事的樣子。」

龍騰垂眸思索，而後道：「澤清，你帶兩隊衛兵，夜深後悄悄將安府包圍。子時一到，入內搜查。不必鬧大，與安老爺說有細作潛入，你需搜府便好。」

宗澤清點點頭，先前龍騰已與他說明白布局安排，他自然知道輕重，「那安老爺必是不敢阻我，但我搜屋見到安大姑娘後又如何？她明日便要上花轎，左右必有丫鬟婆子，搜屋之時，安老爺必會跟隨，我總不能真把人劫了。」

「她瞧見你了，若需要你相助，必會說些什麼，你順著她的話隨機應變便好。」龍騰道。

「若她見我便哭，大叫宗將軍我不願嫁，我爹打我，那我如何是好？」宗澤清問。

謝剛在一旁沒忍住，道：「皇上賜你虎威將軍之名時，知曉你這般蠢嗎？」

宗澤清一拳揍過去，「你奶奶個熊的，幽默你有嗎？我這不是調節下氣氛逗樂子嗎？」

謝剛抬臂撥開那拳，「很好笑，呵呵。」

宗澤清再踹一腳，「死探子，笑得如此不真誠！」

「莫鬧。」龍騰聲音不大，但有效阻止宗澤清和謝剛的打鬧。龍騰道：「她聰慧機敏，必會在言語中給你暗示，讓你知曉發生了何事。若有機會，她會要求見我。你搜不到潛入安府的細作，自然得向我報。」

宗澤清撓撓頭，所以最後就是找個藉口讓大將軍見人家姑娘一面就行了唄？

「無論如何，她明日一早終是得上花轎的。況且細作如何潛入安府，為何潛入安府，我們如何得知，如何確定必是細作，這些太守必會盤問。若是圓不得場，那將軍可是會惹下大麻煩。」

必是得有確切情報肯定要搜捕的是細作才行，不然普通盜賊，那是太守管的案子，他們軍方瞞著太守貿然行事，可是大大的不妥。但若是先通報太守，怕是連行事的機會都沒了。

龍騰不慌不忙，「待我見著了安若晨，你說的那些問題就都能解決了。」

是嗎？見著了就行？

宗澤清沒把握，不過將軍說什麼便是什麼。

宗澤清領人安排，暗夜中兩隊人馬靜悄悄將安府圍了個嚴實。宗澤清一邊等著時候一邊還琢磨猜測，也不知見著了安大姑娘她會如何說，該不會真的一把眼淚一把鼻涕地喊救命吧？

紫雲樓裡，龍騰等得頗是煩躁，明明只是小事一樁，就算計畫有變，也有應變之法，他卻是不安，彷彿大敵壓陣，而他還未想到取勝之道。其實就算安若晨沒逃掉，真嫁入了錢府又如何？他為她遺憾，但他給過她機會，沒什麼好內疚的。只是她明明既聰慧又有毅力，膽大妄為非一般女子。一切安排妥當，她只需要按時到達便能如願，未能成行，究竟發生何事？

龍騰想著想著，命人備馬，等不及宗澤清派人回來請他。他領了兩個衛兵，奔入夜色之中，朝著安府而去。

街道裡黑乎乎，只有星光和某些宅鋪外的燈籠微微映亮街道。龍騰遠遠看到了安府，隔著牆竟能看到好些燈籠的光亮。他皺起眉頭，子時未到，宗澤清為何提前行動？

正疑慮，街角暗影處有一人策馬出來，正是宗澤清。

「將軍。」宗澤清奔到近旁小聲道：「安府內突然燈光四起，有人聲叫喊，似是出了什麼事。我正打算以巡夜路過為由進府去搜查，這下也省了有人密報細作的由頭了。」

「等等。」龍騰阻止。心裡雖知道宗澤清說的對，這意外出現得正好，解了他們自圓其說的難處，但他直覺哪裡不妥，「再等等。」

「等什麼？等何時？」陣前對戰，時機很是重要，宗澤清自然要問個明白。

龍騰看了看安府，府內亮光越來越多，似是動靜越來越大了。

「等我回來。」龍騰一拉馬韁，策馬向安府奔去。

龍騰未進安府，繞著府牆走。他控制著馬兒慢行，悄悄觀察著安府周邊的狀況，仔細聽著牆內動靜。繞到安府後牆時，他停住了。

眼前是教人吃驚的一幕。

一個嬌小的身影從牆根下的一個狗洞艱難爬了出來。

月亮跳出雲層，映亮了這後牆範圍。龍騰看清楚了，那個姑娘，一頭亂髮，身上似有血跡，狼狽不堪。她爬出狗洞，站都站不直，腿上似也有傷。她胸脯起伏，正驚慌喘息，轉頭左右看著，看到不遠處有個黑影騎在馬上，頓時僵住。

龍騰沒動，那姑娘也沒動，就這般對視著。然後他看到那姑娘驚訝瞪大了眼，似是認出了他。她張著嘴，無聲喚了一聲「將軍」。

宅子後院有人大聲呼喝。

「這裡也沒有，她定是逃出去了！」

「怎麼逃，她還能有翅膀不成？」

「到外頭看看，她定是跑不遠的！」

龍騰一夾馬腹，飛一般奔到安若晨身邊，彎腰探手，在她腰間一握，將她抱上了馬背。

「將軍……」這時候他聽到了她的聲音，虛弱無力，卻帶著驚喜。

所有的問題，待見到她時，便知該如何辦了。

龍騰抖了抖披風，將懷中的姑娘抱穩掩好，兩人一騎飛快奔進暗夜的街道裡。

宗澤清正耐心等著龍騰回來下令，卻見龍騰策馬飛奔而至，懷裡還明顯藏了個人。路過他身邊時，停也未停，只低喝一聲：「撤！」然後跑沒了蹤影。

宗澤清呆了呆。

他奶奶個熊的！將軍自己去劫人了？劫的還是偷的？幹出這等事也不提前招呼一聲！撤撤撤，趕緊的！這比進府搜查還刺激，不，還麻煩！

龍騰將安若晨帶回紫雲樓，將她抱至床上時發現她已然暈了過去。差人喚了軍中大夫魏行舟過來給她瞧傷。宗澤清、謝剛杵在屋裡皺著眉頭，瞪著昏迷不醒的安若晨發愁。

「要解釋為何劫走新娘可比解釋接到密報搜查細作要難啊！」謝剛道。

「就說是巡夜時撿的？」宗澤清想著說辭。

「撿了為何不還回去？」

「待問清楚她如何會受重傷倒在半路才好送回啊！」

「為何不即刻通知安府，又為何不送郡府衙門？」

「……」宗澤清一時不知該如何答，「她沒醒，送什麼送？自然誰撿的誰先問話。」

「皇上賜你虎威將軍之名時，知道你如此吵鬧嗎？」謝剛涼涼道。

「……」宗澤清噎得一拳又要揮過去，卻見床上的安若晨睜開了眼睛。

「將軍……」她的聲音微弱，幾不可聞。

宗澤清趕緊端正臉色穩重地湊過去，「安姑娘，妳醒了。」

身後一個大掌伸過來，將他撥到一邊，「不是喚你。」

宗澤清被擠到旁邊，頗是委屈，人家姑娘叫將軍，又沒說哪個。好吧，看龍騰與安若晨對視的眼神，那聲「將軍」確實不是喚他的。

宗澤清伸長脖子看著，生恐錯過什麼精彩八卦。

龍騰先開的口：「妳未依約前往，老蔣未接到人。妳家的事我查了，是否妳四妹失蹤了？妳的婚期改在明日？妳今夜是如何出逃的，有何打算？」

安若晨一臉震驚。宗澤清也腹誹大將軍怎地如此不憐香惜玉，好歹先寬慰幾句，哪有一上來便硬邦邦說正事，還帶審問的。

「蔣爺未接到人？」安若晨吃驚得開始慌張，「那我妹妹呢？失蹤是何意？」

「妳讓妳妹妹去投奔老蔣嗎？」龍騰聽她這麼一說，猜到了。

「他沒見到我妹妹，還是未曾收留她？」

「沒見到。」

安若晨閉了閉眼。

龍騰道：「我原本打算是這般的。妳離開後，失蹤之事會在城中傳開，我安排假線索，謝先生會以為妳躲在城郊某處。先前之事我們公開認定他已然自盡，他認為自己計謀得當，便會掉以輕心，而他猜測妳被軍方藏起，以他多疑之心，會認為妳手上有他的把柄，否則軍方斷無藏匿妳的必要。畢竟徐媒婆已死，她與妳說過什麼，給過妳什麼，謝先生已無法考證，所以他會再去尋妳下手。這般，我們便能將他一舉擒獲。而因為有殺手欲謀害妳，妳的生死便是未卜，時日一長，官府尋不到妳，也不見屍首，十有八九會判妳亡故，妳在他鄉也能安然度日，如今妳竟是未逃，從前的計畫不得不變。」

宗澤清直想嘆氣，龍大將軍果然是二愣子木頭人，誘拐姑娘可不能用這招，應該保持住英雄救美的形象，讓姑娘感激在心。此時又是二次相救，細聲軟語，談談恩德，再說說定會幫妳找妹妹什麼的，還怕安姑娘不赴湯蹈火，以身相許……哦，以身相許就不用了。赴湯蹈火幫著抓到細作便好。現在把底牌揭了，助她逃跑也是想利用此事擒賊，人家姑娘心都涼了吧？

果然安若晨睜開了眼睛，眼含淚光，「原來如此。我還以為……我以為，我妹妹成功趕上了蔣爺的車隊，而將軍知道我未走成……」

所以，以為將軍特意來解救她嗎？宗澤清心裡再嘆龍騰沒有好好利用這機會演好恩人。宗澤清插嘴：「確是知曉妳被困，故而想法去救妳呢！」

結果當事雙方沒人理他，掃他一眼都不曾，倒是謝剛瞪他一眼，似責怪他多話。

安若晨問：「將軍如今是何計畫？」

「這卻該問妳。妳受此重傷，如何逃出來的？」若有人參與此事，那他得做相應處置。

安若晨眨了眨眼，回想這數日時光，全是因為四妹成功出逃而令自己振作精神撐到現在，可原來四妹沒走成，如今還不知流落何處。安若晨未語淚先流，她抬手抹淚，才發現自己十指因為挖洞也全是傷。她瞪著手指，想起是四妹欲助她逃走為她挖的洞，如今她靠著這洞出了來，四妹卻不知所蹤。

眼淚再度往下淌，但安若晨知道現在不是哭的時候，她用力抹掉淚水，道：「我爹曾將我丟在柴房，柴房裡有不少雜物，其中有些廢棄的柴刀或是斷了柄的刀刃。我找了兩柄小巧易藏的，藏在了身上。」

龍騰靜靜地看著她。

「我傷重，每日昏睡，許多人手都被派出去找尋四妹，看守我的人並不多，再者明日便是婚期，他們疏於防範，早早睡去了。我用柴刀撬開窗戶，爬了出去。我四妹……」安若晨吸吸鼻子，「我四妹告訴過我她在她的後院牆根挖了洞，只是不夠大。我到了那處，找到那洞，用刀用手繼續挖，挖到我能鑽出去……」

命懸一線，遇見了將軍。安若晨轉頭，對上了龍騰的眼睛。

「所以並無人助妳？這事沒有其他人知曉？」

「是。」

「既是無人接應，妳鑽出來了，又能如何？」

安若晨道：「他們發現得比我預料得要早，或是我動作太慢了。我原是想，他們會先搜查我那邊的院子，四姨娘那處應該晚一些才會搜到。且門房會證實我沒有出去，我受了傷，爬不得牆，他們必會以為我出不去，只是躲在院內某處，這般我便還有時間。」

「有時間做什麼？」宗澤清忍不住問。

「有時間容我撐到衙門，我要擊鼓報案……」沒有狀紙，未請訟書，欲報案，只得擊鼓。

龍騰的眉毛一揚，她當真什麼都敢啊！

宗澤清張大了嘴，「擊鼓報妳父親為妳訂了一門妳並不中意的親事，並為此虐打妳？」

謝剛瞥他一眼，宗澤清揮手，「好了，皇上什麼都知道。莫打岔，聽安姑娘怎麼說。」

明明是你打岔好嗎？謝剛懶得理他。

安若晨咬咬唇，「我要跟太守大人報，我曾窺得細作在中蘭城內有動作，我是重要人證，希望能夠面見將軍。」

龍騰的嘴角彎了起來。

「原本最好是到紫雲樓的將軍府衙報此事，但太遠了，我傷重，走不到的。郡府衙門近一些，我撐一撐，該是能撐到。」安若晨很緊張，不知這個打算會否招惹龍騰不高興，但她不能瞞騙他，於是低著頭繼續說著：「父母之命，媒妁之言，我不聽話，還涉嫌拐騙妹妹離家，雖我有一身傷，但衙門管不得此事。正如將軍所言，家務事誰也管不得。我爹能說足半個時辰他管教頑劣無禮的女兒的理由，我未死，只是傷，有哪位大人哪條律例能管？我會被送回家裡，天一亮便被丟上花轎，換個地方，換個人教訓我。若我是重要人證，涉及軍機要事，依律法衙門便不得不將我押下，轉交將軍發落。不止將軍，因我在郡府衙門擊鼓報官，故而太守大人也得嚴密監視我。這般狀況，婚事定是暫時辦不成了。拖得一時，便有一線生機。」

宗澤清偷偷看看龍騰的表情，再看看安若晨。他奶奶個熊的，還當真是小看了這姑娘啊！忽得想起龍騰先前說的，見著了安若晨，他那些問題該找什麼理由，便都能解決了。果真如此。

「我猜妳也想好了一本《細作傳》，能跟各位大人細細講上半個時辰，讓他們不得不謹慎小心，立時快馬報信，讓我前去。」龍騰道。

真的假的，是鬼扯吧？宗澤清差點翻白眼。等等，將軍，你是在調戲姑娘嗎？可是語氣這般正經，容易讓人誤解。

安若晨漲紅了臉，「這個……我雖愚笨，但也知說多錯多的道理。將軍既是知曉那謝先生詐死，定是有計劃的。我不會多言，必會等將軍到時，聽聽將軍如何說，再隨機應變。」

「妳若不能言之有物，太守又如何信妳？若不信妳，又怎會把我叫去？妳且說說，妳打算與太守說些什麼。」

安若晨咬咬唇，將軍果然恐她壞事。她低聲道：「就說，徐媒婆是細作。」

「太守定會問妳有何憑證。」龍騰道。

「我便是憑證。」安若晨抬頭，似真的報案一般道：「徐媒婆為我說的親事，是福安縣縣令錢府。我嫁過去，便成了縣令大人的繼母。徐媒婆曾多次暗示我，說待我過了門，莫要忘了她的好處，又說嫁至錢府後定會遇到各房爭寵及錢老爺喜怒歡心等各種頭疼事。她知我在家裡不得寵，道屆時怕是娘家也不會照應我，但她會讓我過得好，只要我好好聽她的指點。」

「然後呢？」

「我初時不明白她的意思，但也恐慌為人婦後的日子不好過。我娘在家裡便是爭鬥不過各房最後病死的，我便也想穩著徐媒婆，聽聽看究竟她能如何照應我。可她很是小心，只與我話家常，我問她究竟如何讓我過得好，她說女子除了容貌悅人，還得靠些心機，能為夫家謀利，讓夫家覺得妳有用處，妳便會多得些寵愛。更甚者，藉此能在家中掌些權勢。她說我年紀小，到時她慢慢教我。她還讓我仔細想想，我家裡為何二姨娘最得寵，能掌著內宅，還不是她娘家給我爹帶來了不少好處才如此。我覺得她所言甚是，但也疑慮，她一個媒婆，我給不了她什麼好處，她為何要幫我。她未曾明說，只說到時我記得她的好，也能幫她做些事便成。」

宗澤清偷偷打量將軍，說得跟真的似的，是真的吧？

安若晨繼續道：「後來有一回，我在街上見到徐媒婆與一個漢子說話，未見著漢子臉面，只聽得他們說什麼『姑娘不聽話便滅口』云云，又有糧倉馬場什麼的，我便慌了。後來便試探問了徐媒婆，我那時想著，她真若能幫襯著我日後的日子，我怎麼也得表示表示我向著她這邊，討好她，若真有凶險，我也得早早撇清，別惹禍端。我一問，徐媒婆便與我說了，她確是有些關係門道，在做些大事，故而需要些人手幫忙。我嫁入錢府後，能成為她的得力幫手，屆時好處少不了我的。我細問究竟要做些什麼，我有些愚笨，怕做不來她囑咐的事，想先弄個清楚明白，提前有個準備。她先前與我聊得投機，覺得我聽話，此次撞見她的祕密，也未到處叫嚷告狀，便也未責怪我，還誇我沉穩懂事。她說她為不少人家說媒議親事，也為許多姑娘謀差事尋歸處，不少大戶的妻妾丫頭與她保持往來互通消息，她需要我做的就是這麼簡單，讓我不必慌，容易得很。」

安若晨說到這停下了，謝剛正待問「然後呢」，卻見將軍親自去倒了一杯水，遞給安若晨。安若晨謝過，接過杯子大口喝了起來。她的手有些抖，十指上沾著汙泥和血漬。宗澤清心一軟，邁前兩步替她托著杯子，將後半杯水餵予她。

龍騰不動聲色將欲邁近的腳收回，背著手，嚴肅地看著安若晨對著一杯水「狼吞虎嚥」。

這時衛兵在門外報魏大夫到了，龍騰喚他進來，老大夫進屋行禮，依吩咐上前為安若晨瞧傷，理所當然地把宗澤清擠至一旁，又理所當然地把他與謝剛一起請到外頭去了。

宗澤清到了屋外還在琢磨安若晨說的話，他覺得那些說辭還是頗有說服力。徐媒婆當時便死得蹊蹺，雖是自盡，但官府並未找到自盡的緣由，只得匆匆結案。而誓眾會上，安若晨與謝金素不相識，卻被其騷擾追擊，謝金死了，其身分也是諸多疑點，只是沒有證據線索，太守最後也只得以謝金多行誘拐詐騙結案。如今安若晨這般報，太守必會重視，也必會報予他們軍方。

只是，安若晨說完了這些又如何？太守可不會以她報信有功便為她取消婚事，大概只會多謝一聲，然後送她回家繼續成親。將軍自然也不能如何……

想到這兒，宗澤清忽然反應過來，「謝剛，男女授受不親確是道理，我服氣，但為何只你我被趕出來，將軍還留在屋裡？」

「將軍稀罕看什麼？自會把持以禮相待，背轉身去避嫌。」謝剛一派正經。

「哈！」宗澤清頓覺抓住了把柄，「意思是說你稀罕看，無禮無恥，所以被趕出來？」

「不，我是出來監督你，防你偷看。」

「……」居然汙衊貶低他的人品，不能忍！

之後魏大夫出了來，經過兩個拳腳相交正打得熱鬧的將官身邊時，道：「老夫為兩位大人留了傷藥在屋內。」說完淡定離去。

宗澤清和謝剛一頓，這是讓他們放心打的意思？猛地朝對方擊出一拳，然後二人同時飄向房門，站在門外面面相覷。

「能進去嗎？」

「將軍沒喚，你推門吧。」

宗澤清又要炸毛，「為何將軍沒喚就讓我推門？」

「你皮厚，這事你幹得出來。」

宗澤清白了謝剛一眼，幹出來個屁。他向來循規蹈矩，只依令行事。等了一會兒，仍未聽得龍騰喚，宗澤清耐不住了，一臉興奮地將耳朵貼在門板上。還未貼穩，便被人撥開，謝剛嚴肅地將耳朵貼在門板上。

宗澤清對他使勁翻白眼，但得忍，做這種事不能驚擾了將軍，暫且饒他，遂擠過去一起偷聽。

隱隱聽得屋裡是安若晨在說話，只她聲音虛弱，聽不清在說什麼，但還能說什麼，宗澤清猜都猜到了。他對謝剛使眼色：這姑娘很是費心想說服將軍收留她啊，你說，將軍這塊鐵木頭會怎麼處置這事？

謝剛也回宗澤清一個眼神，滿載著嫌棄之意。宗澤清撇眉頭，這廝定是沒明白他的意思。他皺眉，再給一個眼神：莫想偏，明明是在討論軍機要事，在人家上花轎前將新娘劫了，這事落到有心人手裡，將軍可是會惹大麻煩，開不得玩笑。你還嫌棄，究竟在嫌棄什麼？

謝剛沒理他。

宗澤清不耐煩，覺得眼神不好使，正待開口問，屋內忽然沒人說話了。

謝剛與宗澤清瞬間站得筆直，端正臉色，一派安然的模樣。

門開了，龍騰板著臉看了他們一眼，道：「進來。」

謝剛與宗澤清進去了，一看，安若晨身上衣裳依舊，竟然未包紮處理傷情。宗澤清心裡嘆氣，龍大將軍啊，你果然是塊木頭，怎地半點憐香惜玉之心都未有呢？

龍騰道：「安姑娘心思清楚，也應允了我會相助一臂之力誘捕細作。」

宗澤清忙問：「那我們將她留下？」他是覺得這安姑娘是個好姑娘，若能助她離了虎口，他是樂意的。

「將她送至郡府衙門街口，路上小心些，莫讓別人發現你們的行蹤。」

宗澤清驚訝。要將安姑娘丟到衙門去？

龍騰看了安若晨一眼，「她想去擊鼓報官，便讓她去。」

宗澤清和謝剛二人帶著安若晨去了。

宗澤清領著數人以巡夜之名開路，確保途中無人。謝剛與安若晨乘一馬車遠遠尾隨。一路上安若晨輕鎖眉頭，緊抿著嘴似有痛楚。謝剛遂輕聲道：「將軍行事自有道理，未與妳療傷，未能讓妳歇息太久，是不能教人生疑，畢竟妳是剛從府中逃出便直奔衙門而去。」

安若晨忙點頭，這個她自然知道。

「大夫確認我無性命之憂，還給我一顆止痛的藥丸吃，我撐得住。」

謝剛又道：「太必會問得仔細，妳應話時莫急莫慌，慢點說，多在腦子裡想想。妳報官一事雖是可信，該是能教太守鬧到將軍那處，但妳要明白，即便是證人，報完了官，該歸家也得歸家，況且妳明日出嫁，嫁的還是縣令的父親。太守定會報予妳家裡，也會知會錢縣令和錢老爺，妳沒有充足的理由，太守也好，將軍也好，是無法收留妳。即便為了審案多扣押妳數日，之後妳還是得歸家。」

安若晨再點頭，「大人請放心，我明白大人的意思。就算最後我未能如願退掉婚事，也只怪我自己，與將軍無關。將軍與大人們救了我，讓我此時此刻還能安穩坐著，我已是感激不盡。不論最後如何，我都感激大人們。只是我一日未死，便一日不能放棄。」安若晨說到這，忍痛掙扎著在車裡跪下，空間太小，她磕不了頭，只道：「大人，方才時間太緊，我未能求得將軍，這也許是我最後與大人單獨說話的機會，我求大人，替我轉告將軍，我厚顏，想再求將軍一事。若我最後有什麼不測，求將軍幫我找找妹妹。我四妹名叫安若芳，只有十二歲。我將她弄丟了。我讓她去投奔蔣爺的車隊，她明明年紀這般小，對路也不熟，我卻讓她獨自去了。我沒能照顧好她，她如今生死未卜，我心難安。求大人，求將軍，替我找找她。」

謝剛看她半晌，「妳未求將軍再給妳一次離開的機會，卻願意相助誘捕細作，可是因為妳想留下來找妹妹？」

安若晨咬咬唇，點頭，「我實是無顏提此請求，但也實在沒別的法子，求大人幫幫我。」

「好吧，我應允了妳。若妳當真未能脫身，嫁入錢府後，想必妳也沒法子時常出門，也難在夫家覓得幫手。找尋妳妹妹，妳確是有心無力。我會轉告將軍，我答應妳，會去找妳四妹。只要一日未得她的死訊，便會找到底，妳放心吧。」

安若晨眼眶一熱，哽咽道：「此處不便，我在心裡給大人磕頭了。」

謝剛看了看馬車外，道：「快到地方了，我得在街口將妳放下，妳須自己走上正街，走到衙門處。守門的衙差老遠便能看到妳，妳會無事的。」

安若晨緊張地捏了捏手指，點頭。

「我會在暗處看著妳，妳順利進了衙府大門我再走。妳記住，太守行事小心，非好大喜功之人，於他而言，不惹禍端，不招麻煩更重要。他與錢裴雖有師生之誼，當年也是靠著錢裴的舉薦入郡府做了主薄，之後更是有錢裴的關係才處置了好些與南秦的爭端，立下大功，在蒙太守死後，當上了這平南郡的太守。但那是二十年前的事了。這麼長的時間，形勢早已有了變化。況且，姚昆三十四歲時方得一子，且只有一子，但他只守著夫人過，未有納妾尋歡，不入煙花之地，這般作派，對錢裴的邪淫之事定是看不慣的。」

安若晨仔細聽著，知道謝剛在指點她。

「妳要明白太守是個怎樣的人，才能說動他。徐媒婆之死有蹊蹺，謝金的案子斷得不明不白，太守定是心虛得很。他多次與將軍商議，想將事情推到將軍這處，但將軍追問細節，太守拿不出實證，是民間案子還是軍情要事，很難說。」

安若晨懂了。龍將軍的態度虛虛實實，是想藉太守做掩護，太守在明處查，將軍在暗處查。

「如今妳去報細作案，該是正中太守的下懷，他巴不得將這些事推到軍方，免得日後落個瀆職的把柄予人手上。妳的話半真半假，與那些事都能接得上，聽著極可信，但妳切莫太過，就像與將軍說的那般便好。」

安若晨忙點頭。

「至於婚事，錢裴是怎樣的人太守心裡有數，為何會定下這樣的親事大守心裡也有數，妳莫要哭哭啼啼欲招人同情，那般反倒惹了他厭煩。他想要的是怎麼免除自己的麻煩，而不是為一個來報案立功的民女解除婚事惹下禍端。」

安若晨忙再點頭。

這時候馬車停下了，他們停在了一個僻靜小巷暗處。謝剛下了馬車，再將安若晨扶下車。

安若晨一落地便跪了下來，重重向謝剛磕了一個響頭。

「大人大恩大德，小女子定不敢忘。大人放心，我不會出錯拖累將軍和大人們。」

「去吧。」謝剛輕聲道。

安若晨再重重磕了一個頭，而後撐起身子，拖著傷腿往巷口走去。她傷頗重，雖服了藥，但仍走得辛苦。她未回頭，似身後並無馬車亦無人那般，獨自踏入月色中。

她走出了巷口，走上了通往郡府衙門的大道。

謝剛一直在暗處看著安若晨的背影，宗澤清不知從哪兒冒了出來，冷不防湊到他身邊，「你在馬車上都對她幹了什麼？看她那頭磕得都恨不得以身相許了。」

謝剛瞥他一眼，「皇上封你虎威將軍之名時，知道你這般沒學識嗎？對感恩的形容，就只有以身相許這詞了嗎？」

又是這句，有點新鮮的沒有？宗澤清撇撇眉頭使勁表現嫌棄。

謝剛看安若晨終於拐出去了，再道：「將軍囑咐我指點指點她，她畢竟養在深閨，未經過許多事，怕她到了堂上緊張說錯話。」

宗澤清道：「太守那臉可比將軍慈眉善目多了。」一副你們真多慮的語氣。

謝剛白他一眼。

「所以你指點了她如何才能退婚沒有？」

「沒有，將軍沒讓我指點這個。」讓他指點他也未想出什麼好辦法來。

宗澤清搖頭晃腦，「我估計將軍也未想好。方才時候太短，來不及細細思慮，也沒法與安姑娘多交代。拖得時候久了，再報官便搶不得先機。也許最後將軍還是得用搶的，就說須得用安姑娘作餌誘出細作頭子來，召她入軍。」

「若我是錢老爺，便道定會全力配合，會安排護衛嚴加防範，會讓將軍派人喬裝入府。也會讓新夫人時不時出門走動讓那細作頭子有可乘之機。新夫人報完案，惹了細作警覺，再如常婚嫁過日子，細作方敢動手，計畫方能成功。」

宗澤清一嘆，「你說的有理。按常理而言，這確才是合情合理的誘敵之計。她若退了婚躲進了衙門或是軍方嚴管之地，那敵便誘不成了。」

謝剛未言聲，他一個縱躍跳過巷子，隱身屋頂之上，遠遠看著安若晨蹣跚而行。

宗澤清也跟了過來，又嘆氣，「挺可憐的是吧？拚死逃了出來，最後還是得回去。」

「起碼鬧了這麼一齣，太守和將軍都盯著看，那錢裴斷不敢對她做出什麼出格之事，安之甫也不能再虐打她了。」

「好吧，這般說來事情也是有好的轉機。」

兩人再無言語，靜靜地看著安若晨艱難地走到府衙大門外，守門的兩個衙差看到她，正待喝問，她卻似再支撐不住，倏地倒在了地上，兩位衙差忙奔過來察看。距離太遠，謝剛他們聽不清雙方說了什麼，只見一衙差急忙奔進衙門內，另一名衙差將安若晨扶到門前「鳴冤鼓」那兒。安若晨撐著鼓架站直，拿起鼓錘敲了幾下鼓，復又倒地。過了一會兒，幾個衙差出來，抬了塊板子，將安若晨抬了進去。

第一步成了，謝剛與宗澤清對視一眼，齊齊躍回巷子，策馬回府，向龍騰覆命去了。

龍騰聽得如此，點點頭，一派沉穩冷靜，可等了許久，未等得姚昆派人來請，倒是謝剛手下的探子回來報，說衙門裡奔出了兩隊人，一隊去了安府，一隊出了城，朝著福安縣方向而去。

宗澤清皺眉，「太守先聯絡那兩頭，是不是安姑娘的話未被採信，太守欲遣她回家，遂喚她家人來接她呢？」

謝剛道：「我在路上已將太守的為人作派與她說清楚了……」

宗澤清打斷他：「未說你指點得不好，現在說的是太守信不信得過安姑娘。」

「該是信了。」龍騰不慌不忙，「他相當重視此事，故而速派人先去穩住兩家，讓他們勿生事端勿吵鬧，好讓他能安心處置安若晨所報之事。他還未來請我，定是想多問幾句，待有把握了再告訴我。」

「對。」謝剛白了宗澤清一眼，他只不過想說既是知己知彼，以安姑娘的聰慧，想要取信太守該不會太難。

又等了好一會兒，終有衛兵來報，說太守派人來請，有軍情要事與龍將軍商議。

龍騰應了，讓來人先回去覆命，他帶人隨後就到。

路上，宗澤清悄聲與龍騰道：「太守道事態緊急，難不成是想著快些讓將軍把話問完，好讓安姑娘按時辰上花轎？」

龍騰點頭。這似足姚昆的作派，把事情講清講楚，然後撇清責任，不惹麻煩。

「將軍可有對策？」宗澤清頗是為安若晨可惜。

「問話問久一些算嗎？」龍騰反問。

宗澤清臉垮下來，真的假的？然後眼角餘光瞥到謝剛忍笑的表情，好吧，他懂了。將軍，你這般調戲人不合適吧？而且還是調戲皇上親封的虎威將軍！

宗澤清一拉馬韁，騎得靠邊一點，一個人靜靜。你們都不著急，我自己好好努力想想，指不定在事情結束之前真的想出什麼好法子能幫一幫安姑娘呢！

到了郡府衙門，宗澤清還沒想出什麼好法子來，但他們看到安之甫帶著安平及數名僕役杵在衙門大門處。安之甫臉色鐵青，又慌又怒。宗澤清接到龍騰遞過來的眼神，立時會意。他故意拖慢腳步，待龍騰他們進了衙門，自己轉向了安之甫。

安之甫頓時一臉哀求和感激地迎了過來。

「安老爺，你怎地在此？」宗澤清搶先問。

安之甫差點抹淚，亂七八糟地解釋著，說女兒明早得上花轎，半夜忽然不見了，全府上下正尋人，卻接到太守大人傳話，說女兒此時在衙門處，有重大案情相報，讓他們稍安勿躁，耐心等著，待問完了話，事情處置妥當，便會讓他們將女兒領回。

「原來太守召將軍過來議事，竟是與安大姑娘有關。」宗澤清安慰道：「既是太守如此說，安老爺安心等著便是，不必著急。不過安姑娘能有什麼大案啊，安老爺府上可是有什麼麻煩事？」

安之甫等的就是這句，趕緊道：「宗將軍有所不知，我這大女兒之前一直乖巧聽話，但近來也不知怎地，竟忤逆了起來。她的親事早已定下，一切順順利利，可說來不好意思，這實乃家醜。前陣子我四女兒丟了，我猜著該是大女兒鬧的事，便將她打了一頓關了起來。沒想到她今夜裡居然偷偷跑了出來，鬧到了太守大人這兒，簡直是混帳東西。她近來有些瘋癲，我是怕她胡言亂語，惹怒了太守大人，也給自家抹黑，招惹禍端，但大人不讓我們入內，只能在此等候。說真的，我也猜不到她會胡說些什麼。將軍，你是知道的，再如何，我們這些都是家務事，可沒犯哪條律例。」

「是呀，打打女兒，這當然是家務事，太守大人不會為這個怪罪你。你再仔細想想，近來可還有什麼古怪的事情。太守大人把龍將軍都叫來了，肯定不是為了什麼打打女兒的小事。」

安之甫張了張嘴，似乎這才反應過來，「這個，太守大人將龍將軍叫來，是因為晨兒嗎？」他一下子急了，對對，方才宗將軍似乎是這般說了，只他一心撇清關係沒聽進去，「將軍明察啊，我可是本本分分的生意人，做正經買賣的，作奸犯科的事從未犯過。求將軍在龍將軍面前幫我美言幾句，我可真是老實做買賣的。晨兒被我打了，懷恨在心，定是為了洩憤胡說八道。啊，對了，她母親去得早，那孩子不明白，一直覺得是我與她姨娘們對不住她母親，小時候可是鬧過好幾場，後來長大了，懂事了，我當她沒再往心裡去，可沒想到她還懷恨在心。我這次又打了她，她定是恨極，故而編造了什麼大謊報復我。」安之甫說著說著，冷汗都下了來。

宗澤清忙安慰：「無事無事，我都明白。我得趕緊進去了，不然龍將軍會怪罪。你先別急，待我聽聽是何事，能幫你的，肯定幫忙。你也想想究竟有什麼事是安大姑娘能拿來編排的，回頭告訴於我，我想想辦法。」

安之甫趕忙謝過。

宗澤清進了去，龍騰和謝剛慢吞吞剛進衙堂後院，正等著人來領。宗澤清趕緊過去，低聲對龍騰報：「安家的買賣定是有不乾淨的地方，安之甫嚇壞了，以為有把柄落在安大姑娘手上。」

龍騰默默點頭，這時主薄江鴻青出來相迎，與龍騰道：「將軍莫怪，實在事情發生突然，又關乎軍情要事，不便公開衙堂審案，太守大人便命移到後院一間雅室，將軍請隨我來。」

江鴻青一邊領路一邊輕聲將情況說了，都是龍騰已聽安若晨說過的。龍騰一臉嚴肅，輕皺眉頭，像是頭回聽聞此事一般。待走到雅室門前，江鴻青停了腳步，道：「太守大人見她一身傷，雖是在家中已有大夫醫治過，但她逃家頗費周折，又走了這般長的路，許多傷處已迸了血，便召了大夫給她治傷。大人欲先見將軍，商議清楚後，再喚那安姑娘出來問話。」

龍騰頷首，抬腳邁進了屋內。

屋內沒有旁的人，只姚昆緊皺眉頭坐在燈下。見得龍大來，忙起身施禮相迎。龍騰還禮，謝剛與宗澤清又各自施禮，一眾人行完禮數，這才坐下。

江鴻青招呼衙差上茶，待安排妥當，將房門關上，一屋五人，對燈相顧。

龍騰先開口：「姚大人，方才江主薄已將事情與我說了，那安姑娘所言可信得過？」

姚昆點頭，「頗是可信。徐媒婆莫名身亡，再加上誓眾會上安姑娘被謝金追殺。謝金一案，本就疑點重重，只是欲往下查，卻又全無線索。安姑娘不識得謝金，謝金偏偏挑了她下手，這也太過巧合。想來，謝金是識得她的。徐媒婆利用說親和人牙子的便利，利誘控制了些姑娘，讓她們套取情報消息。謝金開的是酒館，三教九流，人來人往，也是個偽裝掩護行動的好地方，而這二人竟然都死了。他們都是很有可能會被安姑娘揭發身分的，南秦方面於是下手滅口，也是合理。」

「誰人滅的口，那安姑娘可知？」龍騰問。

「她道當日她躲過謝金追殺，躲進了樹叢，曾有一男子欲誘她出來，當時官兵們入林搜捕，那人便匆匆走了。她未見著那人臉面，當時也未想太多，以為是官兵，於是未曾相報此事。」

「官兵入林搜捕，可未搜到除謝金和安姑娘之外的其他可疑人物。」姚昆道：「龍將軍說的這個，我也問了。安姑娘道，若那人當真是細作，定是狡猾，許是躲在了樹上。」姚昆頓了頓，「我找了當時搜林的衙差問了，那時候他們與將軍的人手，確是都未搜過樹上藏身之所。」

龍騰面無表情，似聽不懂姚昆的言外之意，只道：「既是未曾搜查樹上，便不能說樹上無人，也不能說樹上有人。安姑娘說的那人，除了安姑娘自己，誰又知道？」

姚昆噎了噎，皺起了眉頭，「若是報了假案，對安姑娘又有何好處？」

「我可未曾斷定安姑娘報假案。」龍騰道：「我只是提出疑點。」

姚昆再次被噎，心裡盤算片刻，道：「安姑娘的話頗有道理，與近來發生的事也能對上，但她一姑娘家，突然半夜裡來報案，確是有些詭異。事關軍機，還請將軍與我一起共審此案。」

龍騰一口應了。

姚昆對江鴻青使了個眼色，江鴻青出去，差人將安若晨帶了上來。

安若晨身上的傷重新包紮過了，稍作梳整，整個人看起來乾淨精神了許多。她一瘸一拐地挪了進來，艱難跪地，向眾位大人們施了禮。

龍騰冷靜看著她，什麼話都沒說，倒是姚昆頗客氣，讓她免了禮，允她坐著應話。

龍騰毫不客氣開口便問：「安若晨，妳道徐媒婆與妳說了那許多話，教妳日後入了錢家門便幫她打探些情報消息？」

「是。」安若晨低頭，恭敬地答。

「既是早發生了這事，妳為何現在才說？」

這問題問得尖銳，姚昆之前也問過，為免龍騰以為他辦事糊塗，姚昆忙道：「安若晨，這些問題本官都曾詢問妳，妳且把與本官說的，仔仔細細再與龍將軍說一遍。」

安若晨恭順應聲，道：「民女只是普通人家的女兒，沒甚見識，心無大志，原是一心只想保自己平安。對於嫁入錢府之事，民女不敢欺瞞大人們，民女心中是忐忑的，未知日後日子會如何。徐媒婆起初說指點我，能教我過好日子，我是願意仔細聽聽，但之後發現情勢不對，她想讓我做的竟是叛國大罪之事，民女再不懂事也不敢這般，可民女也不敢與徐媒婆對著幹，生怕惹下殺身之禍，便一直討巧說話，想先穩著她，日後見機行事，莫要惹上麻煩才好。至於報官，民女手上並無證據，再者徐媒婆八面玲瓏，口舌伶俐，能說會道不知比民女強了多少倍，且她門道多，身後又有靠山，民女自覺鬥不過她，不敢報官。」

安若晨頓了頓，接著道：「但民女也實是不願被徐媒婆拿捏著日後為她做事，於是民女在一次與她敘話時，故意說了說叛國大罪會被判極刑，民女害怕，又勸徐媒婆當為自己多打算，問她是否有把握她背後人物不會拿我們開刀。若出了什麼事，可是她與我們這些打探消息的人墊背。我與她說，平日裡小心些，留些物證保命。我的原意是想讓她覺得我與她一條心，日後念在此情誼上，莫要為難我，可那些話似乎說中了徐媒婆的心事，她說我說的對，她是得留些心眼，挾制住對方才好，不能總是被呼來喝去的。」

「她做了什麼？」龍騰問。

「民女不知她做了何事，那是民女與她最後一次敘話。之後過了段日子，聽說她於家中自盡了，民女當時又驚又喜。驚的是不知她發生何事，竟招來殺身之禍，也恐自己遭了拖累。喜的是她死了之後，再無人會誘騙威脅我做違律叛國之事。再後來，民女的親事換了媒婆，一切如常，並無任何意外，民女也就漸漸放下心來。後來發生了謝金的事，民女並不認識他，官府最後也結了案，他是個騙子混混，民女以為他與徐媒婆無關，便沒往那處想。」

「既是沒事發生，一切如常，妳如今又為何冒險報官？今日天一亮，便是妳上花轎的時候，妳偏偏選了此時，以這般逃命似的姿態來報官，是何居心？」龍騰冷冷地再問。

宗澤清在心裡為安若晨捏了一把汗，雖知將軍如此行事定有道理，但他一直在拆安姑娘的臺，似問不住她便不甘休，一旁又有太守虎視眈眈，這萬一說錯一句半句，可是要糟。

安若晨果然表現得慌亂起來，她撲通一下跪倒在地，雙目含淚，哽咽著道：「將軍、大人，民女被逼得實在沒了法子，民女害怕。這段時日，不止城裡出了這許多事，民女家中也有些事端。民女與四妹感情最好，爹爹與錢老爺議親，應允要將四妹同嫁，四妹害怕啼哭，我便哄四妹說帶她逃家……」

謝剛皺起眉頭，不是囑咐她莫扯這些事莫要啼哭裝可憐，她怎地沉不住氣？

「此事教爹爹知曉了，便教訓了我們一番，民女身上的傷，便是由此而來。」

謝剛偷眼看了看姚昆，果然他臉色有些不好看了。謝剛正想喝安若晨一句，藉此來提醒她，卻聽得安若晨話鋒一轉，道：「這些事本不該與大人們說，我們為人子女，父母長輩教訓著是應該的。怪我不懂事，怎地拿這話來哄妹妹，那真是萬萬不該。我知錯了，也受了罰，但後來我四妹突然失蹤，全府上下找了她數日都未曾找到。那時候我仍在受罰，被鎖在屋裡，聽得這蹊蹺事，我越想越怕。莫不是控制著徐媒婆的人仍想讓我幫著打探消息，但徐媒婆身故，先前哄誘我的話已不作數，換個人來，也不好慢慢與我交心，無法利誘我相助，於是，抓走我最心疼的妹妹，然後待我嫁進錢府後，便用妹妹威脅我。」

這些可是方才她未曾說過的，姚昆震驚，「有這等事？」

安若晨伏跪在地上輕聲抽泣：「大人，民女愚笨，民女想不到別的緣由，好好的一個小姑娘，怎會說不見便不見了。她屋裡的丫鬟說，她當時是在屋裡午睡的。門房也說了，未曾見她出門去，那定是被人從府裡擄走了。我被鎖著，有人看守，來人反而不好接近我，於是轉而向我妹妹下手。我左思右想，除了這般，還能如何？」

安若晨抬起頭來，眼淚順著臉頰滑落，楚楚可憐，「求大人們明察，因著我哄騙妹妹的話，我爹覺得是我教唆妹妹跑了，我若是跟他說這些推測，他不知前情，又如何能信我？怕是會覺得我狡辯編謊。天一亮，我便要上花轎了，進了錢府，也許馬上就會有人來威脅我，逼我做些違背良心道義的通敵賣國之事。我到了福安縣，人生地不熟，又是在夫家，左右連個貼心人都沒有，又如何報官求助？到時我若是向錢老爺和錢縣令大人說此事，他們會不會也以為我撒謊不安分，又或是我根本已瘋癲？到時事情被對方知曉，我哪裡還有命在？一上花轎，我便孤立無援，死路一條了。正如此，我逼不得已，拚在這最後時候，撬開了窗戶，從後院柴堆那爬了出來，來找大人報案。老天有眼，竟真讓我見到了大人，見到了將軍。」

謝剛與宗澤清悄悄對視一眼，看懂了對方的眼神，這姑娘當真是個人才啊！

這時安若晨用力磕了一個頭，「大人、將軍，民女所言句句屬實，民女妹妹失蹤了，不知是不是被那些細作擄了去，請大人和將軍嚴查細作之事，幫我找到妹妹。」

謝剛在心裡給安若晨豎了大拇指，這下子倒是把找妹妹的事名正言順推到將軍這處了。將軍若真願幫她找人，便可光明正大地找，不必藏著掖著，行事便會方便許多。

姚昆點點頭，轉頭對龍騰道：「龍將軍，安姑娘排除萬難方能到此，無論如何，她說的事寧可信其有，怎麼都該好好查查，切莫再疏漏。徐媒婆既是控制利用了她保媒舉薦的那些姑娘，這便是條好線索。我覺得不如這般，這事乃細作犯案，理應由將軍主理，我這郡府衙門協助將軍。安姑娘報案有功，可先記上一筆。她如期嫁入錢府，等著細作與她聯絡。我會與錢縣令打好招呼，商議清楚，我在錢府中安插人手，保護安姑娘，待細作出現，便可一舉將他拿下。此計如何？」

不好查的事讓將軍辦了，守株待兔抓人的簡單事他自己辦了，宗澤清覺得此計真不怎麼樣。最重要的，安姑娘還是要嫁進錢府啊。奸細一案過後，誰又能再護著她呢？

宗澤清看了看龍騰，將軍的對策呢，快拿出來。

龍騰開口了：「大人說得很有道理，但奸細一事複雜，豈是安姑娘三言兩語能說清的？這麼長的日子，她與徐媒婆多次交談套取消息，徐媒婆自盡也罷，被滅口也罷，此前都是與安姑娘聯絡的。也就是說，在徐媒婆調教的探子姑娘中，安姑娘是最後一個。這裡面種種，定還有許多細微之處待查。安姑娘的話究竟是真是假，也還需要細審，我須得將安姑娘扣押……」

啊，竟然真是問話問久一些！

宗澤清還沒來得及為領悟將軍之意高興，就聽到太守打斷了將軍的話。

「將軍，」姚昆道：「安姑娘報案有功，今日又是她大喜的日子，如今她家人就在衙外等候，欲接安姑娘回去。將軍將人扣下，實在不妥。再者說，安姑娘若不能如期出嫁，那些細作定會生疑，誘賊之計便不好使了。將軍欲問什麼話，待安姑娘嫁入錢府後，將軍派人去一趟福安縣再細審，也是可以的。」

宗澤清心裡咯噔一下，果然，果然是這樣！

他看看龍騰，將軍正表情平靜地盯著太守看，劍拔弩張啊！

「大人。」龍騰語氣平淡，「大人可曾想過，如若安姑娘的猜測是事實，真有細作為了威脅她擄了她妹妹，那些人必對安府瞭若指掌。他們知道安府中誰對安大姑娘是重要的，威脅才會有效。他們知道安府的各院落位置、僕役丫鬟在何處活動、府門內外出入情況，這才有可能將一個在屋內熟睡的姑娘絲毫不被人察覺地帶出府去。有這般的本事，他們又怎會不知安姑娘今夜逃家，跑來衙門報官了？報官之後，若無其事上花轎？那些可是細作，受過訓練，心思縝密，這般還不懷疑這其中有鬼那就真是有鬼了。」他說到這兒，看了安若晨一眼。

安若晨垂頭跪著，看不清表情。

「大人。」龍騰又道：「假設安姑娘所言句句屬實，她上衙門報官之事便已讓細作們警覺。她嫁入錢府後，就算有人來與她聯絡，脅迫她相助辦事，那也定是已有了對付官府的對策。搞不好，他們設下計來，布下陷阱，反而讓我們中套。屆時，無一句真言，無一件真事，大人如何分辨？」

姚昆啞口無言。他噎了半天，不得不承認龍騰所言極有道理。他心中頗是不甘，浪費許多人和精力，最後被對方擺上一道，這事還是自己提前知道的，這種冤大頭他可不願幹。

龍騰又冷冷地道：「再有，對方能殺徐媒婆，再殺個安氏姊妹又有何難？安姑娘悄悄來報官，未有人知曉便罷，如今半夜三更擊鼓，鬧得人盡皆知，她爹爹領著人在衙外守候，那安府裡也定是鬧翻了天的。這消息無論如何瞞不住，細作若是真擄了人打算威脅安姑娘，遇此意外，為保全自己，極有可能將安家兩位姑娘殺害。安四姑娘且不說了，尚不知在何處，而安大姑娘這頭，大人一放她回府，怕是花轎只能接到屍體。」

他話未說完，安若晨伏地驚呼：「將軍、大人，求大人們救救民女姊妹！」

龍騰不理她，接著對姚昆道：「我方才說的，是以她說的是真話為推斷，若有謊言，又是別種狀況。我需得將她扣押，細細盤查審問。如常嫁入錢家誘敵之計無用，還不如好好審案再細想對策。且出奇不意，對方摸不透我們究竟要如何，反而是好事。」

姚昆皺了眉頭，覺得很是為難，「將軍，安姑娘是重要人證，這個我明白。也正因此，為免打草驚蛇消息外洩壞了大事，我才未開堂公審。今夜安姑娘所述之事，除了這屋內人外，再無其他人知曉。事情也許未有這般糟，我們可以扯一件別的毫不相關的案子，細作那頭雖會疑心，但也未能肯定。我們行事再小心些，不教他們察覺。安姑娘如常嫁入錢府，一切並無異常，時間久了，細作們也會掉以輕心。誘敵之計，也許還是可行。就算不可行，我們還有徐媒婆的那條線索，細作手上還有安四姑娘，他們必得有所行動……」

姚昆說到這兒頓了頓，自知這對策並不牢靠，於是嘆口氣，「我知將軍的顧慮甚有道理，可安姑娘是有婚約之人，明媒正娶，禮數妥當。你我乃朝廷命官，該為百姓解憂，可不是毀百姓姻緣的。這事處理不當，安、錢兩家鬧將起來，只怕不好善後。」

龍騰平板板地道：「於我看來，國家安危、邊境戰事才是最緊要的。若是此次疏漏，讓細作得以在我們眼皮子底下肆意妄為，滅我國威，南秦那頭暗地裡偷笑，莫說他們近期打不打這仗，就是將這平南郡裡裡外外探個通透，再利誘威脅百八十個徐媒婆安姑娘這般的百姓為他們打探消息情報。不止平南郡，還有到外郡婚嫁的、做買賣的、當差的，一路到京城去……」龍騰拖長了尾音，倏地加重語氣：「姚大人，我是顧不上想這兩家人怎麼鬧，我光想著朝堂上文武百官和皇上的臉色便夠受用了。大人想不到京城那般遠的，便想想眼前，什麼案子要叫一個待上花轎的新娘半夜來問話？這新嫁娘可是帶著一身傷來擊鼓的。這話怎麼圓，恕我愚鈍，想不出來。大人自己可得想好了。細作究竟是什麼人藏身於何處我們還不知曉，安姑娘回家後是否有性命之憂？若她出了什麼意外，她家人和錢府會不會來鬧？我與他們不熟，也是不知的，大人提前想好對策便好。而日後我回京述職，皇上問起這些，我也只能如實作答。」

這些話一下擊中姚昆要害，百姓的責難和皇上的怪罪，他擔得起哪個擔不起哪個自然是心裡有數。姚昆故作為難狀思索片刻，道：「將軍言之有理。這其中確是疑點重重，安姑娘這般回去確有危險。那這般吧，將軍要扣下安姑娘問話便扣吧，婚期延後便是。」

「大人。」安若晨靜靜聽完龍騰與姚昆的話，此時伏地道：「民女沒甚本事，但那些賊子惡人擄走我最親的妹妹，我不能置之不理，我願為大人們誘敵。」

姚昆看了一眼龍騰，又是為難狀，「龍將軍，您看這事，人家姑娘可是求著如常出嫁……」

「大人。」安若晨仍跪著伏地，打斷了姚昆的話：「大人，民女並非求嫁。此前將軍所言句句有理，民女一嫁，活不活得成都未可知。民女夜半擊鼓報官，怕是惹了他們疑心了。」

姚昆沒好氣，「那妳誘什麼敵？」

「大人，民女斗膽，求大人恩准，解除我與錢老爺的婚約，我願入軍誘敵。」

「……」不止姚昆，一屋子人都很詫異。

安若晨伏在地上，大家看不清她表情，只聽得她繼續道：「大人方才所言甚有道理，我夜半擊鼓報官，之後再若無其事照常上花轎，對方定會知這是陷阱。要麼他們殺了我妹妹不再找我，裝成毫無此事，要麼以免後患連我也一起殺了。如若不然，他們假裝中計與我聯絡，也定是別有居心，而這居心，怕就是福安縣。」

姚昆的眉頭皺起來。福安縣是平南郡最大的縣，挨著郡府中蘭城。交通上，是通往外郡和京城的要道，民生上，福安縣是平南郡產糧大縣，亦是戰備時後方補給最重要的地方。撤民撤軍、運送物資等，福安縣是離中蘭城最近最便捷的路線。安若晨要嫁的是福安縣縣令的父親，她會成為福安縣縣令錢世新的繼母……

「大人，民女丟了妹妹，又恐自身性命，萬不得已才會出此下策逃家報官。此舉教大人和將軍擒賊計畫為難，民女實在惶恐，但無論如何，民女想找到妹妹。民女要成為誘餌，就得成為比獲得福安縣情報更有吸引力的誘餌方能可為。」

「那能是什麼？」姚昆驚問。比福安縣情報更有吸引力的得是他平南郡府的情報了吧？這可不是拿來玩耍的事。

「大人。」安若晨抬頭，紅著眼眶，憔悴羸弱，「大人方才說，徐媒婆是條線索，我猜大人們會嚴查她說親保媒買賣為婢的那些姑娘。大人，我便是那樣的姑娘，我差點被徐媒婆控制，她死後，我便覺解脫，再無人威脅我，若這時有官差上門詢問此事，我自然不會承認。那些姑娘，也必是這樣的心思。大人無憑無據，自然不能將她們捉來嚴刑拷打逼供，所以，民女想著，將軍與大人需要一人，能真正與那些姑娘說上話，方才能打探到消息。」

安若晨看著姚昆，繼續道：「大人，我若嫁到福安縣，成了人婦，可就不好四處走動，也不能常到中蘭城裡來探訪，那可太過令人生疑。唯有我被退婚，被收入軍中，方有身分可作為。」

姚昆目瞪口呆，「一派胡言，哪有女子入軍的道理。再者說，妳被龍將軍收入軍中，妳去問話，那些姑娘能信妳？」

「我是徐媒婆談成的最後一門大親事，中蘭城、平南郡誰人不知？那些姑娘是過來人，自然會信我與徐媒婆的關係。至於我為何身在軍中卻又敢聯絡她們，那自然是將軍讓我查案問話。可是，我會告訴她們，這正是我已成功完成上頭交代的第一步。」

龍騰的眉梢高高挑了起來。

姚昆仍在震驚中，「上頭交代妳什麼？」

「藉徐媒婆之死，向官府報官，取得信任後，打探官府的情報，取代她的位置，繼續掌控那些姑娘們探聽消息情報。」

姚昆愣住了。

謝剛很快反應過來，「如此妳不但可以向她們打聽出來誰為徐媒婆做事，做過什麼事，然後妳還能誘騙她們為我們探聽細作的情報。」

安若晨咬咬唇，顯出遲疑害怕的樣子來，「這事似乎是難辦了些，但我願意拚死一試。

我告訴她們，我需要繼續取得將軍的信任，必須有消息相報才行。她們應該會相信我吧，會把知道的事告訴我。」

姚昆道：「徐婆子死後，難道不會有別的人已經聯絡這些姑娘了嗎？輪得到妳？」

龍騰這時候開口了：「通常狀況下，潛伏於城中鄉間的細作都是單線聯絡，為免一人失事，全窩被端，若無緊急事態，不會連環犯案，亦不頻繁聯絡，以免被人追查。大人說的凶險確實有，也許安姑娘一露面說那些話，對方便知安姑娘在扯謊，但機會還是有的。若對方未察覺，我們便可繼續下去。若對方察覺了，便需要通知真正的細作頭子，我們順藤摸瓜，也能追查出線索來，而安姑娘在紫雲樓裡，有機會接觸到軍中各級將官，亦能接近軍中文書，對細作來說便是一個天大的誘惑，若他們手上真有安四姑娘，這時候便該派上用場了。」

「他們定會推測出安姑娘已為將軍效力。」姚昆道。

「所以他們定會很小心，但亦要放手一搏，這是他們最接近龍家軍的一次機會。」龍騰淡定答：「至於是不是真有人藉徐媒婆之死趁機混進來做探子，我也定會嚴查。」他說著，盯著安若晨看，顯然對她的口供仍有疑慮。

安若晨伏地磕頭，「大人明察，將軍明察，民女所言句句屬實！民女只想救回妹妹，民女願終生不嫁亦要揪出這些幕後真凶來，求大人求將軍成全！」

「又胡扯些什麼？」龍騰淡淡道：「入了紫雲樓又不是出了家，誰規定妳終生不嫁了？」

「……」這話安若晨不懂怎麼接。

宗澤清垮臉，將軍，你又無預兆不正經起來了，這毛病在這種時候犯不合適吧？

姚昆沒覺得龍騰不正經，他覺得話是沒錯，沒人規定安姑娘終生不嫁，只是此次婚事作罷，她又為朝廷效力，日後婚事定是難辦的，而眼跟前難辦的是他，他該怎麼跟安之甫和錢裴說呢？

姚昆差人將安若晨帶下去，與江鴻青一番耳語溝通後，再與龍騰單獨密商。

「將軍可要三思，軍中自古無女子，召女子入軍可會有違軍律軍法？」

龍騰輕笑道：「大人這話說得，那先朝擊退北楚的羅將軍是男是女？」

姚昆當真沒好氣。那不是先朝嗎？也就出了那一位女將軍。且人家是將軍，能領兵打仗，那安若晨能跟人家比？反正他醜話說清楚了，到時擔責可莫找他。姚昆道：「將軍拿好主意便好。要知道，這軍中之事，屆時出了差錯，我就算想為將軍分擔，也是有心無力。」

龍騰再微笑，那笑意溫暖，襯著臉龐更俊朗幾分，「姚大人替我憂心，龍某甚是感動。」

姚昆這才反應過來龍騰的態度變化，似是那冰冷的偽裝在只剩二人的屋裡倏地融化了。

姚昆愣了愣，神志恍惚，差點以為自己被調戲了。他趕緊定了定神，又聽得龍騰壓低聲音道：「大人，眼下狀況，你我是共乘一船的。南秦之危不解，平南郡斷難安穩。我雖是武將，卻也不願見戰事起。戰事一起，我手下兵將流血捨命，大人郡中子民不得安生，大人與我的日子又怎能好過？從前是毫無頭緒，只得與南秦硬碰硬，如今有了線索，豈能放過？若是能將細作擒獲，阻止戰事，那我便無須上戰場以命相搏，大人安穩守好平南郡，豈不是好？日後那朝堂之上，我也會報大人一功。只是如今事態，須得大人與我齊心，方能成事。」

龍騰句句說進姚昆心裡，姚昆越聽越覺得有理。兩人如此這般，很快商議妥當。

姚昆讓江鴻青先安置好安之甫等人，再派人快馬去福安縣將錢裴請過來。江鴻青細問究竟，姚昆道他要出面了結婚事，並教安若晨從安家脫籍，好入軍效力。

江鴻青忙悄聲提醒：「大人，先前咱們不是說好了，將這事讓龍將軍來辦。他要召人辦事，自然由他來處理身分合宜問題。這合情合理，他自然推拒不得。大人莫忘了，安之甫便罷，錢裴那頭可不是好處置的。」

姚昆皺眉頭，頗不高興，「事情輕重緩急我會不知道嗎？你速去辦便是。」

江鴻青去了，姚昆靜坐屋中等待，等著等著，又有些後悔起來。先前是想得清楚明白，與龍騰談了一番卻又改了主意，真有種糊裡糊塗被拖入泥坑的感覺，但事到如今，已沒法再反口了。

龍騰與謝剛、宗澤清在另一屋裡，也是一番囑咐安排，二人依命行事。

安之甫被領進衙門裡，惶惶不安，偷偷塞了些銀兩給江鴻青，問他究竟是何事。江鴻青不動聲色將銀子收入袖中，請安之甫坐，正色道：「安老爺，這事呢，該算是件好事，但也確是有些麻煩，端看你是如何看了。」

安之甫忙道：「請大人明示。」

「你家大姑娘聰明機警，被龍將軍看中，擬將她收入麾下為國效力，這是天大的好事不是？但是呢，要跟著將軍辦事，今日這婚事便不能辦了。」

安之甫愣住，每個字都聽懂了，但是沒聽明白。他那個女兒，貪小便宜、愚笨花癡，有賊心沒賊膽的，成日哭哭啼啼招人厭煩，還能入軍為國效力？安之甫想了半天，左右看了看，小心翼翼低聲問：「大人，你我相識多年，也是常來常往的，此處也無外人，有什麼話不妨與我直說了，是不是將軍看上了小女……」

「瞎琢磨什麼！」江鴻青沒好氣，「你說說，你家大姑娘是羞花閉月還是傾城傾國？將軍哪裡人？京城來的！年紀輕輕官居二品，在我大蕭國裡還有第二個嗎？多少達官貴人想攀他這門親，多少人家想把姑娘往他懷裡塞，什麼樣的美人他沒見過？他的事，坊間傳了不少，你可曾聽說過半點他貪色好淫的閒話？他來這兒是做什麼的？抗敵打仗的！有那閒功夫被你家姑娘勾搭嗎？再者說，要能撩撥上龍將軍，輪到你家姑娘？」

安之甫啞口無言，半點反駁不得。

「你莫多想，這事真是緊急軍務大事，關乎南秦，關乎叛國之事，旁的我不能與你多說，你只需知道，姚大人相當重視。你家大姑娘有用處，是好事。這婚事呢，大人也不會為難你，已去請了錢老爺來，大家當面講清楚，你且等等吧。」

江鴻青說完，丟下安之甫走了。安之甫心慌意亂，想來想去，仍是覺得此事與他那批南秦玉石有關，很是後悔當初怎地沒問清楚錢裴究竟是用何手段取出了那批貨。若真是什麼叛國大罪，他如何擔得起？

安之甫把安平喚了進來，問他事情辦得如何。安平道已派人快馬加鞭去與錢老爺報信了，該是能趕在官府的人馬前頭。錢老爺辦那事時該是心裡有數，有應對之策的。總之，老爺要一口咬定不知發生過什麼便好。

安之甫吹鬍子瞪眼，他確是不知啊！

主僕二人在屋裡議論，未注意到屋外有人伏在窗外偷聽。
不一會兒，謝剛收到了消息，龍騰便也收到了消息。
安之甫的玉石生意有鬼，事情似是錢裴辦的。
這一夜很快便要過去，天邊泛起藍光，天快亮了。
姚昆在屋子裡走來走去，越等越是焦急。
江鴻青回來報：「錢老爺快到了，報信的先行快馬回來，說錢老爺的馬車在後頭。」
姚昆點點頭，問：「龍將軍那邊如何？」
「到安姑娘屋裡問過一次話，很快就出來了，沒什麼異常，而後便與謝大人、宗將軍一直在屋裡談事。我讓人以奉茶的名義進去幾回聽了幾耳朵，都是在談捉細作的對策。」
「嗯。」姚昆放下心來。特意讓龍騰他們另行擇屋休息，就是想著他們要有什麼旁的心思，私下裡才會說。如今看來，該是沒什麼問題了。
又等了一會兒，錢裴到了。錢裴大搖大擺地進得屋來，這裡雖是郡府衙門重地，面對的是太守，但他也毫不掩飾自己臉上的怒意。
「姚昆。」他直呼姚昆名字，問道：「這是鬧的什麼事？今日可是我的大好日子！」
姚昆皺起眉頭，按捺住心裡的不滿，將事情與他說了一遍。道為他說親的徐媒婆是細作，除她之外，城中還潛伏著其他人在為南秦刺探中蘭城的情報，安若晨不巧捲入了事件中，現在官府需要她協助軍方誘捕細作，是以婚事得取消。希望錢裴能以大局為重，向安家退親，這般對大家都簡單些。
錢裴黑著臉聽姚昆說完，冷哼道：「甭管是何理由，安若晨是我將過門的妻子，我三媒六聘禮數周全，你一堂堂太守，龍大堂堂護國大將軍，在她上花轎之前將人搶了去，還逼迫我退親，這還有王法嗎？這天底下，是你姚昆和他龍大將軍說了便算數嗎？」

錢裴語氣蠻橫，姚昆的火氣也上來了。

「錢裴，這些事情原是軍機要事，不得與外人道，看在是你，我才親自與你解釋。辦法我都想過了，她如常嫁你，之後再施計誘敵等等，但仔細商量，確有不便。那些細作個個精明，她嫁入福安縣後如何施為，行事稍不合理便惹細作疑心，她有性命之憂，你難道日子能好過嗎？這也是為了你好。讓你尋個理由主動退親，一來確保你顏面無傷，二來也是為了後續行事安排順利，三來保你錢家安寧。這道理明明白白，你只有好處，哪有壞處？」

「哈！」錢裴冷笑，「我只有好處？我哪來的好處？姚昆，你倒是越來越會說話了，黑的也能扯成白的。」他瞪著姚昆，想了想，忽然道：「這般吧，以你我的交情，我自然不會為難你，我幫了你這許多次，也不差這一回，但我娶妻可是大事，如今無緣無故的，我拿什麼理由退親？就讓安若晨今日照常與我成親，三日後，我將她休回安家便是。休妻之時，理由可是好找多了。」

姚昆臉一沉，簡直要怒到極點。這些年錢裴貪色好利，尤其淫色這事上真是造了不少孽，但他每每都把事情壓了下去，姚昆自己也就睜一眼閉一眼，心裡卻是厭惡反感。如今錢裴竟當著他的面提這要求，這些話說白了，就是他要把人家姑娘娶回去糟蹋三日，然後再破布一般丟出來，之後你們官府要用人也罷，不用人也罷，皆與他無關。

姚昆想起安若晨被打得那一身傷，心裡也是明白人家姑娘自然是極不願嫁給錢裴的，寧可以身犯險入軍效力，也不願嫁。且安若晨幾經艱難才來到他這衙門報案，卻半點沒提自己在家裡被毒打的委屈心酸，半點沒提錢裴的骯髒齷齪，錢裴卻是不顧他這太守的顏面，置大局於不顧，說出這等噁心話來。

姚昆再忍不住，喝道：「錢裴，你莫要太過分！你訂的這親，人人當熱鬧看，你當是件體面事不成？你的年數比那安之甫大出多少，你娶人家的女兒，合宜嗎？你不為自己想，不為人家姑娘想，你也為錢縣令想想，你一舉一動，大家都會算到錢縣令頭上，你莫要給你兒子招惹麻煩！」

錢裴冷笑，「大人是要嚇唬我嗎？莫拿我兒子說事兒，便說說大人自己吧。姚昆，沒有我錢裴，你能當上這平南郡太守嗎？你是怎麼爬上這位置的，你知我知。如今快二十年了，你太守當得太威風，忘了事了嗎？我這婚事不體面，你的婚事倒體面。你休掉髮妻，打發人家回了鄉下，之後娶了蒙太守的女兒為妻。你以為這些年裝得一副情深義重、道貌岸然的樣子來，從前的事便能一筆勾消了嗎？你那些齷齪事……」

「錢裴！」姚昆一拍桌子，怒火沖天喝阻他再往下說，好半天咬牙道：「你老糊塗了！」

錢裴瞇著眼盯著他看，沒半點打算屈服順從的樣子。

姚昆瞪了他半晌，說道：「我話是與你說清楚了，當如何處置，你自己好好想想。」言罷，拂袖而去。

房門「砰」一聲被重重關上，錢裴一臉鐵青，握緊了拳頭。

江鴻青一直在門外候著，隱隱聽得屋內有爭執之聲，面露憂心之色。見得姚昆出來，忙迎了上去。姚昆餘怒未消，停也不停，江鴻青跟在他身後。

屋裡屋外並無人注意屋頂上伏著一人，待下頭再無動靜，那人悄悄起身，遁影而去。

沒過一會兒，龍騰這屋的窗戶有人輕叩兩聲。

謝剛若無其事走到窗邊，看了看天上，「將軍，天就要亮了。」

「嗯。」龍大在屋裡應了一聲。

宗澤清也道：「竟然等了一夜，太守究竟辦得如何了？」他一邊大聲說，一邊打開了門。門外，兩名衛兵守門，而不遠處亦有兩位衙差時而立著，時而繞著屋子巡巡走走。見著宗澤清開門招手，忙過去問有何吩咐。

宗澤清道：「天都亮了，去問問姚大人事情如何，我們將軍還有事要辦的。」

衙差忙應了聲，藉機問了問各位大人還需要什麼，要不要先吃些早飯，一邊說話一邊看了眼屋內。屋內龍騰坐在桌旁，謝剛背對著窗戶，正跟龍騰有一搭沒一搭地說話，沒任何異樣。

宗澤清還真沒客氣，點了好些吃食，兩名衙差應聲退了下去。

宗澤清關上了門，謝剛離開了窗戶，窗戶下面一個人影悄然離開。衙差們路過屋側窗戶時，再往屋裡看了一眼，一切如常。

謝剛坐到桌邊，輕聲將剛才探子報的消息與龍騰稟了，末了道：「錢裴比我們預想得還要囂張。難道太守與他之間還有什麼隱情不成？」話說著，他看向了宗澤清，當初這些官商間的傳言八卦內裡關係可是宗澤清去探的。

姚昆二十四歲時經老師錢裴舉薦，得到當時平南郡太守蒙雲山的賞識，做了蒙太守的主薄。二十年前南秦與大蕭起了戰事，姚昆藉著錢裴在南秦的關係得了不少消息，向蒙太守獻了不少好計策，又立過兩次大功，那幾年著實出了不少風頭。後蒙太守遇刺身亡，姚昆抓住了刺客，毀掉了南秦最後一步棋，將兩國關係推上了和談桌，並臨危受命成了太守，一直做到了今日。

姚昆的政績、為人、行事作派，龍騰在赴中蘭城之前便了解明白，而姚昆於當地的這些事，他們初來時也是查得清楚。知道姚昆與錢裴的關係深厚，卻沒料到「深厚」到這般地步了。

宗澤清撇眉頭，「再有隱情，那也是太守，三品大官，他兒子還得在這平南郡當縣令，怎地敢如此妄為？但聽說錢世新對他父親也諸多不滿，宅中砌牆分院，各有大門出入。想來那錢裴老了老了，便肆無忌憚，全由著性子過，不管不顧了。我是聽說，他年輕時可不是這般。他飽讀詩書，滿腹經綸，可惜一直未考上功名。這人心高氣傲，自覺懷才不遇，二十歲時索性不再考了，到處遊歷，還去了南秦，一路結識了不少人。傳聞他在南秦憑才學博得幾位達官貴人的賞識，對他禮遇，饋贈財物奉送佳人。他在那兒教了幾年書，有了些聲望，而後想來是要爭回面子，便衣錦還鄉了。回到了福安縣，開了學館，又利用手中的南秦人脈，在平南郡牽線做了不少買賣，成了人人巴結的對象。他教學也是用心，門下的學生還真有不少考取了功名。他又是個有手腕的，於大蕭、南秦，甚至其他地方都有結交的貴人，當年可是平南郡裡頭頂頂大名的人物。也正因此，人也越發囂張無忌起來，漸漸不屑掩藏自己好色貪利的面目，越老越是荒誕。如今重名節聲譽的人，都不與他往來了，但錢裴的風光也只是當年之事，如今十幾二十年過去，太守掌著這平南郡，他竟也敢不給半分面子，忒糊塗了些。」

龍騰沒說話，面無表情，看不出心思，而宗澤清與謝剛皆習慣了龍騰這般，這表示他聽進去了，且覺得這事情確有些古怪。

不一會兒，早飯送來了，隨著早飯一起來的，還有姚昆。

姚昆過來與龍騰一起用膳，也說了說當前的情況。他道錢裴不願主動退親，為免事情鬧大，不該在錢裴那兒多費口舌，已讓江鴻青去與安之甫說，由安家出面退親便好。

安之甫這頭確實是聽江鴻青說這事。一聽得讓他退親，他心裡立時撥著算盤算起禮金婚事花銷等各種損失，再一想退親之後的各種後患，他小心翼翼道：「這個……不如讓錢老爺退親，我這邊應了便是。」錢裴退親的話，他也不算得罪他吧？

江鴻青瞪他，「你當我在與你商量嗎？這事辦得不妥當，你安家一身的麻煩，你怎麼不明白？你想想，你家大姑娘是細作之案的證人，她欲報官來著，卻被鎖在家中打斷了腿，你對外說是管教逃婚的女兒，誰知道是不是呢？是防她逃婚，還是防她向官府稟報細作之案啊？你家裡與細作有何關係？再有，城裡頭這麼多媒婆子，你哪個不用，為何就用了徐媒婆？徐媒婆與你家往來這麼多次，你對她的事一點都不知情？你家大姑娘可指認徐媒婆是細作，卻被囚被打，婚期莫名提前，而徐媒婆也自盡了斷，你自己想想，這細細審下去，你辯得清楚嗎？」

安之甫嚇得張大了嘴。

江鴻青壓低了聲音再道：「這段時日安老爺還是小心謹慎為好。你那玉石買賣靠的可是南秦國，這裡頭層層關係，弄不好便扯不乾淨了。你仔細想想，是不是這道理？」

這話正中安之甫軟肋，安之甫嚥了嚥唾沫，不敢出聲。

「莫計較小錢小利的，退了親，安大姑娘離了你們安家跟隨龍大將軍辦事，日後有麻煩，與你安府毫無關係，有功勞，那也是你安家出去的大姑娘不是？既撇清關係又能沾光，這難道不是好事？我正是念著與安老爺的交情才說這些。」江鴻青看準了安之甫的臉色，道：「你想想，將軍官銜品階可比姚大人還大上一級，又是領著皇命而來，姚大人都不會與他對著幹，他說要召你家姑娘效力，你不答應，這是不想要腦袋了嗎？」

安之甫慌忙道：「我可沒說不答應。將軍看上小女，這不是高興還來不及嗎？可是，這婚事，我如何與錢老爺說？」

「姚大人已與錢老爺說明白了，他知道發生了何事，婚事辦不成他也是曉得的，但我與你說實話，憑著姚大人與他的交情，姚大人是希望由他出面來退親將這事了結了。錢老爺要面子，說要再想一想。我這不趕緊來與你說，錢老爺身分與你不一般，他現在拖著不願退親，與你是有好處的。你想想，平南郡許多人都看錢老爺的臉色，他與你家二位姑娘訂了親，最後無論是什麼理由，突然說退便退了，外頭會怎麼猜測？不知道的，還道你家姑娘有什麼毛病。日後，你安家的姑娘想要再議親，便不好辦了。」

安之甫心裡咯噔一下，是這個道理。

「如今錢老爺拿喬，你得抓住機會，便說是家中四姑娘失蹤，大姑娘又成了重案的人證，這般拖下去，怕耽誤了錢老爺，故而先把親事退了。待日後時機合宜，錢老爺還有心與你做親家，事情再議。這般也留了活路，你看如何？」

安之甫聽得連連點頭。江鴻青趁熱打鐵，喚來一文書先生，當即備好筆墨紙硯，替安之甫寫好了退婚書。安之甫認真看了好幾遍，覺得無甚問題，簽了名字，按了手印。

江鴻青又拿了籍薄文書與安之甫，上頭已將安若晨從安家除籍，安之甫還待猶豫，江鴻青催促幾句。安之甫心一慌，也趕緊簽字按了手印。江鴻青滿意了，讓安之甫稍待，他將文書拿去辦，之後再過來安排。

安之甫在屋裡乾等著，越琢磨越覺得自己吃虧，但又覺得江鴻青說的有道理，總之遇上這糟心事，怎麼都是憋屈。想來想去，只恨安若晨，真是打她打得輕了，平白給他招了這些麻煩。得罪官府，得罪錢裴，丟了銀子，還沒了女兒。

安若晨被安排在一個廂房裡休息，她原是坐著等，但身上傷痛，人又疲累，終是熬不住，睡了過去。待龍騰過來要將人領走，看到的便是她緊鎖眉頭和衣蜷在床上的模樣。未等龍騰說話，看守安若晨的衙差便邁步上前，拍了安若晨幾下，「醒來，龍大將軍來了。」

安若晨迷迷糊糊，好一會兒沒動彈起來，衙差又推了她幾下。

龍騰背著手，板著臉看著。

宗澤清恐他不耐煩，忙上前拉了安若晨一把，將她扶了起來，「安姑娘，醒醒，該走了！」

安若晨適才還在夢中逃跑，腦子昏沉，下意識地問了句：「走哪兒去？」

宗澤清柔聲道：「紫雲樓啊，不會再讓妳回去受欺負了。醒了嗎？小心點，慢慢來。」宗澤清將安若晨扶好站穩，轉頭剛要對龍騰說好了，還沒開口，卻見龍騰一聲不吭轉身出去了。

宗澤清忙扶著安若晨跟在後頭，心裡對龍騰無半點憐香惜玉之心當真是不贊同。

走了一段路，安若晨徹底清醒過來了，她小聲問宗澤清：「宗將軍，事情辦妥了？」

「那當然。婚也退了，籍薄文書也辦好了。太守那頭與妳家裡都說好了，錢裴也沒辦法再來找妳麻煩，從今往後妳就替龍將軍辦事。妳不必擔心，雖然龍將軍嚴厲些，但對人還是好的……」

話未說完，就聽安若晨驚喜叫道：「多謝將軍！」一邊說一邊撲通猛地跪下了，「將軍大恩大德，民女哪怕豁出性命也會相報，民女給將軍磕頭。」

宗澤清嚇一跳，很不好意思，伸手要扶她起來，「哪有這般嚴重……」等等，這磕頭的方向不對。宗澤清順著這方向看過去，安若晨行禮的正面，是一臉嚴肅的龍騰。他背著手站在安若晨的面前，受了她的禮。

宗澤清把手縮了回來，也學著龍騰背手。不是對他這將軍磕的，他就別幫別的將軍客氣了。

「起來吧。」那位「別的將軍」道。

「是。」安若晨應了，卻伏在地上半天沒動。

「怎麼？」那位「別的將軍」問。

安若晨不能不答，尷尬抬頭，臉皺成一團，臊紅了臉小聲道：「容民女緩一緩。」

宗澤清愣了愣，哈哈大笑，笑得彎了腰。跪太急，把自己硌著了，竟一時起不了身嗎？太好笑了……呃，安若晨哀怨地看著他，龍騰嚴肅地瞪著他，謝剛鄙視地盯著他。宗澤清的笑僵在臉上，噎了回去。他摸摸鼻子，把安若晨小心扶了起來，「好了，妳說妳怎麼就這麼笨呢？高興歸高興，也該矜持些，莫要太激動，妳忘了妳身上有傷嗎？」

龍騰板著臉轉身又走了。

宗澤清還嘮叨：「妳也不替妳這傷腿想想，妳跪謝剛的時候，也是太利索動作太快了……」

「關我什麼事？」謝剛打斷他。

「沒說你的事啊！」宗澤清跟他講道理，「說的是安姑娘的腿。」

「閉嘴！」謝剛再次打斷他。

「你這人太不友善了。」宗澤清批評他，又對安若晨道：「其實他的心是好的。」

謝剛簡直沒耳聽，轉身也走了。

「以後妳就知道了，他們就是嚴肅些，其實人不壞。」宗澤清扶著安若晨慢慢走。

走了一會兒，安若晨忽然問：「宗將軍，我爹爹還在這兒嗎？我能見見他嗎？」

「見他做什麼？」宗澤清話音剛落，就見前面的龍騰回頭道：「妳先到馬車那兒等著。」然後轉頭喚來衛軍，讓他去叫人。

宗澤清與安若晨耳語：「龍將軍的耳朵挺尖的吧？」

安若晨尷尬得不知如何答。

「怎麼？不用怕。耳聰目明不是壞話，這是誇將軍。」宗澤清振振有詞，期待安若晨接話。

龍騰嚴肅替安若晨回：「她不怕，她只是聽從了你的勸告，在矜持。」

「……」安若晨的臉漲得通紅。

「……」宗澤清思索著將軍突然發作得沒由來不正經，是調戲他還是調戲安姑娘呢？想來是調戲他的，安姑娘是女的，將軍不懂得調戲。

「所以妳究竟想見妳爹做什麼？」宗澤清決定先先滿足自己的好奇心。

安若晨挺了挺背脊，誠懇答：「畢竟是親生父親，總要當面告個別的。」

不一會兒，安之甫來了，當著龍騰的面見著女兒，話也不知該怎麼說。想問不能問，想罵罵不了，想打不敢打，倒是安若晨一瘸一拐地走過去，站在了安之甫的面前，柔聲道：「爹爹，女兒不孝，女兒走了。」

宗澤清嘆氣，覺得安若晨實在太心慈軟弱了，安之甫這般對她，她卻還惦記著自己不孝。

「以後你想打女兒就打不著了。」安若晨繼續柔聲道：「你很生氣吧？氣便氣吧，生氣死得快些。你莫忘了你是如何對娘的，我只盼著你也能經歷與她一般的苦楚。可你沒良心，沒良心的人怎麼會感受到那些苦呢？不過沒關係，女兒不孝，女兒必會想法子讓你苦的。」

宗澤清差點被口水嗆著，而安之甫臉黑如炭，氣得直噴粗氣。雖是氣到極點，但他還不失理智，還記得偷看龍大將軍。龍騰站在安若晨身後不遠，雙臂抱胸，一派悠哉安然的樣子正看著他，擺明在為安若晨撐腰。

安之甫又怒又驚，想不通到底發生了什麼事。他實在是不甘心，壓低了聲音狠道：「妳莫得意，再怎麼說，妳都是我女兒，總歸要回來的，妳且等著。」

安若晨仍是細聲細語：「等著我回去好收拾我嗎？安老爺也等著好了，我們一言為定。」

安若晨直視安之甫的眼睛，看著他的憤怒、不甘、疑惑，她微笑地後退了一步，揚聲道：「將軍，我與爹爹道別好了。」

「走。」龍騰言簡意賅。有衛兵過來，扶安若晨上了馬車，一行人很快揚長而去。

安之甫站在那處，看著他們的背影，一口老血差點嘔了出來。

安平領著僕役來接安之甫，道：「老爺，錢老爺已經回他在中蘭的府宅了。聽說怒氣沖沖，砸了好些東西。」

安之甫嚇得一震，家也不敢回，先奔中蘭城的錢府而去。

到了錢裴府外，吃了閉門羹。安之甫心知錢裴定是惱他退親，但他不退不成啊，這不是急巴巴來賠罪了。安之甫又求見了管事，好話說盡，讓其幫著轉告錢裴，並說下午再來拜訪。

折騰了一圈，安之甫回到家裡，各房全都沒睡，聽得安之甫回來，皆欲來打聽，卻被譚氏趕回各院。譚氏自己張羅服伺安之甫用飯補眠，趁機細細問了一番。聽得事由，大驚失色。

安之甫也說不清內裡細節，只知衙門那頭囑咐了，安若晨的事不能往外說，免得阻礙將軍擒賊，而眼下最緊要的是要安撫好錢裴，不然日後的各處買賣可是會處處絆腳。他讓譚氏準備些禮，還有那些退聘諸事，讓譚氏把媒婆子叫來好好張羅，務必辦周全了。

譚氏忙回院中召來婆子丫頭一通忙，拿庫房單子挑禮，差人去請媒婆，又遣了人即刻快馬前去福安縣她娘家裡報信，好讓娘家幫著留心錢府的動靜。

安若希這晚也沒睡踏實，聽得爹爹回來也趕緊起身，見母親忙碌便在一旁守著，細細聽究竟發生了什麼。直到譚氏張羅得差不多，這才得閒與女兒交代。

安若希聽罷，驚出一身冷汗，「大姊的婚事退了？那四妹呢？」

「芳兒人都不曉得在哪兒。妳爹說了，退婚書上便是以家中出事不能耽誤錢老爺為由寫的，自然是一併退了，但怕得罪錢老爺，寫的親事日後再相議，也算留了個活路。」

安若希臉色慘白，留了活路，誰的活路？「娘，不會重新再結親，讓我嫁過去吧？」

譚氏頓了頓，沒即刻回答。

安若希急得抓住譚氏的手，「娘，不會為了讓錢老爺息怒，讓我嫁吧？那錢老爺被大姊耍了一把，四妹又不見了，定是積了一肚子氣，若是讓我嫁過去，他會把氣全撒我身上，我哪還有命在？」就算有命在，那也是生不如死。她不要嫁給那錢老頭，死也不要！

「說的什麼糊塗話？」譚氏拍拍女兒的手背，「妳爹爹還未見著錢老爺的面，什麼都未曾談，沒說讓妳嫁。再者說，妳爹爹又不傻，事情鬧成這樣，哪有再換個女兒結親的道理，這不是讓人笑話嗎？」

安若希心跳得快，有些不信。是會讓人笑話，但爹爹是不懼讓人笑話的，爹爹只懼得罪貴人，往後討不著好了。

安若希還待再說什麼，卻被譚氏板著臉趕回去。

安若希回到屋裡越想越慌，越想越怕，撲到床上痛哭起來。

陸之章◆誘敵

安若晨坐在馬車上，隨著馬車晃啊晃，她想著安若芳，若是當初她沒有叫四妹逃，現在會如何？她要找到她，她答應過四妹，只要她活著，就一定會相見。

安若晨閉著眼，想著念著，神志有些恍惚起來，似夢非夢，彷彿回到了與四妹分別的那一天，她隔著窗紙上的小孔，看到四妹含淚的眼睛……

正與妹妹說著話，忽覺山搖地動……「咚」一聲，安若晨額前一痛，清醒過來，她摔倒了。

安若晨眨了眨眼睛，疼得齜牙，有些不想動，忽而反應過來，一抬頭，看到馬車門開著，龍大站在門外看著她，而她，正以跪姿伏在馬車裡。

「我……我方才不小心睡著了。」最後三個字細如蚊吟，安若晨尷尬得臉通紅。

「姑娘睡姿頗是辛苦。」龍騰一本正經道。

「明顯是摔著了。」宗澤清不知從哪裡擠了出來，「到了，下車吧。」一邊說一邊伸手去扶安若晨。他自覺所有人裡，他與安若晨是最相熟的，他不照應著些，誰會照應呢？

果然龍騰又背著手轉身走了，宗澤清安撫地對安若晨笑笑，將她扶下馬車。

管事早為安若晨安置好房間，這會兒正候著欲領她過去。宗澤清跟在後頭，交代著安若晨在衙門治過了傷，但還是讓大夫來瞧瞧換個藥什麼的。她還沒吃早飯，吃過早飯可以睡一會兒，方才累得馬車上都睡得跪過去……

安若晨偷眼看看左右，龍騰遠遠走在前頭，謝剛不見了蹤影。怎麼不來個人讓宗將軍的嘴歇一歇呢，什麼叫她睡得跪過去？安若晨忍不住嘆了口氣。

宗澤清聽她嘆氣，趕緊安慰：「莫傷懷，雖是離了家，但這處無人打妳罵妳，為將軍辦事可能會辛苦些，也比嫁給錢裴強。啊，妳是不是腿疼走不得？」趕緊將她一把扶上，「妳看，男女授受不親，我也不好背妳，將軍都在步行，自然也不能命人抬妳，我們這兒也沒有軟轎……」

話未說完，管事與龍騰同時停下。

轉過身來，管事默默遞給安若晨一根拐杖。宗澤清一愣，厲害啊，不愧是方管事，哪兒變出來的，難不成剛才有個小僕奔過來是送這個的？還有，將軍大人，你背著手這麼嚴肅是何意？安姑娘走不快，真不能怪她。

龍騰板著臉問：「腿疼嗎？」

宗澤清趕緊給安若晨眼神安慰：不用怕，將軍問話向來這腔調。

安若晨不由得挺直背脊，也一臉嚴肅答：「回將軍，不疼。」

「耳朵疼嗎？」

安若晨一愣，臉通紅，小聲應：「不疼。」

龍騰擻眉頭，似乎對她的答案不滿意。

宗澤清在一旁幫腔：「得與將軍說實話，妳的腿傷成這樣，焉有不疼之理？耳朵疼不疼……」等等，他也反應過來了，是在說他聒噪嗎？

龍騰面無表情看他一眼，然後接著轉身走。

宗澤清的臉垮下來。將軍，你這樣調侃手下的得力大將真的合適嗎？還是在安姑娘面前！那他今後如何立威，如何教導安姑娘？

宗澤清清清喉嚨，若無其事解釋道：「龍大將軍就是喜歡開玩笑。他性子其實頗是活潑，就是隱藏得深些。」

前頭的管事猛地咳了幾聲，似嗆到了。安若晨笑了起來，宗將軍才是真活潑啊！

安若晨的居處是個獨立小院，只有三個房間，管事撥了兩個丫頭照顧她起居。安若晨進得屋裡，看到桌上放了滿滿三大疊卷宗。

龍騰吩咐：「妳這幾日吃飯睡覺養傷，把這些卷宗看完。」

任務頗重。

「這裡頭是徐媒婆的所有資料和我們查探到的她操辦過的婚親事宜。」謝剛道：「妳熟讀後，從裡面挑些妳覺得可疑的人來。」

安若晨忙點頭應好。

「謝剛將教妳如何應對各種狀況，如何分辨情勢，如何看人臉色，如何刺探消息。之後我會考考妳，若覺得妳能勝任，方會放妳出去辦案。」

要是覺得她不行會如何？安若晨沒敢問。

龍騰的囑咐簡潔，走得也很是乾脆。謝剛公事公辦，交代清楚後也未久留。宗澤清拖逕些，安慰了好幾句。安若晨忽然想起老奶娘，便拜託他幫忙傳個話。

「我老奶娘姓宋，原是我娘的奶娘，陪嫁過來的。她與安府並無賣身契，不從安府領月錢，依律隨時可以離開。她說過待我嫁了她便回老家養老去，若是宗將軍這兩日有機會去安府，煩請告訴奶娘，我無事，讓她安心回去吧。我爹這段時日想來會憂心如何讓錢裴息怒，顧不上家裡的事，讓奶娘快些走，莫要被遷怒了才好。」

宗澤清一口應承下來。

安之甫確是一心惦記著讓錢裴息怒，回家補眠也未睡踏實。起來後火急火燎，將安平、譚氏和安榮貴都喚了來，問事情辦得如何。

安平、譚氏回說退婚的事已經安排妥當，禮單聘金和各禮數等皆與媒婆對好了，今日便會安排人送去給錢府。給錢裴致歉的禮也準備好了，只是不曉得錢裴那頭的反應如何。

安榮貴也道，他都算清楚了，眼下玉石鋪子的生意穩當，那兩箱貨能撐得一陣子。反正南秦與大蕭的關貿還封著，倒還沒有求著錢裴的地方，該是還有時間慢慢將關係圓回來。

安之甫想著這事，又恨起安若晨來，「不知那丫頭究竟在衙門裡說了什麼，竟能讓太守大人與將軍都幫著她。她死便死了，莫要拖累我們才好。拿回貨的事，錢老爺不知用的是何手段，就怕那丫頭胡說八道，把這事牽扯進去。」

幾個人商討一番，安之甫將各房都叫了過來，只道安若晨被將軍召入軍中辦事，與錢府的婚事暫時作罷，又喝令全府上下管好嘴巴，若是聽得一字半句有關此事的猜測議論，定不輕饒。

安若希低著頭，面色慘白，想親口問爹爹與錢家是不是不會再議親了，卻不敢開口。倒是四房段氏聽說安若晨跟隨將軍走了，頓時尖叫：「那我女兒呢？芳兒呢？她在哪兒，在何處？安若晨那賤人不交代清楚，怎地就讓她走了？婚事作罷，竟然作罷？我的芳兒便是因為此事被安若晨哄騙走的，不是她幹的還有誰？憑什麼作罷？她就該嫁到錢府去，日日被那錢老爺凌虐鞭打才好！她當求生不得求死不能才對得起我！」

安之甫聽得此瘋言，火冒三丈，罵罵安若晨便罷了，怎地將錢裴也扯進去？若是教錢裴知道他府裡人這般說話，豈不是更惱他了？「胡說八道些什麼？妳給我閉嘴！」

段氏卻是不肯，繼續尖叫，撲向安之甫搖晃他的胳膊，「安若晨定不能這般便逍遙去了！老爺，你不能放過她！快些把她抓回來，讓她說出芳兒在哪兒，讓她嫁到錢老爺那兒去！讓錢老爺日日毒打她，不給她飯吃，不給她衣穿，把她賞給家丁僕役……」

「混帳東西！」安之甫一個耳光甩了過去，將段氏扇到了地上，「把她拖回她院裡去，她若再敢胡言亂語，便掌她的嘴！」

段氏似被打醒了，「哇」一聲哭了出來。她伏在地上，哭得上氣不接下氣，被兩個婆子過來架走也毫不掙扎，只嚎啕大哭，叫喊著：「芳兒，我的芳兒……」

安若希簌簌發抖，滿腦子都是段氏方才的話，只覺得恐怖至極。

安之甫帶著兒子安榮貴再次去了錢府欲賠罪，結果仍是被擋在了門外。理由是錢裴不在，上午便回福安縣去了。安之甫趕緊棄轎換了馬車，又奔福安縣去。

到了福安縣錢府，門房卻說老爺身體不適，不見客。安之甫又急又氣，卻發作不得。他心一橫，乾脆說在縣裡一客棧住下，待錢老爺稍晚好些了，他再來拜訪。

剛走出一段路，卻見一輛馬車駛了過來，上面錦帶幃幔裝飾，看著像是官家用的。安之甫與安榮貴忙退到路旁，豈料那馬車駛到他們近旁時停了下來，車簾撥開，露出張熟悉的臉，卻是福安縣縣令錢世新。

「安老爺。」錢世新三十七歲，知書達禮，溫文爾雅。任這福安縣令十餘年，勤政愛民，聲望很高，與他父親截然兩種名聲。

曾有百姓受錢裴之欺告到了錢世新處，錢世新還當真將錢裴提堂審了。事情最後是那百姓得了賠償，而錢世新因惱了錢裴的作為，與他分了家。一個大宅子硬是砌牆隔了兩半，一南一北各開大門。父子二人相聚，也得敲門串戶。

安之甫見過錢世新幾次，每次都沒說上幾句話。一來對方是官，正直的官，說話自帶一股官威，雖語氣溫和，但安之甫仍覺得有壓力。他還是更喜歡與那些能一起喝花酒談錢銀的人相處。二來錢世新與錢裴不和，這是所有人都知道的事。許多人在錢裴那處吃了虧也不敢到錢世新面前說去，因為得了一時痛快，回頭便會被錢裴以各種辦法收拾。安之甫雖有心巴結錢世新，但生怕說錯一句半句，把錢裴得罪了，故而有些疏離。

如今見得錢世新主動停車招呼，安之甫趕緊上前施禮，「見過錢大人。」

錢世新道：「我方從中蘭城回來，姚大人將事情與我說了。」

安之甫有些尷尬，只得點頭，「是，是。」

安之甫知道，自家女兒與錢裴訂親，錢世新是反對的。為此，錢世新還與錢裴起過爭執，但錢裴的事錢世新管不了，只得放下話來，婚禮他不會參加，日後亦不會管父親如何。錢世新從未與安之甫提過有關婚事的半個字，亦未把他當未來親家親戚。如今提到了，安之甫一時也不知該說什麼好。

「這不是壞事。」錢世新道：「如此了結也好。」

安之甫話都沒法接。

錢世新又問：「安老爺這是來找我父親？」

安之甫點頭應「是」。

「見著了嗎？」

安之甫尷尬得老臉沒處擺，硬著頭皮答：「來得不湊巧，錢老爺正休息著。」

錢世新看了看安之甫，再看看安榮貴，沉默了一會兒，道：「我父親有些老糊塗，若是辦了什麼不體面不妥當的事，安老爺便來與我說。這事可不是簡單的嫁娶安排，還關乎軍情要事，由不得我父親任性妄為。若是耽誤了軍機，後果可不得了，安老爺可明白？」

安之甫忙答應：「是，是，草民斷不敢耽誤了大人們的正事。」

「如此便好。」錢世新道：「我若去勸我父親，只怕會激得他故意添亂。安老爺與我父親頗有交情，那就有勞安老爺好好與他說說。若有何不妥的，便來告訴我。」

安之甫除了一個勁兒答「是」，也不知還能說些什麼。

錢世新再看安榮貴一眼，「安公子也明白了？」

安榮貴也趕緊應了。

錢世新對他們點點頭，放下車簾，命車夫駕車回衙門去。

待車子走遠了，安之甫父子倆同時鬆了一口氣。這可是把平南郡最重要的幾位大人都驚動了，錢裴這把年紀了，該也是識趣的，不會鬧了吧？

可安之甫沒想到，錢裴這一怒便怒了好幾天。待他願意見他們父子，已是四天後的事了。

這四天安之甫過得煎熬，天天登門，天天被攔在門外。想回中蘭城，又已放話會一直候著，不敢走。這天硬著頭皮又上門拜訪，門房報了之後，終於有人將他們領進了府內。

安之甫的心啊，簡直要念一百遍阿彌陀佛。

錢裴面露微笑，很是和善地見了他們，還問他們用過飯了沒。安之甫放下心來，看來錢裴是氣消了，能體諒他的難處。安之甫趕緊一陣客套，解釋說自己管教不嚴，沒料到會出這檔事，那日太守大人和主薄大人發了話，後面還有將軍壓著，他一個小老百姓實在不敢說不。

話沒說完就被錢裴打斷，錢裴道：「莫說這些煩心事了，過去便過去了，咱們還是喝點酒吃些菜，敘敘家常的好。」

安之甫連聲應好，錢裴命人在獸苑布上酒菜。

安之甫來過錢府多次，知道錢府比他的安府要大上許多，但在錢府觀過幾個院子聽過幾齣戲，卻未曾聽說「獸苑」這名字。他與安榮貴跟著錢裴到獸苑，只見綠樹蔥蔥，鮮花滿園，是個美景之地，但再往裡走，卻見院子中間有兩道鐵柵欄將院子隔成兩邊，很是詭異。

酒菜便擺在那鐵柵欄之旁，安之甫帶著安榮貴隨錢裴坐下。僕役給他們都倒了酒，錢裴讓安之甫莫客氣，自己先伸了筷子，喝酒吃菜，卻再不說話了。

氣氛很冷，安之甫父子不敢多言，坐那看著錢裴，等他發話。

錢裴又飲了一杯酒，忽然交代一旁的僕役：「去拿幾隻兔子來。」

僕役應聲退下，很快抬來一個籠子，籠子裡裝著兔子。

錢裴看了看兔籠，起身打開第一道鐵柵欄的門，然後開始敲柵欄。不一會兒，樹叢裡窸窸窣窣的響動，竟跑出一隻虎來。

安之甫嚇了一大跳，下意識往後一縮。

錢裴卻是笑了。他抓起一隻兔子，喀一聲徒手擰斷了其脖頸，然後不緊不慢走到第二道柵欄前，將兔子丟了進去。那虎很是興奮，撲上來一口咬上兔子，吃了起來。

錢裴待那虎吃得差不多，又丟進去一隻兔子。這次是活的。那兔子傻愣愣還未反應過來，就被虎一爪按住了。兔子雖掙扎想跑，卻還是被虎撕咬吞進了肚子。

錢裴回身看了一眼安家父子，微微一笑，「賢侄想不想試試？」

安榮貴看了安之甫一眼，應了好。

錢裴指了指兔子籠，一僕役抓出一隻兔子遞給安榮貴。安榮貴接過，學錢裴那般將兔子丟進了柵欄，可那隻兔子竟然機靈，一落地轉身便跑，跳了出來。安榮貴忙去抓，抓到了，他也想學錢裴那般擰兔子的脖頸，竟擰不斷，情急之下，他用力將兔子往地上摔去。兔子被摔傷，再跑不得。安榮貴大喜，再次將牠丟進了虎籠。

錢裴哈哈大笑，「兔子不過是隻兔子，縱有些小聰明又如何？折了腿斷了頸，最後只能被虎吞咬。賢侄機智果斷，日後大有可為。」

安之甫陪著笑，心裡非常緊張。

錢裴坐回桌旁，在僕役捧來的水盆裡淨了手，看著柵欄中大快朵頤的老虎，忽然問道：「四姑娘還未有消息吧？」

「是。」安之甫忙答：「已派人去找了。」

錢裴笑道：「說起來，大姑娘還當真是個人物，從前確是沒看出來。」

「是小女不懂事，我管教無方。」安之甫連聲賠不是：「是我們對不住錢老爺……」

錢裴擺擺手笑了笑，一副毫不怪罪的樣子，卻道：「有句話說，聰明反被聰明誤。」

這話頭轉得快，安之甫有些不明白。

「又有句話說，強龍壓不過地頭蛇。」錢裴抬手又飲了一杯酒，「將軍官職再大，也不過暫時守城而已，遲早是要走的。我們且忍一忍，無妨。婚事退了可以再訂，人走了可以再回來。」

「是，是。」安之甫驚疑不定，聽這意思，難道錢裴對這事還不死心？

錢裴又道：「莫以為他們當官的了不起。我就是不稀罕當這官，嫌累得慌，不然太守之位又怎麼會輪到他姚昆？」

安之甫不敢應聲了，這話也太出格了。

「安老爺若是站在我這邊，我自是會照應著安老爺，就像拿回那些貨一般，對我來說不是什麼難事，可安老爺若以為姚昆、龍騰能欺我，便不將我放眼裡……」

「不不不……」安之甫慌得直擺手，「我與錢老爺是一家人，這交情哪是旁人能比的？」

錢裴微笑道：「安老爺能如此想便好。既是一家人，那安老爺就安安心心做買賣賺錢，生意上的事有我照看著，安老爺定不會吃虧。我這人素來受不得欺負，也容不得他人欺負我自家人。」

安之甫點頭應著，暗暗心驚，原還想問取貨那事可留有後患，如今卻是半句也問不出口了。心裡慶幸自己處置得好，花費這許多時間終是見著錢裴解開怨結，不然若真被他記恨上了，怕是日後沒好日子過。

錢裴似是對安之甫態度很滿意，笑著道：「話又說回來，他們那計策挺好。」

安之甫乾笑著沒接話，沒明白什麼計策。

「細作。」錢裴冷笑著，話題一轉，道：「大姑娘定是知曉四姑娘的下落，我們盯著大姑娘，自然也就找到了四姑娘。他們不是說要靠大姑娘誘敵嗎？那若是大姑娘、四姑娘沒了，也定是細作幹的，與我們何干？」

安之甫正待附和點頭，忽然反應過來，頓時僵住了。

◆　◆　◆

安若晨初入紫雲樓數日，認真吃飯睡覺養傷看卷宗。謝剛來看望她時，頗為吃驚。短短三日，她竟是將所有卷宗看完了，還分類好了。

安若晨將她自己覺得沒有利用價值毫不可疑的人分了一堆，將有利用價值但覺得徐媒婆控制不了的人分了一堆，再有一堆是她覺得有利用價值而且也有可能被控制的人。謝剛翻了翻，問她最後一堆人是怎麼挑出來的。

「她們都有弱點。」安若晨道：「比如這位李秀兒，她是姜氏衣鋪老闆的二房小妾。她家裡只有寡母，身體不好。她入了姜家後不久，她母親便雇了個小丫頭照顧自己。姜老闆這人我見過，可不是什麼一擲千金的大方人，只是納個妾，會給李家多少錢銀？這裡寫著李秀兒父親於她八歲那年便過世，家裡沒有別的男丁，孤兒寡母過日子，能存下多少錢銀？但李家住的是新瓦房，又能請得小丫頭伺候起居，錢銀的來歷頗讓人猜疑。李秀兒只是妾，上頭還有正室壓著，想照應娘家，怕也有心無力。若我是徐媒婆，為她談了這門親，讓她不再受貧困之苦，還為她照顧好母親，她必會感恩戴德。如若她不聽話，她母親出了什麼意外，她又能如何？」

「可這李秀兒能有何用？」

「姜老闆手藝好，衣鋪子的生意一向紅火，許多官夫人大戶人家女眷都去那兒製過衣。

鋪子裡有雅間試衣，有茶點吃喝，有時聚了人也會說說各處閒話。姜老闆為人吝嗇，不願請太多夥計，有些製衣的活兒是他夫人在做，李秀兒幫著照應鋪子裡生意，接待各家夫人。想打聽什麼，想結交誰，也不是不可以的。」

謝剛笑了笑，心裡對安若晨甚是讚許。

「妳挑出這些人，只是妳認為有可能的，那妳可有確定的人選？」

「有的。」安若晨抽出一份，推至謝剛面前，「招福酒樓的老闆娘，趙佳華。」

謝剛低頭看了看那卷宗，目光閃了閃，笑問：「為何？」

「倒不是什麼特別的推斷，只是將軍從前給過提示。」

「龍將軍？提示過妳？」謝剛覺得有必要跟將軍大人聊一聊了，一邊囑咐他好好教導考驗安若晨，一邊自己偷偷放水指點，這可不行。

安若晨點頭，「誓眾大會後，姚大人因為謝金一案曾傳喚我至衙門問案。我出來經過招福酒樓時，龍將軍和宗將軍在那酒樓裡。宗將軍將我家管事支開，我得以見著了龍將軍。我原只是以為龍將軍隨便挑了那處地方見面，但我看完這些卷宗後，發現這酒樓的老闆娘也是徐媒婆給說的親。龍將軍說過，若我離開了中蘭城，他會安排消息給細作，讓細作以為我被將軍藏在城外某處，以此誘細作上勾。我猜，將軍需要傳遞消息，還要讓細作覺得可信，那定是要故作隱蔽卻又不小心遭了洩露。在我失蹤之前，曾經偷偷見過龍將軍，這事若是被有心人發現，消息便顯得真了。」

「……」謝剛覺得自己無話可說，跟將軍也不必聊了。

「招福酒樓離郡府衙門不遠，布置得雅致氣派，菜品一流，且有許多雅室，是談事的好地方，定會有不少官員出入。招福酒樓的後街，便是聚寶賭坊。徐媒婆的卷宗裡寫著，她是聚寶賭坊的常客。如此說來，她若想掩人耳目悄悄出入招福酒樓也不是難事。再加上將軍特意在那酒樓見我，我以此推斷，這招福酒樓的嫌疑是比別處都大些。」

安若晨說著看了看謝剛，「我想請教大人，單從資料和行事地點來看，趙佳華與別的姑娘差別不大，可大人們是如何鎖定她的？將軍選了招福酒樓，為何？」

謝剛撓撓鼻子，清了清喉嚨。因為趙佳華的身分被修改掩飾過，徐媒婆為她說親之時，向招福酒樓的劉老闆說了謊，為趙佳華編了個新身分。這份資料龍騰囑咐他抽了出來，所以在安若晨看來，趙佳華才與別的姑娘沒甚大差別，但這時候承認這一點有種被揭穿的尷尬。

龍騰剛從四夏江巡察回來，聽到謝剛所述，只是一笑，問：「她的傷勢可好些？」

「魏大夫說恢復得不錯，喝藥換藥都很配合，從不喊疼，是個堅強的姑娘，估計好好休養大半個月便能痊癒。只是她身上的疤痕重，怕是日後也無法完全消除。他說安姑娘自己似是不在意，沒問他這事，他也就沒特別提，怕惹她傷心。」

龍騰又問：「她這幾日除了看卷宗，還有何事嗎？」

「安姑娘掛心她妹妹。她說她四妹是個機靈的，雖然經的事少，但有主意，若至南城門的路途中有何意外，怎麼都該留下些線索。可安府也好，衙門也好，加上我們軍方探查，都未能找到任何線索。當日沿途沒人見到劫案，未見落單小姑娘掙扎叫喊。如今已過去七日，也未有人發現屍首報官，安姑娘疑心她四妹確是被細作所劫。畢竟徐媒婆死後，謝先生確有意圖向她下手。也許對方一直觀察監視著安府，見到她四妹逃家便將其劫走，綁作人質留個後手。」

龍騰搖頭，「這不像那謝先生的行事作派。綁個活口還得養著，且變數極大，他不會冒這般的風險。重要的是，安若芳逃家之時，她們姊妹是即將嫁入錢府的，謝先生可不會未卜先知安若晨能入紫雲樓來，除非……」他說到這兒頓了一頓。

「除非他們真的想讓安若晨替他們刺探福安縣的消息？」

「除非他們綁到安若芳之後，將計就計，用安若芳威脅安若晨，並協助她逃家，讓她半夜到衙門擊鼓報官，混進郡府或是紫雲樓，刺探比福安縣更有價值的消息。」

「……」謝剛愣了愣，有些驚訝，「難道將軍並不信任安姑娘？」

「你覺得她有多可信？」龍騰反問。

謝剛噎了噎。安若晨眼神清澈，態度誠懇，不卑不亢，有理有據，且對妹妹情深義重，但被龍騰這麼一問，他又有些猶豫起來。

安若晨表現得太聰明了，在衙門時那番話把太守都唬住，且她傷成那樣，獨自成功出逃的機會確實渺茫，可她竟然做到了。

謝剛皺了皺眉頭。若是安若芳早已被綁架，安若晨早已被細作控制，那她這一步棋走到如今，便是有人相助指點。她在太守面前戲演得好，自然也能在他們面前演得好。無論如何，她如今確是極自然地成功打入了紫雲樓內，進入了他們追捕細作的最核心隊伍裡。她甚至把可疑的人都挑出來，還特意提到他們已然布局欲對付的趙佳華。如若他們將布局計畫詳細告之她……

龍騰看著謝剛的表情，道：「所以你有沒有教她，莫要太張揚，聰明勁兒該藏的時候藏著點。否則容易適得其反，惹人猜疑。」

謝剛這才聽明白了，敢情剛才大將軍來了個離間計，而他差點中招。謝剛自省中，道：「未曾教導她這個，安姑娘從前養在深閨，不明白的事太多，我今日只講到細作慣用手段和上下線的接頭套路。」

龍騰點點頭，「如此，我去指點她一二好了，也不能教你累著。」

謝剛很努力才克制住臉上表情，這聽著怎麼這麼像找個藉口去會姑娘？將軍，這裡你最大，想見誰便見誰，找什麼藉口啊？

謝剛清了清喉嚨，一本正經道：「將軍不如明日再去，安姑娘今日很忙。」

龍騰微瞇眼看他。他去見安若晨還得排隊是吧？是這意思嗎？

謝剛愉快地說：「宗將軍日日探望安姑娘，這會兒應該就在她那兒。」

龍騰揚了揚眉。

此時的宗澤清打了一個大大的噴嚏。天氣還不錯，他也未覺得冷，這噴嚏打得莫名其妙。他揉了揉鼻子，領著安若晨繼續往前院的會客小廳行去。

這幾日安之甫不在，他找不到由頭進安府拜訪，且安府緊閉大門，嚴禁下人外出，看門房的臉色聽其言談，整個府裡風聲鶴唳，人人謹言慎行，說話都小聲了些。

宗澤清回來與安若晨說了，安若晨想了想，便又求宗澤清替她請陸大娘。陸大娘日日送菜，倒是有機會進得安府與老奶娘說上幾句話，現在陸大娘便在小廳裡等著。

宗澤清陪著安若晨過去，看著安若晨拄著拐走路穩當了許多，面色也好些了，不由多問了幾句她的傷情。正說著話，忽聽得有人輕咳，宗澤清一看，是謝剛與龍騰。

「將軍回來了？」宗澤清忙招呼。

安若晨彎腰施禮，「見過將軍。」

龍騰挑了挑眉，「安姑娘挺忙的。」

「還好還好，我正帶安姑娘去見陸大娘。」宗澤清熱情地幫安若晨應話，還把請陸大娘來的緣由說了，然後問：「將軍可有事吩咐？」

「無事。」龍騰答。

「那我們走了。」宗澤清言罷，看了看謝剛，「兄弟，你眼睛怎麼了？」

「無事。」謝剛對他微笑。

嗯，無事便好。宗澤清領著安若晨走了，龍騰若無其事也往前院方向而去，還能一路與謝剛商討南秦布兵情況意圖及細作的計策。

到了前院會客小廳，安若晨與陸大娘單獨說話，宗澤清不好意思在旁邊偷聽，遂到屋外遛達。這一遛達有些懵，怎地將軍與謝剛也在遛達？

蹭蹭蹭過去問候：「將軍。」

「嗯。」

「閒著？」

謝剛一陣狂咳。

屋子裡，安若晨與陸大娘寒喧問候了數句，然後說自己須留在紫雲樓一段時日，與錢府的婚約已然取消。她如今過得不錯，於安府內無別的牽掛，只有老奶娘讓她放心不下，她想請陸大娘幫她悄悄給老奶娘捎個話。就按從前的計畫，拿著母親給她的養老錢回老家去。

安若晨與陸大娘說完，從袖中掏出一小塊銀子，放在桌上推向陸大娘，「如今爹爹記恨著我，我不能回去親自與奶娘說這些，不然會給她招來麻煩。此事我實在無人可託付，只有拜託大娘了。」

陸大娘沒接銀子，卻是看了看窗外，輕聲問：「除了此事，姑娘可還有別的需要我幫忙？」

安若晨忙道：「大娘放心，只此事而已。只需告訴奶娘妳親眼見過我，我一切都好，讓她安心，勸她尋個機會離了安府。」

陸大娘點點頭，卻仍未拿那銀子。她道：「姑娘夜半拖著一身的傷到衙門擊鼓報官之事，我聽說了。安府裡大家諱莫如深，但總有人管不住嘴。衙門裡也有消息傳出來，坊間各種流言……」

安若晨忙道：「大娘，我不會拖累大娘，給大娘再惹什麼禍端，只是求大娘向我奶娘傳句話，讓她莫為我擔心。」

陸大娘不理安若晨的話，逕自往下說：「我聽說姑娘出逃時頗狼狽，出逃之前一直被鎖在屋裡，因著四姑娘失蹤之事，姑娘屋子被搜了個徹底，首飾之類的都被拿走，更別提留下什麼財物。如今聽姑娘這麼一說，就連姑娘最親近的奶娘都不知姑娘出逃計畫，那姑娘的錢銀……」

「是我預支的工錢。」安若晨觀察著陸大娘的神色，她似乎並無惡意，但安若晨有些不安。

她信任陸大娘，當初選中她幫她租屋，也是觀察許久才決定冒險。之後陸大娘辦事妥當，口風很嚴，從不多話，有何情況也會主動報信，讓她覺得沒有選錯人。上回她求陸大娘辦的是更麻煩的事，遞了銀子，她便願辦了。如今這不過傳個話的小事，陸大娘卻似有顧慮。安若晨在心裡快速盤算著。她看了窗外一眼，龍騰、謝剛和宗澤清站在遠處似在說話，視線雖不往這屋中瞧，但稍一轉頭，便能將她與陸大娘瞧個清楚。

「大娘。」安若晨向前傾了傾身子，離得陸大娘稍近。她猜陸大娘也許是顧忌這是軍中地盤，她輕聲道：「這銀子並無不妥，我答應為將軍辦事，是有工錢的。宗將軍知我身無分文，先借了我一些，日後我會還他。將軍們知曉我掛念奶娘，允了我找大娘幫忙。大娘拿了這錢銀，絕不會有麻煩。這事除了幾位將軍，並無其他人知曉。宗將軍請大娘過來，該也是避人耳目的。大娘見過我的事，不會外傳。」

陸大娘聽得她如此說，將銀子拿了過去，握在掌心。拳頭落回膝上，安若晨再看不到。

安若晨鬆了一口氣，道：「多謝大娘。」

「姑娘。」陸大娘沒接安若晨的客套，也沒打算告辭的模樣，她再看了看窗外，轉頭回來盯著安若晨，聲音又壓低了些：「姑娘該是知曉，我夫家是軍戶。我嫁給我家漢子，聚少離多，但他對我卻是極好。我們生了個兒子，他極歡喜，他說生兒子好，是護國的好材料。他還曾戲言，說他只是個伍長，但說不定咱們兒子能當上將軍。」陸大娘說到這裡，微笑起來，「這當然只是玩笑。我只是想說，別家我是不知道如何，軍戶是苦的，但我家漢子樂意，他以自己能為國效力為榮，就算只是小卒，他也自豪。我兒子也如此，他年紀小，卻隨他爹，模樣像，性子也像。那一年，他倆全沒能回來。別人都勸我，趁著有撫恤錢銀時，置辦嫁妝，再找個人家，不然後半輩子會孤苦。我們窮苦人，比不得貴夫人守節得名，還是要考慮生計。但我不，我自己也能過得好，我不能對不起我漢子。我也不怕事，只要是對的事，該幫便幫，該做便做。」

安若晨靜靜聽著，猜測著陸大娘話裡的意思，頗為感動。

「姑娘，上回租屋，我猜是姑娘自己要租的，我以為姑娘怕嫁後遭虐打，想留個後手，能有個容身之處。我收了姑娘的銀子，是想教姑娘安心，恐姑娘不信我會辦好，又託付別人。萬一別人到處去說，為姑娘惹了麻煩便不好了。」

「大娘。」安若晨眼眶發熱。

「我不為錢，那些銀子我分文未動。」陸大娘從桌下探過手來，握住安若晨放在膝上的手掌，塞過來一個布袋，「姑娘，妳是否有了麻煩？可是遭了逼迫？除了給妳奶娘傳個話，我還能為妳做什麼？我進紫雲樓一趟可不容易，姑娘有話不妨直說。」

安若晨鼻子一酸，她何德何能，總遇上這般良善的好人。

「大娘，這些銀子我不能拿。」她將布袋推回去，可陸大娘卻迅速縮回了手。

「拿著。無論如何，無錢銀傍身可不行。這些錢銀本就是姑娘的，如若……」陸大娘再悄悄看一眼窗外，「如若姑娘還打算離開或是找地方藏身，總是需要銀子打點。待姑娘的奶娘離了城，姑娘還能用什麼由頭讓我進來？總歸得想辦法讓自己好好的。」

安若晨用力眨了眨眼，忍住淚意，「大娘，將軍是好人。」她看向窗外，那三人仍在那兒說話，「他們只是碰巧在那兒敘話，並非想監視我。若當真防著我，會找人在暗處盯梢。」

陸大娘想了想，覺得有理，「姑娘如何到此處的，日後如何打算，可能與我說？」

安若晨搖頭，「大娘，說來話長，但大娘不必為我擔心。我在此處真的很好，將軍救了我，我會為將軍辦些事。我不會再逃，我妹妹不見了，我要找到她。」
「四姑娘？」
安若晨點頭。
陸大娘道：「那好，我也替姑娘留點心，若是探聽得四姑娘的消息，就來告之姑娘。」
安若晨感激道：「多謝大娘。」
「應該的。」陸大娘平靜回道：「當初姑娘救我一命，我原先不懂，後來有那許多事，我想想也就明白了。姑娘大恩，我記在心裡。」
安若晨的眼淚終於落下，「大娘。」她既是想通了所有事，就該明白陳姓屋主與她都是被她連累的，而她絲毫沒有怪罪她，還謝她救命之恩，「是我對不住妳。」
「不怪妳。」陸大娘道：「怨有頭債有主，是那些惡人做的惡事，與妳何干？」陸大娘頓了頓，問：「那些人是細作嗎？」
安若晨點頭。
「妳聽到了他們的祕密，是嗎？」
安若晨點頭。
陸大娘沉默片刻，道：「那我就不多說什麼了。我會找機會與妳奶娘說的，妳且放心。妳四妹的事，我也會幫忙留意。錢銀妳留著，妳孤身在此，身邊沒有幫手，誰知道日後會發生什麼，總要有些傍身之物才好。若有需要我的地方，妳再找我。我於這世上沒甚牽掛，可不怕麻煩。」
安若晨哽咽點頭。

陸大娘站起身來，向安若晨施了一禮，「姑娘，我家漢子是個粗人，但他說過，但凡重情重義的，雖是小卒，也頂天立地，我深以為是。我覺得，這話也可以說，但凡重情重義的，雖是女子，也頂天立地。妳不甘心婚事，妳敢逃，我佩服妳。妳半夜去敲鼓鳴冤，為找妹妹，我佩服妳。妳知曉陳老頭喪命，惦記著我的安危，想法找人救我，我感激妳。我祝妳一切安好，請多保重。」

安若晨聽得她這番話，淚灑衣襟，也起身鞠躬道：「大娘，我不如妳。」

陸大娘笑了笑，告辭離去。

宗澤清進得屋來，見安若晨站著，手裡拿著他借給她的碎銀。她將碎銀遞給他，眼眶裡還含著淚，卻在微笑，「宗將軍，我真幸運，我總是遇著好人。」

宗澤清愣了愣，原想讓安若晨將銀子留著，但龍騰在一旁盯著，他又不好意思起來。私下借點錢銀給個姑娘是一回事，當著別人的面給姑娘錢銀又是另一回事，確有不妥。

安若晨謝過他，又向龍騰、謝剛告辭，拄著拐杖走了。

宗澤清摸摸鼻子，握著那小塊碎銀，在龍騰的盯視下頗為尷尬，只得沒話找話：「將軍啊，你看安姑娘真是個沒出息的，別人幫她的忙不要她的銀子，她就覺得對方是好人了，這般沒心機，如何對付細作？」

龍騰沒回話。

謝剛道：「你這般的都當上將軍了，莫替安姑娘憂心吧。」

宗澤清瞪眼，「我怎地？我有勇有謀！」

謝剛微笑，「是啊，是啊！」

宗澤清不服氣，「你笑話誰呢？等著瞧，我定會將安姑娘調教成高手，一舉將細作拿下。」

謝剛繼續微笑，「看來得拜託宗將軍了。」

龍騰點點頭，然後背著手轉身走了。

謝剛待龍騰走遠，才驚訝道：「咦，將軍說要去教安姑娘如何對付細作，怎地不去了？」

宗澤清垮下臉，「等等，我被你陷害了嗎？」

「怎麼會？」謝剛一臉真誠，「你我可是好兄弟。」

宗澤清：「……」確定了，他肯定被陷害了。

第二日，龍騰去了城外軍營，安若晨沒見著他的面，只好繼續安靜養傷，認真學習。

安之甫與安榮貴回到家中那日，陸大娘見著了老奶娘。二人尋了個僻靜處細細說，老奶娘聽了陸大娘的話，老淚縱橫，直怪自己沒用，護不了自家姑娘。陸大娘趁機勸她速找機會離開，護好自己。

老奶娘垂首半晌，忽然道：「我啊，我從未曾想過女子能有抗命忤逆的出路。我家小姐嫁給安之甫，過得並不好，我勸她一要忍耐，二要拿出主母的威嚴來，這才能掌住大局，過得自在。但她忍不了，掌不住。我悄悄去請了大仙釘小人，欲幫她對付那幾個妾室狐媚子，可是無用，我家小姐最後抑鬱而終。我難過自責，卻也沒有任何法子。我從來沒想過會有別的路可走，大姑娘訂了親，我不敢跟小姐說，怕她九泉之下難過。我去廟裡燒香，咒那錢裴早死，又教大姑娘學學她那些姨娘的奸滑討好，起碼在錢府得活下去，忍耐幾年，莫攔著那老頭納妾收丫頭，隨他去，甚至還可以幫他多討幾房妾，他年數大了，越荒唐死得越早。我只想著這些……」她說到這兒，抹了抹淚，「我只道遇著了這種事只能如此，未曾想過大姑娘竟敢動別的主意。原來她從來就不打算屈服，什麼奸滑討好，什麼忍辱負重，我如今明白了，她願意如此，是為了走出另一條路。我未曾想過，不敢想過的另一條路。」

陸大娘嘆氣，「嬤嬤啊，如今說這些又有何用？大姑娘既是走出去了，便讓她去吧。她牽掛著妳，妳便教她安心吧。」

奶娘搖搖頭，「我呀，我一直說回鄉養老，可又哪裡走得了？我只盼能照顧大姑娘到老到死，這才對得起我家小姐。大姑娘總催我走，我以為她是不願我看到她嫁到錢府去傷心難過，如今知曉她竟是這般心思和膽略，我就更不能走了。」

陸大娘皺眉，「這話是如何說的？」

「妹子，大姑娘既是託付妳來，必是信得過妳。從前她總找妳說話，如今我也明白是怎麼回事了。我是個無用的人，所以大姑娘有主意也不與我說，她知道我定是會阻止她，會勸她勿魯莽勿多想，就像勸她娘一樣。她不想這般，她覺得靠不住我。」

陸大娘急道：「嬤嬤，大姑娘定不是這般想的，她是不願拖累妳，讓妳涉險。」

老奶娘搖頭，「毋須再安慰我了，我心裡明白。過去我想錯了，如今大姑娘逃了出去，我心裡高興得很。我呢，一把老骨頭，死不足惜，還養什麼老？我走了心裡也不安穩。我與妳說，安之甫那混帳東西心毒著呢，大姑娘這般逃了，還就在這城裡，他定是恨她的。他急巴巴去了福安縣見那錢裴，一待便是數日。這數日裡，他們可是商議了什麼？想怎麼對付大姑娘？我須得留在安府留心著消息，若他們企圖對大姑娘不利，我得給大姑娘報信。」

安之甫在福安縣確實是被錢裴交代了些事，在錢裴面前他應得爽快，但回到府後卻是越想越不踏實，當下召來了安平和譚氏商量。

原來在福安縣時，錢裴讓安之甫照著他擬的訴狀照抄了一份，說是眼前不是時機，但要留著日後告京狀用。他們安、錢兩家被姚昆和龍騰欺成這般，絕不能如此便了。

當時旁有猛虎，側有凶僕，面前是錢裴的微笑，安之甫哪敢說個「不」字，趕緊認認真真照著抄了，還按上了手印，可抄完想收起時，錢裴卻道還是放他那處，畢竟他識的人多，待時機合適時，他託人去告官更方便些。

安之甫回得家來細細琢磨，覺是這事是個隱患。就如同他那批玉石貨品似的，錢裴託的何人，辦的何事，他絲毫不知情，可訴狀是他寫的，手印是他蓋的，且告的還是太守和護國大將軍。錢裴會拿來怎麼用，從什麼路子往上告，誰人經手，他也不知道。他不過是個小老百姓，還想過安穩日子。大女兒他是恨的，可私下怎麼整治她是一回事，擺到檯面上與朝廷命官拚硬的，他又不是嫌命長了。

這事安平和譚氏聽了，也是驚得倒吸一口涼氣。

安榮貴在一旁道：「這事也是不得不為，當時那狀況，哪容得爹爹不寫？要我說，爹爹也不必太介懷。錢老爺只是留個後手，大概是賭了這口氣，想用這事氣氣太守大人，畢竟他與太守大人的交情不一般。這回被太守大人逼著退婚，他心裡不舒服，但要他真去告京狀，他是不會的。錢老爺經的事可比我們多多了，知道事情輕重。」

譚氏橫了兒子一眼，道：「他用這個威脅太守大人？我看是拿這個威脅著老爺。畢竟這次婚事是老爺退的，錢老爺心裡不痛快，又想防著日後老爺未與他商量又辦出什麼事來，於是拿著這把柄。若再惹他不順心，他便用這個給咱們安府招麻煩來。」

安之甫一震，終於反應過來心裡的不安是什麼了。對啊，玉石鋪子暫時是不發愁了，但這狀紙在錢裴手上，他便是穩穩被拿捏住了。狀紙不必遞到京城去，就是往太守大人面前一擺，就夠他安家好瞧的了。錢裴到時把自己撇得一乾二淨，說是他安之甫不安分，竟想狀告大人，而他做了好人將狀紙截下，屆時太守大人會站在哪邊壓根兒都不用猜。

安之甫急得坐不住，一屋子人暫時也沒想出什麼對策來。

安榮貴安慰道：「我們又不與錢老爺作對，他不會跟我們過不去。再者說，這狀要是真告了，他也脫不得干係。錢老爺可不是什麼清清白白的，嚴查起來，他的麻煩豈不是更大？想來只是他多心，想著手裡多個籌碼罷了。」

譚氏問：「除了寫這狀紙，錢老爺還說了什麼？」

「大多就是些賭氣話。」安之甫想著錢裴說的若是安若晨出了什麼事，便是細作幹的，與他們無關等等，背脊有些發涼。他不會真的是那個意思吧？這些還是莫張揚，萬一真有什麼，他們安家得撇清關係，知道的人越少麻煩就越小。

安之甫看了安榮貴一眼，安榮貴抿著嘴沒說話。在路上安之甫交代了他好幾回，錢裴的那些狠話都別往外說，就是在自家裡也別多說。安榮貴看了安之甫盯他的那一眼，便知又是在警告他。

安之甫問：「這幾日衙門和將軍那頭可有何動靜？安若晨那賤人回來鬧過嗎？」

安平回話：「宗將軍來探望過，老爺不在，他便走了，沒說什麼。我去衙門打聽了，太守大人正忙著審別的案子，沒再提大姑娘的事。紫雲樓那頭我轉了兩圈，那兒衛兵把守，出入均是軍爺。沒見著普通僕役，不好打聽。」

安之甫道：「那賤人雖可恨，但我們不能與她鬧得太僵，錢老爺的意思也是如此。」

譚氏忍不住搶話：「錢老爺不敢與她鬧僵，那還是忌憚龍大將軍。那讓老爺寫的那份狀紙，擺明就是威脅我們安家啊！」

安榮貴急了，「娘，錢老爺可不是這意思……」

「瞎說什麼！」安之甫瞪了安榮貴一眼，轉向譚氏道：「當初那賤人一副膽戰心驚不敢不聽話的模樣，誰知道背後竟藏了手段，把龍將軍和太守大人都哄住了。如今我們還摸不著她的底，誰知道她還會如何，犯不上為了她把將軍和太守大人都得罪了。現在事情鬧成這樣，怎麼都得圓回來。妳且找個機會去紫雲樓將軍衙府那兒，見一見那賤人，就說畢竟是一家人，她過得好不好，我們也是惦記的。事到如今，不會再怪她了。她為將軍效力，我們全家也跟著沾光。若她需要家裡幫著做什麼，儘管開口。婚事已經取消，就這麼過去了。便說我好說歹說，將錢老爺那邊也說通了，沒人會把這事放心上，讓她安心。」

譚氏越聽眉頭皺得更緊，這不是讓她去拍安若晨那賤人的馬屁嗎？

安之甫又道：「不過，妳這麼去怕是見不著她。過兩天我把宗將軍請來，讓他幫忙從中調解，安排妳們兩人見個面。」

譚氏緊抿著嘴，非常不痛快。這連怎麼求人安排見面都想著了，是非讓她去一趟不可了？

「老爺，」譚氏道：「我是樂意為老爺解憂的，可是這事讓我辦不合適。大姑娘在府裡時，百般看我不順眼。她娘去得早，我又是掌家的，管她管得多。這府裡，她最恨的怕就是我了，我去可沒用。」

安之甫瞪眼，「難不成我去？」想起在衙門裡被大女兒叫過去嘲諷，他就來氣。

譚氏垂了眼簾，知道這事段氏去不得，她去只能跟安若晨打起來，想說不然讓薛氏或廖氏去，但一想這般會惹來她們的恥笑。在家中被這些賤人背地裡嘲笑和去紫雲樓被安若晨譏諷一樣讓她噁心。譚氏咬了咬牙，不說話。

安之甫揮了揮手，道：「這事就這麼定了。妳讓妳娘家那頭與錢府走動走動，探探他告京狀的口風。安平，你也留意著衙門那頭的動靜，多打點打點，有何麻煩事咱們得提前知道。」

大家都應下，安之甫讓他們出去，留下了安榮貴單獨說話。

譚氏回了院子，越想越覺得有氣，忽想到方才兒子說了一半被打斷了話，覺得這裡頭定還有事。安若希聽得母親回來，趕緊來請安，探問爹爹在錢裴那頭談的何事。

譚氏正惱怒中，很是不耐煩，「錢老爺沒讓妳爹再嫁女兒過去，妳究竟要問幾遍？有事難道我不會告訴妳嗎？我是妳娘，還能害妳不成。」

安若希不敢應聲，又聽譚氏在那兒罵：「讓我去受那賤人的氣，呸！」

安若希忙討好地端了茶給譚氏，又幫她揉了揉肩，「娘莫生氣，是女兒不好。娘受委屈了？要受誰的氣？」

譚氏喝了幾口茶，思緒順了順，忽然有了主意，轉頭看著安若希，正待開口，卻聽屋外丫頭叫道：「大公子來了。」

安榮貴進來，譚氏拉著他就問：「你方才在書房那兒想說什麼？錢老爺不是那意思，那是什麼意思？」

安榮貴坐下，喝了杯安若希倒的茶，屏退跟進屋來伺候的丫頭，這才道：「才被爹爹又教訓了一頓，但這事關重大，我還是得跟娘商議商議。」言罷，看了安若希一眼，暗示著譚氏是不是讓妹妹也退下去。

安若希自然明白他的意思，但聽起來這事與他們去錢府有關，自然也就是與錢裴有關，那她哪裡肯走。安若希忙抱著譚氏的胳膊，挨著她坐下，「娘，女兒也聽聽，興許能幫上忙。」

譚氏也正有讓她幫忙的意思，遂對安榮貴道：「你便說吧。」

安榮貴看了看安若希，便將他們去錢府那幾日情況都說了，包括錢裴晾了他們幾日後，特意帶他們去了獸苑，在老虎的身邊吃飯，以及說的那些意味深長的話等等。

譚氏聽得一驚，「這般說來，那錢老爺還真是不懼將軍和太守大人嗎？」

安榮貴道：「懼不懼說不好，也不知是故意裝個樣子給我們瞧還是如何，但他嚥不下這口氣，想把四妹和大姊弄到手倒是真的。他不是說了，要盯著大姊找到四妹，且她倆出了什麼事，那便是細作幹的，與他與我們皆無干係。」

譚氏皺著眉，「那讓我們與安若晨那賤人不得翻臉，討好巴結，難道錢老爺是想藉由我們探聽那賤人的消息，將四姑娘找出來，日後好對她們下手？」

「雖是沒明說，但我覺得便是如此。」安榮貴道：「爹爹也正因此，才擔憂日後惹下禍端，一路琢磨，後與我說，這事誰人都不許說。我勸了爹爹，錢老爺那頭萬萬得罪不得。退婚一事已是對錢老爺重重羞辱，按他的脾氣，未曾報復我們，反而笑臉相迎，定是我們如今還有用處。我們得先順著他的意，反正與自家女兒接觸聯絡，合情合理，又不是什麼違律亂紀之事，說到哪兒去都不怕。若是日後錢老爺真要求我們做什麼出格之事，到時再議。再者說，咱家原先的生意，酒樓和貨行也就那樣了，往壞處想，若當真打起仗來，中蘭城不安穩，酒樓貨行哪裡有好生意？我們若是需遷往別處避戰亂，這些也帶不走。只有玉石買賣是穩的，能運走，且拿到任何一個郡都是搶手貨。錢老爺想穩住我們，我們自然也要穩住他。他辦他想辦的事，我們拿我們的好處。大姊黑了心腸竟敢不顧自家人的安危，我們又何必顧念她？她本就是該嫁給錢老爺的，錢老爺要對她如何，我們也不必管。」

「是這個理。」譚氏頻頻點頭。

安榮貴又道：「只是爹爹顧慮這個顧慮那個，還想著如何撇清關係，莫摻和到這事情裡。他也不想想，大姊逃了家，他把婚退了，錢老爺心裡記恨著，咱家哪能撇得出去？爹爹的意思，他是拉不下臉來見大姊，也不想見，怕招惹了過去，日後有什麼事，將軍和太守大人往他身上想，於是說想讓娘去見一見，大姊必會給娘不好看，娘受了氣，那也不必見第二回了。他便跟錢老爺回話說那賤人半點不念親情，與咱家決裂。咱家想了各種法子，也沒法與她再套得近乎，這事是辦不成了。」

譚氏皺眉，心裡又氣起來，老爺自己不願看那賤人臉色，把她推出去受辱倒是爽快。

安榮貴接著道：「我是想著，娘定是不樂意去見那賤人的，就算被爹逼著去了，怕也是會吵起來，那便正中爹的下懷了，但事情這般可對咱家有害無益，故而過來把事情與娘說明白。爹爹想著如何推拒錢老爺的要求，但娘想想，若連這事都辦不成，錢老爺要我們何用？狀紙他是拿到手了，咱家於他沒了別的用處，他還會照應著咱家？」

譚氏應道：「你說得在理，眼下咱們確是不能再得罪錢老爺。你爹就是這般，膽小怕事，他要是敢有作為，咱家如今就不是這境況了。話說回來，你爹有一點說對了，安若晨那賤人如今有將軍撐腰，定不會給我們好臉色看。無論是你爹去還是我去，怕都不成。」

安榮貴道：「也不是想著見一次面就能盡釋前嫌，當然也不可能忽地親近起來，只是表個態度示個軟，讓她放鬆戒心，還能與家裡往來。就算她說些難聽話，娘且忍一忍，只要能見上面說上話，日後也是有用處的。」

譚氏道：「我去是不成的，但是希兒可以。」

安若希愣住，譚氏與安榮貴都朝她看了過來。

「我？」

譚氏道：「妳們是姊妹，平日也有往來，妳不是常與她說話嗎？上回妳去紫雲樓拜訪將軍，不也是她陪著妳去的嗎？」譚氏說到這兒忽地一頓，「如今想來，妳是被她利用了。她去紫雲樓，是不是藉機勾搭上了將軍？妳在一旁，可見著有何異常？」

安若希下意識搖頭，心裡卻是飛快掠過在紫雲樓她忙著籠絡丫鬟時，有好一陣子沒見著大姊的身影。安若希再搖頭，「那日將軍並不在。」

譚氏也不在意，道：「莫管從前那些。妳去見她，她定不會對妳太防備。也不必討好她，瞧瞧她如今是何狀況，就如以往妳們那般說話便好，這樣她不會疑心。總之，能見上面說上話，日後往來的路未堵死就行。」

安若希心裡有些慌，她去見大姊，能說什麼？她平素未將大姊放在眼裡，說的話可沒多少中聽的。

安榮貴道：「也好。爹娘去找那賤人，確實不好圓話，姊姊去倒是個好主意。」

譚氏道：「那我一會兒就去找老爺說，待他請了宗將軍來，從宗將軍那處打聽打聽情況，瞧著機會給安排安排，讓希兒與那賤人見見面。」

「娘……」

安若希剛開口便被譚氏打斷。

「妳也不用急，妳爹約上宗將軍還需些時日，這幾日待為娘好好想想，會教妳如何對付那賤人的。」譚氏說著，瞧著兒子點頭後使了個眼色，譚氏便道：「好了，錢老爺那邊的事情就這樣了，妳安心吧。妳先回房去，我與榮貴再聊聊鋪子裡的事。」

安若希不得不把話嚥了回去，起身回自己屋子去了。

安若希慢吞吞走到屋外，越想越是心慌。她見到大姊能怎麼說，爹娘都曉得去了就是看大姊臉色的結果，換了她便能好？她當著大姊的面可不止一次說過幸而是大姊嫁過去，還嘲笑過大姊惦記別的男子癡心妄想。結果呢，人家現在不但退了婚，還巴結上了龍將軍。

安若希一咬牙，轉身往譚氏屋走，想與娘說自己去不了，自己也是把大姊得罪透了的。待走到門口，卻聽見譚氏的聲音道：「再用結親這招怕是不好使了。」

安若希頓時止住了腳步。

安榮貴道：「也未必真結親，就是表個態度。畢竟四妹跑了，大姊走了，這事情會在中蘭城裡傳開，說不得這幾日都傳遍整個平南郡了。錢老爺這人比爹爹還要面子，他若不整治我們安家一場，今後在外頭還如何立威？如今錢老爺還未動手，我們該速速表個姿態。狀紙寫了，也聽從他的意思假意去拉攏大姊了，但這些都是不能擺在檯面上的事，於他臉面來說無甚增光。我們吃點虧，再與他議議親，表明我們有誠意與他做一家人。他答應也罷，拒絕也罷，於外人面前都掙足了顏面，便能歡喜。」

「可哪有一家子姑娘全往一戶嫁的？這傳出去可不好聽。」

「要說不好聽，大姊幹的事才是不好聽，給咱們安家重重蒙羞。咱們與錢老爺訂了兩次親，全都黃了，大姊還在這中蘭城裡逍遙著，這難道還能好聽？正是因為大姊如此，我們善後補救，合情合理，誰也挑不出錯處來，反而顯得我們安家一諾千金。錢老爺未必會應承婚事，但我們提了，便是我們做周到了。錢老爺面上有光，日後有什麼事也好再相議不是？提了親後，不論錢老爺應不應承，若是姊與大姊見面也討不著好，被羞辱回來，那錢老爺也不好怪罪我們了。」

安若希心頭發冷，屏聲靜氣聽著屋裡的動靜。在片刻靜默後，她聽到譚氏道：「嗯，這也是個法子，顏面給錢老爺留足，日後事才好相議。」且不說夫家這頭，便是她娘家在福安縣，也是得仰靠錢裴的。

安若希閉了閉眼，只覺腦子裡嗡嗡作響，後頭屋裡再議什麼也聽不清。

安若希出得院門還有些恍惚，候在院裡等著她的丫頭梅香追上來伺候她回屋她也不理，只悶頭往前疾走。走了幾步猛地回頭，瞪著縮在院牆角落的老婦。那是安若晨的老奶娘，她就覺得似乎看到什麼人，原來真的有人。

老奶娘躲閃不及，見得被人發現了趕緊上前來，施了個禮問道：「二姑娘，聽說老爺回來了。老奴想打聽打聽我家大姑娘如何了？究竟是何狀況？」

安若希一肚子火正沒處發，見得安若晨身邊的人更是火冒三丈，大聲罵道：「她如何了？她好得很！全天下只那賤人好了，倒是把別人都禍害了去！」越說越怒，真想給這老奴才幾個耳光。

老奶娘見她表情凶狠，下意識退了幾步。

安若希握了握拳，再不理會老奶娘，拂袖而去。

之後兩日，安若希閉門不出，躺床上說自己不舒服。譚氏來看望她，她抱著譚氏撒嬌。譚氏一邊笑話她嬌氣一邊叫人請了大夫過來。大夫把了脈瞧不出什麼大毛病，只說氣血虛些，便開了補血氣的藥。

譚氏抱著女兒笑道：「妳小時候啊，女紅學不好，又聽女紅師傅誇妳三妹手巧，便不舒服起來，也是這般躺床上喊頭疼。娘知道，妳一著慌心裡有事便容易鬧毛病。傻孩子，有娘在呢，不用慌。是擔心去見妳大姊被她甩臉色嗎？妳是大姑娘了，妳有家有親人有娘在，她呢，脫了籍，寄人籬下，如何與妳比得？妳忍一時之氣，日後有的是好日子過。若她說話不中聽，妳不理她便是。娘日後定會收拾她，不讓妳受委屈。」

安若希閉著眼，悄聲問：「娘，妳一定會護著我，不讓別人欺負我，對吧？」

「那是自然，妳是我女兒。」譚氏撫著她的頭髮，「妳好好養身子，快些打起精神來。妳爹已經請著了宗將軍，後日他便來了。到時席上妳要多問問他安若晨的狀況，說妳對她極是掛心，想見一見。妳爹順水推舟，再請宗將軍幫忙安排，妳懂了嗎？」

「懂。」安若希閉著眼，輕聲應了。

待宗澤清來了，安之甫好一番招待，擺了好酒好肉，又請了樂師歌伶奏樂唱曲，譚氏、安榮貴、安若希都在席上作陪。安之甫向宗澤清探聽了安若晨在紫雲樓的狀況，詢問將軍的喜怒，言道自個兒平素管這大女兒有些嚴厲，後又鬧出四女兒失蹤的事來，對大女兒責罰得重了些，只怕她記恨在心，在將軍或是太守大人面前編排些不合適的話來。

宗澤清勸慰說不必多慮，其實無甚大事，安大姑娘是重要人證，怕有殺身之禍，若不將她轉到紫雲樓，也會拖累安府。如今她在紫雲樓養著傷，日日受著盤問，還真沒編派什麼話來。

聽起來安若晨過得並不怎麼好，譚氏心中稍寬慰。她對女兒使眼色，安若希忙問了些安若晨在紫雲樓的吃穿用度生活瑣事，她道自己頗是掛心，想去探望。

宗澤清很好說話，一口答應下來。

當日安若晨聽完宗澤清所述，道：「我二妹掛念我定不是真心的，也許有所圖。」

這個宗澤清自然明白，「那妳如何打算？」

打算嗎？安若晨覺得順水推舟見見安若希是好事。陸大娘說奶娘不願走，欲留在安府為她打探消息，若她自己能有打探的路子，奶娘便可安心離開吧？二妹背後雖是爹爹和譚氏在拿主意，但二妹這人的心思好猜，依她對二妹的了解，安若晨自認為還是能拿捏住她的。

於是，安若晨答道：「要問問將軍的意思才好……」

宗澤清爽快答應：「隨妳，想見便見見。」

「她是說問問我的意思。」窗外忽然冒出個聲音。

宗澤清轉頭一看，窗外站著的，正是某將軍大人。宗澤清垮臉看向安若晨，真的嗎？是問「彼將軍」不是「本將軍」嗎？安若晨回他個傻笑。她確實還有後半句「將軍何時回來」，但此時這境況，她不好抹宗澤清的面子。問哪個將軍都行，沒關係。

她這麼一笑，宗澤清也回龍騰一個微笑。安姑娘是問他的，他沒弄錯。

可龍騰仍問：「要問我什麼？」

將軍大人對認定的事真是執著啊，不過既然他官大好幾級，宗澤清覺得讓一讓將軍大人是應該的。不待安若晨開口，宗澤清便熱情地娓娓道來。龍騰安靜地看著他，宗澤清講著講著，覺得哪裡不對，趕緊快速進入尾聲，「好了，情況便是如此。」

龍騰還看著他，看了一會兒，轉頭看安若晨。

安若晨問：「將軍要進來說話嗎？」

宗澤清猛地反應過來，他把將軍大人晾在窗外了。

「快進來，快進來！」宗澤清熱情招呼，招呼完了又感覺不對，這是安姑娘的屋子，他幹麼擺出主人的架勢？宗澤清撓撓頭，不好意思對安若晨笑了笑，安若晨回他一笑。

龍騰看著他倆，不動聲色走進來，淡淡地道：「宗將軍數日不見，越發精神抖擻了。」

宗澤清繼續笑著，摸不清龍大將軍的意思，笑就對了。

「安姑娘看著氣色不錯，想來被照顧得好。」龍騰繼續道。

宗澤清趕緊拍馬屁：「將軍囑咐的事，末將自然全力以赴。」一邊說一邊努力回憶，將軍大人是有囑咐過他照顧安姑娘吧？

安若晨眨眨眼，龍將軍居然對她這般照應？趕緊向龍騰施禮，道：「多謝將軍。」

宗澤清在腦海裡搜尋記憶，糟糕，好像沒囑咐過。他轉頭看安若晨，安若晨也看他，接觸到他的目光，也對他行禮道：「多謝宗將軍。」

宗澤清擺擺手，故作謙遜，順便偷看龍騰。這天沒法聊下去，還是先開溜吧。

「我想起來有事未辦，先走了。」

宗澤清跑了，安若晨一頭霧水。

龍騰在方才宗澤清坐的椅子上坐下，安若晨不敢坐，恭敬站著。龍騰也不招呼她，只向桌上的茶壺伸出了手。

安若晨搶上前為龍騰倒了一杯茶，龍騰慢吞吞喝了，放下杯子，看向安若晨。

安若晨等了一會兒，不知道龍大將軍是何意思。她這段日子除了養傷，便是熟讀謝剛給的各類資料，並在他的指導下學習各種細作手段。她自覺學得挺好，謝剛都誇讚了她。她也沒犯什麼錯，在紫雲樓裡循規蹈矩，屋子都未出過幾回。龍大將軍不在，她覺得她應該沒什麼事惹他不歡喜才對。

嗯，她覺得龍騰不太歡喜。雖然此刻他沒甚表情，一如既往，但她就是察覺到了，他的心情不太好。

過了一會兒，龍騰終於開口，道：「傷如何了？」

「都好了。」安若晨恭敬答。

「妳二妹欲來拜訪之事，妳是何打算？」

「既是她有心，見見也是可以的。」

「既然自己有主意，為何說要問過我的意思？」

「我為將軍辦事，行事自然要聽從將軍囑咐。」

「見個妹妹多大的事，還聽我囑咐？那妳要見陸大娘之時，怎不來問問我的意思？」

安若晨噎住。

龍騰看看她，又道：「謝剛與我說，妳覺得自己準備妥當，可以出任務了。」

「是。」

「所以，見個妹妹這樣的小事，妳也說要聽聽將軍的意思，就是拐著彎想催我給吩咐，好讓妳出去，是嗎？」

安若晨臉一熱，確是如此。

「安姑娘，妳在本將軍身上動些狡猾的小念頭，可妥當？」

安若晨忙道：「是我不該，以後再不敢了。」

「我還真是想不出有妳不敢的事。」

「……」安若晨覺得今天將軍的脾氣有些大，真不是與將軍敘話的好日子。

「著急出去，是想自己去找妹妹？」

「是。」安若晨不敢找冠冕堂皇的理由，謝剛那邊的探子一直沒找到安若芳的行蹤，她心不安，雖知希望渺茫，自己去找也不會比探子強，但總還是希望能親力親為。

「妳覺得她被細作擄走的機會有多大？」

安若晨抿抿嘴，不語。

「妳明知不太可能。」

「總歸是有希望。」被細作擄走等著威脅她，總比已然喪命了強。

龍騰看著她，似是嘆了口氣，道：「妳坐下吧。」

安若晨坐下後，道：「將軍，魏大夫說我身體已無大礙，謝大人也覺得我學習頗有長進。」言下之意，她真的可以出去為將軍辦事了。

「是如何長進的？」

安若晨一愣，她狀況如何，謝剛定是詳稟了的，龍大將軍這般問，難不成還得讓她自己誇自己一番？

誇就誇唄！

安若晨清清喉嚨，說自己如何勤奮，各份資料皆爛熟於胸，還硬著頭皮誇張使用了「過目不忘」一詞。又說自己善於觀察，從小在家中看盡父親及姨娘們的臉色，又要從僕役丫頭神情態度判斷家中各房是否有事發生，所以練就一身察言觀色本領。再經謝大人一番指點，就更有精進。另外她會識人辨才，家中出入許多人，她獨獨相中陸大娘當幫手，事實也證明她的判斷沒錯，陸大娘確實靠得住。又道謝大人設計了許多事，也曾在院中安排一些人表現出某種狀況讓她暗中觀察，她十有八九都能判斷準確。還有細作們常用的暗號、常用的暗語、各種求救之法、如何在不同環境選擇退路等等，她都學了通透。其實也才學了數日，但她就是用了「通透」這詞。既是誇了，便往狠裡誇吧。

安若晨一邊厚臉皮猛誇自己一邊小心觀察著龍騰，待她誇完了，龍騰道：「安姑娘當真是不吝於對自己的讚美之意。」

聽起來龍將軍心情轉好了？安若晨正經應道：「句句屬實，自然問心無愧。」

龍騰笑了。這一笑，臉上硬板板的嚴肅盡數化開，似有溫暖微風拂進屋裡。安若晨正看著龍騰的眼睛，他笑起來時，眼睛有些彎，眼尾有一條細細的紋路，而他的聲音低沉，似帶笑意，又有些輕柔：「姑娘家如此厚顏，可妥當？」

安若晨的心怦怦跳，倏地垂下眼簾不敢再看他，臉熱了起來。

她抿緊嘴角，保持著端正姿態挺直坐著，努力表現出「問心無愧」的模樣來。

龍騰看著她，又笑了起來，道：「若是未曾臉紅，未曾躲閃目光，妳前頭的那番說辭便更有說服力了。安姑娘，顯然妳應付各類人物狀況的功力未達火候。」

「……」

安若晨抬眼，龍騰臉上已然又是正經模樣。

安若晨差點就要從一數到十以安穩情緒。將軍，您如此高深莫測可妥當？

安若晨定了定神，面不改色，鎮定自若地道：「民女受教了。將軍英明睿智，有將軍此番指點，民女定會更長進了。」

「嗯。」龍騰正經地點頭，「奉承的本領也莫輕忽了。」

「……」安若晨數到了五，繼續面不改色嚴肅道：「民女定當努力。」

「很好，那麼妳對宗將軍如何看？」

安若晨愣了愣，這話題轉得，她能對宗澤清如何看，這麼問的用意是什麼？

「宗將軍年輕有為，是國家棟樑之才。」

「他與妳相處得很不錯。」

「宗將軍熱心腸，善良耿直，我對宗將軍感激不盡。」

「嗯。」龍騰點點頭。

安若晨等著他繼續說，結果他沒話了。

安若晨等啊等，猜不透龍騰的心思，禁不住微微撇眉。

「安姑娘頗沉不住氣啊！」

安若晨忙端正臉色，「將軍批評的是。」

「我瞧著宗將軍對妳頗是歡喜，妳如何看？」
安若晨有些傻眼，這考題難度越來越大了，「我對宗將軍感激不盡。」
「宗將軍還未娶妻。」
「……」這回安若晨傻眼的程度稍有加重。他未娶妻，與她何干？啊，對，不能臉紅，不能閃躲目光，剛才便是沉不住氣被將軍挑了毛病。安若晨穩重地直視龍騰，回道：「龍將軍對宗將軍的關懷，相信宗將軍必有體會，感恩在心。」
龍騰看著她，安若晨也在看他。將軍大人臉部表情似是放鬆了些，眼神柔軟，不似初進屋時的嚴厲。安若晨稍覺放心，龍將軍的心情好了些，定是對她的進步感到欣慰。
這時龍騰又說話了：「妳需要一個身分，不然在外頭沒法自圓其說，無法成事。」
安若晨精神一振，這般說是同意她出門了？
「妳自己覺得怎樣的身分合適？」
這個問題安若晨考慮過，忙答：「將軍，民女願為將軍效力。在紫雲樓裡，將軍還缺個後院管事嬤嬤。我雖年紀輕，但於家中也經了些教導，知道掌宅掌院的各項事，我識字，會算帳，懂調教下人，管事和婆子能辦的事，我都會辦。」
「嬤嬤？婆子？」
安若晨沒注意龍騰的表情，又道：「若我能為管事嬤嬤，便能以處置雜事採買等等的名目出門，能與丫鬟僕役市井各色人接觸，這樣便能給細作接近我的機會。我既是管事嬤嬤，細作才會認為我在後院有些權力，能打點處置各位大人的起居諸事，能接觸到情報，有利用的價值。」

安若晨頭頭是道地說著自己想好的說辭。什麼她使盡了法子，擺脫了婚約，成為細作案的人證，但如意算盤不好打，她能提供的線索太少，惹了將軍的不快，反而成了戴罪之身。她不能離開軍方監管，暫時又無甚大用處，為免被治罪，於是她主動請命幫著方管事做些雜事。她聰慧機靈，又曾居於大宅，懂得進退掌得瑣事，又會籠絡討好，終於得了大人們的信任。將軍允她有丫頭婆子伺候，將大人們的起居伺候等事交由她打點。雖成了下人身分，但安全無憂，她也頗是滿意，但這不是長久之計，她也需再做些妥當安排才好。

安若晨一口氣說完，小心看了看龍騰，再補一句：「當然了，這只是我自個兒的想法，一切還是聽從將軍的吩咐。」

結果龍騰很是爽快，「那行。從今日起，妳便是紫雲樓的管事。」嬷嬷婆子這些詞自動忽略掉，「我會讓方管事教妳打理樓中起居雜事，管理丫鬟僕役。軍務相關如衛兵安排、巡崗事務、軍報接送、衙堂案務等由李長史處置。若需後院管事配合的，妳需聽從他的嘱咐。」

「是。」安若晨大喜，心裡滿是獲得肯定的滿足。

「待妳熟悉狀況後，我便將方管事遣回太守府去。」

安若晨稍一愣，很快反應過來，又應了「是」。

此舉是為了讓她的管事身分更可信，而且她也覺得龍騰並不全心信任太守府來的人。

「妳在外誘敵，需有人暗中護衛。這些我已交給蔣將軍辦，他會挑兩個人，平日裡隨妳出入，護妳安全。妳還需要有防身武器，在護衛無法及時援救妳時，妳得自救。另外，妳得練些拳腳，學些遁逃的本領，不然空有退路對策，卻無力施展，也是枉然。」

安若晨臉又熱了，知道龍騰是指她三番兩次逃家都不成功的糗事。

「將軍教訓得是，多謝將軍，民女……呃，奴婢定當努力。」

「奴婢？」龍騰挑高了眉毛。她還真是放得下身段，絲毫沒有大宅小姐的心理負擔。

「呃……小的？」安若晨回想安平在爹爹面前如何自稱，或者軍中得稱屬下？

龍騰眉毛挑得老高地看她。

安若晨漲紅了臉。好吧好吧，她也覺得自稱起這些稱呼怪彆扭的。

龍騰沒在稱呼這事上深究，轉了話題道：「除此之外，妳還需要明確任務的目的。」

「目的？就是查探細作線索，擒住謝先生，將他們一網打盡。」

龍騰點頭，卻問：「妳可知為何要查細作？」

這不是很簡單嗎？「細作窺探軍機，攪亂城中次序，危害百姓安危，將他們擒住能確保我方軍情安全，查探明白敵國策略，這般交戰之時方能取勝。」

「還有呢？」

「還事關國威，不可讓外族在我大蕭興風作浪。」就如同她爹爹行事一般，有時候不是賺錢銀的問題，是面子問題，安若晨覺得她懂。

可龍騰卻搖頭，「是為了阻止戰事。」

安若晨一愣。

「細作的作用有千百樣，不必我多說。不止兩國之事，就連兩家做生意買賣，也有互探消息，搶奪利益的，但兩國交戰與別的事皆不相同。一旦開戰，損兵折將，血流成河。不論輸贏，皆是以生命作為代價。鐵蹄所踏之處，百姓驚擾，再無安樂。安姑娘，妳務必記住，擒住細作，威懾敵國，便有機會阻止戰事。南秦耳目俱滅，又有把柄落在我大蕭手上，無論他們有什麼心思，都得謹慎處置，也許，這仗他們就不敢打了。」

安若晨有些驚訝，倒是沒曾想過這一層。

「安姑娘，身為武將，不是只管打仗，打勝仗，也要懾壓敵國，令其不敢來犯，如此才能保百姓安寧。這細作之事的重要性，妳可明白？」

「明白。」安若晨趕緊答。

「所以，妳的安危也罷，妳妹妹的安危也罷，從妳選擇助我誘捕細作以換取我相救那一刻起，便排在了細作之事的後頭，妳可明白？」

安若晨這時才明瞭龍騰與她說這番話的意圖，「我明白。」

「妳此刻雖是安全無憂，但實則前途未卜。一名年輕姑娘為軍中效力，擒捕細作之後何去何從，歸宿如何，我想妳也是焦慮的。」

安若晨咬咬唇，她確是不知道她未來能如何，打完仗後，龍大將軍必會領兵回京，就算她願意為奴為婢相報，人家也不一定願帶她走。況且，那時候四妹也不知有無消息，若仍是生死不明，她怎麼能走？

「車到山前必有路，我只想著把將軍囑咐的事辦好，順帶著找找妹妹。」

龍騰道：「我想與妳說的便是這個。車到山前必有路，但不是誰給的路妳都能走。妳誘敵之時，也必被敵方所誘，想想那些被徐媒婆控制的姑娘，哪一個不是如此？若是對方許妳前程未來，或是找了俊俏公子誘惑許妳終身，承諾妳一世安穩，又或是以妳性命相逼，讓妳反窺我大蕭軍中情報，我希望妳莫被沖昏頭腦，知道進退才好。」

安若晨嚇了一跳，撲通一聲跪下了，「將軍對我恩重如山，我對將軍自是忠心耿耿，斷不會被敵所誘，我以性命發誓！」

龍騰繼續道：「又或是他們真找著了妳妹妹，以妳妹妹的性命相逼……」

安若晨一愣，很快道：「無論他們做什麼，我都會向將軍如實稟報。我把自己的性命交到將軍手上，從前如此，以後亦是如此。我已愧對四妹，再不能愧對將軍大恩。況且我一弱女子，若無將軍相助，有了四妹的消息也無法將她救回。我雖愚笨，但絕不會做此傻事。」

龍騰看了她半晌，終於點頭，「很好，妳明白了這道理，知道輕重，那由妳誘擒細作之事，明日便開始吧。」

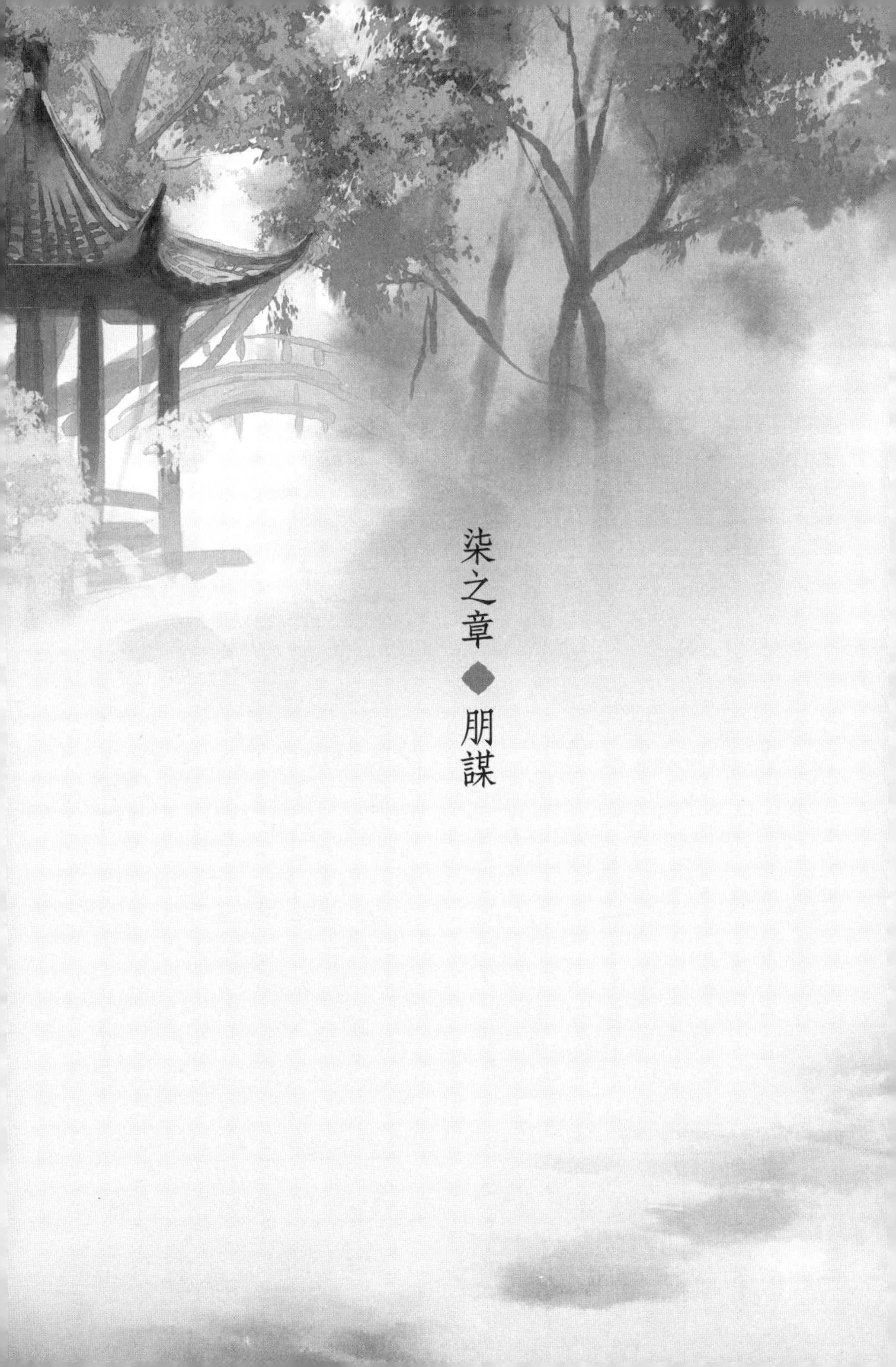

柒之章　朋謀

安若晨在坊間露面了，這個消息在中蘭城裡迅速傳開，街門巷尾人人熱議。

自安若晨半夜逃家擊鼓報案已經過去十日有餘。這十來日，全城好事之人已將此事討論了百八十遍，推測出了種種可能。聽說安大小姐是不堪被虐逃家的，向官府報的正是父親平素生意不乾淨的勾當，可惜拿不出實證，太守大人無奈只得將安之甫放走。又有說安若晨知曉了驚天大案的祕密，因而太守大人將她託付給了龍將軍放在紫雲樓裡保護起來。還有說安大姑娘心狠手辣，因與妹妹爭執，將其殺害，並毀屍滅跡，為脫罪企圖誣告安家管事，事情敗露，被關進大牢。甚至有說其實安家根本就與南秦有勾結，安之甫老爺利用女兒安若晨作南秦的探子，東窗事發，安若晨怕被滅口，於是跑到郡府衙門報案以求自保，最後被龍將軍關押在紫雲樓的牢獄裡……

種種傳言加起來夠讓說書先生說個一年半載的了。

只是外面胡亂猜測得熱鬧，卻沒人敢去衙門打聽，而安府這段時日府門緊閉，鋪子那頭生意照做，但夥計們三緘其口，一聽到關於東家大小姐的話題，立即成了聾子啞巴。

這般情況下，安若晨忽在市坊裡出現，還帶著丫鬟僕役，張羅紫雲樓的日常採買事務，一副掌家管事的主子氣派。各店家都在傳，他們清楚聽到丫鬟喚她……安管事。

消息很快傳到安府裡，安之甫氣得砸爛了好幾個花瓶，「賤人！丟人現眼！」

安管事？呸！花言巧語解了婚事，說什麼要協助軍方辦案，結果這才過了幾天，一轉眼成了紫雲樓的管事，還張揚得帶著奴僕穿街走巷顯擺，生怕別人不知道嗎？

安之甫踹飛一把椅子，猶不解氣。紫雲樓的管事？聽起來是個下人身分，但那可是紫雲樓，將軍府衙，龍大將軍的地方，太守大人上門都得提前打聲招呼的地方！

當初太守將府裡的二管事方元撥過去，大家都紛紛給方元塞了賀禮，安之甫也沒落下，備了禮送了過去。這可不是普通的下人，是打點著龍大將軍及各位軍中官爺的後院起居雜事，管著一眾奴僕，能在紫雲樓裡說話辦事的人物。

方元在太守府十餘年，做事周到，為人和善，雖只是二管事之位，但也是個說話有分量的人物。他出面辦事，人人看著姚昆的面，看著他方元的面，都給幾分方便。此次調到紫雲樓，人人皆道他行了大運，日後指不定被龍大將軍看上，提拔他，甚至帶他到京城去。結果呢，一轉眼的功夫，竟然就被他那個看著不中用的大女兒給一腳踢開，取而代之了？

安之甫又是怒又是驚。他不明白，安若晨不過女流之輩，究竟能做什麼？為何會有如此能耐？他有些不信，派了安平去打聽。

安平回來，說是太守府裡的人透了消息，安若晨果真是當上了紫雲樓的管事，方管事不多日便會回太守府來。紫雲樓那處的事，便全交給安姑娘打點了。

安之甫這才又想起安若晨那日在郡府衙門對他說的：「我們等著瞧。」

安之甫握緊了拳頭，他當這賤人說說而已，沒料到她竟敢這般公然給他不好看。他家的閨女，違抗他安排的婚事，好好的大小姐不做，好好的錢夫人不做，偏偏去做個下人。做下人便罷，還是個壓他一頭的下人。安之甫覺得這口氣憋在了胃裡，頂得他又噁心又難受。

偏偏這時候錢裴來了，他笑問安之甫：「聽說大姑娘出來走動了，還領著將軍衙府的下人。做不成安府大小姐，卻是更威風了，只不知她可有回來給安老爺請安？」

還請安？安之甫被激得怒罵：「那賤人敢再進我安家府門，我立時打斷她的腿！」

錢裴臉一沉，「安老爺倒是忘性大了，怎地將咱們議好的『以和為貴』忘了。」

錢裴語氣不重，但眼神犀利，讓安之甫想起了錢府獸苑裡的那隻虎。

「若是安老爺這般易忘事，我怕是不敢再與安老爺合作了。」

「哪裡哪裡，錢老爺勿擔憂，事情輕重緩急我是知道的。這不是錢老爺是自家人，我忍不住吐吐怨氣罷了。」安之甫慌忙道。

錢裴又微笑起來，「那也是的，心裡有怨在所難免，只是吐完了怨氣，該辦的事莫要忘了。大姑娘不上門請安，安老爺也得去她那兒聯絡聯絡，莫要太疏遠了才好，我這頭還等著安老爺的消息呢！」

「是，是。」安之甫忙說都安排好了。由二女兒安若希去聯絡姊妹情誼，無論如何，事情定會辦得妥當。一番說辭，就差拍胸脯寫字據了，錢裴這才滿意而去。

◆　◆　◆

在一棟二層小樓裡，安若晨小心觀察四周，趁著無人，潛進二樓一間屋內。屋裡陳設簡單，只一窄床和書桌，書桌放著幾本書冊。安若晨翻了翻，把書冊放回原位，正欲拉開抽屜時，聽得屋外過廊有腳步聲響。安若晨很緊張，加快了動作。

抽屜裡有些雜物，雜物下面掩著一本小冊子。

腳步聲停在了屋門口。

安若晨翻了翻冊子，裡頭列著好些人名位址及數字，正是她要找的東西。她將冊子塞進懷裡，一把推開了窗戶。

屋外的人開始推門。

安若晨踩上窗戶往外爬，攀到窗外時看了看，樓頂有上翹簷角可用。她一手攀著窗框一手抖出袖中的爪索，爪索飛向簷角，爪頭在簷角上繞了幾圈，捆住了。

屋外的人發現屋門從裡頭被扣住，開始用力撞門。

安若晨咬緊牙關，握緊爪索繩一拉，從窗戶前盪開了。

房門這時被撞開，屋裡除了洞開的窗戶，什麼異樣都沒有，來人朝窗戶走去。

安若晨被吊在樓角，抓著索繩努力向上爬，還沒爬上多少，兩隻胳膊已然無力。

當屋內人從窗戶探出頭來時，她尖叫一聲，失手摔了下去。

「撲」一聲，安若晨摔在了一張大網裡。

她喘著粗氣，簡直不想爬起來了。

一旁忽然走出來一人，扯著網子道：「為何不往下滑？」

「將軍。」安若晨認真報告：「前頭往下逃都死八回了。」不是摔死就是遇到伏兵，「我想著到屋頂上躲一躲，也許能找到更安全的退路。」

扯網那人正是龍騰，他此刻一臉嚴肅地問：「我是怎麼說的？」

「空有對策，無能為力。」這是她被斥得最多的一句話。

「莫做自己辦不到的事。」龍騰板著臉糾正，「妳的力氣根本就爬不上去，勉強往上爬，只會再摔死一回。」

安若晨很想說自己也是試著爬了才確定真的爬不了，但她不敢反駁，乖乖從網子上翻跳了下來。

那日龍騰同意她可以出任務後，又與她說了一番大道理，然後囑咐她得學這個學那個練這個練那個。安若晨很激動地一一答應，正應得順嘴時，龍騰忽然道：「便讓宗將軍親自教妳可好？」

誘敵之計啊，安若晨猛地反應過來，硬生生把嘴邊的「好」字嚥了回去。

「將軍，我為將軍辦事，赴湯蹈火，在所不辭。事情輕重，我曉得。我的性命、我妹妹的性命，都排在大蕭安危的後頭，排在平南郡全郡老百姓安寧的後頭。將軍予我的大恩，我傾盡一世亦難相報。細作雖可能以俊俏公子相誘，許我終身未來，但我定不會心亂，所以將軍不必用宗將軍相誘。這般犧牲了宗將軍，將軍損失一員大將，也是不妥。」

「犧牲？」當時龍騰的表情頗微妙，安若晨還沒來得及琢磨，龍騰卻道：「姑娘既是不願宗將軍教導，那便由本將軍親自來吧。」

「……」安若晨傻眼，等等，剛才他們說的是什麼事來著？

「我素來嚴厲，姑娘請多努力。」

「……」

總之從那日起，龍騰每日抽空指點教導她，還給了她一些小巧兵器工具，比如可做匕首之用的髮簪、可攀爬懸吊的爪索、裝有迷藥的腰扣等等。一招一式，一步一句地教她。她氣力不足，便要求她每日練習，還會時不時考核她應急對策。

這日便是讓她去事先布置好的小樓裡取名冊，結果安若晨取一回死一回，死一回便重來一回。

安若晨爬下網子，從懷裡掏出名冊，道：「將軍，這回好歹你們找到我的屍體後能找出名冊來。」
龍騰掃了一眼，「這是假的。」
安若晨吃驚。
龍騰道：「妳自己說，為何是假的。」
安若晨仔細再翻了翻，沮喪地咬唇，還真是假的。
「太新了，墨跡太新了，全都一樣。」名冊陸陸續續記錄，墨跡該是有舊有新，這本全都一樣，是一口氣抄完的。她在屋裡翻找時太緊張著急，沒留心這一點。
「所以，我們會在妳的屍體上找到一本假名冊。」
安若晨吐口氣，又累又灰心。

◆ ◆ ◆

招福酒樓裡，解先生坐在雅室裡吃著飯，邊吃邊聽站在他桌邊的人報事。
他慢條斯理地把嘴裡的飯菜全嚥乾淨了，擦了擦嘴，這才道：「那些個姑娘沒關係，就算龍騰將她們全抓了嚴刑逼供都問不出什麼來。除了徐婆子常找她們聊天問消息，她們什麼都不知道，還跟從前一般就好。」
桌邊站著的那人應了「是」。
解先生又道：「龍騰對安若晨很特別，讓她做管事，從軍中調了人手專給她護衛，還親自教導指點她。暫時還不知道他有何用意，安若晨定會來這兒刺探，你得心裡有數，莫低估她。她說了什麼做了什麼你定要仔細留心，她的一舉一動，全是龍騰的囑咐。」

那人趕緊又應了。之後無事，那人退了下去，解先生獨自在雅間用餐。

解先生用完了飯，付好帳，從招福酒樓的正堂出去，掌櫃與他打招呼，問他餐點是否滿意，他笑應告辭。出了酒樓又到對面的茶行挑了些茶葉，與茶行老闆一起喝了茶聊了天，幾位熟客似乎也與他相識，數人一起說笑，還討論了些玉器古玩。最後解先生拿著茶葉出來，招了轎子，回府去，自在輕鬆得一如中蘭城裡的任何一位普通人。

◆　◆　◆

安若希對去找安若晨套近乎很是不情願，這日終下了決心找譚氏相談，欲推拒此事。

「娘，女兒這些天日日苦思與姊姊見面後該如何說，但左思右想也想不出什麼好對策來。娘想想，從前女兒與她並不算親近。事實上，仔細一琢磨，她與家裡任何人都算不得親近，只與四妹好些。她走的時候是那般情景，為了退掉那婚事，與家裡也決裂了，我去示個好又能如何？她將我罵一頓趕出來，她是解了氣撒了怨，那下回呢？我總不能說上回姊姊將我罵了，我再來討個罵。再下下回呢？難不成我說這回我還想聽聽姊姊罵我？這般卑賤，她定會疑心，要想從她那處套消息可是套不出什麼來。娘，我想過了，如今能讓大姊關心，能讓她願意一直見我，必須得有她關切的事，比如說四妹的行蹤。不如這般，我們再等等，等有了四妹的消息，我就趕緊去與大姊報信，她定會見我，且還巴巴地求著我再找她。」

譚氏罵道：「妳這腦子轉了半天只想到這個？妳四妹是生是死都不曉得，哪來的消息？

官府那頭都找不到，我們還能怎麼找？要等到有妳四妹的消息才去見，那這輩子怕是也不用見了。這事得速辦，昨日錢老爺過來便是為了此事，他問妳爹爹那賤人出來走動了，可有與咱家裡聯絡，問妳爹爹如何打算。這意思可是清楚明白，錢老爺希望咱家穩住安若晨，如今這事只能妳去辦。她要得意便讓她得意去，她罵妳妳便聽著，裝個可憐哭上一哭，便說她走後家裡大亂，妳也無人可訴，只得找找她。畢竟姊妹一場，唯有她能懂妳的難處。也不必怕沒由頭說話，妳便說咱家與錢府的婚事退得不光彩，錢老爺仍有意結親，妳爹正與他商量呢。妳害怕這婚事真談成，便得由妳嫁，請她幫妳想法子。」

安若希心一沉，事情總歸還是繞到這裡了嗎？

「妳大姊便是為了抗這婚事才跑的，妳這般說，她定然不會無動於衷，幫不幫妳，這事她也會惦記在心裡。幸災樂禍也好，同情也罷，她必會好奇最後結果如何，這般妳便能與她多見幾次面……」

「爹爹真會與錢老爺商議婚事嗎？」安若希打斷母親的話，問了。

譚氏摸著女兒的頭，微笑道：「哪能還真結親，之前鬧得還不夠嗎？就算議了這事，也是做做樣子，做給那賤人看的。正如妳說的，不然拿什麼由頭與她說話？必得有事讓她勾心，她一心報復咱家，這事該是正中她下懷。妳且與她這般說，聽聽她是如何應的，然後隨機應變，回來我們再商議對策。她越是沒安好心腸想看妳的笑話，這事就越好辦了。要引她上勾，便容易得很。」

「可是……」安若希還待努力推辭，卻聽得屋外譚氏的大丫頭喝道：「宋嬤嬤，妳在此處做什麼？」

譚氏聞言緊皺眉頭，起身往外去，安若希忙跟在其後。

待出了去，見著譚氏的大丫頭領著個小丫頭，將安若晨的老奶娘堵在屋外牆角。大丫頭見著了譚氏，叫道：「夫人，正想差人去稟告，我給夫人拿果子來，正遇著這老奴躲在夫人窗下偷聽呢，鬼鬼祟祟的，作賊的模樣。」

老奶娘平素不做虧心事，如今被逮了個正著，很是慌張，但仍嘴硬辯道：「我哪兒有偷聽，我是想來問問二夫人可有我家大姑娘的消息，正巧路過這兒，便見著妳了。」

譚氏的大丫頭跟著譚氏多年，早已學會主子的那套，當下喝道：「妳這老婦滿嘴胡言，全府上下誰人不知，老爺幾番吩咐在府裡不准探問討論猜測大姑娘之事，你們有膽子的，躲在院子裡哭哭便罷了，還敢來找夫人打聽消息？糊弄誰呢？妳明明就是貓在窗下偷聽，我瞧得清清楚楚的！做這般的齷齪事竟敢做到我們夫人的院裡來了，妳好大的膽子！」

安若希看著驚慌失措的老奶娘，計上心來，忙道：「娘，上回我也曾在妳院外見著宋嬤嬤鬼鬼祟祟，當時未多想，如今看來，她該是不止一次偷聽。方才我們所議之事肯定都被她聽到了，那些打算，她也定是知曉了，她定會告訴姊姊的。這些由頭不能再用，我去與姊姊說，她必是不能信的。爹爹與錢老爺也不必假裝議親了，不然到時弄得兩邊難看，將錢老爺又得罪了。這般吧，我們再從長計議，再想新辦法。」

譚氏盯著老奶娘看，女兒的話讓她越聽越氣。這老賤奴竟然敢偷聽，好妳個安若晨，一邊在外頭擺威風讓他們安家丟盡顏面，一邊還敢在府裡安排內賊。真是好！若是不教訓回來，那賤人還道他們安家好欺負了！

「來人！」譚氏一聲怒喝，指著老奶娘罵道：「將這賤奴押起來，打她個二十棍！日後誰還敢偷聽主子說話，到處碎嘴，或是串通外人謀害主子家的，便是她這個下場！」

兩個僕役衝上前去將老奶娘按倒在地，老奶娘掙扎著大罵：「妳才是賤人！我可不是你們這骯髒安府的奴才，我只認我家小姐和姑娘是主子，你們安府沒我的賣身契，我不是你們的奴才，我站在你們這兒都嫌地髒……」

「掌她的嘴！」譚氏怒喝。

僕役將老奶娘用力拉起來，揚手啪啪啪狠狠連扇老奶娘幾記耳光，老奶娘的臉立時顯了紅腫，嘴角流血，眼角也被刮出血痕。僕役下手極重，老奶娘只覺得臉頰火辣辣地疼，腦袋嗡嗡作響，想再罵，一張嘴，另一記耳光又扇了過來。

「將她拖下去，給我狠狠地打！」譚氏怒火沖天。

安若希瞪著眼前場景，嚇得臉色發白。自小她見過許多教訓打罵下人的場面，自己也曾動手掌摑丫頭，但她方才一腦子只想著如何擺脫與錢裴的婚事，如何不捲入與大姊的糾葛中，不料卻使得老奶娘受這一番痛揍。

安若希第一反應便是糟糕，事情若是傳到了安若晨的耳裡，教她以為事情是自己幹的，轉而來對付自己，那她豈不是又多一個麻煩？

安若希僵立在那兒，看著老奶娘被拖了下去，不見了蹤影，只是怒罵與痛叫遠遠傳來，安若希心虛得厲害，她忙與譚氏道：「娘，莫將宋嬤嬤打壞了，教訓一番便好。她年紀大了，怕會受不住。若是有個三長兩短，我如何與姊姊說？」

譚氏怒道：「不收拾她，有些什麼風言風語傳到安若晨的耳裡，招了她的防心，只怕妳連與她說話的機會都沒了！」想到這兒，她忙囑咐一旁的大丫鬟：「妳去，盯著這事，將那老婦押到柴房去，不許大房那兒的人靠近，沒我的囑咐，誰也不許與那老婦說話。打完了，把她的嘴堵上。誰敢碎嘴多一句話，被我知曉了，都與她一般下場。」

大丫鬟得了令趕緊去了。譚氏讓安若希回房，好好想想怎麼與安若晨說話，她自己要去找安之甫將事情稟了，讓安之甫拿主意發落。

安若希不敢多言，回到屋裡，心神不定，越想越是害怕。從前是小看了大姊，沒料到她能有如此手段，人人以為女兒家欲攀上高枝只能靠美色，做妻做妾討歡心，大姊卻是看穿了這些個都不管用，走了另一條路。如今她大搖大擺，狠狠打了他們安家的臉。她既是如此厲害，若知道今日老奶娘被她們這般打罵，會不會又恨上了一筆？而偏偏是她要被送去找教訓，被大姊辱罵，回來還得被爹爹娘親斥責辦事不力，最後還要被送到錢裴那兒換好處。

安若希越想心越冷。不行，她不能這樣，她不甘心。明明在安家女兒裡，她是最得勢最受寵的那個，她總以為日後她會是最風光的，能把其他姊妹都比下去，她們羨慕她，巴結她，討好她，可為什麼最後到頭來最苦最慘的卻是她？她不甘心，她不能接受這樣的安排。

晚飯時，安之甫讓各房到堂廳一起用的飯，飯桌上的氣氛很不好。冷冷吃完，冷冷撤桌。最後是安之甫的訓話，訓的內容無非就是那些，各房務必管好下人，管好嘴巴，從前說的規矩不是說著玩的，今日便有下人犯事，已經嚴懲，各房須引以為戒，若是哪房的下人犯了規矩，整個院子一起受罰。

譚氏等安之甫說完，附和著說了些管教之言，儼然一副主母模樣。薛氏忙應聲說老爺說的都是，她院裡的下人都是規規矩矩的，她會更嚴厲地管教，絕不會出差錯，倒是大房那頭沒了主子管著，還得二姊多操些心。

譚氏聽得心裡惱火卻又發作不得，這般編排的意思是將大房那頭犯的錯也栽到她頭上，搭著老爺方才說完的整個院子一起受罰的話，倒是暗指她這二房整院子要跟著今日那賤奴一起受罰才是了？但她先前擺出主母架勢，大房又確是沒了主子管教，她若不背了這責，方才擺的架勢便是笑話了。

譚氏握了握拳，暗自嚥下這口氣，對安之甫道：「老爺，三妹說得有理，大房那頭沒人掌事確是不行，不如今後就交給我來處置吧。」強調了「今後」二字，特意將自己與之前老奶娘犯錯的事摘了乾淨。

安之甫哪聽得出這些婦人家話裡暗藏的勾心鬥角，一肚子火還沒撒完，譚氏說什麼便是什麼了。

薛氏忙又說辛苦二姊操勞云云，心中頗有些得意。大房院子本就是安府裡最不討好的一撥，正室的地方，妾室哪裡好管？管得多了落人口舌，管得少了惹老爺不快。從前但凡有點什麼差錯都是大姑娘的錯，如今安若晨已走，大房那地方就更是尷尬。

老爺對哪房妾室均未扶正，也沒聽說有另娶的打算，大房那院子頗有些守著名分的意思。當初正室范心嫻也正是極在意名分的，老爺一日不發話，她們幾房妾室一日便無出頭之日。譚氏平素強勢，裡裡外外均要占著好處，時常擺出管教各房的威風，真當自己是主母似的。

薛氏積怨已久，趁著今日將這燙手山芋塞進譚氏手裡。譚氏料理掉大房院子，安若晨定會記恨。誰知道日後會怎樣呢？反正如今她們幾房誰也扳不倒譚氏，便幫她樹樹敵好了。

譚氏心裡很不痛快，大房的事確是麻煩事，尤其今日教訓了安若晨的老奶娘，雖暫時封住了消息，但老奶娘久久不歸，那邊院子裡眾僕怕是也會猜到事由。那院子可都是安若晨的人，若是一言半句傳了出去，到了安若晨那處不知是何反應。

若是不能幫著錢老爺穩住安若晨方便其日後行事，錢老爺定會怪罪，她娘家在福安縣的日子怕是會受牽連，而安之甫也正是氣頭上，稍有不如意便會斥責喝罵，若這段時日她處事有哪點沒辦好，被另幾房抓到了把柄編排一番，在安之甫面前煽風點火，她離主母之位便又遠了些。

以上無論哪一樣，譚氏均不想發生。

她想了想，乾脆當著各房的面對安之甫道：「老爺，說起大房那頭，大姑娘離家除籍，那院子眾僕無人管教無事可做，都成了吃閒飯的。前些日子忙碌，也未曾細想這事，如今正巧三妹說起了，不如這般吧，便於今日將大房眾僕全遣走吧。咱們安家從此乾乾淨淨，再沒大姑娘貼心親近的人，也不會再鬧出什麼下人們沒規矩探消息這等事來，眼不見心不煩，也免了日後的禍端。」

譚氏說著，遞了個眼色給安之甫。

安之甫今日聽聞了老奶娘偷聽之事，怒不可遏地親自動手又將其鞭打一番，原想綁在大房院前樹上示眾警示眾僕，卻被譚氏提醒了與安若晨打交道一事，於是便將老奶娘鎖在了柴房裡待想好如何處置再發落。如今見得譚氏的眼色，又聽得她這般說，心裡也明白了，於是道：「如此也好，那妳速去辦吧。將他們全遣了，省得麻煩。」他又轉向各房妾室道：「妳們也聽清楚了，回去都好好管教管教，誰院子裡再出這等事，全院處置。」

薛氏和廖氏忙答應，只段氏抬了抬眼皮，又垂下頭去繼續喝她的茶，彷彿這屋子裡的事與她無關。安之甫瞧著她那臉色就來氣，但段氏沒了女兒，安若芳的蹤跡至今仍未找到，只要段氏不吵不鬧不生事，安之甫也就隨她去。

譚氏回到院裡，召來管事嬤嬤，讓她帶著僕役丫頭去大房院子，將那院的下人全看住，誰都不許離開院子，收拾好東西等著發落。又召了管事安平和帳房先生，將大房那邊的賣身契一個個看了，算好銀子。數年契的給點錢銀打發出門，終身契的交予人牙婆子再賣掉。總之，今日裡所有人都要趕出府去，一個不留。

事情很快商議妥當，安之甫也過來問了問，譚氏邀功似的將情況說了，說自己都會打點好的。大房院子的僕役一散，誰知道那老婦如何了。今日老爺在席上當眾說了大房僕役一個不留全遣走，全府很快便會知曉。遣人時必會混亂，人牙婆子也會過來帶人，到時出出進進，不會有人留意他們將重傷老婦送走。

「她年紀大了，哪挨得了那些打？必是不行了。找大夫來治，治得好或不好都會留下話柄，浪費了錢銀，惹了禍端。不如捲一捲直接送到亂葬崗去，省得麻煩。我們對外便說大院僕役全遣走了，這老奶娘也回鄉去了。」

安之甫聽罷連連點頭，誇譚氏聰明，處置得好。

譚氏心裡得意，攬著安之甫，柔聲道：「老爺的事便是我的事，我不為老爺操心打點著些，誰還會呢？」

安若希捧著果盤在門外站了一會兒，將他們的對話聽得清楚，聽到老奶娘的結果，咬了咬唇，緩了一會兒終於冷靜下來，端著果盤進去了。

稍晚時候，待安之甫走了，安若希與譚氏道：「娘，我想了個主意，不如這般，在外頭找個地方將老奶娘安置了，我找大夫給她療傷，再去通知大姊將她接走。這般我也好與大姊說，老奶娘犯了家規被爹爹罰了，我好心救了她。大姊定會感激我，便與我好說話了。」

譚氏瞪眼，「妳這腦子，成日瞎琢磨些什麼？妳大姊那般毒心腸，還會感激妳？妳真是不如她半分狡猾，能成什麼事？妳想想，那老婦可是聽到了我們的話，今次是如此，從前不知道的還不知有幾回。妳大姊逃出去是不是也有她的攛掇？或許就是她在生事。若沒人相助，妳大姊是如何逃出去的？當初真是沒好好打一頓嚴審那些個賤奴，如今倒也不必了。妳道裝個好人賣個好如此簡單，妳把那老婦送到安若晨那兒，還不定她跟安若晨加油添醋說些什麼。有這老婦在身邊出些惡主意，那安若晨指不定做出什麼對不起我們安家的事來。這老婦留不得，妳就莫再多想了。待這事處理乾淨了，過兩天風聲過去，妳就去見見安若晨，探探她的口風，將她穩住，之後待如何，且聽聽錢老爺的囑咐。」

安若希被罵了一頓，再不敢多言。回到房裡，坐立不安，總覺得心虛得厲害。

此時安若晨正端著銀耳湯往龍騰的居院去，一路走一路琢磨著事。

她今日一天忙碌，上午跟著方管事學習處置了些後院雜事，又見了陸大娘。自她能給紫雲樓日常雜務做主後，便與方管事商量用些陸大娘送的菜貨。她是有私心回報陸大娘從前對她的相助，而方管事答應了。

安若晨約了陸大娘來，一是與她說這事，二是想請陸大娘幫忙再給老奶娘捎話，說安府那頭欲讓安若希來與她見面，她可以從妹妹身上探聽安府消息，不必老奶娘在安府打探，讓她多顧及自身安危，不要捲到這事裡來，速離開，回老家養老去。

陸大娘一口答應，表示到安府送菜時找機會與老奶娘說說，再勸勸她。

安若晨於下午時出門一趟，去了姜家的製衣鋪子，以時近新年，要為將軍及各位大人裁衣的名目，去觀察試探李秀兒。

這幾日她去了名單上的五家，均未發現什麼異常。之前太守姚昆以重查徐媒婆自盡一案為由，派了衙差將徐媒婆保過媒送賣過丫頭的人家都詢問了一遍，沒查出什麼不妥來。龍大將軍派出的探子暗中觀察，也未有可用的情報。

姜家衣鋪是安若晨探訪的第六家。一進門，李秀兒便熱情地迎了過來招呼。

安若晨看得出來，李秀兒不認得她。在她說明身分來意後，李秀兒的臉色頓時僵住。之後她藉口退進了內院，而由她的相公姜老闆親自來招呼安若晨。

安若晨似正經來置辦衣物一般，認真挑著料子，問著樣式，說了製衣的要求和給了衣服大小尺碼。姜老闆小心翼翼應對，末了，忍不住道：「安姑娘，除了製衣，姑娘可還有旁的事嗎？」

安若晨眨眨眼，「姜老闆這兒除了製衣，難道還做旁的事？」

姜老闆忙擺手，「不不，姑娘可千萬別誤會。只是我聽得些傳言，衙門之前也來問過些話，徐婆子可是發生了什麼，難道不是自盡嗎？她是給我家說的媒，但我們與她並無深交，她做了什麼，可與我們無關啊！」

「徐婆子幹的事，也與我無關。她是給我保過媒，可最後婚事沒成。」安若晨一臉無辜，「莫不是因為這個，姜老闆嫌棄，不願接我的生意了？」

「不不！」姜老闆慌得直擺手，「我可沒有編排姑娘的閒話，姑娘替將軍來我這兒製衣，小店蓬蓽生輝，哪敢嫌棄？」

安若晨還待說什麼，卻聽得身邊有人噗哧一笑。安若晨轉頭一看，頓時警覺。

趙佳華，招福酒樓的老闆娘。

趙佳華抱著個女娃娃，看著兩歲左右，正犯睏地偎在趙佳華的懷裡揉眼睛。安若晨在卷宗裡看過，趙佳華與招福酒樓老闆劉則有個兩歲多的女兒劉茵，想來就是這孩子了。

趙佳華此時正對著姜老闆笑，「姜老闆，你這麼巴巴地解釋一通，倒顯得心虛似的。」

姜老闆慌得再擺手，「不，不，我們可不是……」

趙佳華又笑了，「我開個玩笑，姜老闆莫介意，我是來拿衣裳的。」她用眼神示意，一旁的丫鬟忙遞出單子，姜老闆接過一看，道衣裳已經裁好，問趙佳華是否需要到後頭雅室試衣。

安若晨靜靜地看著趙佳華的反應。

趙佳華從容笑著，說自己抱著孩子，就不用試了，讓丫鬟取了衣裳便走。於是姜老闆差人領丫鬟去取衣裳，適逢又有客人來，姜老闆看了看安若晨，安若晨笑道：「姜老闆招呼客人去吧，我再隨便瞧瞧。」

姜老闆忙施了個禮，轉身招呼別人去了。

李秀兒沒再出來，姜老闆也似未關注趙佳華的動靜。

安若晨與趙佳華搭話道：「這孩子好可愛，叫什麼名字？」

趙佳華答：「劉茵。」

安若晨微笑問：「因果的因嗎？」

趙佳華愣了愣，很快也微笑，答道：「碧草如茵的茵，亦是飄茵墮溷的那個茵字。」

這回輪到安若晨愣住。

趙佳華原是豐安縣品香樓的歌妓，名叫田因。安若晨問是不是因果的「因」字，是想刺探她，卻沒料到她竟然會回了一個「飄茵墮溷」過來。

由於偶然的機緣而有富貴貧賤的不同命運，亦指女子墮落風塵。

這是趙佳華知道自己的過去身分已暴露，故而索性承認了？

不待安若晨回話，趙佳華又道：「聽說姑娘的妹妹失蹤了？如今可有了消息？」

這下子安若晨全身都繃緊了，她反問：「這位夫人認得我？」

趙佳華笑道：「安姑娘在中蘭城大名鼎鼎，誰人不知？我雖未曾見過姑娘容貌，但方才姜老闆一口一個安姑娘，又道將軍如何如何，我便猜到了。」

這說辭聽起來天衣無縫，毫無疑點。

趙佳華再次問：「姑娘的妹妹找著了嗎？」

安若晨搖搖頭，再反問：「夫人的酒樓每日客來客往，消息靈通，可有我妹妹的消息？」

趙佳華搖頭，也反問：「安姑娘認得我？」

安若晨道：「招福酒樓在城中名聲響亮，生意興隆，我爹爹的三家酒樓加起來都比不上，他可是眼紅得不得了，我自然是知道夫人的。」

趙佳華笑了笑，也不計較這話的真假，卻再次提到了安若芳。

「我是不知道安四姑娘的下落，也未曾聽得她的消息，但我能理解姑娘失去妹妹的心情。若是我家茵兒丟了，我怕是也會痛不欲生的。換了我，也會與姑娘一般，什麼事都敢做。」

這話裡有深意啊！安若晨看著趙佳華，試圖從她臉上看出什麼來。

趙佳華很鎮定，她回視著安若晨，未露出半點心虛的樣子。

這時候趙佳華的丫鬟拿好衣裳出來，與趙佳華道仔細瞧過，衣裳沒啥問題，趙佳華便對安若晨笑了笑，又與姜老闆招呼了一聲，告辭走了。

安若晨回到紫雲樓仍一直琢磨趙佳華的用意。她主動來招惹她，與她說這些話，明顯是想引她上勾。安若晨有些興奮，又滿懷希望。說不定四妹真在他們手裡，四妹沒有死。

安若晨焦急地等待著龍騰歸來。將軍今日去郡府衙門與太守大人議事去了，安若晨想把今日這事報予將軍，想請龍騰同意自己去招福酒樓與趙佳華正面交手。

她不怕趙佳華，不怕那些細作，她要救出妹妹，她需要將軍的支援。

龍騰在姚昆那兒用過了晚飯才回來，安若晨聽得他回居院的消息，趕緊讓廚房做些銀耳甜湯。不能顯出著急來，將軍不喜沉不住氣的。她若是沒表現出對這事的把握，憑她這段日子訓練的成績，想來將軍會有顧慮，不願答應讓她這麼快就行動。她必須一次就說服將軍，得速去。若四妹真活著，必在受苦，她要救她出來，她答應過四妹她們會再相見。

安若晨等甜湯做好，親自端著往龍騰的居院而去。一路走一路思慮，趙佳華的每一句話、每一個表情，她都細細認真又想了一遍。

到了龍騰的院子，龍騰正在院中打拳。拳拳生風，英姿勃發，很是威武瀟灑。

安若晨掃了一眼便低頭繼續琢磨她的事，捧著托盤等將軍打完。

院牆的那邊是宗澤清、謝剛他們的居院，蔣松奔了進來，端著鍋甜湯，「快，快！」

「吃太飽，沒興趣。」宗澤清懶洋洋橫在院中石椅上，只差沒撫肚子作慵懶狀。

「安管事送湯去給將軍了。」蔣松放下鍋就往院牆奔，甜湯是留著看完八卦吃的。

謝剛也不知從哪裡冒了出來，問道：「你怎麼知道？」

「盧正和田慶說的，告訴我廚房有甜湯，安管事給將軍盛完還剩許多。」蔣松已經伏在牆邊，仔細聽著隔壁的動靜。盧正與田慶是他從衛兵營中挑出來的兩員得力幹將，負責護衛安若晨的安全。

「你挑的人這般碎嘴可妥當？」宗澤清的耳朵也已貼在牆上，慵懶之狀消失無蹤，整個人精神抖擻，容光煥發。

「你整鍋端來會不會誇張了點？」謝剛道：「這般容易被察覺你猴急想看熱鬧。」

「整鍋端為何容易被察覺……」宗澤清還未問完，被那兩人「噓」一聲，遂趕緊閉嘴認真聽。

「將軍在練拳。」謝剛道。

「吃飽了撐的？」宗澤清話音剛落又被瞪了。

「安管事呢？」蔣松關心這個。

「腳程沒你快。」謝剛道。

「有道理。」宗澤清附和，然後再問：「所以我們要關注何事？」

「安管事不是與你說了將軍用你耍了個誘敵之計試探她？她明白事理，不會給你造成困擾，教你放心。」蔣松道。

「是啊！」宗澤清點頭，「她以為將軍也囑咐我了，要是她不說，我都沒想到將軍居然用這招對付個姑娘家，忒是奸滑，但她說完了我反而放心不下。原本沒曾多想，聽完竟覺得自己頗可憐。」

蔣松揮揮手，他可不可憐不重要。

「將軍還親自教導她武藝，指點她對策。」謝剛道。說好聽是武藝，但依謝剛看，安姑娘那資質練下去能強身健體就不錯了。

「教導得太嚴厲了。」宗澤清又覺得自己可憐了。那日將軍訓練安姑娘如何從街道搜查中脫身，他不過是看個熱鬧，站在一邊嗑瓜子，結果安姑娘眼看著就要被搜到了，忽然跑向他，挽著他的胳膊道：「這位壯士，小女子遇賊匪追劫，求壯士救命。」

宗澤清措手不及，瓜子還未咳出來，就被冒出來的龍騰訓了一頓。

宗澤清覺得委屈，他又不是故意要裝扮路人壯士的，沒打算要搗亂啊，明明是安姑娘狡猾。話說此狀況下，她如此求救頗是機智，可惜將軍大人不滿意。

蔣松沒理會宗澤清，謝剛說的才是重點。將軍軍務繁忙，麾下這許多兵將，從南城門一溜排到北城門都排不完，怎麼都輪不到將軍大人親自教導。按理說，只是個小小的女探子罷了，謝剛來教那都是大材小用。

「安管事腳程這麼慢？」蔣松有些著急，將軍練完拳不會就回房沒戲看了吧？

三人互視一眼，乾脆一不做二不休，足尖一點，攀上牆頭。

剛上去，就見安若晨端著托盤來了。

看了一會兒，宗澤清悄聲問：「將軍是不是練得更賣力了？」

蔣松瞪他一眼，多什麼話，怕將軍不知道他們偷看削他們嗎？

又過一會兒，宗澤清又忍不住了，「安姑娘正眼都沒看將軍一眼啊！」好想為安姑娘鼓掌是怎麼回事？心裡覺得寬慰許多是正常反應吧？

蔣松這次不止想瞪他了，還想踹他下牆。

院子裡龍騰忽地停下了動作，蔣松和宗澤清默契縮頭，這時候才發現謝剛沒在左右。

龍騰朝安若晨走過去，站到她跟前時安若晨才回過神來，她忙挺直背脊站好。

「有何事？」龍騰問。

蔣松和宗澤清繼續冒頭看，聽得這麼問，直撓心，送甜湯啊，將軍，多明顯啊！

「將軍，我有要事稟報。」安若晨答，看看手裡的甜湯，趕緊補上：「也是給將軍送甜湯來。」

「送過來特意等它涼嗎？」龍騰問。

蔣松額頭抵住牆頭，當真是沒眼看。

宗澤清覺得將軍拿他試探安姑娘弄得大家尷尬肯定不是故意的，他腦子裡除了打仗，肯定還少了點什麼。

「將軍在忙，故而等了等。」安若晨很是無辜，「要不，將軍先嘗嘗，要是覺得不順口，我再去盛一碗，廚房那兒還溫著一鍋。」

這回換宗澤清瞪蔣松了，讓你連鍋端，果然容易暴露。

龍騰單手接過托盤，領著安若晨往屋裡去。這十一月的天氣，他是覺得沒什麼，但夜裡頭冷，姑娘家坐風裡恐不好受。他知道安若晨來了，等她喚他，結果這姑娘杵在那兒站半晌，還悶頭走神。

「去校場跑二十圈，我便不責罰你們了。」龍騰一邊走一邊說。

安若晨愣愣的，她嗎？甜湯涼了要罰跑二十圈？怎麼有個「們」字，要帶著廚子們一起跑？

牆上那兩個嗖地一下全縮了回去。龍騰瞥牆頭一眼，待回頭等安若晨進屋，這才發現她一臉吃驚呆愣。龍騰笑了起來，先前的懊惱一掃而空。她傻呆呆有些受驚嚇的模樣，當真是有趣。

將軍居然笑了，安若晨更呆愣。

龍騰收了笑，清了清喉嚨，道：「不是說妳，是說牆頭那兩個。」

蔣松和宗澤清靠著牆根對視一眼，謝剛那傢伙死哪裡去了？將軍只罰他們兩個！

安若晨看向牆頭，什麼人都沒看到。不過沒關係，誰受罰不是重點。

「將軍，我有要事稟報。」

「嗯。」龍騰應聲，領著她進屋去了。

謝剛忽地又冒了出來，蔣松和宗澤清一起瞪他，「你方才去何處？」

「樹上。」謝剛指指牆邊枝繁葉茂的大樹。牆頭多顯眼啊，而且這兩人吸引了將軍的注意，他躲在另一邊就更踏實了，「你們快去校場吧，不然將軍回頭知道你倆沒跑，真該罰你們了。甜湯我就先喝了，會留下一點給你們。」

「死探子！」蔣松與宗澤清異口同聲，撲過去將謝剛揍一頓。

龍騰屋裡，氣氛不似牆這邊這般活潑。

安若晨緊張地呼吸了幾口氣，將今天在衣鋪發生的事仔仔細細與龍騰說了。說著說著，心情又有些激動起來，最後道：「將軍，趙佳華主動來招惹，定是他們有所計畫。我應該順勢給些反應，讓他們覺得我上勾了。」

龍騰不慌不忙問：「妳覺得他們的計畫是什麼？」

安若晨答：「我對他們來說，只該有兩種結果：殺掉我或是利用我。我這數日外出走動，去了不少地方，於外人看來，身邊只帶著丫鬟，他們有下手的機會，卻未見動作，今日卻是讓趙佳華來了，還提到我四妹，我想，他們定是打算利用我。」

龍騰再問：「妳四妹失蹤到妳成功逃家，有幾日？」

「三日。」

「若他們有妳四妹在手，有利用妳的計畫，那三日為何不有所行動？當時妳已陷入絕境，求救無門，那時候對妳威脅加施恩，可比如今再對付妳容易多了。」

安若晨沉默，這些話是老調重彈了，她一次又一次想過各種可能性，龍騰也與她分析過。如今他再說一遍，不過是想敲打敲打她，讓她不要被希望蒙蔽，那會讓她看不清真相。如果她一直告訴自己說服自己四妹就在他們手裡，那龍騰是不會放心讓她去與這些人交手的。

安若晨深吸了一口氣，點點頭，心裡仍在掙扎，也許當時他們手裡沒四妹，但現在她進了紫雲樓，她有價值，而她的弱點就是四妹，說不定他們找到了，於是這才決定二選一，不殺她，利用她。

這可能性有多大？當然不大。

安若晨咬咬唇，「就算他們是用四妹之事騙我，那也是為了引我上勾，也定是有計劃了。我應該去找趙佳華，看看他們究竟是何打算。這般才能見招拆招，引蛇出洞。」

「見招拆招？」龍騰道：「妳可知有一招叫請君入甕？待妳看清楚招數時已在甕中，脫身不得，如何拆招？」

安若晨緊張地捏緊拳頭，知道將軍不是三言兩語就能說服，她道：「求將軍指點。」

「兩軍交戰之時，常會用到誘敵之計。敵軍佯敗而逃，你得意忘形，領兵追之，卻中了對方的埋伏。識不破佯敗，無話可說，但若你能看穿是計，有兩條路可走：一是勿追，不要中計。二是俯瞰全域，比敵軍更早布陣，摸清地勢，繞過伏兵之地，到敵軍的前方堵截於他。」

「全域？」

「妳方才與我說了這許多，連趙佳華的語調表情都未放過，但妳隻字未提李秀兒，妳今日去的不是姜氏衣鋪嗎？」

「對的，可是那是因為李秀兒並無異常，她甚至不認得我，我自報家門後她才變了臉色，匆匆躲到後院去了，再沒出來。」

「所以妳的注意力全在趙佳華身上了。」

安若晨顰眉，這時才反應過來哪裡不對。

「妳去衣鋪之事事先無人知曉，趙佳華怎麼這般巧就能與妳偶遇？李秀兒躲開妳之後，妳在衣鋪待了多久？」

還挺久的。安若晨思索著。為了等待李秀兒現身，為了多觀察，她與姜老闆東拉西扯，故意問了許多製衣的問題，挑布料就挑了許久。

「衣鋪離招福酒樓路途多遠？往返一趟需要多少時候？」

安若晨沒走過，但她估算若是腳程夠快，應該來得及。

她開始懷疑若她未在衣鋪耽擱足夠長的時間，是否李秀兒會出來拖延著她？將軍說的對，趙佳華要與她偶遇，也不是那麼容易的事，況且她若自知自己已然受到懷疑，為何不守株待兔在招福酒樓等她上門，而是跑到外頭來與她「偶遇」？是什麼讓她如此迫不及待？

「她還抱著孩子。」安若晨被點撥開了竅，「那孩子很困倦，她若是真心疼寵女兒，該會讓她好好休息，而不是帶她滿大街亂逛，還與人閒聊，施展什麼誘敵之計。」

龍騰點點頭，「我們武將對陣之時，就算有傷，也會藏在鎧甲之下，不讓敵人知曉。」

「她故意與我說她女兒與我四妹一般重要。她告訴我她知曉我的弱點是四妹，卻也暴露她的弱點是女兒。」這確實太古怪了些。

「還有呢？」

「細作的規矩，為保證組織的安全，只單線聯絡，互相之間不認識，不往來，但因為我逃家報官，她們知道與徐媒婆相關的姑娘都有可能……若真是李秀兒給趙佳華報信，她為何要如此？趙佳華其實是第二個徐婆子？不對，那太冒險了，謝先生不會讓他直線聯絡的接頭人來接觸我，那樣他的風險太大……為什麼她要讓我看到她的孩子……」

「妳有很多疑問，這很好。這般有思慮，我才能放心。」龍騰道：「兵臨城下，無論有沒有把握終須一戰，但不可蠻勇，不可被敵陣迷惑。妳想去與趙佳華交手，可以，但原來的想法不行。不能只盯著趙佳華，妳可明白？」

安若晨用力點頭。

「妳還記得我與妳說過為何這些姑娘裡要把趙佳華排後頭？」

「因為還未查出趙佳華為何如此重要。徐媒婆說親多是本地婚事，趙佳華卻是她辛苦遠從外郡帶回來，改了名字，改了身分，偽裝成遠表親說媒給了劉老闆。將軍覺得如此大費周章很可疑。品香樓的歌妓身分也許也是個偽裝，沒弄清楚前，就先別碰她。」

「但如今她既是如此著急，妳便該把握。」

安若晨的心怦怦跳，「我明日便上招福酒樓會會她。」

「不，妳莫理她。她既是急了，妳便不該急。」

龍騰與她交代一番，安若晨有了數，回到屋中仍琢磨著龍騰的話，細細盤算著計畫。

這夜裡，安府那頭也有人在計畫。

首先是譚氏，她的計畫進行得很順利。因著突然要將整個大房院子的僕役連夜全部遣走，所有人均無心理準備，亂成了一團。護院家丁將大房院子封著嚴嚴的，哭鬧全鎖在了院子裡。夜幕之下，丫鬟僕役按著管事點的人頭，一個一個離開了安府。終身契的那些，被關在屋子裡，等著人牙婆子來領。

譚氏很滿意，這般一舉鏟掉了大麻煩，免了後患，她可是省心多了。

安若希卻是焦慮，她左思右想，終是耐不去，悄悄去了後院。一看那處無人看管，想來都去處置大房院子那頭，顧不上這兒。柴房門上掛著鎖，未扣上。安若希左右看看，將門打開了。

屋子裡沒有燭燈，一股柴木灰土的氣味混著血的味道迎面撲來，令人作嘔。安若希忍著噁心，在門窗透進來的月光下，看到了臥在地上的老奶娘。她一身的血，沾著泥塵，狼狽不堪，嘴裡塞著布巾，臉色青灰，雙目緊閉。

安若希噏了噏唾沫，壓制住緊張，小心翼翼上前，輕輕喚了兩聲「宋嬤嬤」。

老奶娘沒有應，動也未動。安若希腦子裡亂糟糟的，不會真的就這麼死了吧？

她走上前去，伸手探了探老奶娘的鼻息，手指不小心碰到她的鼻子。老奶娘忽地動了一動，嚇得安若希尖叫一聲，摔坐在地上。這動靜似將老奶娘吵醒，她掙扎著睜開了眼睛，眼睛腫著，勉強撐開了一條縫。那模樣似乎是瞇著眼惡狠狠地冷視，安若希心跳如鼓，下意識往後挪了挪。

好半晌老奶娘只是這般看著她，沒有動，也沒有說話。

安若希壯了壯膽子，小聲道：「宋嬤嬤，我送些水來給妳，還有些傷藥。」

老奶娘仍是不說話，安若希慢慢挪了過去，將老奶娘嘴裡的布巾拿開，將盛水的小瓶遞到了她的唇邊。老奶娘猶豫了一會兒，張開了嘴。安若希見狀欣喜，忙輕輕扶好老奶娘的頭，給她餵了些水。老奶娘噏不動，水混著血又從她嘴裡溢出來，沾了安若希一手。

安若希差點又要尖叫，忍著甩手的衝動，給老奶娘餵了好幾口。

老奶娘終是喝下去了一些，似乎稍有了精神。

安若希此時沒這麼害怕了，她掏出帕子擦了擦手，又從懷裡拿出傷藥，「我還給妳帶了藥。」可是左看看右看看，老奶娘身上全是血，竟也不知從何下手才好。

老奶娘這時候開口了：「假惺惺，打的什麼壞主意？」

她聲音沙啞得不像話，虛弱得幾不可聞。饒是如此，安若希還是聽出了她話裡的諷刺意味。她咬咬牙，硬著頭皮道：「妳傷得太重了，我只是想救妳。」

老奶娘似想說話，但一口氣沒喘上來。安若希提心吊膽地看著，不知道該怎麼辦。過了好一會兒，老奶娘緩過來了，強撐著精神道：「救我於妳有何好處？」

安若希咬咬唇，答不上來。

但老奶娘其實不需要她的回答，她虛弱地繼續道：「你們全是毒心腸的，救我是假，想用我來對付我家大姑娘是真。妳當我老糊塗了，我從前是糊塗，如今卻不了……」說到這兒又喘不上氣來，她瞪大了眼睛，用力呼吸著。那神情那模樣，配著一身的血，厲鬼一般。

安若希嚇得再蹲不住，摔坐在地上。

看到她如此，老奶娘忽然笑了，一笑，露出滿嘴的血，更是淒厲恐怖，「妳要害我家姑娘，我做鬼都不會放過妳……」聲音氣若游絲，卻絲絲入耳，冷颼颼的，如刀子般的利。

安若希驚得撐著地往後挪，一邊挪一邊努力要站起來。她後悔了，她不該來這裡的。

老奶娘用力睜著腫脹的雙眼看著她，看著看著，忽又道：「我做鬼都不會放過你們……」這次聲音已經聽不清，但安若希看著她的唇，竟將這些話聽得明白。她心跳如鼓，冷汗濕了背脊，似被定身一般動彈不得。她瞪著老奶娘，老奶娘也瞪著她。

好半天兩個人都沒有動。

安若希看著老奶娘，忽覺哪裡不對。她猛地回頭，看到三妹安若蘭躲在門外，於門板後露著半張臉，神情驚恐。安若希再轉過頭來看老奶娘，她仍是一動也不動，那模樣僵硬可怕。

安若希用力嚥了嚥唾沫，聽到身後安若蘭小聲問：「她死了嗎？」

安若希動了動，抖著手爬上前。安若蘭壯著膽子走了過來，但不敢靠太近。

安若希伸手在老奶娘面前晃了晃，她的眼睛仍睜著，但眼神僵直。安若希緊咬牙關，小心伸了手指去探老奶娘的鼻息，剛靠近就聽到安若蘭的尖叫聲。安若希像被刺了一刀，跳起來也放聲尖叫。姊妹兩個不約而同轉身朝外頭跑去，一路跌跌撞撞奔出了後雜院，奔進了最近的花園裡，躲進樹叢裡大口喘氣。

兩個人作賊似的看著來路，並無人追來，但安若希還是害怕，她覺得老奶娘就跟著她們，只是她不是人了，她死了，成了鬼。

「妳殺了她？」安若蘭一臉驚恐地問。

安若希嚇了一跳，蹦了起來，尖叫道：「我沒有！」

「可妳給她喝了什麼，她就死了。」

「那是水，那是水！」安若希尖叫著抓著安若蘭的肩，大聲道：「我沒有，我沒有，那是水！」

安若蘭嚇得掙扎，安若希下意識要抓住她好好解釋。

安若蘭又踢又撓，掙脫了狂奔而逃。

安若希手背一痛，被安若蘭的激烈反應嚇著了，她愣愣地看著妹妹奔逃消失的背影，喃喃道：「我沒有殺她，我沒有……我不想她死，她不能死……」

安若希挨著樹滑坐在地上，想起自己對譚氏道老奶娘一定全都聽到了，她會告訴大姊的，又想起譚氏說的這老婦留不得。想到老奶娘就是這麼直勾勾用那雙睜不開的眼睛瞪著自己，用那氣若游絲的聲音惡狠狠地說著我做鬼都不會放過妳。安若希瑟瑟發抖，環臂將自己抱住。

四下裡靜寂無聲，安若希也不知自己坐了多久，越坐越是害怕。她忽然想到了什麼，迅速跳了起來，顧不得一身泥一身土的狼狽，徑直衝進了譚氏的屋裡。

譚氏見她這番模樣，嚇了一大跳。

安若希拉著母親的手，嚷嚷道：「娘，她死了她死了，不是我，但是三妹看見了，她非說是我，我們爭執起來……娘，不能教她亂說，不是我……」

譚氏聽得一頭霧水，但又隱約猜到與何事有關。她大喝著讓安若希冷靜，又倒了杯水讓她喝了，厲聲道：「穩下來，好好說話，發生了何事？」

安若希喘了好幾口氣，定了定神。

她說自己為了打聽老奶娘究竟聽到多少，從前是不是也曾探聽過消息，又有什麼人是她的幫手，這才假意去給老奶娘送水送藥，但老奶娘傷得太重，只喝了水，罵了兩句便斷了氣。她未曾留意安若蘭居然跟在她身後，還看到了一切。安若蘭以為老奶娘是被她殺死的。她想解釋，安若蘭卻跑掉了。

「她定會去告訴三姨娘，說不定還會告訴她的丫頭。」安若希越說越慌，拉著譚氏的手道：「娘，您要幫我，絕不能讓她們胡說。這事要是傳到大姊耳裡可不得了，到時我們再想什麼對策都不行了。」

譚氏聽完，倒也不急。今日之事，老爺當眾教訓過，薛氏是個牆頭草，挑撥挑唆是把好手，哪邊得利站哪邊，但絕不敢違背安之甫的意思。

老奶娘的生死薛氏根本不會放在眼裡，況且有安之甫的教訓在前頭，薛氏自然是明白怎麼回事。就算以為安若希做了什麼，也不敢到處去說。她是聰明人，會教女兒閉嘴的。倒是安若希又提醒了她一件事，她不得不防。

「妳說的對。」譚氏對女兒道：「這事我來處置，誰都不許碎嘴。那老婦一向不怎麼出門，近來老爺更是禁了所有人的足，就算她能打聽到什麼，又要如何遞到安若晨那賤人那兒去？許是真找了幫手。」

譚氏說著，喚丫頭去把安平叫過來，囑咐他帶人去柴房那看看那老婦斷氣了沒，先把她處置乾淨，弄個馬車悄悄將人送到郊外亂葬崗去，莫要被旁人知曉。又讓安平留心除了大房院裡那些，其他各院下人裡還有沒有與老奶娘親近的，若是有，一併趕了。既是老爺今日吩咐了誰都不許議論此事，誰敢多一句嘴，便往死裡打。教訓明白了，其他人自然就會聽話。

安平一口應承，去辦了。

譚氏又讓人將門房喚來，問他們平日出入的外人裡，誰與內院下人多話，尤其與老奶娘常接觸的。待聽得門房說完，心裡已然有數，便讓門房把好門，今後無論誰問起都說大房院裡的下人們全都遣走了，若有人特意問起老奶娘，便說她回鄉養老。誰問的，記清楚了，報予她知曉。

門房今日早聽得了老爺訓話的風聲，又見著大房眾僕果真全都遣了，早慌得不行。聽得譚氏囑咐，忙表著忠心，必會好好辦事，絕不會說錯半句。

安若希還在緊張，「娘，三姨娘那處，妳也敲打敲打她們，不能讓三妹到處亂說。」

譚氏正想著事，聽得安若希嘮叨個沒完，很是不悅。

「慌什麼？成日裡慌裡慌張，經不得一點事。這事我心裡有數，三房那頭敢多一句話，我照著教訓那老婦似的教訓她們。還有，妳沒事去什麼柴房，見那老婦做什麼？要探聽什麼，妳不會與我說嗎？自己偷偷摸摸的，又沉不住氣，只會闖禍。給我滾回房去，今後再敢自做主張，看我不收拾妳。」

安若希嚇一大跳，再不敢多話，奔回房去了。

第二日，安若希聽丫鬟說大房那頭的人已經全部清空，還有三房和四房的兩個丫頭也被遣了出府，說是平素話多碎嘴，打了幾板子後送了出去。如今府裡頭當真是人人自危，絕不敢再多話了。

安若希不知道三房被趕的丫頭是因為她娘殺雞給猴看地警告安若蘭母女，還是那丫頭真的碎嘴，總之，這日幾房一起用膳時，大家和和氣氣，說著天氣新衣首飾，彷彿昨日的事根本沒有發生過，但安若希總覺得安若蘭看她的眼神有些怪，她悄悄問身邊的大丫鬟，丫鬟卻說沒覺得三小姐有何不妥當，仍如往常一般。

安若希覺得不一般，她總覺得有根刺扎在她心裡。下午時，她特意去找了安若蘭，藉口要與她一起打絡子。安若蘭沒推拒，當真拿了線與她一道編著。

安若希編了一會兒，似不經意地道：「昨日我是看宋嬤嬤受了傷可憐，這才拿了水和藥去看看，餵她喝了點水而已……」

未等她說完，安若蘭卻道：「宋嬤嬤不是回老家養老去了嗎？姊姊糊塗了？啊，我這絡子打得當真好看，姊姊說是不是？」

安若希被噎得只得強笑著說「是」，又看向安若蘭，她滿臉的笑容，眼神裡卻透著鄙視。安若希心裡又冷又不痛快，覺得自己特別委屈，卻又發作不得。她再待不下去，坐沒一會兒便找了個藉口走了。

陸大娘於這日照例帶人來送菜給安府，安府異常的氣氛她感覺到了。點收菜貨的廚房僕役一言不發，悶頭點完就搬搬抬抬迅速離去，門房也不似從前那般幫忙，離得遠遠的，似怕跟廚房小僕靠近了惹麻煩似的。

陸大娘藉著等收帳的功夫問門房這是怎麼了，跟小僕吵嘴了？門房道不是，只是昨日主子將大小姐院子裡的丫頭僕役全遣走，還有其他院的丫鬟也被趕了，如今全府上下都小心著，生怕招了主子的眼，惹不痛快也被趕。

陸大娘心裡一驚，忙問：「大小姐院子裡的全被遣了？那宋嬤嬤呢？」

門房愣了愣，抬眼仔細看了看陸大娘，然後認真答道：「宋嬤嬤回老家去了，說是從前就有這打算。這不，主子遣走了全院，她自然也不會留下，昨日便走了。」

陸大娘很是驚訝，又問老奶娘昨日何時走的，坐馬車離開了，還是先在城裡找地方安置？門房道：「這哪裡曉得。昨日走的人多，出出入入的，還有人牙婆子過來領人。馬車驢車什麼都有，大家都沒留話，也不知都是去哪兒了。」

陸大娘又多問了幾句，問不出什麼來，當下拿到菜貨的帳錢，便走了。

門房等著陸大娘走遠了，趕緊閉好門，一溜煙跑去向譚氏報信。

一整日下來，好奇打聽安府動靜的人不少，問這問那問誰的也有，但問起老奶娘最仔細的，只有陸大娘。譚氏等了一日終是確認了心中的猜測，她喚來安平，讓他派人去打聽打聽陸大娘的動靜，這婦人可曾出入紫雲樓，可與安若晨有聯繫。

第二日安平便在菜農那處打聽到了。陸大娘確是剛得了紫雲樓的好處，每隔兩日要給紫雲樓挑些鮮蔬菜肉的送去。安平將此事也告之了安之甫，安之甫發了頓脾氣，要將陸大娘換掉，再不用她，也讓安平知會城中與他交好的各戶，均不得再給陸大娘買賣活計。

譚氏聽了，提了異議：「老爺莫要如此，陸大娘是個好棋，我們用著她，讓她接著給安若晨那賤人傳消息，於我們又無壞處。」

安之甫愣了愣，明白了譚氏的打算，他皺起眉頭，盤算著。

譚氏又道：「陸大娘自己做的事說的話與我們何干？官府可怪罪不到我們頭上。再者說，又並未謀害於她，斷不會惹上什麼麻煩事的。只是留個後路，若真需要用上時，也能派上用場。如今大房的人盡數遣走了，安若晨那賤人的威風也擺過了，想來是可以見面的時機。便讓希兒寫個拜帖，看看那賤人是何反應，如何？」

安之甫再想了想，終是點點頭。宗將軍先前已經幫他們遊說，說是安若晨未拒絕，想見時遞個帖子，按如常的規矩走。有了回帖便能入紫雲樓。若再有麻煩，再找他即可。

譚氏暗自得意，回去喚了安若希，將事情與她說了。

「那陸大娘定是安若晨的幫手，有她相助，妳對付安若晨便容易多了。妳對安若晨說的事，安若晨定會找人求證，我們再遞些消息給陸大娘，由她報給安若晨，那賤人定會信以為真。妳瞧，這不是老天都幫著我們？妳不必怕那賤人對妳斥責，就用我教妳的法子，用與錢老爺的婚事向她訴苦，她定會上勾的。妳忍下一時之氣，日後將那賤人處置了，受的委屈可就加倍討回來了。」

安若希咬咬唇，諾諾應了。

第二日，安若希便出了趟門，她支開了丫頭，自己在陸大娘送完菜貨欲回家的途中將陸大娘堵住了。

陸大娘見了她如常問好，絲毫看不出異樣。安若希猶豫了一會兒，終是狠下心來。她說有事想求陸大娘幫忙，求一僻靜地方說話。陸大娘一臉驚訝，正欲推拒，卻被安若希拉至一旁巷內。

「除了大娘，我如今也不知還能與誰求助，求大娘仔細聽我說。我支開了丫頭，時間不多。事關宋嬤嬤，求大娘幫幫她。」

陸大娘愣住，竟與安若晨的老奶娘有關？

昨日她聽說老奶娘回鄉養老去了便覺奇怪，先不說先前老奶娘誓言旦旦要留在安府為安若晨探消息，便是她改主意了，也該來與她說一聲。就算不與她留個話，難道連安若晨最後一面她都不想見嗎？

陸大娘到處打聽，都未曾打探到老奶娘的蹤影。沒人見過她，也沒見老奶娘來找她。陸大娘覺得事情蹊蹺，如今聽安若希這般說，便問：「二姑娘是有何事？」

安若希一臉緊張地看了看巷外，生恐被人看到，拉著陸大娘又往巷子裡走，這才壓低了聲音道：「大娘，宋嬤嬤去世了。她偷聽爹娘說話被人發現，爹爹一怒之下罰了她。宋嬤嬤年紀大了，經不起打，就這般去了。」

陸大娘大驚失色。

安若希掩去自己在這事裡的經歷，只說經了老奶娘這事，爹爹怕府內有人給大姊探消息報信，於是乾脆將大房院子眾僕全都遣走，又恐大姊知道老奶娘這般去了會報復，於是趁亂將老奶娘的屍體運了出去，悄悄丟至城外的亂葬崗。

陸大娘瞪圓了眼，震驚於安之甫竟歹毒至此。

安若希再看巷子口一眼，迅速從懷中掏出一個錢袋，塞至陸大娘手裡。

「大娘，宋嬤嬤與我雖未有什麼情誼，但好歹也曾是一家出入的，她是大姊在世上僅存的親人了，我於心不忍，一想到她老人家死無葬身之地，我……」

安若希哽咽落淚，她抹掉了眼淚，繼續道：「如今家中所有丫鬟僕役均不敢相議此事，更別提為宋嬤嬤說句話收個屍。我爹娘生怕漏了消息，嚴懲了幾個家僕，如今人人自危，我實在無人可找。從前我聽說大娘與宋嬤嬤有些交情，便壯著膽子來求大娘。這事說起來確是難以啟齒，但這些是我能拿出來的所有錢銀了。求大娘看在大姊和宋嬤嬤的面子上，拿這些錢銀請人去亂葬崗找一找，給宋嬤嬤收個屍，買塊墓地將她好好安葬。」

陸大娘緊鎖眉頭，瞪著手中的錢袋，還未從震驚和憤怒中走出來。

安若希看了看她的表情，用力握著她的手搖了搖，「大娘，求求大娘好心。我是真沒了辦法，府裡頭任何人都不能託付，若是爹娘知曉我做了這事，定會責罰我的。求大娘幫幫我，幫幫宋嬤嬤，這是我們能為她做的最後一件事了。」

陸大娘深深吸了一口氣，道：「這事我會去打聽的。」

「此事千真萬確，請大娘找人去城外的亂葬崗。那地方具體是何處我不知曉，但聽爹爹確是這麼交代的。去晚了，我怕連屍首都找不到了。」安若希說著說著，眼淚又落了下來。

她探頭往巷外再看了看，這時候看到她的丫頭往這邊來，忙道：「陸大娘，我得走了。這些錢銀是給大娘的酬謝，請人、買地、買棺材和立墳之用，多謝大娘了。」

安若希一邊說一邊抹掉淚水，撫了撫頭髮衣服，快速往巷外跑了出去。

陸大娘悄悄看著，看到安若希迎向她的丫鬟，丫鬟遞給她採買的東西，她笑了笑，拉著丫頭往別處去了。一直到走得遠了，也未回頭再看巷子一眼。

陸大娘看了看手裡的錢袋，揣進懷中，轉向坊市方向，找殯殮活計的打聽去。

捌之章◆情愫

陸大娘是否真找人幫忙收屍，是否找到了老奶娘的屍體，是否已順利為其安葬，安若希並不知曉。她沒有冒險再找機會去與陸大娘說話，只如同從前那般，似乎與陸大娘並無任何瓜葛，倒是安若晨的消息她聽到不少。

譚氏對安若晨的動向極為關注，總與她說聽說今日那賤人去了哪裡，做了什麼。又說坊間說了什麼，不管真假輕重，總之一併倒予她聽。教她心裡有數，見面時好有個應對。

安若希沒多話，只按譚氏交代的寫好了拜帖。

譚氏仔細看過，讓人遞去給紫雲樓。

再說陸大娘這頭，她當真找了人去亂葬崗尋屍。

這頗費了一番勁，因著亂葬崗不止一個屍體，且樹密草深，地形雜亂，尋屍又是晦氣招楣運邪氣的活兒，鮮少有人願意前往，但最終陸大娘還是辦成了。

她找到了老奶娘的屍體，安家棄屍的甚至連草草掩埋都未曾做，且事隔三日，老奶娘生前又被毒打，找著時屍體已不成樣子，幾不可認。

陸大娘心中又怒又痛，含淚將老奶娘好好葬了，然後又去與城裡的人牙婆子打聽。人牙婆子從安府轉賣了幾個終身契的丫頭出去，對安家那日發生的事也聽得一些，與陸大娘如此這般地一說，倒是與安若希的話對上了。

陸大娘左思右想，去了紫雲樓，將事情報予安若晨知曉。

龍騰這日辦完了事，回到紫雲樓，聽說安若晨晚飯也未吃，一直在校場待著，頗為驚訝，還以為她今日去李秀兒母親家中遇到了什麼挫折，盧正卻是說上午之行並無意外，安管事神情正常，回來後在屋中寫寫畫畫很有精神。下午時接到安家遞來的拜帖也無異常，只是後來送菜的陸婆子求見，兩人聊了許久後，安管事便不太對勁。在屋中呆坐了好一會兒，突然拿了短劍去校場練功去了。

龍騰挑挑眉，去校場找安若晨。

到了那兒看到田慶遠遠守在校場邊，而安若晨低著頭坐在靶人的面前，一動也不動。

龍騰對田慶擺了擺手，示意不必行禮，然後走到安若晨面前。

安若晨完全沒反應，似不知道有人來。

龍騰看了她一會兒，心裡嘆口氣，看來得適應這姑娘總是無視他的狀況才好。

「地上涼，這般坐著小心生病。」

安若晨一驚，猛地抬頭，這才發現將軍在這兒。她忙站起來，對著龍騰施了個禮。眼眶有點紅，聲音有些沙啞，看起來一副想哭卻憋著不哭的模樣。

龍騰看看稻草紮的靶人，胸口衣布上已被扎了好幾個洞。短劍此時丟在安若晨的腳邊，地上還歪歪扭扭刻了幾個字：豬狗牛羊雞鴨鵝。

安若晨隨著龍騰的視線看去，忙伸腳將字踩擦了，再把短劍撿了起來，插入劍鞘裡。

「何意？」龍騰問的是那些字。

安若晨低著頭小小聲道：「罵人的話。」

龍騰眉梢挑得高高的，這罵人的話頗是新鮮啊！

「罵誰？」

安若晨沒吭聲。

龍騰也不追問，只道：「這般罵能解氣？」

安若晨搖頭。

「我想也是。」龍騰道。

「可是換了粗陋的也未覺解氣。」安若晨用腳尖擦著地上的字痕，自己小聲嘀咕。

「妳還會粗鄙的？」龍騰有些失笑，「是什麼？」

安若晨又不吭氣了。

「好吧，怎麼回事？」

「今日依將軍吩咐去了李秀兒娘家村裡，見著她母親了。她母親眼睛不好，有個小丫頭伺候著，也喚她娘，喚李秀兒姊姊，說是認的親。那丫頭原本是孤女，李秀兒給了她錢銀，住著她家房子照顧她母親，李秀兒答應日後會給她出嫁妝，但只有一個要求，男方得入贅，一同侍奉她母親才行。那小丫頭很是忠心，家裡收拾得乾乾淨淨，院子後頭的菜田也養得好。李秀兒的母親被養得白白胖胖的，說話帶笑，想來生活無憂，無甚煩惱。提起李秀兒滿嘴誇讚，沒什麼戒心。我瞧著屋子裡的東西，有些新，似是剛採買的。徐媒婆過世兩個多月了，看來如今李秀兒也並不為錢發愁。」

安若晨知道龍騰不是問這個，但她覺得還是說說正經事的好。

「嗯。」龍騰應了聲，再把話題繞回來：「妳為何難過？」

安若晨垂著眼簾，盯著自己的腳尖看，抿緊嘴角。

龍騰不催她，耐心等著。

過了好一會兒，安若晨見龍騰沒有放棄的意思，只得道：「將軍，我是個禍害，害了許多人。」

「是嗎？說來聽聽。」

安若晨抬頭，看到龍騰淡然的表情，既不是好奇也沒有不耐煩，彷彿反正他就站在這兒了，只是在聽她說話而已。這讓安若晨感覺到踏實，不知為何，她就是覺得心裡忽然踏實了。

「我娘生的不是兒子，她一直有遺憾。她很疼我，但她還是有遺憾，我知道。她在家裡受欺負，可她什麼都沒做，除了她自己的個性使然外，還有一個原因，是她在顧念我。她總是在擔心我，她很憂慮，印象裡，她鮮少有開懷的時候。」

說到這兒，安若晨停了停。

龍騰沒說話，耐心等著。

安若晨繼續說：「我小時候任性，故意做些會惹惱爹爹的事，故意做些挑釁姨娘的事，我年紀小，他們還不能將我如何，但都罰在了我娘身上。我娘為了我，受了許多苦。還有我的丫鬟、奶娘，因為我的緣故，也受了許多苦。我娘最後抑鬱而終，病死的。後來我要逃家，讓陸大娘幫我租房，結果將陳老伯害死了。陸大娘到今日雖沒事，但細作是知道她的，她仍處在險境。我四妹失蹤了，凶多吉少，我不停告訴自己會找到她，一定能找到她，但其實我心裡知道，她怕是早遇害了，不然又怎會這許久都沒消息。」

安若晨的聲音哽咽起來，淚水在眼眶裡打轉，卻倔強地不肯落下。

安若晨深呼吸幾口，繼續道：「徐媒婆因為我死了，謝金因為我死了，如今我的老奶娘，也死了。」一眼淚再次盈滿眼眶，她用力抹掉。

「我院裡的丫鬟僕從全被處置了，那些終身契的，被人牙婆子再賣一手，能去好地方便罷了，怕是太著急出手，連妓館娼院都有可能……」安若晨捏緊了拳頭，「我明知道我這麼一走，定會連累院裡的所有人，可我還是做了，我根本不管她們。我把老奶娘害死了，我把她們所有人都害了，我甚至沒辦法替她們討回公道。我一直想一直想，連報官告狀的辦法都想不出來。所有的人都沒了，那些賣身契也沒了。我沒辦法證明老奶娘不是安府的賣身僕役，我沒辦法替她伸冤。我坐在那兒，總覺得一定會有法子，但是我沒有，我腦子裡空空的，我除了連累別人，害死別人，我什麼都做不了……」

安若晨再也忍不住，聲音變大，淚水滑過臉頰，她吸著氣，用力擦去。

龍騰盯著她看，道：「我不與哭哭啼啼話都講不清楚的人說話。」

安若晨忙吸吸鼻子，試圖控制淚水，但眼淚仍不聽話地落下。

「罵一罵試試？」

「他奶奶的熊……」抽泣著抹著淚，聲音哽咽，這句宗澤清的口頭禪被安若晨說得可憐兮兮的，哪有半點罵架的粗鄙氣勢？

龍騰嘆氣，「還是用哭的吧。」

安若晨搖頭。

龍騰道：「不用忍。」

安若晨用力咬唇。

「哭！」龍騰喝她。

這一喝，安若晨再忍不住，委屈與悲傷全湧了上來。

她低頭開始哭，越哭越大聲，哭得上氣不接下氣，哭得全身發軟，哭得需要一個肩膀依靠。她向前一撲，沒等龍騰猶豫要不要伸手，安若晨已從他身邊擦身而過，抱住了稻草靶人，把臉埋在那靶人的肩膀，終於再無顧忌，哇哇痛哭，宣洩出來。

龍騰一愣，把手收回來背在背後，默默看著安若晨瘦弱的肩膀因為哭泣而顫抖。

看了一會兒，他終是忍不住伸出手想摸摸她的頭，快落到她髮上時猶豫片刻，轉而落在她的肩膀，輕輕拍了拍，還未來得及說話，卻聽得「砰」一聲，稻草靶人倒了。

安若晨正哭得投入，全無防備，渾身重量都壓在靶人身上。

這一下，猝不及防，直挺挺地跟著靶人一直摔了下去。

撲通！

哭聲砸沒了，倒地的聲音聽起來很痛。

安若晨壓在靶人身上，四肢趴地，一動也不動，摔得傻眼。

龍騰也傻眼，他的手還舉在半空中。他沒用力啊，他發誓！

稍晚時候，蔣松飛奔進宗澤清和謝剛的院子裡。

宗澤清正在院裡擦他的鎧甲，見得他來，便道：「又有甜湯嗎？」

「沒。」蔣松飛快答：「將軍一掌把安管事拍到地上去了。」

宗澤清懶洋洋的，「哦，所以沒有甜湯……等等，誰把安管事打了？」

「將軍。」

「盧正和田慶說的？」宗澤清轉身便往謝剛的房間跑，一邊跑一邊道：「你挑的人這麼碎嘴，妥當嗎？」跑到門口後，用力拍門。

謝剛打開門，一臉嚴肅。

「安管事犯了錯，被將軍打倒在地，你說這事我們是裝不知道，還是過問一下才好？」宗澤清一口氣說完。

謝剛看看宗澤清，再看看蔣松。

蔣松把事情說了一遍。

宗澤清聽完，一拳揮過去，「那怎麼騙我將軍把人打了？」

「我何時騙的？」蔣松輕輕鬆鬆擋開那拳，「你不讓人說完便自己瞎編胡猜，還汙衊將軍。」

宗澤清一聽更來氣，他明明是被誘騙的。兩人打成一團，謝剛問：「然後呢？」

「然後待我揍死他。」宗澤清答。

「然後將軍就走了，還把盧正和田慶都趕走，讓安管事一個人趴在那兒。」

宗澤清一愣，停了手，「真的假的？」

「真的。」蔣松給他一個大白眼。

宗澤清一臉不信，「將軍如此狠心？」看蔣松表情不似玩笑，他皺起眉頭，「怎能如此呢？安管事可是嬌滴滴的姑娘家，當扶起來好生安慰一番。啊，我去看看，太可憐了。我去扶她，安慰一番。」

謝剛涼颼颼地道：「若真哭得一把鼻涕一把淚的，還摔一臉泥，姑娘家誰也不願讓別人看到這般模樣吧？你去是安慰人家，還是給人家心裡添堵呢？」

「……」宗澤清停下腳步，「有道理。」

「而且都過了好一會兒了，人家興許早回屋了。」蔣松也給他潑涼水。

宗澤清撓撓頭，有些放心不下，「那要不要過一會兒去她屋裡安慰安慰？可是，要如何解釋我們知道她摔在地上的狼狽事呢？」

謝剛一本正經道：「我可不知道安管事摔到地上了。」

蔣松搖頭，「我也不知道。」

宗澤清用眼神鄙視他們。

蔣松拍拍他的肩，道：「我說兄弟啊，你若是真有什麼想法，先去找將軍說。要盡快的，不然恐怕來不及。」

宗澤清頗茫然，「說什麼？什麼想法？」然後恍然道：「啊，對了，四夏江的前鋒攻陣，我確是想到了好主意，得與將軍商議商議。」

謝剛與蔣松互視一眼。

「好了，估計可以放心了。」

「嗯，這小子除了打仗，怕是腦子裡沒別的。」

宗澤清不服氣，除了打仗，腦子裡沒別的明明是將軍好嗎？「我找將軍商議去。」

「將軍在安管事那兒。」

「那等他回來我再找他。」宗澤清在院子裡坐下，繼續愉快地擦著鎧甲。他那計策甚妙，將軍一定會同意的。

龍騰確實在安若晨屋裡。

安若晨哭了那一場後舒服多了，摔得狼狽，頓時連難過的感覺也沒有了。

真尷尬，太尷尬了。幸好將軍啥也不說轉身就走，幸好夜色已黑沒人看到，她自己偷偷奔回屋擦洗一番換過衣裳，整個人精神多了。

這時候將軍上門，將她訓斥了一番。

「真覺得自己是禍害是累贅就趁早離開，我這兒可用不上妳。」

「我錯了，再也不敢了。」

「錯哪兒了？」

「讓將軍看笑話了。」

「我看到笑話沒什麼，可若讓行惡之人看笑話，讓那些欺負了妳的人看笑話，那才是錯。」龍騰語氣嚴厲，「若是非對錯分不清，小痛小悲受不住，要妳何用？」

安若晨頭得低低的，被罵得很難過。

龍騰問她究竟發生了什麼事，她一五一十地仔細說了。

龍騰聽罷，問她：「我與妳說過什麼？」

安若晨小小聲回道：「將軍說過，將軍頗是嚴厲，我需要好好努力。」

龍騰嘴角一撇，將笑忍住了。這麼不經訓的，罵幾句便只記得他嚴厲了。

「我說過莫要只盯著一件事，要看全域。妳老奶娘死得冤，妳無法證明她不是安家終身僕，無法替她申冤，但妳只有這件事可為嗎？妳爹爹這輩子這般『清白』，只做了這麼一件壞事？」

安若晨猛地抬頭，兩眼放光。將軍教訓得是，她懂了。

「還有妳四妹，妳不是說生不見人死不見屍絕不放棄？妳說妳心裡明白，就該明白得更通透些。是誰害了她，妳自怨自艾，把罪過攬自己身上，妳四妹的仇能報嗎？那些害了妳們的人過得比妳們好，妳可甘願？」

她不甘願！

「為何要抓住細作？」龍騰問她。

「要取勝」三個字就在嘴邊，但安若晨反應過來了。「阻止戰爭。」她道：「我的命、我妹妹的命，都排在這事的後頭，排在大蕭戰禍、平南郡百姓安寧的後頭。」

「所以，是我謀害妳，謀害妳四妹？」

「自然不是。」安若晨瞪眼。

「所以，徐媒婆的死、陳老伯的死，是妳害的？」

安若晨的臉漲得通紅。

「我知道錯了，本不是這般想的，就是心裡難過，一時胡言亂語……」

「還狡辯？錯便錯了，解釋什麼理由，這般是認錯的態度嗎？」

安若晨很是羞愧，低下了頭，「確實知錯了，請將軍責罰。」

「好，那罰妳抄兩遍《龍將軍新傳》。」龍騰面不改色，嚴肅正經。

「是。」安若晨被龍騰的表情語調迷惑，毫無防備便應了。應完這才愣了愣，忙認真端詳龍騰的神情。將軍，你又開玩笑嗎？安若晨抿抿嘴，抄便抄，有些小賭氣地用力點頭，又應了一聲「是」。

龍騰笑了起來，這一笑霜解冰融，晃得安若晨心裡一蕩，聽得龍騰的聲音都覺柔軟許多，他道：「這般有精神不就挺好的嗎？」

將軍大人說完便走了，留下安若晨自個兒在屋裡回味。等等，剛才說的什麼傳來著？新傳？不是列傳？哪裡來的《龍將軍新傳》？

將軍又耍花招呢，這般真是不穩重！安若晨咬咬唇，堵了一口氣，吃飽後開始磨墨。寫就寫，她要寫一本比《龍將軍列傳》還有意思的《龍將軍新傳》出來。

這一晚忙碌，待精疲力盡倒在床上入眠時，安若晨才反應過來，她一晚上腦子裡淨琢磨新傳了，沒空傷心難過。將軍其實是個細心體貼的人呢，雖然嚴厲了些。她必不能教他失望，必要做一個令將軍滿意的人物。

第二日，安若晨再無沮喪。她去了老奶娘的墳前，向老奶娘磕頭上香。抹掉淚水，抖擻精神，所有的悲痛都是力量。她發誓，必要為老奶娘討回公道。

回到紫雲樓，安若晨給安若希回了帖子，同意她的來訪，時間便訂在明日，而這時探子報回了個消息，李秀兒那頭有了動靜，她去了招福酒樓。

招福酒樓裡，趙佳華一臉不快，在後院一間廂房裡壓低聲音與李秀兒道：「不是說好了妳莫要來找我？有事便讓敦兒傳個信，我會過去見妳。妳這般跑來，會露餡兒的。」

李秀兒很是慌張，「昨日安若晨去了我娘家，問了許多話。」

趙佳華皺眉，「都問了什麼？」

李秀兒將義妹朱兒一早過來說的那些都告訴了趙佳華。

趙佳華聽罷，斥道：「這有什麼？朱兒應話之事，妳不是都交代好了？隨別人如何問，照實答便好。妳的錢銀來歷我們也說好了，都是妳閒暇時做繡活悄悄出去賣了貼補家裡的。繡坊莫婆子那頭不是也打點好了嗎？這裡面沒什麼破綻，就算是官老爺，也不能無憑無據給人治罪。再者說，妳除了給家裡貼補錢銀，還有什麼可被他們拿來說事的？徐婆子已經死了，只要妳一口咬定無事，誰又知道發生過什麼？就算從前妳跟徐婆子報了些事，難道還不許婦道人家話話家常扯扯是非？妳又不曾做什麼傷天害理的事，心虛什麼？」

「但她居然找上了我娘。」李秀兒最在意的便是母親，她有今日這境況，全是因為想給母親過上好日子。

趙佳華抓住李秀兒的手，盯著她的眼睛道：「正是找上了妳娘，所以妳更要冷靜。妳想想，衙門那邊都問過話了，妳沒落下任何把柄，安若晨她能如何？就是沒了法子才到妳娘那兒試探。妳什麼都不必做，如常過日子，她便拿妳沒辦法。妳慌裡慌張，反而招人疑心。妳若是出了什麼事，妳娘怎麼辦？」

李秀兒咬咬唇。對，她娘的日子還指望著她呢！

「妳記住，徐婆子已經死了，如今只有我能保證妳有足夠的錢銀讓妳娘過得好，讓朱兒死心塌地照顧她。妳與我是一條船上的，妳能幫我，我才會幫妳。」

李秀兒用力點頭，「我答應妳的事自會做到。」

兩人再敘了幾句，趙佳華讓李秀兒快走，今後莫要自己過來。想了想又叫住她，從懷裡掏出些碎銀，讓她繞去前頭酒樓找掌櫃訂隻八寶鴨，這般顯得來此也是有原因的。

李秀兒應了，毫不客氣接了錢銀放入袖袋中，這才走了。

趙佳華跟在她後頭出去，小心看了看周圍。看著李秀兒順利出了後門，似無人發現，趙佳華這才鬆了口氣。她轉身待回房，卻看到自己的相公劉則迎面走來，她頓時僵住。

劉則走到她近前，看了看她身後，問道：「那是誰？找妳何事？」

趙佳華笑道：「姜氏製衣鋪的二夫人，想買隻八寶鴨。因我去製過衣裳，便來問問我能不能也給她關照下，跟李掌櫃打聲招呼算她便宜些。這哪裡好啊，我與她說了一隻鴨子不方便，待她家辦個酒席之類的，我再幫她問問。」

劉則失笑，「妳也真是的，人家既是來問妳，做做人情又何妨？日後妳去製衣讓她給做仔細些，好料子留些給妳，不是挺好？」

趙佳華撇撇嘴，撒嬌道：「我能製幾件衣裳啊？飯倒是天天要吃的。我是怕開了這先例，日後哪家哪家都來占便宜了。」

劉則拉著她往前院去，一路走一路道：「哪能哪家哪都來？茵兒呢？」

「在屋裡呢，有婆子陪著。」

「今日不出去逛逛了？」

「不去了，今日在家裡給你把那雙鞋面繡好。」趙佳華笑著。

兩人說著話便到了前院，劉則拉著趙佳華穿過側門，從招福酒樓後廚進去，走到了酒樓堂廳處。李秀兒剛到那兒，正與掌櫃訂八寶鴨。劉則見了忙過去問，主動說給免掉零頭少算些錢。

李秀兒驚訝，看了趙佳華一眼，忙應聲道謝。劉則笑笑，只道日後他家夫人過去製衣，也請夫人多關照。

兩邊說了些客氣話，李秀兒訂好鴨子走了。

趙佳華對劉則嬌聲道：「好了，是我小氣，不如劉老闆大方呢！」

劉則笑著摸摸她的頭，讓她先回去，他要在酒樓忙一會兒。

趙佳華轉身朝府宅走，走得遠了才敢鬆開袖中握拳的手，手心裡緊張得全是汗。

此時安府這邊正在為明日安若希與安若晨的會面做準備。先前安之甫打砸過安若晨的房間，許多物件都沒了，衣服也毀了。安若希打著給姊姊帶衣物探望的名頭，手裡怎麼能沒有合適的東西？於是丫鬟婆子費功夫收拾，臨時趕製，譚氏和安榮貴則拉著安若希叮囑一番。

稍晚時候，中蘭城內的一處府宅內，解先生喝著茶，語氣淡然地對著坐在他對面的人道：「安若晨不能動，她對我的計畫很重要，我從未離軍情要密如此之近。」

對面那人道：「你若是覺得能控制她便大錯特錯了……」

解先生擺擺手，「莫要多言，這事我已說過，安若晨很重要，誰也不得傷她。她必須得安安穩穩在紫雲樓那兒待著，她與龍騰越親近，於我們便越有利。我知道你打的什麼主意，我勸你莫要輕舉妄動，若是壞了大事，你擔不起。」

對面那人沉默。

解先生又道：「是你我才說這些，換了旁的人，我可沒這耐煩心思。你知道的，有可能成為阻礙的，我都得剷除，你可莫要讓我為難。」

語調平常，話卻是狠話。他對面那人臉色頓時難看，回道：「你莫要忘了，我也很重要，若沒了我，你們還計畫個屁？你對我客氣著點，不然若壞了大事，你擔不起！」言罷，起身拂袖而去。

解先生盯著他的背影，將手裡的茶盅重重放到了桌上。

◆ ◆ ◆

安若晨與安若希見面了。

姊妹倆相對無語，沉默地坐了好半天。

安若希很緊張，初見面時她還笑著道：「大姊，好久不見。」

可安若晨卻一句話都未曾說，只擺擺手讓她坐。

這冷臉對待，安若希雖然早有了心理準備，但仍不好受。

坐下後等著安若晨說話，結果她愣是一聲不吭。安若希越坐越是尷尬，漸漸惱火起來。既是同意見她，又何必故意給她臉色看？哦，對了，她同意見她，必是為了有機會讓她看她的臉色。

安若希想發脾氣走了算了，但想到這麼一事無成走掉之後的後果，她又不敢了。在腦子裡轉了一圈回去之後能如何交差，她決定還是先開口。

「姊姊在此處過得可好？」

「比在安府好。」這回安若晨回答了。聲音和藹，可惜話似釘子。

安若希裝作聽不懂，又道：「我帶了些衣裳吃食和日常所需給姊姊。」

「太客氣了。」生疏得像是初識者。

安若希笑了笑，可安若晨沒笑。她就這麼看著她，看得安若希又心虛又惱火。又等了一會兒，安若晨仍舊不主動說話，安若希咬咬牙，決定不再拐彎抹角了。

「這次來，其實是想給姊姊帶個消息。前些日子，宋嬤嬤偷聽爹娘談話，被爹爹責罰了。宋嬤嬤年紀大了，受不住，傷重去世，爹爹乾脆將妳院子裡的丫鬟僕役全遣走了。」

安若希說著，偷看安若晨一眼。見她表情僵硬，沒發脾氣，於是繼續道：「妳院子裡的人全沒了，爹爹便將宋嬤嬤去世一事掩蓋，對外說是她回鄉養老去了。我於心不忍，冒著風險偷偷找人去亂葬崗為宋嬤嬤尋屍，求著為她安葬，但爹娘盯得緊，後續如何我還沒機會問，等我問著了葬於何處，再來與妳說。」

安若晨冷冷地問：「這事與妳有關嗎？」

安若希心一跳，「什麼？」

「我奶娘之死，與妳有關嗎？」

安若希差點跳起來，「與我有何關係？難不成我還能將她打死了，然後跑來告訴妳她的死訊？」

「若與妳無關，妳心虛什麼，於心不忍什麼？」

安若希瞪眼，聲音揚得高高的：「人心都是肉長的，我怎麼就不能於心不忍了？妳我姊妹一場，雖說不上情誼深厚，但好歹也是一起長大的，我對下人也有責罵打罰，但妳可曾見過我下毒手，我可曾害死過誰？再者說，她是妳的奶娘，又不是我的下人，我打她做什麼？把她害死了，於我有什麼好處？」

「好處就是，妳來見我時，可以向我邀功。爹爹心狠手毒，這個自不必說，而妳卻是那家裡獨好的。爹爹打死的人，下令丟棄的屍體，妳卻敢偷偷找人去葬了。為了我呢，為了我這個情誼不算深厚的姊妹？」

安若希一噎，強辯道：「好歹姊妹一場。」

「妳告訴我奶娘死了，我沒有一點驚訝，妳不吃驚嗎？」

安若希愣住。

「你們知道陸大娘與我有往來，知道陸大娘與我奶娘有往來。我奶娘既是偷聽妳們說話，那麼會不會中間有人幫著傳話？所以妳故意找了陸大娘讓她幫忙收屍，妳猜她會將消息報給我。在妳來此之前，我便已經知道妳做了大好人，幫了我奶娘幫了我，然後我該對妳感激，該對妳好言好語，對妳的所求我也該好好考慮回應，是也不是？」

安若希抿緊了嘴，說不出話來。

「妳膽敢在我這兒裝作不知道的樣子，難道我該說一切我已知曉，虧得有妹妹，我心裡當真感激嗎？」安若晨瞪著安若希，一字一句道：「妳既是利用陸大娘，那麼故意殺了我的奶娘，利用此事擺弄我，自然也大有可能。安若希，妳給我聽著，這事不會就此罷了，我會查個一清二楚，誰害了我奶娘，我不會放過他的。爹爹、妳娘，還有妳……」

「我沒有！」不待安若晨將狠話說完，安若希已然跳了起來大叫：「我沒動她一根指頭！錢老爺想對付妳，他找了爹爹和榮貴說話，想讓家裡與妳聯絡，探得妳的消息，日後有機會引妳出去將妳擒走！爹爹不願來受妳的氣，我娘讓我來，我難道就願意來看妳的臉色嗎？宋嬤嬤偷聽到我們談話，我娘和爹爹才讓人將她打了，我可沒碰她一根指頭！我是拚命想法子討好妳來著，那又如何？我如今還能求著誰？爹娘又要與錢老爺議親，妳不在了，四妹沒了，下一個就輪到我了，我還能怎麼辦？我娘也騙我，爹爹也不會疼惜我，沒有人幫我，不會有人幫我，我能怎麼辦？」

安若希越說越激動，咆哮起來：「妳有何了不起的，我也不願來見妳，可我沒有法子，我拿了水和傷藥想去幫宋嬤嬤，可她傷重死了，是真的傷重死了！我只是餵了她一點水，她還在罵我，罵著罵著，便去了！我也害怕，可我能怎麼辦？三妹偷偷跟著我，看到宋嬤嬤斷氣，還非說是我害的，可我沒有！日後妳若聽得一言半語說是我害的，那都不是真的，定是三妹與她娘胡說八道傳的！我只是餵了一些水而已，我想幫她！我幫了她，便與妳有話好說，能與妳討人情！沒錯，我就是打的這般主意，但她死了，我有什麼法子？我是故意找了陸大娘，我知道她會告訴妳這事，可我沒幹壞事，若不是走投無路，打死我我也不會來這兒被妳教訓！妳當我願意看到妳嗎？賤人！」安若希說得流淚，一邊大喊一邊拍桌子。

安若晨盯著她看，安若希也瞪著她。

安若晨道：「妳既是忍辱負重過來了，想必是有話要認真與我說的，可妳這般蠢，動不動就叫嚷謾罵，妳當這兒還是安府嗎？妳若再罵我一句，便給我滾。再拍一下桌子，便給我滾。我可不管妳有沒有法子，是不是走投無路。」

安若希僵住，頓時蔫了。她坐了下來，低下了頭。

安若晨也不管她，自顧自拿了茶喝。

過了好一會兒，安若希低聲道：「我就是受不得冤屈，才沒控制好脾氣。三妹故意的，她明明該知道我不會做那種事的，我餵的是水，她故意那般說我。」

安若晨不接話，不理她。

安若希又道：「姊，我不想嫁給錢老爺。」

「下一個輪到妳了嗎？」

「很有可能。」

「這也是與我搭話的計策嗎？」

「我希望是，可惜不全是。我偷聽了我娘與榮貴說話，錢裴對妳恨之入骨。四妹沒了，妳也跑了，他顏面受損，很不甘心。他故意給爹爹和榮貴難看，還逼著爹爹寫了份狀紙，狀告將軍和太守大人為官不仁，強搶民女。那狀紙錢老爺自己收著，不知何時會用上。爹爹有些擔心，覺得這是被錢老爺拿住了把柄，民告官，且告的還是將軍大人和太守大人，這哪裡討得了好？錢老爺對妳仍不死心，想找機會將妳捉走。我娘與我說，議親事只是做做樣子，讓妳能同情我，但我聽到她與榮貴商量著，這算是討好錢老爺的一步，向他表表忠心。若錢老爺同意了，我就真得嫁過去。」安若希說到這兒，抬起了頭，「姊，我真的走投無路，妳幫幫我吧。」

安若晨淡淡地問：「讓我幫妳，妳用什麼換呢？」

安若希愣了愣，她推心置腹說了半天，將事情都告訴她了，卻換來這麼冷淡的一句？

安若希又沒忍住，嗆了回去：「那四妹又是用什麼換的？用她的命？」

安若晨臉一沉，四妹是她心裡的痛，安若希還犯蠢狠狠刺一刀。

安若希見她臉色，咬咬唇，局促地挪了挪，「我不是那個意思。」

安若晨不說話，安若希嚥了嚥唾沫，小聲問：「四妹還是沒消息吧？」

安若晨反問：「若我找著了四妹，妳是不是迫不及待地要去向爹爹和錢裴邀功，想法子領四妹回家，轉手就把送到錢裴那兒去？」

安若希又差點跳起來，「我便是這般壞的嗎？只妳心疼四妹，我便想害她嗎？我們是親姊妹！雖平素算不上多親近，但也無仇無怨，得閒時也能聊上幾句！我幫妳挑過衣裳，送過妳胭脂水粉，妳與四妹親近，我難道會害她？又不是我給她訂親的！我知曉她被許給了錢老爺，心疼她，帶她玩買吃的給她，想著起碼她出嫁前的日子是開開心心的！我還打定了主意，她嫁過去日子不好過，我會常去看望她，暗地裡幫襯著她一些！我是不如妳，妳慫恿她逃，她才十二歲，她會什麼？她東南西北都分不清，是妳害了她，妳害得她現在生死不明，妳夜裡頭能睡得安穩？又憑什麼抹黑我？」

「那妳現在來找我做什麼？來找我害妳嗎？這般呢，我是萬萬不能害妳的，否則夜裡睡不安穩。妳安安心心嫁給錢裴，我會常去看望妳，妳嫁過去的日子若是不好過，我暗地裡幫襯著妳一些，如何？」

「我……妳……」安若希語塞，她自知失言，一時也不知該說什麼好了。

「妳不壞，妳良善心軟，我卻不一定了。我敢逃家，敢對抗安之甫和錢裴，我也會對付妳的。」

「我……我不是這個意思。」安若希勉強擠出這句。

安若晨猛地站了起來，居高臨下地瞪著她，「在我面前裝好人，妳是傻子嗎？妳忘了我們是同一個爹爹生的嗎？妳忘了家裡發生過多少齷齪的事嗎？妳忘了我從小到大看過多少醜惡的嘴臉嗎？安家沒好人，好人都死了！」

安若希目瞪口呆。

安若晨眼神冷酷，「爹爹時常罵我娘是賤人，生不出兒子，成天哭喪著臉，只會拖累他，可我娘做錯了什麼？她跟外祖父錯信了他，爹爹藉著外祖父是德昌縣衙門師爺的關係攀上了縣令，攞了當地商賈一道，搶了生意。他為了這個，向我娘獻殷勤，在我外祖父面前裝老實人。娶了我娘回來，做成了德昌縣的買賣。我外祖父染病過世，德昌縣那頭買賣再榨不出更多油水，他立時換了嘴臉，又納了妳娘，然後是三姨娘、四姨娘、五姨娘。妳自己說，哪房姨娘是省油的燈，能在安家過下去？善良？妳是在說笑話嗎？」

安若希僵在那處，完全說不出話來。

「妳讓我幫妳，我問妳要好處妳很吃驚嗎？憤怒嗎？我也曾經很吃驚很憤怒，那又如何？妳記不記得爹爹罵過我多少次賤人？他罵我是個心腸狠毒的小賤人！」安若晨盯著安若希，「如今讓我來親口告訴妳，我的親妹妹，其實我真的一點都不介意做他嘴裡那樣狠毒並且多疑的『賤人』！」

安若希瞪著眼睛，瞪著瞪著，淚水流了下來，她開始痛哭，「我們做女兒的，在他眼裡都是換利的籌碼。我不想嫁給錢裴，姊，我真的不想，我很害怕。我娘騙我，她騙我，她一心向著爹爹，我在她心裡也只是換利的籌碼，我很害怕……」

安若晨盯著她看，慢慢坐回位置，默不作聲，任她哭著。

安若希一邊抹淚一邊道：「我知道，我來了定是會被妳疑心，可我真的不知還能找誰求助。妳有本事，妳逃出來了，還在這紫雲樓裡過得好好的。妳定有辦法能幫我的，妳幫幫我吧，求妳了，姊！」

「妳想我幫妳什麼？」安若晨過了好半晌，終於問。

「我……」安若希抽泣著，「我想嫁個好人家，嫁到外郡去。家裡出了這些事，中蘭城，不，整個平南郡又有哪個正經人家敢娶安之甫的女兒。」

安若晨沒說話，沒說其實很早之前就不會有正經好人家願意跟安家結這親的。

「而且我想過了，爹爹挑親家，只琢磨著有多少好處，就算我這回躲過錢老爺，下回還會有別的老爺。況且妳還在城裡，錢老爺對妳不死心，爹娘便會逼著我繼續與妳糾纏，為了這個，錢老爺也不會放過我。在這中蘭城，我看不到未來日子的希望。大姊，妳有將軍撐腰，如今在城裡能說上話，妳幫我談一門外郡的好親事，幫我求求將軍，有將軍壓著，爹爹不敢不同意的。我嫁得遠遠的，從此離開這鬼地方，離開這些是非恩怨，妳也不必擔心我謀害妳了，是不是？」

安若晨沒說話，既沒答應也未拒絕。

安若希咬咬唇，覺得事情有希望，忙又道：「妳幫了我，我自然會回報妳。爹娘那邊的消息，錢老爺那邊的打算，我會替妳打聽著。他們讓我來與妳見面聯絡，好迷惑妳，這也正好給了我明正言順的報信機會，我可是比陸大娘管用多了。」她頓了頓，道：「對了，我方才有說嗎？錢老爺讓爹爹寫了份狀紙，說日後尋了機會要告京狀的，告的是太守大人和龍將軍。妳給將軍示個警，莫要留了後患。還有，四姨娘有些瘋瘋癲癲的，總罵妳，說妳害死了四妹，她要找妳償命。雖是瘋言，但妳也要防備，出入當點心，若見著了她，避著點總是好的。」

她一口氣說完，滿懷希冀地看著安若晨。

安若晨問：「還有呢？」

安若希忙道：「日後還有些什麼，我打聽到了，定再來告訴姊姊。」

安若晨道：「爹爹的玉石買賣可有何不乾淨的？」

「什麼？」

「太守大人下令封閉關貿之時，爹爹的貨還沒有拿到。還有，外郡客商來家裡鬧過，記得嗎？」

安若希記得，後來貨拿到了，四妹的親事定下了，「是錢老爺幫的忙。」

「這我知道，但必是有些不乾淨的勾當，我要知道他們做了什麼。」

安若希緊張起來，「買賣上的事，爹爹又不會與我說。」

「但會與榮貴說。玉石鋪子不是榮貴也在幫忙？妳幫我打聽到了，我便幫妳尋外郡的好親事。」

安若希咬咬牙，「妳想報復爹爹，毀了安家？」

安若晨笑道：「哦，對，我忘了妳良善心軟來著。既是妳做不了這事，那便算了。妳回去回話吧，便說東西送到了，心意我領了，然後我將妳轟了出去，日後不會再相見。」

安若晨說著站了起來，一副準備送客的模樣。安若希慌得也站起來，一把拉住安若晨的袖子，道：「好，我答應妳。我有了消息，便來告訴妳。」

安若晨看了看安若希拉著自己袖子的手，再抬眼看看她的臉，道：「若是家裡或是錢裴那邊有了四妹的消息，無論生死，妳也得速來報我。」

「行。」安若希一口答應。

安若希出了紫雲樓，腦子裡還有些亂，分不清自己這一趟是成功了還是失敗了。轎子行到半路時，隨伺的大丫頭梅香忽然道：「小姐，有人攔轎。」

安若希聽得轎外有人道：「安二姑娘，我家老爺有請。」

梅香問：「你家老爺是誰？」

「錢裴錢老爺。」

安若希心一沉。

錢裴的馬車停在路邊的巷子裡，安若希獨自上去了。

一上車，便看到錢裴的微笑。「二姑娘好啊！」他說。

「錢老爺好。」安若希努力鎮定地打著招呼。

「二姑娘從哪裡來？」

明知故問。

安若希也裝成偶遇，道：「剛去紫雲樓見了大姊，沒想到這般巧遇到了錢老爺。」

「是挺巧的。」錢裴笑著，「安大姑娘可好？」

「大姊挺好的，做了紫雲樓的管事，出入皆有丫頭僕役伺候，不比在家裡差。」

「與大姑娘都聊了什麼？」

「就是敘敘閒話，別後情形。」安若希回答得小心，字字斟酌。

「大姑娘與二姑娘看來感情很是和睦。」

安若希想了想，才回道：「讓錢老爺看笑話了。大姊趁機嘲諷訓斥我一番，只是依著爹娘的囑咐，我陪了許多小心話，費了不少勁兒討好，最後也算維繫住了姊妹情誼。」

錢裴笑了笑，「那還真是委屈二姑娘了。」

「不委屈，是我該做的。」

錢裴又道：「二姑娘能如此想便好，日後姊妹常來常往，也是美事。」

安若希點點頭，然後做了個為難的表情，嘆口氣道：「只是，我那姊姊脾氣大，要討她歡心也是不容易。」

錢裴笑起來，「二姑娘若是有難處，儘管與我說。我與大姑娘有緣分，差一點便結為夫妻了。大姑娘對我不喜，我卻是惦記著她。日後怕是還得麻煩二姑娘多多美言，幫幫我的忙。」

安若希道：「這個自然可以，錢老爺有何囑咐便告訴我，我定當盡力而為，只是……」安若希頓了頓，看了錢裴一眼，「只是我聽得傳言說，爹爹生恐錢老爺對大姊逃婚之事懷恨在心，欲與錢老爺再結親，以補償對錢老爺的虧待。父母之命，我自是聽從的，只是若我又與錢老爺有了婚事之約，怕在大姊那處便不好說話了。到時她見都不會見我，我想幫上錢老爺的忙，怕也有心無力。」

錢裴哈哈大笑，笑得安若希心驚膽顫。

錢裴笑完了，道：「安家的女兒當真是一個賽一個的有趣，我從前還真是沒看出來。二姑娘冰雪聰明，真是教人歡喜。」

安若希緊張得嚥了嚥唾沫。

錢裴道：「二姑娘請放心，安老爺說的玩笑話，我未放在心上。二姑娘安心為我辦事，我必不會虧待二姑娘的。」

安若希勉強笑道：「錢老爺客氣了。大姊從前不識趣，令安家蒙羞，錢老爺未記恨，當真是心胸寬廣。」

「那麼，今日大姑娘可與二姑娘提到四姑娘的消息？」

安若希忙答：「大姊不知四妹的下落，聽起來，她還未放棄，還會找下去。若日後有了消息，我定會告訴錢老爺。」

「好。」錢裴滿意地點頭，又問：「聽說安老爺將大姑娘院子裡的人全遣走了，那府中豈不是沒了大姑娘在意的人了？今日大姑娘可問起了誰？」

安若希想了想，答道：「給我們安府送菜貨的那位陸大娘，是大姊的幫手。」

（未完待續）

作者 汀風
封面繪圖 畫措
責任編輯 施雅棠
國際版權 吳玲緯
行銷 艾青荷 蘇莞婷 黃家瑜
業務 李再星 陳玫潾 陳美燕 杻幸君
副總編輯 林秀梅
編輯總監 劉麗真
總經理 陳逸瑛
發行人 涂玉雲
出版 晴空
城邦文化事業股份有限公司
104台北市中山區民生東路二段141號5樓
電話：（886）2-2500-7696 傳真：（886）2-2500-1967
發行 英屬蓋曼群島商家庭傳媒股份有限公司城邦分公司
104台北市中山區民生東路二段141號2樓
客服服務專線：（886）2-25007718；25007719
24小時傳真專線：（886）2-25001990；25001991
服務時間：週一至週五上午09:00~12:00；下午13:00~17:00
劃撥帳號：19863813；戶名：書虫股份有限公司
讀者服務信箱：service@readingclub.com.tw
晴空部落格 http://blog.yam.com/readsky
香港發行所 城邦（香港）出版集團有限公司
香港灣仔駱克道193號東超商業中心1樓
電話：852-25086231 傳真：852-25789337
E-mail：hkcite@biznetvigator.com
馬新發行所 城邦（馬新）出版集團【Cite (M) Sdn Bhd】
41, Jalan Radin Anum, Bandar Baru Sri Petaling,
57000 Kuala Lumpur, Malaysia.
電話：(603) 9057-8822 傳真：(603) 9057-6622
Email：cite@cite.com.my
美術設計 洸譜創意設計股份有限公司
印刷 沐春行銷創意有限公司
初版一刷 2016年07月14日
定價 250元
ISBN 978-986-93253-2-5

漾小說 172

逢君正當時 1

國家圖書館出版品預行編目資料

逢君正當時 / 汀風著. -- 初版. -- 臺北市：
晴空, 城邦文化出版：家庭傳媒城邦分公司發行,
2016.07
冊； 公分. --（漾小說；172）
ISBN 978-986-93253-2-5（第1冊：平裝）

857.7 105010652

城邦讀書花園
www.cite.com.tw